Scothscéalta
Best Stories

Pádraic Ó Conaire (1882–1928)

Pádraic Ó Conaire

SCOTHSCÉALTA
BEST STORIES

aistrithe ag/translated by
Diarmuid de Faoite

réamhrá le/introduction by
Pádraigín Riggs

réamhrá le/introduction by
Brendan McGowan

ARLEN HOUSE

Scothscéalta/Best Stories

is published in 2024 by/Foilsithe i 2024 ag
ARLEN HOUSE
42 Grange Abbey Road
Baldoyle
Dublin D13 A0F3, Ireland
arlenhouse@gmail.com
arlenhouse.ie

International distribution/Dáileoirí idirnáisiúnta
SYRACUSE UNIVERSITY PRESS
621 Skytop Road, Suite 110
Syracuse
NY 13244–5290
supress@syr.edu
syracuseuniversitypress.syr.edu

978–1–85132–316–6, paperback/bog

Translations/aistriúcháin © Cló Iar-Chonnacht, 2009/2024
Réamhrá © Pádraigín Riggs, 2009/2024
Introduction © Brendan McGowan, 2024
Réamhrá/introduction © Diarmuid de Faoite, 2024

An Chéad Chló: Sáirséal agus Dill, 1956
Is é Tomás de Bhaldraithe a chuir an bunsaothar in eagar

The moral rights are asserted ¦ Gach ceart ar cosaint
typesetting/clóchur ¦ Arlen House
cover art/saothar ealaíne ¦ 'A View of the Claddagh'
by Joan Jameson

Tá Arlen House buíoch de
Chlár na Leabhar Gaeilge
agus d'Fhoras na Gaeilge

Clár

7 *Introduction*
  Brendan McGowan

21 *Réamhrá*
   Pádraigín Riggs

27 *Réamhrá an Aistritheora*
   Diarmuid de Faoite

33 *Translator's Introduction*
   Diarmuid de Faoite

SCOTHSCÉALTA/BEST STORIES
41 Teatrarc na Gaililí
59 Tetrarch of Galilee

77 Beirt Bhan Misniúil
96 Two Courageous Women

115 Ná Lig Sinn i gCathú
124 Lead Us Not into Temptation

133 An Bhean ar Leag Dia Lámh Uirthi
149 The Woman Touched by God

165 Anam an Easpaig
185 The Bishop's Soul

205 Nóra Mharcais Bhig
221 Nora Marcus Beg

237	Neill
260	Nell
283	An Bhean a Ciapadh
299	The Tormented Woman
315	Páidín Mháire
330	Páidín Mháire
345	M'Fhile Caol Dubh
369	My Dark, Slender Poet
394	*Padraic O'Conaire – Gaelic Story-Teller*
	F.R. Higgins

INTRODUCTION

Brendan McGowan

PÁDRAIC Ó CONAIRE (1882–1928)
The writer, journalist, teacher and raconteur, Patrick Joseph Conroy was born in Galway town in 1882 to middle-class Catholic publican parents, whose roots lay in the Connemara Gaeltacht.[1] Following the untimely deaths of his father, in 1887, and mother, in 1894, he was reared by extended family members in Connemara, where he became immersed in the Irish language.[2] He attended Rockwell College, County Tipperary, before transferring to Blackrock College in Dublin, where he took 'Celtic' (as Irish was then known) as a subject. In 1899, he left school prematurely and took a lowly position in the Civil Service in London. There, he joined the London Branch of the Gaelic League and flourished as an Irish-language teacher, lecturer and writer, publishing his first short story, *An t-Iascaire agus an File* ('The Fisherman and the Poet'), in *An Claidheamh Soluis* (*The Sword of Light*) in December 1901. Around this time, he adopted the Irish version of his name,

Pádraic Ó Conaire, though old friends and acquaintances still called him Paddy.

Widely read, and influenced by European literary models, Ó Conaire began to write in simple, direct Irish about the grim reality of life in contemporary Ireland, dealing with themes such as poverty, emigration, isolation, vagrancy, alcoholism, despair and mental illness.[3] Typically, he wrote about:

> ordinary people, living ordinary lives, of fishermen, domestics, married women and spinsters, country and small town types, that is to say of the life and of the people he knew. He wrote largely of people whose lives were not very happy, who made mistakes, did the wrong thing at the crucial time, that is to say he wrote of life realistically. For him, there are no sinners, only unlucky ones and unfortunates.[4]

In 1904, aged just 22, he won an Oireachtas literary award for 'Páidín Mháire', the tragic story of a blinded Connemara fisherman's descent into destitution and madness. Two years later, he won a second Oireachtas award for 'Nóra Mharcais Bhig', a powerful story about an unmarried Connemara woman who moves to London, it seems, to conceal a pregnancy (though Ó Conaire adeptly managed to avoid any direct mention of her condition or the birth). There, she falls into a life of drink and prostitution, and is eventually disowned by her father. Contrasting the works of Patrick Pearse (1879–1916) and Pádraic Ó Conaire, both contemporaries and progressive writers, Prof. Liam Ó Briain (1884–1974) concluded:

> Although Pearse started his stories at exactly the same time [as Ó Conaire], and although they are good and beautiful, he didn't provide the same jolt out of the age of traditional storytelling and into the twentieth century, into the bare, ugly reality of life as it was around the people of the Gaeltacht and the Galltacht [English-speaking area], that was needed if our movement was to show any seriousness. It is not possible to

understand today what great courage was needed to write the likes of "Nora Mharcais Bhig" at that time.[5]

Soon, Ó Conaire became the most innovative Irish-language writer to emerge from the Gaelic Revival, publishing his novella *Deoraíocht* (*Exile*) in 1910 and his collection of short stories *An Chéad Chloch* (*The First Stone*) in 1914 to great acclaim. The latter publication included reworkings of Gospel stories that were both imaginative and, at that time, daring.

In terms of his writing style, Ó Conaire often addressed the reader in the manner of a *seanchaí* or storyteller. The poet Austin Clarke (1896–1974) observed that Ó Conaire shaped his stories by first telling 'them casually to friends and strangers', before committing them to paper.[6] Indeed, it has been claimed that Ó Conaire was the first modern Irish writer to make the transition from story teller to story writer.[7] Writer and republican activist, P.S. O'Hegarty (1879–1955) compared his style to that of two Russian authors:

> In his economy of words in his best stories, and in the austerity of his style, and his ruthless ending of the story when it has been adequately told, he has resemblances to Tchekov [Anton Chekhov, 1860–1904], while his general background, a background in which sinners are simply unfortunate people, is not unlike that of another great Russian writer – Dostoievski [Fyodor Dostoyevsky, 1821–1881].[8]

Ó Conaire's work was not without its faults, however, and he had his detractors. As a 'townie' brought up with English as his primary language, Pádraic was not a native speaker in the strictest sense. Some Irish-language purists criticised his 'grammatical impurities and paucity of vocabulary' and claimed his writing was tainted by the influence of English in phrase and idiom.[9] Others objected to his writing on purely moral grounds, accusing his work of being 'indecent'.[10]

Though his stories could be quite grim, Pádraic himself – by all accounts – was genial and good company, and possessed a mischievous sense of humour. He was also remembered as being unconventional in manner, careless of dress, and prone to drinking and rambling. P.S. O'Hegarty recalled that, even in cosmopolitan London, Ó Conaire stood out from the crowd:

> Small and sturdy, the inevitable stick, pipe, hat on the back of his head, brown suit, and then the fine head, the broad forehead and the kindly, luminous eyes. In Fleet St., and in cities generally, he looked, and he was an alien.[11]

Another acquaintance, P.J. Devlin ('Celt', 1877–1941) recalled that 'the waywardness of Pádraic, the eccentricities of his character, rendered him a puzzle and *persona non grata* to many acquaintances'.[12]

Ó Conaire got to know both the sophisticated and sordid sides of life in London, mixing with Irish émigrés in the Gaelic League but also with the 'wandering and unfortunate, tinkers and gypsies, who dwelt on the Embankment' along the Thames.[13] Undoubtedly, the people he met on his frequent rambles inspired the characters in his stories.

In his political outlook, Ó Conaire was a nationalist and socialist, and firmly believed in the trinity of freedoms: political, economic (both national and individual), and personal – 'the summit and crown of all freedom'.[14] Like many of his acquaintances in London, including the revolutionary Michael Collins (1890–1922), he joined the Irish Volunteers and, it seems, the Irish Republican Brotherhood (IRB).[15] Having been dismissed from the Civil Service in October 1915, Ó Conaire returned to Ireland, leaving his common-law wife, Mary Agnes McManus, and their four children behind in London.[16] In the spring of 1916, he took it upon himself to do a tour of the island to ascertain the condition of the Irish language. Refusing to engage with the authorities in English, he twice found himself under arrest in Ulster, and was incarcerated in Armagh Gaol during the Easter Rising.[17] In the aftermath, he wrote *Seacht mBua an Éirí Amach* (*Seven Virtues of the Rising*), a collection of seven stories set against the backdrop of the Rising, which was eventually published in 1918. Arguably the first important fictional response to the Rising, it secured Ó Conaire's position as the foremost writer of modern Irish. It was also his last important creative work. He was then only 36. From then on, driven by economic necessity, Ó Conaire hurriedly wrote stories for weekly newspapers, composing far too much, with far too little quality control, and often rehashing old material.

He led an unsettled, nomadic life during the War of Independence (1919–1921), which gradually took its toll on his health and literary output. Ironically, most of his best writing was produced during his time in London and, following the foundation of the Irish Free State, a great deal of his literary talent was wasted producing Irish-language 'potboilers' for schoolchildren in an effort to fend off '*an t-ocras – agus an tart*' ('the hunger – and the thirst').[18] Ó Conaire spent his final years in gradually declining health in Galway (occasionally visiting Dublin, Wicklow and London), teaching Irish at the local technical school, lecturing at the Irish summer colleges, and writing mostly playful stories for the *Connacht Sentinel* newspaper.

In early October 1928, Ó Conaire visited his friend, the Aran writer Liam O'Flaherty (Liam Ó Flaithearta, 1896–1984), at his cottage in County Wicklow. O'Flaherty recalled that Pádraic 'looked a dreadful wreck, almost in rags, his body twisted' and that the:

> tragedy of his life weighed heavily on him and he spoke of the evil of his past; but he insisted that he had been driven to the excesses that had made him a homeless wanderer by loneliness, begotten of a lack of recognition.[19]

He offered O'Flaherty advice drawn from his own life:

> 'No matter what you do,' he cried, pointing a finger solemnly at me, 'make a home somewhere and stick to it. Have somewhere you can call your own, even if it's only a mud-walled cabin. That is the important thing. Look at me and take warning. Don't smile. Don't think because you are young and healthy that you can play fast and loose for another few years and then settle down. To think like that will only bring you to the position I'm in'.[20]

Having bid farewell to O'Flaherty, Ó Conaire walked to Dublin, where he met fellow writer Séamas Ó Grianna ('Máire', 1889–1969) and complained to him of a pain in his stomach.[21] He was admitted to the Richmond Hospital, where he died on 6 October 1928, supposedly with nothing more in his possession than his smoking pipe, some tobacco and an apple. He was returned to his hometown of Galway for burial.

By the time of his death, Ó Conaire had published more than 400 short stories and sketches, six plays and a novella, as well as hundreds of essays and articles on a range of topics – including socialism, nationalism, language and literature – for various nationalist newspapers.

In his relatively short lifetime (he died aged 46), Ó Conaire had become something of a legendary figure and it is often difficult to discern fact from fiction in the stories told about him. Indeed, Pádraic himself contributed to his own myth by spinning 'glorious and fact free yarns' about his travels and adventures. The author and historian, Desmond Ryan (1893–1964) recalled that Ó Conaire once recounted a story about:

> a remarkable journey of his own across Russia to meet Tolstoy [Leo Tolstoy, 1828–1910], with whom he had held a long conversation, and Tolstoy had said that only one man had ever understood Tolstoy and that man was Pádraic Ó Conaire.[22]

Since his passing, Ó Conaire's legacy has been somewhat tarnished by his depiction as a drunkard. Borrowing from Oscar Wilde, the poet Seumas O'Sullivan (James Sullivan Starkey, 1879–1958) once quipped that Ó Conaire was 'drinking beyond all our means'.[23] In the mid-1920s, dramatist Sean O'Casey (1880–1964), 'seeing Ó Conaire drunk as usual', remarked that he:

> has become impossible; all his friends are becoming tired of him. I don't mind a man being drunk occasionally, but I draw the line at ... one who is always in that state.[24]

Others, however, were quick to defend Pádraic. P.S. O'Hegarty wrote:

> He liked a drop, and in his later years took too much. But no matter how much he took, he retained his manners and his gentleness [...] and the memory he leaves behind is not that of a toper, but that of a most attractive, likeable, and companionable man.[25]

Ó Conaire's friend, actor and writer Micheál Mac Liammóir (Alfred Willmore, 1899–1978), summed up his life as follows:

> He was of the tribe that is passing from the world, a born story-teller, a wanderer, and a wastrel, one who like Raftery had known hardship and carousal everywhere, and who, more than Wilde had ever dreamed of doing, had put his talent into his work, his genius into his life; a great man whom it was impossible not to love.[26]

SCOTHSCÉALTA

In 1956, almost three decades after the death of Ó Conaire, Sáirséal agus Dill published *Scothscéalta le Pádraic Ó Conaire*, a collection of ten short stories, selected, edited and introduced by Dr Tomás de Bhaldraithe (1916–1996), then Lecturer in Modern Irish at University College Dublin. The book also included a lengthy and perceptive critical essay on Ó Conaire by the Donegal writer Seosamh

Mac Grianna (1900–1990), who himself had been inspired to write in Irish after reading Ó Conaire's *An Chéad Chloch* in 1914.[27]

Scothscéalta was a timely and welcome publication, as much of Ó Conaire's best work was by then out of print. The book was soon adopted onto university courses and sold around 500 copies a year throughout the 1960s.[28] *Scothscéalta* was already on its fifth edition by 1968. The following year, it was added to the Leaving Certificate Irish course, and remained a standard textbook for more than four decades. It had sold as many as 80,000 copies by 1980, making it Sáirséal agus Dill's most successful title.[29]

The ten stories selected by de Bhaldraithe were written by Ó Conaire in the fifteen-year period between 1904 and 1918, while he was at his peak as a creative writer. Seven of the ten stories were written while Pádraic was living in London. Five stories had won first prize in the Gaelic League's Oireachtas literary competitions.[30] The majority had been first published in the Gaelic League organ, *An Claidheamh Soluis*, before being published in book form.[31] They were taken from four collections; in the original Irish: *Nóra Mharcuis Bhig agus sgéalta eile* (*Nora, daughter of Little Marcus, and other stories*, 1909), *An Chéad Chloch* (*The First Stone*, 1914), *Seacht mBuaidh an Eirghe-Amach* (*Seven Virtues of the Rising*, 1918), and *Síol Éabha* (*Descendents of Eve*, 1922). The stories in *Scothscéalta* differed from the originals in that they were published with modernised spellings and in Roman, rather than Gaelic, type. The latter would have certainly irked Ó Conaire, who – even from his deathbed – argued strongly in favour of using *An Cló Gaelach*.[32]

In 1982, the centenary of the birth of Ó Conaire, David Marcus (1924–2009) at Poolbeg Press commissioned and published a translated collection of the writer's best works entitled *Padraic O Conaire: 15 Short Stories*, which included the ten stories from *Scothscéalta*. It has long been out of print. Now, four decades on, Arlen House has produced the first bilingual edition of *Scothscéalta*, the stories of which have been faithfully translated into English by Diarmuid de Faoite, who has done so much to keep the name and work of Pádraic Ó Conaire alive. The stories are set in his contemporary Ireland – in Galway City, in the Connemara Gaeltacht, and in and around Dublin – as well as in the biblical Middle East and in the Ancient Far East. They depict people of all classes, both men and women, all grappling with hardships and realities of life. There are few happy endings. In his 1956 review of *Scothscéalta*, writer and critic John Jordan (1930–1988) opined:

> The first thing that strikes one [...] is Ó Conaire's astounding boldness in the choice of subject-matter: lust ['Tetrarch of Galilee'], madness ['Páidín Mháire' and 'The Woman Touched by God'], pathological jealousy ['Nell'], the tragedies ensuing upon forced marriage and 'incompatibility' ['The Tormented Woman'], prostitution in exile ['Nora Marcus Beg']. I do not believe that Ó Conaire took his subject matter for sensationalist purposes. Rather was it that his personal faculty for compassion was stirred most by the grotesque extremes of human misery. He loved the maimed and the sick, whether in mind or in body. Before any other Irish writer, whether in English or Irish, he turned and embraced the area of human suffering which cannot be labelled 'noble' or 'heroic' or 'inspiring'. He had read the great nineteenth century Russians and French, and realised that *la misère* was the legitimate territory of the artist.[33]

P.S. O'Hegarty once wrote of Pádraic:

> He was a great worker in the cause, a good teacher and a great writer. Let his faults be remembered but let not the good be interred with his bones.[34]

Scothscéalta/Best Stories ensures that his good work is not forgotten.

For those unfamiliar with Ó Conaire, *Scothscéalta/Best Stories* is a great introduction to some of the best of his work, in the original Irish and in English translation, and for old students of Ó Conaire it affords a wonderful opportunity to reacquaint themselves with Pádraic and, indeed, with the Irish language. *Bainigí sult as!*

Na Forbacha, 27 November 2023

NOTES

1   His father, Thomas Conroy (Tomás Ó Conaire), was a publican and shopkeeper who came from Garafin House, Rosmuc in the Connemara Gaeltacht, and his mother was Catherine 'Kate' McDonogh (Cáit Ní Dhonncha) from a well-to-do merchant family in Galway town. They married in Dublin on 26 April 1881.

2   In 1887, with the family businesses failing, Thomas Conroy departed for the United States, leaving his young family behind. He died of typhoid fever in Boston on 16 March of that year and was buried in Mount Calvary Cemetery in Roslindale (*Massachusetts, Town and Vital Records, 1620–1988* & *Massachusetts, Death Records, 1841–1915*. www.ancestry.com, accessed 2 July 2016). Kate died suddenly in Galway in January 1894 (*Galway Vindicator*, 24 January 1894).

3   His knowledge of contemporary European literature is clearly evident in his award-winning essay, 'Seanlitríocht na nGael agus Nualitríocht na hEorpa' ('Old Irish and New European Literature', published in *An Claidheamh Soluis*, 12 December 1908) in which he draws particular attention to several Russian authors, including Nikolai Gogol, Iva Turgenev, Leonid Andreyev, Maxim Gorki and Leo Tolstoy, and three Scandinavians, Henrik Ibsen, Bjørnstjerne Bjørnson and Knut Hamsun; see Gearóid Denvir (ed.), *Aistí Phádraic Uí Chonaire* (Indreabhán, 1978), pp 42–52. A friend of Ó Conaire's from his time in London, Min Ryan (Máire Ní Riain, 1884–1977) recalled him talking about Anton Chekhov, Fyodor Dostoyevsky, Maurice Maeterlinck, Francis Tompson, George Bernard Shaw and John Galsworthy, but stating that he preferred the English novelist Thomas Hardy more than any other writer; see Criostóir Mac Aonghusa, 'Súilfhéachaint ar Shean-Phadraic', in *An Léitheoir*, Vol. 1, No. 4 (1956), n.p.

4 P.S. O'Hegarty, 'Pádraic O Conaire', in *The Bell*, Vol. 3, No. 3 (1944), p. 238.
5 Liam Ó Briain, 'Pádraic Ó Conaire', in *Comhar*, Vol. 15, No. 12 (1956), p. 14: "*Cé gur thosaigh an Piarsach ar a scéalta féin díreach an tráth céanna agus cé gur maith iad agus gur álainn, níor thug sé an creathadh sin as ré na sean-scéalaíochta isteach sa bhfichiú aois, isteach i réaltacht lom, ghránna an tsaoil mar bhí thart timpeall ar lucht na Gaeltachta agus na Galltachta, a bhí ag teastáil san am má bhí i ndán dar ngluaiseacht aon dáiríreacht a thaispeáint. Ní feidir a thuiscint inniu cé'n misneach mór ba ghá a bheith ag an té a scríobhfadh leithéid "Nóra Mharcuis Bhig" an uair úd.*"
6 Austin Clarke, *A Penny in the Clouds: More Memories of Ireland and England* (Dublin, 1990), p. 78.
7 Maureen Murphy, 'The Short Story in Irish', in *Mosaic*, Vol. 12, No. 3 (1979), p. 86.
8 O'Hegarty, 'Pádraic O Conaire', p. 238.
9 León Ó Broin, 'Pádraic Ó Conaire', in *The Capuchin Annual* (1934), p. 257 and J. E. Caerwyn Williams and Patrick K. Ford, *The Irish Literary Tradition* (Cardiff, 1992), p. 281.
10 For an example of a high-profile objection to his 'indecent' works see Tomás de Bhaldraithe, 'Conspóid faoi Phádraic Ó Conaire', in Tomás de Bhaldraithe (ed.), *Pádraic Ó Conaire: Clocha ar a Charn* (Baile Átha Cliath, 1982), pp 101–106.
11 O'Hegarty, 'Pádraic O Conaire', p. 235.
12 P.J. Devlin, 'Padraic O Conaire: As I Knew Him', in *An Ráitheachán: The Gaelic Quarterly Review* (1936), p. 29.
13 O'Hegarty, 'Pádraic O Conaire', p. 235.
14 See 'An tSaoirse', *The Irishman*, 23 February 1918, 'bua agus coróin gach saoirse', and 'Saoirse Phearsanta', *The Irishman*, 2 March 1918.
15 In his autobiography, León Ó Broin writes that Ó Conaire and Collins were sworn into the IRB in London by P.S. O'Hegarty; see León Ó Broin, *Just Like Yesterday: An Autobiography* (Dublin, 1986), p. 159. Cathal Ó Seanáin (Charles Shannon, 1889–1969) believed that Ó Conaire was already in the IRB at the time of the Gaelic League's *Oireachtas* in Galway in 1913; see Cathal Ó Seanáin, 'Padraic Ó Conaire', in *Comhar*, Vol. 15, No. 12 (1956), p. 18.
16 Ó Conaire and Dubliner Mary Agnes McManus ('Molly', 1876–1945) had four children together: Eileen (b. 1905, Westminster); Patrick Joseph (b. 1906, Southwark); Kathleen (b. 1909, Southwark) and Mary Josephine (b. 1911, Lambeth). In 1911, the

family was living at 23 Ravensden Street in Kennington, in the London Borough of Lambeth (Census of England and Wales, 1911). Ó Conaire and McManus formally married in 1926, two years before the author's death. She was tragically killed during a German air-raid on London in January 1945 (*Irish Independent*, 12 January 1945).

17 William J. Feeney, *Drama in Hardwicke Street: A History of the Irish Theatre Company* (Rutherford, 1984), p. 130, Áine Ní Chnáimhín, *Pádraic Ó Conaire* (Baile Átha Cliath, 1947), p. 71 and Aindrias Ó Cathasaigh, 'An Rí v Ó Conaire', in *Comhar*, Vol. 66, No. 4 (2006), pp 11–14.

18 Seosamh Mac Grianna, *Pádraic Ó Conaire agus Aistí Eile* (Baile Átha Cliath, 1969), pp 36–38.

19 Liam O'Flaherty, *Shame the Devil* (Dublin, 1981), p. 155.

20 *Ibid*, p. 155.

21 Mac Aonghusa, *Ó Ros Muc go Rostov*, p. 61.

22 Desmond Ryan, *Remembering Sion* (London, 1934), pp 108–09.

23 Clarke, *A Penny in the Clouds*, p. 71.

24 Robert Hogan and Michael J. O'Neill (eds), *Joseph Holloway's Abbey Theatre: A Selection from His Unpublished Journal "Impressions of a Dublin Playgoer"* (Carbondale, 2009), p. 245.

25 O'Hegarty, 'Pádraic O Conaire', p. 237.

26 Micheál Mac Liammóir, *All for Hecuba: An Irish Theatrical Autobiography* (London, 1947), p. 62.

27 Mac Grianna, *Pádraic Ó Conaire agus Aistí Eile*, p. 3.

28 Cian Ó hÉigearthaigh and Aoileann Nic Gearailt, *Sáirséal agus Dill, 1947–1981: Scéal Foilsitheora* (Indreabhán, 2014), p. 382.

29 *Ibid*, p. 457.

30 'Páidín Mháire' in 1904, 'Nóra Mharcuis Bhig' ('Nora Marcus Beg') in 1906, 'Neill' ('Nell') in 1909, and 'An Bhean a Ciapadh' ('The Tormented Woman') and 'An Bhean ar Leag Dia Lámh Uirthi' ('The Woman Touched by God') in 1913.

31 'Nóra Mharcais Bhig' ('Nora Marcus Beg'), *An Claidheamh Soluis*, 12 January, 19 January, 26 January and 2 February 1907; 'Páidín Mháire', *An Claidheamh Soluis*, 29 August and 5 September 1908; 'Neill' ('Nell'), *An Claidheamh Soluis*, 25 September 1909; 'Ná Lig Sinn i gCathú' ('Lead Us Not into Temptation'), *An Claidheamh Soluis*, 16 December 1911; 'Teatrarc na Gaililí' ('Tetrarch of Galilee'), *An Claidheamh Soluis*, 26 October 1912; 'An Bhean ar Leag Dia Lámh Uirthi' ('The Woman Touched by God'), *An Claidheamh Soluis*, 1 and 8 November 1913; 'An Bhean a

Ciapadh' ('The Tormented Woman'), *An Claidheamh Soluis*, 15 and 22 November 1913.

32 Pádraic Ó Domhnalláin (1884–1960) in 'Galway Remembers', *Connacht Tribune*, 15 June 1935.

33 Review of *Scothscéalta* by John Jordan in *Irish Writing* (Autumn 1956), reproduced in Denis Lane and Carol McCrory Lane (eds), *Modern Irish Literature* (New York, 1988), pp 470–471.

34 'Recollections of Irish-Ireland in London in the early Twentieth Century', Bureau of Military History Witness Statement of Patrick Sarsfield O'Hegarty, BMH.WS0839.

BIBLIOGRAPHY

Clarke, Austin, *A Penny in the Clouds: More Memories of Ireland and England* (Dublin, 1990).

de Bhaldraithe, Tomás (ed.), *Scothscéalta le Pádraic Ó Conaire* (Baile Átha Cliath, 1956).

de Bhaldraithe, Tomás, 'Conspóid faoi Phádraic Ó Conaire', in Tomás de Bhaldraithe (ed.), *Pádraic Ó Conaire: Clocha ar a Charn* (Baile Átha Cliath, 1982), pp 101–106.

Denvir, Gearóid (ed.), *Aistí Phádraic Uí Chonaire* (Indreabhán, 1978).

Devlin, P.J., 'Padraic O Conaire: As I Knew Him', in *An Ráitheachán: The Gaelic Quarterly Review* (1936), pp 27–30.

Feeney, William J., *Drama in Hardwicke Street: A History of the Irish Theatre Company* (Rutherford, 1984).

Hogan, Robert and O'Neill, Michael J. (eds), *Joseph Holloway's Abbey Theatre: A Selection from His Unpublished Journal "Impressions of a Dublin Playgoer"* (Carbondale, 2009).

Lane, Denis and McCrory Lane, Carol (eds), *Modern Irish Literature* (New York, 1988).

Mac Aonghusa, Criostóir, 'Súilfhéachaint ar Shean-Phadraic', in *An Léitheoir*, Vol. 1, No. 4 (1956), n.p.

Mac Aonghusa, Criostóir, *Ó Ros Muc go Rostov* (Baile Átha Cliath, 1972).

Mac Grianna, Seosamh, *Pádraic Ó Conaire agus Aistí Eile* (Baile Átha Cliath, 1969).

Mac Liammóir, Micheál, *All for Hecuba: An Irish Theatrical Autobiography* (London, 1947).

Murphy, Maureen, 'The Short Story in Irish', in *Mosaic: A Journal for the Comparative Study of Literature and Ideas*, Vol. 12, No. 3 (1979), pp 81–89.

Ní Chnáimhín, Áine, *Pádraic Ó Conaire* (Baile Átha Cliath, 1947).

Ó Briain, Liam, 'Pádraic Ó Conaire', in *Comhar*, Vol. 15, No. 12 (1956), pp 12–16.

Ó Broin, León, 'Pádraic Ó Conaire', in *The Capuchin Annual* (1934), pp 254–260.

Ó Broin, León, *Just Like Yesterday: An Autobiography* (Dublin, 1986).

Ó Cathasaigh, Aindrias, 'An Rí v Ó Conaire', in *Comhar*, Vol. 66, No. 4 (2006), pp 11–14.

O'Flaherty, Liam, *Shame the Devil* (Dublin, 1981).

O'Hegarty, P.S., 'Pádraic O Conaire', in *The Bell*, Vol. 3, No. 3 (1944), pp 233–239.

Ó hÉigearthaigh, Cian and Nic Gearailt, Aoileann, *Sáirséal agus Dill, 1947–1981: Scéal Foilsitheora* (Indreabhán, 2014).

Ó Seanáin, Cathal, 'Padraic Ó Conaire', in *Comhar*, Vol. 15, No. 12 (1956), pp 17–20.

O Tuairisc, Eoghan *et al.*, *Padraic O Conaire: 15 Short Stories* (Dublin, 1982). Reprinted: Eoghan Ó Tuairisc, *et al.*, *The Finest Stories of Padraic O Conaire* (Dublin, 1986).

Ryan, Desmond, *Remembering Sion* (London, 1934).

Williams, J.E. Caerwyn and Ford, Patrick K., *The Irish Literary Tradition* (Cardiff, 1992).

Réamhrá

Pádraigín Riggs

Foilsíodh *Scothscéalta* den chéad uair sa bhliain 1956. Bhí údar na scéalta, Pádraic Ó Conaire, marbh le beagnach tríocha bliain faoin am sin – cailleadh é sa bhliain 1928 – agus bhí an chuid is mó dá shaothar as cló. Bhí an gearrscéal, mar fhoirm liteartha sa Ghaeilge, faoi bhláth i gcaogaidí na haoise seo caite. Sa bhliain 1952 d'fhoilsigh Tomás de Bhaldraithe an cnuasach *Nuascéalaíocht 1940–1950*, ina raibh gearrscéalta ó údair éagsúla, a bhí i gcló in irisí i gcaitheamh na tréimhse sin. Idir 1953 agus 1955, foilsíodh trí chnuasach eile: *Dúil* le Liam Ó Flaithearta (1953), *Cois Caoláire* le Máirtín Ó Cadhain (1953) agus *Bullaí Mhártain* le Síle Ní Chéileachair agus Donncha Ó Céileachair (1955). Bheartaigh de Bhaldraithe gurbh fhiú an chuid ab fhearr de shaothar gearrscéalaíochta Uí Chonaire a bheith ar fáil, leis; mar sin roghnaigh sé deich gcinn de scéalta ó leabhair éagsúla de chuid an údair, chuir sé amach iad in aon chnuasach amháin agus thug sé *Scothscéalta* mar theideal air.

Saolaíodh Pádraic Ó Conaire i gcathair na Gaillimhe sa bhliain 1882. B'as Ros Muc dá athair, Tomás, agus b'as cathair na Gaillimhe dá mháthair, Kate McDonagh. Bhaineadar araon le haicme ghustalach, a raibh seasamh acu i gcúrsaí gnó agus sna gairmeacha. Bhí teach tábhairne ag muintir Chonaire ar na Duganna nuair a saolaíodh Padraic. Bhí beirt mhac eile sa chlann, a bhí ní b'óige ná é, Michael agus Isaac. D'imigh an t-athair go Meiriceá nuair a bhí Pádraic sé bliana d'aois agus níor fhill sé riamh agus sé bliana ina dhiaidh sin cailleadh a mháthair go tobann. Bhí an chlann óg gan athair gan mháthair anois, agus cuireadh siar go dtí tuismitheoirí an athar iad i nGairfean, Ros Muc. Siopadóirí móra ab ea muintir Chonaire ansin agus rinneadar cuid mhaith dá ngnó ar an bhfarraige, timpeall Cheantar na nOileán, i mbáid. Nuair a cailleadh Mary Conroy, máthair chríonna na leanaí, sa bhliain 1896, is dealraitheach gur cuireadh Pádraic agus Michael ó dheas go Contae an Chláir chun fanacht le n-aintín, deirfiúir a máthar, ach dhá bhliain ina dhiaidh sin d'aistrigh Pádraic a áitreabh arís, nuair a cuireadh go dtí Coláiste Charraig an Tobair é, i gContae Thiobraid Arann, ar an tuiscint go rachadh sé le sagartóireacht. Laistigh d'aon bhliain amháin chaith sé an áit sin a fhágáil nuair a dúnadh an chliarscoil, agus cuireadh é go dtí scoil eile de chuid an oird, Coláiste na Carraige Duibhe i mBaile Átha Cliath, mar a raibh sé in aon rang le garsún darbh ainm dó Éamon de Valera. D'fhág Pádraic an coláiste sin – nó cuireadh as an gcoláiste é, de réir dealraimh – i mí Iúil 1899, gan an scrúdú Idirmheánach a dhéanamh. I mí Eanáir na bliana 1900, agus é ocht mbliana déag d'aois, thosaigh sé ag obair mar státseirbhíseach, i Londain Shasana. Post suarach a bhí aige mar chléireach i mBord an Oideachais ansin agus bhí an pá suarach dá réir. Má bhí saol suaite aige agus é ag fás aníos in Éirinn – bhí sé tar éis a áitreabh a athrú sé huaire i gcaitheamh a shaoil go dtí seo – ní raibh áitreabh buan aige i gcaitheamh a thréimhse i Londain ach oiread, ach é ag aistriú ó theach go teach, nó gur fhill sé ar Éirinn sa bhliain 1915. D'fhág sé bean agus clann ina dhiaidh i Londain. Chaith Ó Conaire an chuid eile dá shaol in Éirinn, agus é ag maireachtaint ón láimh go dtí an béal. I gContae na Gaillimhe agus i mBaile Átha Cliath is mó a bhí sé sna blianta sin ach ní raibh áitreabh seasmhach aige in aon áit. Bhí sé ag ól go trom agus de réir a chéile theip a shláinte air. Ní raibh sé ach sé bliana is daichead nuair a cailleadh é in Ospidéal Lorcáin Naofa, i mBaile Átha Cliath, i mí Mheán Fómhair na bliana 1928. Ní raibh de sheoladh baile aige ar theastas a bháis ach *"Patrick O'Conaire of Salthill, Galway"*, agus ba í a shlí bheatha de réir an teastais sin ná *"journalist"*. Tá sé curtha i nGaillimh.

Níor chainteoir dúchais Gaeilge é Pádraic Ó Conaire, ach bhí Gaeilge timpeall air i gcónaí, pé acu an raibh sé ina chónaí in Éirinn nó i Londain. Bhí Béarla timpeall air i gcónaí chomh maith. Gaeilgeoir ó Chonamara ab ea a athair, Tomás, ach, de réir nós na haimsire, labhair muintir Chonaire Béarla eatarthu féin sa teach. Is cinnte go raibh Gaeilge le cloisteáil ag Pádraig chomh maith, áfach, agus é ina leanbh. Labhartaí Gaeilge le muintir Chonamara i dteach tábhairne a mhuintire, agus dúirt sé féin go raibh Gaeilge ag an mbean óg a bhí ag tabhairt aire dó agus é beag. Nuair a cuireadh é féin agus a dheartháireacha siar go Ros Muc tar éis bhás na máthar, Béarla a bhí á labhairt sa teach sin freisin, ach Gaeilge an teanga a bhí ag muintir na háite timpeall, agus ba í a labhartaí sa siopa. Nuair a chuaigh sé go Coláiste Charraig an Tobair, agus ina dhiaidh sin go Coláiste na Carraige Duibhe, bhí sé i dtimpeallacht an Bhéarla arís, ach rinne sé Gaeilge mar ábhar – rud nach raibh forleathan sna scoileanna ag an am. Ní raibh sé i bhfad i Londain nuair a chuaigh sé isteach i gConradh na Gaeilge, mar ar chuir sé aithne ar Ghaeilgeoirí ó gach cuid d'Éirinn.

Bhí áit an-tábhachtach ag an gConradh i saol Uí Chonaire, mar dhuine agus mar scríbhneoir, ar feadh na tréimhse i Londain. Bhí tearmann aige i measc an phobail Ghaelaigh sa chathair mhór Ghallda, príomhchathair Impireacht na Breataine, gona pobal mór idirnáisiúnta. Bhí caidreamh aige ar Ghaeil ó gach aicme shóisialta – daoine a bhí ina ndeoraithe ar a nós féin – agus ina theannta san bhí cothú intleachtúil le fáil aige ó bhaill na heagraíochta sin, scríbhneoirí, iriseoirí agus múinteoirí ina measc. Thar aon ní eile, bhí meas air mar Ghaeilgeoir. Ghlac sé páirt i ngach gné d'obair an Chonartha: sna hOícheanta Seanchais a bhíodh acu, sna drámaí agus sna ranganna Gaeilge – mar a raibh an-cháil air mar mhúinteoir – agus bhí sé ar choistí éagsúla de chuid na heagraíochta. Ag pointe amháin bhí sé ag obair seacht lá den tseachtain, mar mhúinteoir Gaeilge – anuas ar an tseachtain oibre i mBord an Oideachais.

Ní raibh Ó Conaire i bhfad i Londain nuair a chuaigh sé i mbun pinn, agus níl aon amhras ná gurbh iad a chomhghleacaithe sa Chonradh a spreag é chun na scríbhneoireachta. Foilsíodh an chéad scéal uaidh sa *Claidheamh Soluis* sa bhliain 1901, ach ba é Comórtas Liteartha an Oireachtas ba thúisce a tharraing aird an phobail thall is abhus air mar scríbhneoir Gaeilge nuair a bhuaigh an scéal 'Páidín Mháire' an chéad duais sa chomórtas gearrscéalaíochta sa bhliain 1904. Bhí cosúlacht an tseanscéil ar an iarracht seo ach bhí doimhneacht ann nach dual don seanscéal. Bhí Pádraic Mac Piarais an-ghníomhach sa Chonradh ag an am seo agus bhí baint mhór aige le comórtais an Oireachtais; d'aithin seisean bua liteartha Uí Chonaire láithreach agus thug sé tacaíocht agus treoir an-tábhachtach don scríbhneoir óg. Luigh Ó Conaire leis an scríbhneoireacht ansin, agus níorbh fhada go raibh cáil mhór ar a shaothar. I gcaitheamh a thréimhse i Londain d'fhoilsigh sé gearrscéalta, úrscéal amháin agus mórán aistí, ina measc, aistí an-tábhachtacha ar an litríocht. Idir 1901, an bhliain a foilsíodh an chéad ghearrscéal, agus 1918 is ea is mó a shaothraigh Ó Conaire an gearrscéal. Bhí sé ag scríobh go rialta tar eis dó filleadh ar Éirinn; idir 1916 agus 1927 d'fhoilsigh sé breis agus cúig chéad alt, idir scéalta agus aistí, i dtréimhseacháin éagsúla – ach, lasmuigh den dornán scéal in *Seacht mBua an Éirí Amach*, a foilsíodh sa bhliain 1918, ní miste a rá go raibh an chuid is fearr dá shaothar déanta aige faoin am gur fhág sé Londain.

Ceannródaí liteartha ab ea Ó Conaire a thug faoi théamaí conspóideacha, comhaimseartha a phlé i bhfoirm liteartha nach raibh aon saothrú déanta uirthi sa Ghaeilge ag an am. Is an-léiriú ar ilghnéitheacht a shaothair an cnuasach *Scothscéalta*. Baineann ábhar na scéalta sin le muintir Chonamara in aimsir an drochshaoil, le meánaicme Bhaile Átha Cliath le linn Éirí Amach na Cásca, le pearsana ón Tiomna Nua agus le cine samhailteach ó Oirthear an Domhain. Dá éagsúlacht an t-ábhar, áfach, is í aigne an duine bun agus barr an scéil i ngach cás – na tréithe a spreagann an duine chun gnímh, bíodh an gníomh sin "ina dhrochghníomh nó ina dhea-ghníomh". Is éard a dúirt Ó Conaire, agus é ag trácht ar a thuiscint féin ar an litríocht, ná: "Scrúdaítear an duine. Scrúdaítear a aigne. Déantar tréaniarracht ar na ceisteanna móra a bhaineas le hintinn an duine ag déanamh a leithéid seo de ghníomh dó [a léiriú]. Cuirtear daoine os do chomhair a bhfuil baint éigin acu le chéile, agus taispeánfar duit na gníomhartha a dhéanfas siad i ngeall ar na tréithe atá iontu agus an bhaint atá acu le chéile."

Níl gach scéal sa chnuasach seo gan locht, ach is féidir a rá i dtaobh gach scéil dóibh go seachnaítear an míniú simplí agus go bhfágtar ábhar machnaimh ag an léitheoir ag an deireadh; níl aon charachtar in aon scéal geal amach is amach, ach, mura bhfuil, níl aon charachtar dubh amach is amach, ach oiread.

Réamhrá an Aistritheora

Diarmuid de Faoite

Scothscéalta is teideal do bhailiúchán gearrscéalta a chuir Tomás de Bháldraithe i dtoll a chéile ó shaothar an údair, Pádraic Ó Conaire (1882–1928), agus a foilsíodh in 1956. Mhair an leabhar ar churaclam Gaeilge na scoile ar feadh beagnach leath chéad bliain, rud a d'fhág gurbh iad na gearrscéalta sa chnuasach sin na cinn ba mhó aitheanta ag Ó Conaire. Is iontach an spléachadh a thugann an bailiúchán scéalta seo dúinn ar shaothar Uí Chonaire, ceannródaí na gearrscéalaíochta comhaimsirigh in Éirinn.

Le linn na hAthbheochana, ba ar an miotaseolaíocht, ar an bhfinscéalaíocht agus ar choincheapa a bhain le glaineacht chaitliceach a díríodh cuid mhaith den scríbhneoireacht chruthaitheach, i nGaeilge mhaisithe, chasta sách minic. B'shin sular foilsíodh *Íosagán* le Pádraic Pearse agus 'Páidín Mháire' le Ó Conaire. Más ag an bPiarsach a bhí an chéad smaoineamh litríocht chomhaimseartha i nGaeilge a chruthú, b'é an Conaireach a thug an smaoineamh sin in inmhe. D'oibrigh siad as lámh a chéile toisc an Piarsach a bheith ina eagarthóir ar an *gClaidheamh Solais* go dtí 1909 ach cá bhfios nár fágadh Ó Conaire gan stiúr nuair a cuireadh Mac Piarais chun báis i 1916? Níl amhras faoi ach go bhfuil lochtanna ar scéalta leis i ndiaidh na tréimhse sin, lochtanna a d'fhéadfadh eagarthóir maith a chur ina cheart sách éasca ach an scríbhneoir a bheith toilteanach comhairle a ghlacadh. In ainneoin sin is uile, d'aithin scríbhneoirí níos óige ná é, leithéidí Frank O'Connor, Liam Ó Flaithearta, Austin Clarke, Mícheál Mac Liammóir, Seosamh Mac Grianna agus F.R. Higgins, go rabhadar faoi chomaoin mhór aige. Ach thairis sin go léir is é an cion a bhí ag an bpobal léitheoireachta air thar na glúnta an teistiméireacht is fearr dá bhfuil againn ar fhírinne agus ar áilleacht bhuan a shaothair.

Faoi Aigne is Anáil
Chaith Ó Conaire na cúig bliana déag scríbhneoireachta is fearr dá shaol i Londain agus é faoi anáil mhór scríbhneoirí Oirthear na hEorpa agus Shasana ar nós Tolstoy, Dostoevsky, Turgenev, Gorki, Hardy agus Conrad; is iomaí cosúlacht idir théamaí, stíl agus struchtúir eatarthu. Dírithe ar an réalachas sóisialta a bhí na scríbhneoirí sin, ar shaol mothúchánach an duine, iad sásta croí dorcha an duine a nochtadh gan fuacht ná faitíos. Feictear a dtionchar i scéalta ar nós 'Teatrarc na Gaililí' agus 'Neil', ach an tionchar sin meascaithe le nádúr rómánsach Phádraic i 'Páidín Mháire' agus 'Ná Lig Sinn i gCathú', mar atá macallaí Juan Ramón Jimenez agus Robert Louis Stevenson len n-aireachtáil orthu. D'fhéadfaí comparáidí éasca a dhéanamh freisin idir simplíocht is soiléireacht teanga agus stíle Uí Chonaire, chomh maith lena shóisialachas, le húdair chomhaimseartha níos óige leis ar nós Orwell, Hemingway agus Steinbeck, ach gur féidir linn

talamh slán a dhéanamh de gur beag seans gur léigh ceachtar acu siúd saothar Uí Chonaire.

Níl dabht ar bith faoi, áfach, ach go ndeachaigh Ó Conaire i bhfeidhm go mór ar na glúnta scríbhneoirí Gaeilge anuas go dtí an lá atá inniú ann, ní hamháin toisc a shaothar a bheith ar churaclaim mheánscoile is ollscoile thar na blianta ach toisc gur éan corr a bhí ann: boc mór i measc na mboicíní.

Is dócha gurbh é an anáil ba mhó eile ar scríbhneoireacht Uí Chonaire ná an traidisiún béaloidis, traidisiún a leag a lorg go láidir ar thraidisiún gearrscéalaíochta na hÉireann i gcoitinne. Ba sheanchaí ó nádúr é Pádraic, ba nós leis an scéal a bhí ina cheann aige a roinnt ó bhéal le daoine éagsúla thar tréimhse, próiseas eagarthóireachta pearsanta leis, sula gcuirfeadh sé peann le pár sa deireadh. Nós eile a bhí aige ná labhairt go díreach leis an léitheoir ar uairibh, nó guthaí an tseanchaí a chur air féin, nó úsáid a bhaint as comharthaí uaillbhreasa le béim a leagan, díreach ar nós go raibh an scéalaí tar éis a ghlór a ardú. Anois is arís, cuireann sé críoch le caibidil le frásaí ón dtraidisiún béil, *"ach sin scéal eile,"* mar shampla, i 'Beirt Bhan Misniúl'. Is dócha gur ag iarraidh nualitríocht a thógáil ar an dtraidisiún béil a bhí sé, rud nach ndeachaigh chun tairbhe na scéalta scríofa i gcónaí dó nó, faoi mar a chuirfeadh seanchaí é, *"ní bíonn saoi gan locht"*.

An méid sin ráite, nó scríofa, is scríbhneoir uilíoch é an Conaireach agus trasnaíonn a chuid scéalta teorainneacha tíortha chun solas a scagadh ar staid an duine ar an saol seo. Is leasc leis daoine a cháineadh, ainneoin gníomhartha gránna uathu, b'fhearr leis ligint don léitheoir teacht ar a thuiscintí féin maidir le cad a d'imigh ar charachtar rud a dhéanamh: samplaí dá réir is ea Ioruaith i 'Teatrarc na Gailílí', Neill sa scéal den teideal céanna agus James Burke i 'An Bhean a Ciapadh'.

Ní sheachnaíonn sé ceisteanna sóisialta, is cuma cén stádas sóisialta lena mbaineann, é chomh compórdach céanna mar scríbhneoir, shílfeá, sa teach mór agus sa bhothán, sa teach feirme nó sna prochóga cathracha, bua a thugann léargas iontach dúinn ar na suíomhanna agus ar na saolta sin. Tugann an réimse leathan sóisialta is mothúchánach uaidh, meascaithe leis an insint shoiléir shimplí a bhíonn aige, cosán éasca isteach ag an léitheoir ar an saol samhlaíoch gan bacanna ar nós constaicí comhthéacsúla teangan a bheith ag teacht salach air.

Ó Conaire agus an Ghaeilge

Cé go raibh baint nach beag ag Ó Conaire le réabhlóidithe roimh agus tar éis Cogadh na Saoirse, is réabhlóid teanga a bhí ar bun aige féin den chuid is mó, tiománta ag a dhearcadh poblachtánach-sóisialach féin agus a phrionsabail i leith an tsaoirse phearsanta. Ba rún leis a chruthú don saol mór go bhféadfadh duine saol iomlán cruthaitheach a chaitheamh trí Ghaeilge. Go ginearálta, sheachain sé úsáid an Bhéarla ina shaol poiblí agus ina shaol príobháideach ar mhaithe le cur chun cinn na Gaeilge mar gnáth-theanga laethúil na hÉireann.

Scéal coitianta ar an ábhar sin is ea scéal na seice mar a bhronn Liam Ó Flaithearta luach dhá aistriúchán a rinne sé ar scéalta Uí Chonaire ar an údar. Ghlac Ó Conaire leis an seic go buíoch, sháigh sé sa tine é agus dhearg a phíopa leis! Anois, is cuma an scéal sin a bheith fíor nó bréagach ach go luaitear an scéal leis, cur síos iontach ar an bhfear é féin. Go deimhin, ba ráiteas polaitiúil nó cultúrtha gach a bhain leis an gConaireach, óna chulaith 'aisteach' go dtína 'asal beag dubh', má mhair an t-asal sin beo riamh. Ach ba uaigneach an ród aige é, fiú agus comhluadar asail aige. B'éigean an lucht léite a chruthú ón mbun aníos agus is beag airgead a bhí le tuilleamh as an bhfoilsitheoireacht Ghaeilge. Níor thuill sé ach a bheagán ar a pheann, ní ligfeadh sé don méid beag sin fanacht ró-fhada ina phóca agus, ar ndóigh, fuair sé tugtha don ól, rud a d'fhág ar an mbeagán é cuid mhaith dá shaol. Ach má bhí Pádraic thíos leis tá litríocht na Gaeilge thuas leis agus ba mhór an inspioráid é ag na glúnta, idir scríbhneoirí agus mhic léinn Ghaeilge.

Ó Conaire a Aistriú

Ach fágann sin ceist amháin againn: cén fáth aistriúchán a dhéanamh ar shaothar údair a dhiúltaigh don Bhéarla i gcaitheamh a shaoil?

Féach go raibh a cháil amuigh air chomh mór sin mar scríbhneoir agus mar ghníomhaí teanga gur nochtaíodh dealbh in ómós dó laistigh de sheacht mbliana óna bhás. Níorbh fhada ina dhiaidh sin go raibh Gaeilgeoirí agus scríbhneoirí na tíre ag triail ar an dearbhchloch seo, ach daoine eile chomh maith: inimircigh, cuairteoirí agus an gnáthdhuine féin. Is orthu siúd is mó atá an t-aistriúchán seo dírithe, gnáthmhuintir na hÉireann agus an diaspóra gur imigh an Ghaeilge uathu ach gur choinnigh an grá sin ina gcroí don bhfear is don áit as ar fáisceadh iad. Nár chóir go mbeadh deis ag gach Éireannach, ag a sliocht agus ag duine ar bith go dtaithníonn scéal maith leo, an oidhreacht liteartha seo againn a léamh? Nach bhfuil áit tuillte ag an gConaireach i measc na mórscríbhneoirí eile? Tá súil agam go gcuirfidh an t-aistriúchán seo tús le turas Phádraic ón seomra ranga ar ais isteach i mbéal an phobail arís agus ó linn bheag shaibhir na Gaeilge isteach i mórshaol liteartha an domhain mhóir.

Níl oiread is scéal amháin sa leabhar seo nár aistríodh cheana agus is cumasach iad cuid mhór de na haistriúcháin sin. Ach ní thugann aistriúcháin aonair ar scéalta aonair bealach isteach éasca ag an léitheoir ar stíl an údair toisc difríochtaí móra stíle idir na haistritheoirí sin, cuid acu níos dílse ná a chéile don bhun leagan, cuid eile ag cur béim mhór nó bheag ar Bhéarla na hÉireann agus Béarla na hÉireann ag imeacht níos faide thar na blianta ón nGaeilge as ar fáisceadh é, is ón gcuimhne dá réir.

Tá súil agam go gcuirfidh an t-aistriúchán seo stíl sholéite, leanúnach ar fáil don léitheoir, dhá chloch a bhí ar pháidrín an Chonairigh go mór. An méid sin ráite, tagann na scéalta i *Scothscéalta* ó chnuasaigh éagsúla, mar a bhíonn téamaí agus stíleanna difriúla á gcleachtadh ag an údar, rud a chiallaíonn go gcaithfidh an stíl athrú go nádúrtha ó scéal go scéal pé scéal é agus muid ag imeacht ón teach mór go dtí bothán an iascaire, ó Londain go Gaillimh, ó Bhaile Átha Cliath go dtí an Meánoirthear, ó cheisteanna grá tíre go ceisteanna an bhochtanais agus ón éad go cion agus mórtas.

Ach má chuireann na scéalta seo ríméad ar léitheoir an Bhéarla, meastú nach n-iompóidh SeanPhádraic san uaigh – ar a thaobh Béarla?

Translator's Introduction

Diarmuid de Faoite

Scothscéalta (*Best Stories*) is the name given to a collection of short stories by Pádraic Ó Conaire (1882–1928), compiled and edited by Tomás de Bhaldraithe, and first published in 1956. Due to its presence on the Irish schools' curriculum for almost fifty years, *Scothscéalta* became the best known collection of Ó Conaire's stories and to this day, provides a wonderful introduction to Ó Conaire's oeuvre and to the writer who might easily be regarded as the father of the modern Irish short story.

Prior to Pádraic Pearse's *Íosagán* and Ó Conaire's 'Páidín Mháire', Irish language writing during the Celtic Revival consisted of, in the main, reworkings of the Irish mythological sagas as well as quaint stories emphasising Gaelic and usually Catholic purity in somewhat flowery and often difficult language. Pearse may have had the idea for and attempted to create a modern Irish language literature but it was Ó Conaire who brought the idea to fruition in his writings. Pearse, however, had effectively acted as Ó Conaire's editor until 1909 through his editorial role in *An Claidheamh Soluis,* and his premature passing (he was executed in 1916) may have left Ó Conaire somewhat rudderless. There is no doubt but some of his later stories exhibit flaws an editor might have easily corrected were the writer willing to take heed. Nonetheless, Ó Conaire's younger contemporaries, Liam O'Flaherty, Austin Clarke, Frank O'Connor, Mícheál Mac Liammóir, Seosamh Mac Grianna, Séamus Ó Grianna and F.R. Higgins, to name only a few, have all acknowledged their debt of gratitude towards him, while the affection in which he is held in the hearts of generations of Irish readers remains a powerful testament to the sincerity and timeless beauty of his work.

Styles and Influences
Ó Conaire spent the fifteen best years of his writing career in London and appears to have been strongly influenced by Eastern European and English writers such as Tolstoy, Dostoevsky, Turgenev, Gorki, Hardy and Conrad; thematic, structural and stylistic similarities abound. These writers focused on social realism, on man's emotional life and were unafraid to expose the dark heart of man. Stories such as 'Tetrarch of Galilee' and 'Nell' reflect a similar emphasis while others such as 'Páidín Mháire' and 'Lead Us Not into Temptation' add large dollops of a rural idyll into the mix, demonstrating Ó Conaire's fundamentally Romantic nature. In this we can find echoes of Juan Ramón Jimenez and Robert Louis Stevenson. Ó Conaire's simplicity and clarity of style and language as well as his strong left-wing political outlook might draw easy comparisons with younger contemporaries such as Orwell, Hemingway and Steinbeck, though we can be almost certain none of these younger writers ever read Ó Conaire.

It is certainly the case, however, that Ó Conaire has been a powerful influence on Irish language writers right down to the present day, not only by his presence on secondary and third level curricula over the years but also by the fact that Ó Conaire has always been a big fish in a small Irish language writing pool.

The other and probably greatest influence on Ó Conaire's writing was *béaloideas*, meaning the oral storytelling and educational tradition that became a cornerstone of the entire Irish short story genre. This oral tradition, of which Ó Conaire was a fine exponent, lends his stories a personal and a particularly Irish quality. As a result, he often addresses the reader directly or adopts the character of a *seanchaí/story teller*, he uses exclamation marks as if he had just raised his voice in emphasis or finishes a tale with commonly used endings from the oral tradition such as *"ach sin scéal eile*/but that's another story" as in the story, 'Beirt Bhan Misniúl'/'Two Courageous Women'. This seems to be part of Ó Conaire's attempt to develop a modern Irish literature that would draw heavily on the oral tradition. Such influences are not always helpful, however, and, as stated previously, Ó Conaire is not without his faults as a writer or, as a *seanchaí/oral storyteller* might put it, *"ní bhíonn saoi gan locht*/even the wisest are not without fault."

That said, Ó Conaire is, without doubt, a universal writer whose stories transcend borders to speak to people in a clear, empathic way about what it is to be a human being. He is generally reluctant to condemn, allowing his reader to come to understand the emotional drivers of characters that might otherwise prove repugnant: Herod in 'Tetrarch', Nell in the story of the same title and James Burke in 'An Bhean a Ciapadh'/'The Tormented Woman' are just some examples. He doesn't shy away from social issues and is equally at home in the big house, the farmhouse, the hovel and the slum, allowing us an equal level of understanding in each location and social situation. Ó Conaire's social and emotional range is broad and his style is simple and clear, thus *Scothscéalta/Best Stories* provides the reader with a cross-section of human society in which one can immerse the imagination and colour scenes freely without encountering linguistic stumbling blocks, emotional reticence or the need for contextual and/or historical references.

Ó Conaire and the Irish Language

Though Ó Conaire was very much associated with Irish revolutionaries pre and post independence, his own revolution was essentially a linguistic one, supported by his belief in individual freedom and his republican, socialist principles. He was committed to demonstrating that a person could live a full and a creative life through the medium of Irish. He generally, both publicly and privately, avoided the use of English, if at all possible, in an effort to promote the use of Irish as the everyday tongue of Ireland.

One story which has been doing the rounds for years tells of Liam Ó Flaherty handing Pádraic a cheque, the proceeds of Ó Flaherty's English translation of two of Pádraic's stories; Pádraic takes the cheque gratefully according to the story, rolls it up, sticks it in the fire and uses it to light his pipe! The story's veracity is irrelevant, what is important is that the story is associated with Ó Conaire and that in itself speaks volumes about the man: everything about Ó Conaire was a cultural and/or a political statement, right down to his "odd" attire and the existence or otherwise of his *"asal beag dubh*/little black ass". It was a lonely road, however, with or without an ass. Publishing in Irish was a very poor affair and the readership had to be built up practically from scratch. His earnings from writing in Irish were meagre indeed and coupled with his "easy come easy go" ways and his drinking it left the author somewhat shy of a shilling for much of his life. Ó Conaire's sacrifice was the Irish language's gain, however, and he has been a huge inspiration to generations of Irish language students and writers down through the years.

Translating Ó Conaire

The question remains then as to why one would translate an author who, during his lifetime, refused to write in English? Ó Conaire's reputation as a writer and a language activist was such that a statue was erected in his honour only seven years after his death. The statue quickly became a touchstone, not only for *Gaeilgeoirí*/Irish speakers and writers, but also for returned emigrants, holiday makers and tourists, many of whom were wholly unfamiliar with the language. It is to such people that this translation is primarily dedicated: the Irish at home and the greater Irish diaspora who lost the language but retained a love of the place and the man. The ordinary citizens of Ireland, their relatives abroad and anyone who loves a good story the world over deserve the opportunity to read these tales, this literary heritage. Ó Conaire deserves his place among the great and the good. It is hoped that this translation into English will begin the process of taking Pádraic out of the schoolroom, out of the Irish language closet and into the international world of literature.

All of the individual stories in this book have been translated previously and many of these translations are excellent. However, the translation of individual stories by individual authors cannot easily provide the reader with a sense of continuity as styles vary greatly from translator to translator, greater or lesser emphasis being placed on the use of Hiberno-English, looser or tighter plays on language occurring and as Hiberno-English moves away from its Irish language roots, some translations are ageing. It is hoped that this book will provide both a sense of continuity and an easily readable style for the reader: both these issues were extremely important to Ó Conaire and informed his own style. That said, *Scothscéalta/Best Stories* is a collection of stories taken from other collections, each one with its own set of themes, so the linguistic style naturally varies from story to story as one moves from the big house to the fisherman's cottage, from London to Galway and the Middle East and from questions of patriotism to questions of poverty, from jealousy and love to pride.

Should the reader delight in these stories, Pádraic might yet turn in his grave – onto his English-speaking side.

Scothscéalta
Best Stories

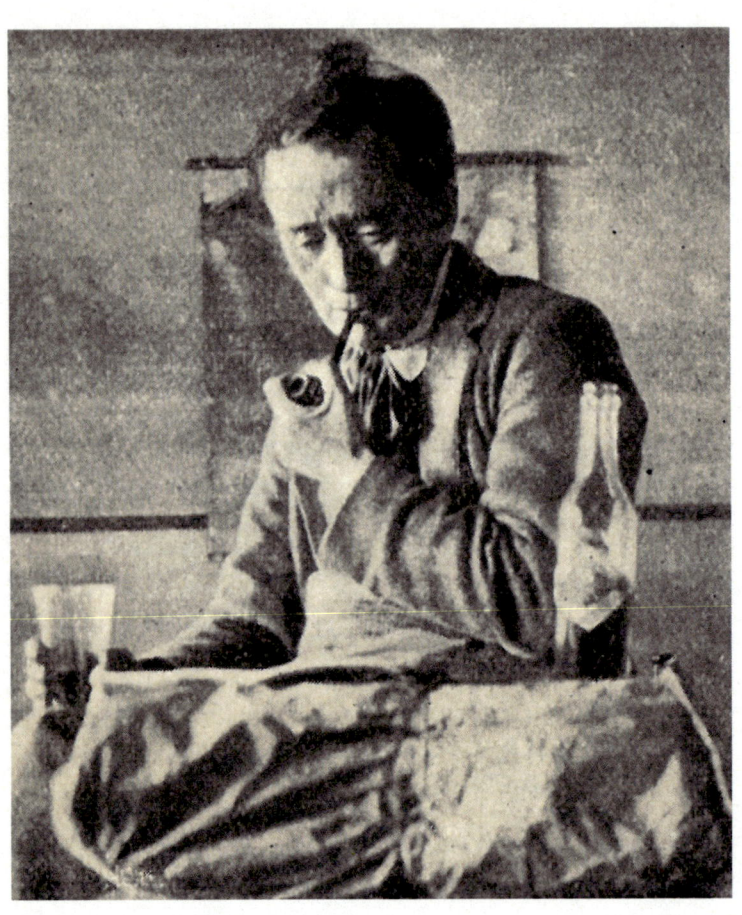

I

Teatrarc na Gaililí

Breá liom thú ag teacht ar cuairt chugam sa bpúirín beag brocach seo atá agam sa bhfásach, a Réisín, a mhic altrama. Ach fan amach uaim roinnt nó beidh trom-ualach crumh agus piast agat ag filleadh uait go hIarúsailéim! Ag dul i líonmhaire atáid in aghaidh an lae agus a maraím díobh idir an dá leic sin! Féach na poill atá cartaithe acu i mo chuid feola! Ná bíodh uamhan ort – nach n-itear feoil an duine san uaigh, agus nach anam marbh mise cé go rabhas i mo rí ar chríoch na Gaililí tráth?

*

Sea, is mian leat go ndéanfainn roinnt cainte leat, a mhic; is é mo mhian féin é freisin, tá sé chomh fada ó labhraíos cheana ach amháin leis na piasta seo a bhíos do m'ithe de shíor ...

Bheinn i mo rí fós faoi ardghradam agus faoi mheas mura mbeadh na mná. Cuirtear sna leabhair staire é go ndearna Ioruaith Antipas, Teatrarc na Gaililí, gach drochghníomh dá ndearna sé mar gheall ar bhean éigin. Sin í an fhírinne, a mhic: níor fhéadas fanacht uathu ó thosach mo shaoil, agus fios dearfa agam go dtiocfadh mo bhás orm dá mbarr. Tuige ar bhacas leo mar sin, an ea? Nach tú atá óg! An chinniúint, is dócha: féach an féileacán úd thall atá ag foluain os cionn mo choinnle. Ní fada go loiscfear a sciatháin mhaiseacha; cá bhfios dúinne nach bhfuil a fhios sin aige, freisin?

Bhí togha na haithne agatsa ar Shalómé, iníon mo leasdearthár Filip. Bhí. Murach í ní chuirfinn iallach ort dul san arm an tráth úd – éist liom, a deirim, is gearr go mbeidh a fhios agat cén bhaint a bhí aici le do chuid saighdiúireachta! Ach bhí aithne agat uirthi. Bhí, agus gean. Is maith is cuimhneach liom lá dá raibh an bheirt agaibh ag déanamh aoibhnis ar an mbán ar aghaidh an tí. Aimsir fhionnuarach a bhí ann. Bhí crainn almóinní agus crainn oráistí faoi bhláth agus an saol mór go háthasach i ndiaidh dhoineann an gheimhridh. Ach ag breathnú oraibhse dom tríd an bhfuinneog cheapas nach raibh aon ní sa saol álainn seo chomh hálainn libh ...

Chuir tú an ghirseach ag damhsa ar leic. Ní hionadh liom aoibhneas a bheith ort ag féachaint duit ar a háilleacht. Ach scaoileadh iall a bróige. Thit sí. Thóg tusa í go cúramach. Thug póg di ar an mbéal. Dhearg sí. Tháinig pus uirthi – is cuimhneach leat an béal gáireach a bhí uirthi? Ach an fhéachaint a tháinig ina súile! "Bheirim do dúshlán é a dhéanamh arís" an rud a bhí léir ón bhféachaint sin. Agus ní dhearna tú é! Bhí tú óg agus is beag eolas a bhí agat ar chanúint na súl. Ní bheadh uait ach an fhaill anois, a rógaire.

Ach bhí a mhalairt d'fhéachaint ina gnúis ag dul thar an bhfuinneog di nuair a scar sí uait. Féachaint ghreannmhar an fhéachaint sin. Corrdhuine a fheiceas í i ngnúis mná an chéad uair. An té a fheiceas tig aoibhneas ar a chroí, tig smaointe ina aigne ...

"Ní páiste atá againn i Salómé anois," arsa mise liom féin, "ach bean – bean álainn aibí," agus thosaíos ag smaoineamh ar thréithe na mban ... Cé a thiocfadh orm agus mé sa machnamh sin ach Herodias. Sular airíos i m'aice í, leag sí lámh go grámhar orm ar chúl mo chinn ar a sean-nós féin. Ní fhéadfainn inseacht duit, dá bhfaighinn mo ríocht ar ais air, cén fáth gur chaitheas an lámh uaim go mímhúinte. Ach thuig Herodias cén fáth go ndearnas é: an bhfaca tú spréachadh ó ifreann i súile mná riamh, a Réisín? Ní fhaca tú. Ní fearr duit ar bith é. Ach chuir an bhean eagla mo chroí orm.

"Níor cheapas gur tú a bhí ann," arsa mise, ciotach go leor.

"Agus ní aithneofá mo lámhsa thar láimh mná ar bith eile!" ar sise. "Más ag éirí tuirseach díom atáir ..."

Mhóidíos nárbh ea. Thugas mo sheacht mionn mór air. Chuireas in iúl di é leis na mílte póg agus barróg. Ar chreid sí mé? Cá bhfios dom? Is mó an léargas atá ag na mná sna nithe sin ná mar atá againne. Bíonn a fhios acu go mbíonn fear ag éirí tuirseach díobh sula mbíonn a fhios ag an bhfear féin é. Sin bua atá acu. Ar chaoi ar bith lig Herodias uirthi féin gur chreid sí gach briathar de mo bhriathra béil.

"Mo pheata thú," ar sise – ach cén mhaith dom inseacht duitse, a Réisín, atá eolasach ar na nithe seo, céard é an rud a déarfadh bean agus aisce uaithi? Tá aithne mhaith agat ar d'athair altrama: an dóigh leat go bhféadfadh sé aon rud a dhiúltú do bhean a labhródh go bladrach grámhar leis? An ionadh mór leat gur gealladh di go gcuirfí ceangal na gcúig gcaol ar an amadán úd a bhíodh ag seanmóireacht agus ag déanamh uisce faoi thalamh timpeall na tíre an uair sin? Ó, sea, sin é an t-ainm a tugadh air: Eoin Baiste. Bhíodh sé ag síor-rá leis an bpobal go ndearnas éagóir agus bean mo leasdearthár a fhuadach agus a phósadh. Beag aird a bhí agamsa air féin ná ar a chuid seafóide, ach ghoill a chuid cainte ar Herodias, nó lig sí uirthi féin gur ghoill. Go deimhin duit, a Réisín, ní ar Eoin ná ar Herodias, ná ar Aretas, athair mo chéad chéile (a bhí ag fógairt catha orm faoin am seo), ní orthu a bhíos ag smaoineamh an oíche sin ach ar Shalómé aoibhinn álainn ... Ar chaoi ar bith gabhadh Eoin agus cuireadh i ngéibheann é i dtóin tobair dhomhain thirim ag ceann an ghoirt bhig úd ar thugamar Gairdín an tSuaimhnis air.

*

Mura bhfuilim ag cur tuirse ort cuirfead i gcuimhne duit cé mar a bhí an scéal agam ansin. Bhí gean agam ar Shalómé, iníon mo mhná. Bhíos cinnte de. Tá aithne agat orm; is eol duit nach mbéarfadh lá suaimhnis arís orm mura mbeadh an bhean dá dtugas gean agam idir chorp agus anam. Ach céard a dhéanfainn lena máthair, le Herodias an díomais? Í a sheoladh abhaile chuig mo leasdeartháir, chuig Filip? Dá ndéanfainn é sin, dá nglacfainn le comhairle Eoin, bheadh an pobal uile ar mo thaobh. An bhean dá dtugas fuath a dhíbirt agus naomh a dhéanamh díom féin! Thaitin an chomhairle sin liom, a Réisín – ba mhór an greann é go gceapfaí gur dhíbir Ioruaith bean uaidh mar gheall ar aon reacht ... Ach bheadh orm Salómé a dhíbirt chomh maith ... sin rud nár thaitin liom. Sin rud nach ndéanfainn. Ní fhéadfainn Herodias a dhíbirt gan Salómé a dhíbirt mar an gcéanna. Is olc an rud nathair nimhe i dteach; ba ghéire agus ba nimhní an bhean sin ná aon nathair. Iontas liom fuath ban ...

Agus bhí Aretas – nárbh é an fear buile é, a Réisín? – bhí Aretas ag fógairt cogaidh orm mar gheall ar a iníon féin, an chéad bhean a bhí agam riamh; ní raibh aon aithne agat uirthi, a mhic – na cosa is lú agus is gleoite dá bhfacais riamh, ach ... is cuma; beag aird a bhí agam uirthi nuair a leagas súil ar Herodias uaibhreach an chéad uair. Agus thú féin, a Réisín, bhí eagla orm go dtug Salómé grá duit ón lá a chonaiceas i nGairdín an tSuaimhnis sibh. Níor chuir sin imní ná buairt orm, áfach. Bhí a fhios agam go scaoilfí an tsnaidhm seirce (má bhí a leithéid ann) dá scarfaí an bheirt agaibh óna chéile. Sheolas an bheirt agaibh óna chéile. Sheolas go páirc an áir thú, a Réisín, agus gan súil agam go bhfillfeá ...

Nach iomaí sin imní agus cás a bhíos ar fhear a thug grá do bhean inné, a bheireas grá do bhean eile inniu, agus a bheireas grá don treas bean amárach? Tugadh faoi deara cén galar a bhí ag gabháil dom. Nach cuimhneach leat aoir a rinne file fáin a bhíodh ag taisteal na tíre an uair sin orm? Bhíodh gearrbhodaigh na cathrach á gabháil agus mé ag gabháil thart i mo charbad.

Nach tú atá óg agus a leithéid de cheist a chur orm! Cad chuige nár dhíbríos an bheirt acu? Cad chuige nach ndearnas socrú le mo naimhde, le hathair mo chéad chéile agus leis an bpobal Iúdach? An grá bhí agam i mo chroí istigh do Shalómé ... ach ná ceap nach ndearnas mo sheacht ndícheall an grá sin a mhúchadh. Ghlacas le mórchuid den chomhairle a bheirtear do dhaoine a bhíos ina leithéid de chás, an chomhairle mhaith sin atá le fáil san ochtú caibidil déag de leabhar fealsúnachta Éileada. Mé a bhí go gnóthach ó dhubh go dubh. Obair rialtais a ligeas le faillí le suim aimsire, rinneas í. Chuas ar aghaidh go dána leis an gcogadh. Níor labhraíos le Salómé, ach is corr-oíche nach mbíodh mná i mo chuideachta ag déanamh aoibhnis dom. Is cuimhneach leat an bhuíon banrinceoirí a bhronn an tImpire orm – ach bhí mná áille orthu siúd, mná donnchneasacha, colpacha, cruinnchíochacha, bolgshúileacha. Ní raibh aon mhaith ann, áfach. Bíonn an dá ghrá ann mar is eol duit: an grá corpartha agus an grá anama. An chéad chineál thugas do na mná rince, agus do mhná nach iad, ach thugas an dá chineál do Shalómé, agus tá a fhios agat féin nach mbíonn aon leigheas i ndán don té a bheir an dá chineál grá do bhean. Níl tú cinnte de, an ea? Ní raibh mé féin cinnte de uair. Tá anois.

*

Sea, rinneas mo dhícheall. Ghlacas an chomhairle ina hiomlán mórán: mná iasachta; fíonta draíochta ó chríocha na hAraibe; obair throm – is minic a chaitheas lá fada ag rómhar sna páirceanna; leabhair – léas an-chuid de leabhair fealsúnachta na Gréige; ach dá gcluinfinn Salómé ag gáire chaithfinn uaim a raibh ar siúl agam le dul ag breathnú uirthi ...

Thugas fleá, oíche. Ag Machaerus a bhíos an uair sin, agus is ann a bhí Eoin i ngéibheann agam. Bhí taoisigh airm agus uaisle na cúirte agus reachtairí rialtais ann, agus iad uile go meidhreach scléipeach. Bhí fíonta ann agus ba dhóigh liom go mbeadh sé de bhua acu an croí-chrá a bhí orm a dhíbirt. Bhí fíon ón Tíor ann a bhí ar dhath fola namhad; ní bheadh ort ach corn de a ól agus bheadh fuadar chun achrainn ort – ar mo chairde a roinneas an fíon sin. Bhí fíon ó shléibhte Mhóab ann; ba é bua an fhíona sin nach n-aireofá pian tar éis é a ól – níor leigheas sé pianta an ghrá, a Réisín. An fíon sin a bhronn an tImpire orm nuair a bhí sé ag gabháil thart, bhí an fíon sin ar dhath tonn na Gailílí lá geimhridh; fíon an léargais a tugadh air, mar d'athbheodh braon de aon éirim aigne bhí i bhfear riamh – níor ólas é. Bhí fíon na seirce ann, fíon corcra a tháinig ón nGréig; meascadh fuil seacht maighdean a thug gean d'fhear leis an bhfíon sin agus é á dhéanamh – níor theastaigh fíon na seirce uaim ...

Ní mórán a d'ólas féin d'aon fhíon díobh. Bhí a fhios agam go raibh Herodias ar chúl na mbrat in áit éigin ag machnamh ar bheart éigin a bhainfeadh de mo threoir mé. Dá bhféadfainn buile a chur uirthi! Dá bhféadfainn í a mhaslú os comhair na cuideachta! An bhuíon banrinceoirí a bhronn an tImpire orm chuireas fios orthu. Tháinigeadar isteach, ochtar díobh, ocht mbanmhogha dhonnchneasacha leathnochta, agus rinneadar damhsa barbartha os comhair na cuideachta.

Bhí aon bhean amháin ann, bean bheag aclaí cholpach, agus chuireas iallach uirthi damhsa áirithe a dhéanamh. Chrom sí í féin, chas agus lúb agus d'fheac, ag siúl ar an aer di tamall, ina colún donnmharmair gan cor aisti tamall eile; níor baineadh cor ná casadh as colainn duine riamh nár bhain sise as a colainn féin le haoibhneas a thabhairt do na fir mheisce a bhí timpeall uirthi á moladh.

"Dá fheabhas í," arsa mise, "tá rinceoir eile sa teach seo agus sháraigh sí í."

Bhí amhras ar an gcuideachta. Níor labhair éinne.

"An bhean rince eile," arsa mise, "is í an bhean is cliste agus is áille déanamh agus is gile cneas agus is gleoite cos agus troigh agus is duibhe súil agus is cothroime déad dár mhair riamh. Tá fuil ríoga ina cuisleacha. Is aoibhne a gluaiseacht ná solas na gealaí ag rince ar mhuir na Gailílí. Ní deirge caora an tsóláis ná a dhá béal. Marmar dubh líofa Shliabh Eróim faoi loinnir ghréine i ndiaidh cheatha a dhá súil. Ón lon dubh a ghoid sí a guth. Coraíocht na gcéadta nathair nimhe balbh i bpéin dlaoithe fite a tiubhfhoilt ..."

Dhearcas i mo thimpeall ar an gcuideachta fear. Ní raibh cor ó éinne acu ach a súile uile sáite ionam agus ionadh orthu cén cleas a bhí fúm a imirt. Bhí Herodias ag éisteacht liom freisin ach nár facthas í; an bhean sin dá dtugas gean agus searc tráth a mhaslú, sin a bhí uaim – dá bhféadfainn iallach a chur ar Shalómé damhsa áirithe Arabach a dhéanamh os comhair na bhfear meisciúil drúisiúil a bhí sa láthair, nár mhór an masla don bheirt é? Cárbh fhios dom nach laghdódh sé an tsearc? Bhí barúil agam nach mbeinn ag tnúth léi a thuilleadh dá ndéanfadh sí an damhsa barbartha a thaitin léi os comhair na bhfear ... Ar thug tú faoi deara riamh, a Réisín, cad é an cathú mór a thagas ar fhear, an bhean dá dtugann sé gean a chroí a bhrú faoi chois? Thug ar ndóigh; nuair a bhíos an iomarca cumhachta ag an mbean air is ea a thagas an cathú sin.

Bhuaileas amach faoin spéir. Bhí an ghealach ina suí agus dath na fola uirthi. An bonnán léana ag scréachaíl go huaigneach sa bhfásach; an faolchú ag bagairt i measc shléibhte Mhóab. Ach is mó go mór an tsuim a chuireas i nglórtha an té a bhí i ngéibheann agam i dtóin an tobair i nGairdín an tSuaimhnis. Tháinig cuid dá chuid cainte chugam ar an ngaoth:

"Mo mhallachtsa orthu ... mo mhallacht ar an bhfear a d'fhuadaigh bean a leasdearthár ... ná raibh sliocht orthu ... an striapach a mhaslaigh an Dia a chruthaigh í le hainmhian a colla ... ach tiocfaidh a lá ..."

Bhí guth iontach aige, guth láidir dúthrachtach a raibh an oiread coranna agus casadh ann agus atá de dhathanna sa tuar ceatha. Thaitin a ghuth go breá liom. Chuas go dtí an tobar ina raibh sé. Ar theacht i bhfogas an tobair dom chonaiceas ochtar nó naonúr ag éalú uaim sa dorchadas. Chuimhníos go dtugas cead do chuid dá lucht leanúna teacht ar cuairt chuige gach re lá – nach deas an teagasc a bhí sé a thabhairt dóibh? Ach ba cuma liomsa ...

Lig saighdiúir dá raibh ann trilseán síos an tobar tirim ar cheann slabhra, agus b'iontach an radharc a bhí le feiceáil againn. Fear ard caol lom cosnochta agus craicne camall timpeall air mar bhrat. Bhí sé leicthe traochta, cuma an ocrais agus an ghátair ina aghaidh uasal agus é ag caitheamh briathra troma tarcaisneacha liomsa agus gach briathar díobh chomh géar gáifeach le ga Rómhánach. Ach an dá shúil a bhí ina cheann! Agus an fhéachaint a thug sé ormsa! Dá mbeadh gach ainspiorad dár shiúil an domhan riamh i mo cholainn, ní fhéadfadh sé féachaint ba nimhní ná ba fhuafaire thabhairt orm. Nach uafásach an cruth a chuireas daoine orthu féin de bharr creidimh, a Réisín? Tháinig smaoineamh chugam. Bhí fleá ar siúl istigh; nach raibh sé de dhualgas orm an méid grinn ab fhéidir a thabhairt do na haíonna? Labhraíos le saighdiúir. D'umhlaigh sé a cheann. Chuas féin isteach.

Casadh Herodias liom in aice an dorais agus scamaill toirní os cionn a dhá súl.

"Gléastar Salómé i gcomhair rince, a bhean," arsa mise.

"Déanfar é, a Theatrairc," agus d'imigh sí.

Chuas i láthair na cuideachta. Níor insíos dóibh cad é an greann a bhí ceaptha agam lena n-aghaidh. Shín banmhogha corn fíona chugam. Bhí dhá phéacóg oilte i lár an urláir agus a n-aoire á ngríosadh chun clis áirithe a dhéanamh. Tháinig giolla go dtí an doras. Labhair giolla eile liomsa.

"Tugtar isteach é," arsa mise.

Seoladh fear a raibh craicne camall mar bhrat air isteach agus cúigear saighdiúirí ina thimpeall. Gháir an chuideachta ar fheiceáil an fhir seo dóibh. Bhí faoi chuid acu a mhaslú. Níor ligeas dóibh.

"Más príosúnach féin é déanadh sé comhghairdeachas linn anocht. Tugtar fíon dó agus biatha sobhlasta," arsa mise.

Tairgeadh an lón agus an deoch dó. Níor bhlais sé díobh.

"B'fhearr leis lócaistí ón bhfásach agus mil ón gcoill, agus uisce leamh ó Shruth Orthannáin ná do chuid bia-sa, a Theatrairc," arsa Rómhánach óg a bhí le m'ais.

Fear grinn a bhí sa Rómhánach. Bhí a sháith den fhíon ólta aige freisin. D'éirigh sé ina sheasamh. Chuir sé clogad práis ar cheann an phríosúnaigh. Cheangail sé claíomh faoina chom. D'fháisc sé lúireach Rómánach ina thimpeall.

Chan sé amhrán cogaidh, ag cur in iúl do chách nach mbeadh aon taoiseach airm acu feasta ach é ...
Óladh tuilleadh fíona. Gabhadh na hamhráin ba gháirsiúla agus insíodh na scéalta ba dhrúisiúla, ach os cionn an fhothraim agus an ghleo chluintí an príosúnach ag síorghuí agus ag rá:
"Mo mhallacht ort, a Theatrairc na Gaililí. Mo mhallacht ar an striapach atá agat mar bhean. Tiocfaidh Mac Dé i bhfearg. Tá lámh Mhic Dé trom. Leagfaidh sé a naimhde. Díbreofar amach sa dorchadas iad. Meilfear a shliocht agus shliocht a sleachta idir bróinte an dá shaol ..."
Nach agam a bhí an fhoighid gan é a thachtadh? Ach níor chuir a chaint aon imní orm – ní raibh shliocht orm riamh!

*

Is ansin a tháinig sí chugainn, an iníon álainn, Salómé an mhí-ádha. Ní raibh cúthalacht ag baint léi riamh, ach ba dhóigh leat uirthi agus í ag teacht anall chugainn trasna an urláir, agus na fir uile ag breathnú uirthi faoi ionadh, nach raibh aon bhean chúthalach ar an saol riamh ach í. In aireagal liom féin a bhíos, agus dhruid sí i leith chugam go malltroigheach, shuigh ag mo chosa, chuir a dhá láimh timpeall mo dhá ghlúin agus dhearc suas san éadan orm go truamhéalach ar nós duine bheadh ar tí aisce a iarraidh.
"Táim réidh, a Theatrairc, ach ná hiarr orm damhsa a dhéanamh," ar sise.
Bhí a fhios agam go raibh sí ag féachaint go hálainn agus bhí amhras orm go raibh a fhios aici go bhféadfadh a háilleacht mé a bhogadh. Nach orm a bhí an díth céille gur cheapas go raibh náire uirthi damhsa os comhair na cuideachta fear seo? Bhí fúithi damhsa ó thosach. Ní raibh uaithi ar feadh an ama ach a bheith ag spochadh asam, do mo ghriogadh lena háilleacht ar chomhairle a máthar le go

dtabharfainn di an aisce bhí uathu araon. B'ise an cat agus ba mise an luchóg, agus mé dearfa go raibh sí faoi mo réir agus faoi mo cheannas agam ar feadh an achair!

"Damhsód duit agus don chomhluadar, a Theatrairc, ach ní bheidh fuinneamh i mo chosa ná gleoiteacht i mo ghluaiseacht ..."

Ar casadh leat duine riamh, a Réisín, a bhíodh idir dhá chomhairle an tráth ba chóir dó a bheith ar aon chomhairle dhaingean amháin? Bhí an scéal amhlaidh agamsa nuair a dúirt an mhaighdean an chaint sin. Lena maslú, le táir agus tarcaisne a thabhairt di, lena ceansú, le smacht a chur uirthi, lena náiriú, le fuath di a fhadú i mo chroí féin – is lena aghaidh sin a thugas ann í, théinte is go mbeadh cead cinn, cos agus comhairle agam uaidh sin amach. Ach, a Réisín, a mhic altrama, ná tóg orm é: nuair a bheireadh sí aghaidh orm ó am go ham agus nuair a d'fheicinn an bhaithis bhán fhuar a bhí uirthi amhail marmar Shliabh an Uaignis; agus na súile móra lonracha a bhí fúithi sin, a raibh boige agus milse agus doircheacht oíche iontu; agus an bhráid a bhí ag ardú agus is ag ísliú go rialta ar nós thonnta na mara; agus an béal bog tais a bhí cosúil le rós dearg iarna dhúiseacht maidin drúchta; agus nuair a chualas an glór a tháinig ón mbéal sin, glór ba cheolmhaire agus ba bhoige agus ba thaitneamhaí ná glór na mílte colúr bán a chualamar beirt i ndoire coille cois na Róimhe uair, a Réisín, sea, nuair a chonaiceas agus nuair a chualas na nithe sin, an ionadh leat go dtáinig cathú orm? Níor ghéilleas don chathú, áfach. Níor ghéilleas don chathú iomlán ba chóra dom a rá. Dá n-iarrfadh sí orm í a scaoileadh saor ar an nóiméad sin dhéanfainn é, is eagal liom. Ná hiarr leath-aisce go deo, a Réisín. D'iarr Salómé an leath-aisce. Níor dhúirt sí ach:

"Déanfad Damhsa an Linbh duit."

"Ní hé atá uaim. An damhsa Arabach sin atá á chleachtadh agat le mí atá uaim."

Tá eolas agat ar an dá dhamhsa, a Réisín. Ní bheadh náire ar bith ann an chéad cheann a dhamhsa. Ní fheilfeadh sé dom ar an ábhar sin.

"An damhsa Arabach atá uaim."

"An damhsa sin! Agus é a dhéanamh os comhair na bhfear meisce úd thall?

"Sea."

"Ach tá an fíon sa gceann acu agus an ainmhian ina gcroí: ó, b'fhearr liom go mór fanacht leatsa anseo, a Theatrairc, ag caint agus ag comhrá leat agus ag cur aoibhnis ar do chroí ..."

Ní fhéadfainn iallach a chur uirthi é a dhamhsa mura ndéanfadh sí dá toil féin é. Cheapas í a bhréagadh.

"Rud ar bith is mian leat gheobhair é, ach an damhsa a dhéanamh go maith."

Lig sí gothaí uirthi féin. Is í a bhí go leanbach ar nós peata a bheadh ag iarraidh cuimhneamh cad é an bréagán a d'iarrfadh sí ar a máthair. Ach mo thrua! Is aici a bhí a fhios cad é an rud a bhí uaithi. Ag baint asam a bhí sí. Ag cur dallóige ar mo shúile a bhí sí ar feadh an achair. Ná ceap, a Réisín, go bhfuil buaite agat ar bhean go deo deo go bhfeicfidh tú san uaigh í. Gheallas an iomad seod agus bréagán di dá ndéanfadh sí an damhsa.

"An dá nathair nimhe déag a bhronn banríon na Siria orm, gheobhair uaim iad," arsa mise, "níl aon cheann acu ar aon dath ná ar aon aois ná ar aon toirt ná ar aon chéill le ceann eile. Táid chomh hoilte sin go dtig leat slabhra beo ildathach a dhéanamh díobh uile agus é a chur faoi do chom mar chrios ..."

Chroith sí a ceann.

"Tá ochtar mogha balbh agam; tá na hocht seancheird a bhí ann ó thosach an tsaoil acu, mar atá, draíocht, diabhlaíocht, filíocht, talmhaíocht, fíodóireacht, maraíocht, paidreoireacht agus tabhairt na mionn."

Níor thaitníodar léi.

"Na healaí draíochta atá ar Linn an Dá Éisc i gCríoch Mhóab ..."

Ba shuarach léi iad. Ní raibh uaithi an damhsa Arabach a dhéanamh, de réir cosúlachta, agus ní fheilfeadh aon damhsa eile don ócáid.

Dhearc sí san éadan orm agus dúirt:

"Téimis beirt amach go Gairdín an tSuaimhnis agus bímis ag siúlóid ann faoi na crainn aoibhne almóinní atá anois faoi bhláth agus ag pógadh na créafóige le méid a nualach áilleachta; tá an ghealach ina suí, ina banríon chiúin mhórga ar na réaltóga, agus néalta drithleannacha airgeadta mar bhrat ina timpeall. Tá na héanlaith go ceolmhar sna crainn phomagrainítí agus barúil acu go bhfuil sé ina lá leis an solas iontach atá ó réaltóg agus ó ré ..."

"An damhsa Arabach atá uaim," arsa mise go borb léi. Ba mhór an cathú é, a Réisín. Moltar mé nár ghéilleas.

"Téimis amach, a Theatrairc, agus suímis faoi bhun an chrainn fígí atá ag ceann Ghairdín an tSuaimhnis, agus canfad ceol duit, canfad amhrán grá duit a múineadh dom i gCríoch Iúdáia fadó; agus an fhad is a bheas tú ag éisteacht leis an amhrán sin ní bheidh cuimhneamh agat ar cheol na n-éan a bheas ag cantaireacht i do thimpeall, ná ar chumhracht na gcrann, ná ar aoibhneas na hoíche ná ar imní an tsaoil, ná ar dhólás ná ar dhuairceas – ní bheidh cuimhneamh agat ach ar an amhrán agus ar an amhránaí ... Téanam, a Theatrairc na Gailílí, téanam go Gairdín an tSuaimhnis liomsa. Téanam! Téanam!"

Bhíos i mo thost tamall. Tháinig dhá aisling os comhair mo shúl. Gairdín an tSuaimhnis ... Salómé ... mise faoi chuing shíoda, faoi chuing sheirce aici go deo deo arís ... Sin, nó mé i mo rí dáiríre ... í féin agus a máthair díbrithe uaim ... an pobal uile ag cabhrú liom ... Smacht agam ar an tír ...

Chualas glórtha na bhfear a bhí go scléipeach in Áras na bhFleá. Chualas glór Eoin Bhaiste ag dul i méid agus ag dul i laghad agus é do mo mhallachtú:

"Loiscfear a theach os a chionn. Tiocfaidh na ciníocha allta isteach ina ríocht agus ní fhágfar cloch ar chloch; ní bheidh páiste nach ngolfaidh; ní bheidh bean ann nach stracfaidh an folt dá ceann á mhallachtú ..."

"An damhsa! An damhsa Arabach, a Shalómé! Gheobhair rud ar bith ach é a dhéanamh. Leath mo ríochta, más mian leat é!"

"Ach má iarraim ort an t-iolar dubh dall a bhí ag do mhuintir ó aimsir Dháithí?" ar sise go leanbach.

"Gheobhair é. Cuma céard a iarrfas tú, ach an damhsa a dhéanamh! Nach bhfuil mo bhriathar ríoga agat air?"

D'éirigh sí agus dhamhas.

Ní uirthi a bhíos ag féachaint agus í ag damhsa. Ní ar na fir a bhí á hiniúchadh le súile drúisiúla faoi mhalaí troma dubha a bhíos ag féachaint. Ní ar an bpríosúnach a bhí clúdaithe le craicne camaill agus a bhí gléasta go magúil ar nós saighdiúra Rómhánaigh – ní orthu a bhíos ag féachaint; ní orthu a bhíos ag cuimhneamh ach ar ríocht mhór leathan ó Dhan go Beerséba, ar ríocht a bheadh faoi mo smacht agus faoi mo chumas féin; ar cháil, ar chlú, ar chumhacht a bhíos ag cuimhneamh ...

Bhí an damhsa thart. Tháinig an bhean chugam.

"D'achainí, a bhean," arsa mise.

"Ceann Eoin Bhaiste ar mhéis," ar sise.

Ba léir dom go raibh sí dáiríre. Thuigeas gurbh é sin a bhí uaithi ar feadh an ama agus nach raibh aon mhaith dom a bheith ag iarraidh í a bhogadh. Bhí mo bhriathar aici air.

Chuireas cogar i gcluais giolla. Tugadh an príosúnach amach. Lean an bhean é. Thosaigh an chuideachta ar an bhfleá athuair. Ní baileach a bhí amhrán gafa ag duine acu go dtáinig Salómé isteach arís agus an ceann uasal fuilteach ar iompar aici ...

D'éalaigh an chuideachta uaim ina nduine agus ina nduine agus fágadh i m'aonar mé in Áras na bhFleá ...

An raibh tú riamh ag strapadóireacht i measc cnoc garbh fiáin, tuirse ort agus ocras agus tart, agus súil agat go n-éireodh leat fóirthine a fháil dá bhféadfá na cosa thabhairt leat – agus ansin, ar shroichint na háite a raibh súil agat le cabhair, gan aon ní a fheiceáil ach aibhéis dhubh dhomhain nach raibh sé i do chumas a thrasnú? Is amhlaidh a bhí an scéal agamsa an oíche sin. An ríocht mhór, an cumhacht, an cháil, an chlú a chonaiceas i m'aisling, scaipeadh orm iad mar a scaiptear ceo roimh ghrian na maidne ...

*

Is tráthúil a chuir tú an cheist, a Réisín: cad é an gnó bhí ag maighdean óg mar í do cheann fuilteach dá shaghas, an ea? Ní lena haghaidh féin a d'iarr sí an aisce sin. Ní raibh a fhios agam an oíche sin é, ach tá a fhios agam anois é, monuar! Is iomaí scéal scéil a bhí ag gabháil thart faoi obair mhillteach na hoíche sin, agus is féidir gur shroich ceann díobh na réigiúin allta inar chaith tusa do shaol le fada d'aimsir; ach ná creid aon cheann díobh. Is agamsa agus is agamsa amháin atá fírinne an scéil ... Foighid, a Réisín! Lig dom é a inseacht duit ar mo bhealach féin.

Ní baileach a bhí an comhluadar éalaithe uaim, agus mé fágtha liom féin in áras mór dorcha na bhfleá, go dtáinig Herodias isteach. Níor ligeas orm go raibh uamhan ná imní orm faoi ghníomhartha na hoíche. Ba dhóigh le duine ar an mbean nár chuala sí aon cheo faoin dícheannadh.

"Do bheatha agus do shláinte, a Theatrairc na Gaililí!" ar sise go caoin modhúil. "Nach luath a d'imigh an comhluadar uait? Cé nár thaitin an damhsa Arabach leo? ...

Och! Céard seo? Fuil? Ní breá liom fuil; cuir fios ar ghiolla leis an urlár a ghlanadh. Iontach liom nach féidir le dream teacht le chéile gan achrann a bheith eatarthu!"

"Ní raibh aon achrann ann, a ríon," arsa mise. "Sin fuil fáidh."

"Fuil fáidh! Níor cheapas go raibh aon fháidh sa tír seo leis na céadta móra bliain."

"Sin fuil duine dá dtug tú fuath. Sin fuil Eoin Bhaiste, a bhíodh do mhallachtú de shíor. Dícheannadh é anocht."

"Tá a fhios agam sin. Bhronn Salómé a cheann orm mar a gheall sí ... ach ní raibh ceart agaibh an t-áras breá seo a shalú lena chuid fola."

"Agus bhronn Salómé a cheann ort!"

"Bhronn."

Bhí sí ina tost ar feadh scaithimh bhig. Tháinig athrú gné di. Chúb sí í féin ar an urlár ar nós ainmhí allta a bheadh ag faire ar a chuid. Ní raibh le feiceáil agam sa dorchadas ach aghaidh bhán agus súile nimhneacha a bhí ag dul tríom.

"Bronnadh an ceann orm, a Theatrairc," ar sise, "ach ná ceap gur mar gheall ar a bhriathra baoise a bhíos á lorg. Ná ceap ach oiread go raibh aon eagla orm go ndeighlfí sinne dá mbarr ... Tá greim níos daingne agam ort, a fhir gan chéill! Agus ní ar mhaithe leat atá an greim sin agam ort. Ní snaidhm seirce a bhí dár gceangal le fada ach snaidhm dhoscaoilte fuatha. Bhí lá ann ... ach cén mhaith a bheith ag caint faoi sin? Le bliain bhí tú ag tnúth le m'iníon. Ní raibh aird agat ormsa – sea, nach bhfuil cuimhne agat ar an lá a chaith tú mo lámh uait nuair a shíleas a bheith lách muinteartha leat? Ón lá sin ní raibh aon ní ag déanamh imní dom de ló ná d'oíche ach bealach do mhillte a cheapadh ... Bhí tú ag tnúth le Salómé ar feadh na bliana sin. Ní rabhas féin ag tnúth ach le díoltas! Salómé – ba í an baoite álainn agam í! Bhíos ullamh le híobairt a dhéanamh di ar altóir an díoltais dá mbeadh gá leis. Ach anois tá liom, a Theatrairc na Gaililí! Tá do naimhde cumhachtach, ní hamháin sa tír seo ach sa Róimh agus in Iarúsailéim. I méid, i gcumhacht agus i líonmhaire a bheas siad ag dul de bharr obair na hoíche ámharaí seo ..."

Ní raibh ach dhá thrilseán beag solais sa seomra. Briseadh fuinneog le cloch. Múchadh ceann díobh.

"I líonmhaire a bheas siad ag dul, a Theatrairc. Nach gcluin tú lucht leanúna Eoin go bagrach feargach anois féin? Anois, ó tá sé marbh, cuideoidh siad le do naimhde, le rí Phetra atá ag cur cogaidh ort agus leo uile. Tá eolas agat ar an bpobal Iúdach, ar Eisínigh, ar Scaraigh agus ar a bhfuil ann díobh; níl giall agat anois lena smachtú. Tiocfaidh siad ort ina ndeich mílte faoi arm agus faoi fhearg ... agus beidh daoine sa Róimh agus cuirfidh siad cogar i gcluais an Impire agus creidfear iad; an dóigh leat nach gcreidfidh an tImpire go bhfuilir ar buile agus ár agus achrann sa tír de bharr an amadáin a chuir tú chun báis?"

Shíleas cosc a chur lena teanga, ach ní raibh aon mhaith ann, a Réisín. Ní raibh ionam corraí. Bhí draíocht éigin ina súile nimhneacha a ghreamaigh ansin mé agus an pobal ag teacht inár dtimpeall ó gach aird.

"Agus cuirfidh an tImpire fios ort chun na Róimhe agus bainfear do ríocht agus do fhlaithiúnas díot agus díbreofar thú go críoch choimhthíoch agus buailfidh an iomad galar agus aicíd thú ... in aisling chím seanfhear lofa brocach ina luí ar chíb shléibhe i bpúirín agus na céadta mílte crumh ag tochailt ina chuid feola agus ag tolladh a chnámh. Tá folt fada liath air, ach tig gach slám de leis agus é á thochas féin. Níl duine ann le fóirthin air. An rud a théas ina bhéal i bhfoirm bia tig sé amach as i bhfoirm mionna mhóir ..."

Scairt sí ag gáire.

"Agus ceapann tú go mbeidh suaimhneas agat nuair nach mbeidh mise i do ghar! Ná ceap sin, a amadáin!

Beidh mé i do ghar. Beidh! Beidh! Agus ní bheidh de chúram orm ann ach a chur i gcuimhne duit ó am go ham gur mar gheall ar an mbean dá dtug tú gean uair atá an bhail sin ort ..."

*

Cailleadh í mí ó shin, a Réisín. Níor scar sí liom riamh ach do mo chrá de ló agus d'oíche. Iontach liom fuath agus éad mná a tréigeadh, a Réisín, a mhic altrama, ach is iontaí liom go mór an saghas fealsúnachta atá acu sa Róimh faoi láthair; suigh anseo in aice liom agus inis dom beagán eile faoi fhealsúnacht na Stóiceach ar ar thrácht tú cheana ... ach fainic thú féin ar na crumha; táid timpeall orm i ngach uile áit ...

TETRARCH OF GALILEE

Delighted you have come to visit me in my filthy little hollow here in the wilderness, Rhesa, my foster son. However, you would do best to keep back from me a bit or you'll find untold quantities of maggots and bugs accompanying you back to Jerusalem! They are growing more plentiful by the day regardless how many of them I crush between those two flat stones! Look at the holes they have dug into my flesh! Please, don't appear so horrified, isn't human flesh devoured in the grave and am I not a dead soul though I was once King of Galilee?

So, you would like us to have a chat, my son. So would I, it is so long since I have spoken, except with these creatures who lunch on me endlessly ...

I would still to this day be a noteworthy and greatly respected king were it not for womankind. Let it be written into the history books that Herod, or Antipas as I am known, Tetrarch of the lands of Galilee, committed each and every one of his wrongdoings as a result of some woman or other. That's the truth, my son: I could never keep away from them, not since my earliest days, knowing full well they would be the death of me. Why did I bother with them, then? Aren't you the innocent one! Fate, I suppose: look at that moth dancing around my candle there. Its beautifully ornate wings will soon be scorched; perhaps the creature knows this too?

You knew Salomé well, my half-brother Philip's daughter. Yes you did. If it wasn't for her I wouldn't have sequestered you into the army at that time – now hold your tongue a minute – you'll know soon enough what she had to do with your military career! But, yes, you did know her. And you were fond of her. I recall one day particularly well, indeed, the two of you were enjoying yourselves on the lawn in front of the house. The weather was mild. The almond trees and orange trees were in full bloom and the whole earth rejoicing following winter's travails. As I watched the two of you through the window I thought nothing in the world could compare to such beauty ...

You put the young girl dancing on a stone slab. You were so mesmerised by her beauty, not that it was any great surprise to me. But her lace became undone and she fell. You helped her up, ever so gently. You kissed her mouth. She flushed. She appeared to sulk – you remember her usually smiling lips? But the look in her eyes! "I dare you to do it again" that look clearly spoke. But you didn't! You were young and knew little of the language of the eyes. You'd hardly need an invitation now, you rogue.

But her eyes held a very different look on passing the window, having left you. It's a funny little look, that one. Only the rare few get to see it in a woman's face for the first time. For those who do, it lifts the heart and sets the mind to thinking ...

"Salomé is no longer a child," I said to myself, "she is a woman, a ripe, young woman," and I began to consider the qualities of women ...

Who should chance upon me in my musing only Herodias. Before I was aware of her presence she had lain her hand lovingly on the back of my head, as she always did. Even if you promised me my old kingdom again, I still could not tell you why I threw that hand away from me in foul temper. But Herodias understood the reason why: have you ever seen Hell's wrath in a woman's eyes, Rhesa? You haven't. You are better off for it. That woman put the fear of God in me.

"I didn't think it was you," I said, awkwardly enough.

"And you wouldn't know my hand from the hand of another woman!" she said. "Should it be that you are tiring of me ..."

I swore that it was not so. I swore black and blue. I told her with a thousand hugs and kisses. Did she believe me? How would I know? Women have greater insight into such things than we do. They know when a man is tiring of them even before he knows himself. It is a gift they possess. Anyhow, Herodias let on she believed every word from my mouth.

"My pet," she said – but what's the point in me telling one who knows plenty about such matters now, Rhesa, the lengths a woman will go to secure a favour? You know your own stepfather too well. Do you think he could refuse anything of a woman who could sweet talk him? Is it any wonder to you I promised her that that fool who had been preaching and creating dissent throughout the land at the time would be arrested, fettered and bound? Yes, that's right, that was his name – John the Baptist. He was constantly preaching to the people, saying I had committed a grave injustice in capturing and then marrying my stepbrother's wife. I couldn't care less about him or what he had to say, but his words stung Herodias, or at least she let on they did. Well indeed, Rhesa, my mind wasn't on John or Herodias or Aretas, my first wife's father now declaring war on me, that night, but rather on the gorgeous, beautiful, Salomé ... Anyhow, I had John arrested, bound and held at the bottom of a deep, dry well at the top of that little field we call the Garden of Tranquility.

If I am not wearing you out now I'll remind you how things were with me at the time. I was in love with Salomé, my wife's daughter. I was sure of it. You know me; you know I would never know peace again until I had the woman of my affections. But what to do about her mother, the contemptuous Herodias? Send her packing back to my stepbrother, Philip? If I did so, if I took John's advice, I would have the affections of my people. Banish the woman I detested and make a saint of myself! I liked the idea, Rhesa – it would have been great sport to have people think Herod had banished a woman in a fit of rage ... But I'd also be obliged then to banish Salomé ... that I didn't like. That was something I could not do. I couldn't get rid of Herodias without getting rid of Salomé too. A snake in a house is a dangerous thing, and that woman was more dangerous and more venomous than any snake. The depth of woman's rage amazes me ...

Then there was Aretas – wasn't he the madman, Rhesa? There was Aretas declaring war on me over his own daughter, the first woman I ever had; you didn't know her at all, son – the most beautiful slender legs you've ever seen ... never mind; I paid her scant attention from first I laid my eyes on proud Herodias. And as for you, Rhesa, I feared Salomé loved you from the moment I saw you two together in the Garden of Tranquility. That didn't worry me to any great degree, however. I knew that bond of love would be broken (if, as such, it existed) if you two were separated. And so I did it. I sent you away to the battlefield, Rhesa, not expecting you to return ...

The man who loved one woman yesterday, loves another today and will love a different woman again tomorrow is plagued with worry and doubt. The affliction was noticeable in me. Don't you recall the satire about me written by a wandering poet at the time? The young fellows in the city used to sing it as I'd pass by in my chariot.

Only your youth could force you to ask such a question! Why didn't I banish the two of them? Why didn't I appease my enemies, my first wife's father and the Jewish people? The love I had in my heart for Salomé ... but don't think I didn't try everything I could to extinguish that flame. I embraced most of the advice pertaining to people in such a state, the sound advice presented in chapter eighteen of Elijah's philosophical tome. I busied myself from dawn to dusk. I got stuck into acts of governance that I had been ignoring for quite some time. I boldly set forth on my campaign of war. I did not speak to Salomé and made sure I had the pleasure of female company most every night. You recall the female dance troupe presented to me by the Emperor – some of those women were stunning – olive-skinned, strong-limbed, firm-breasted, eye-popping beauties. It did me no good, however. There are two kinds of love, as you know, physical love and soul love. Physically, I loved the female dancers and other women besides, but I loved Salomé in body and soul, and you yourself know there is no cure for one who loves a woman thus. You are not so sure, no? Neither was I, once. I am now.

Yes, I tried my best. I took the advice almost entirely on board, foreign women, magical wines from the Arab regions, hard labour – I often spent the whole day long ploughing in the fields, books – I read many books on Greek philosophy – but merely hearing Salomé's laughter in the distance was enough to cause me to leave all to go and gaze upon her ...

One night I threw a party. I was residing in Machaerus at the time, which is where I had John imprisoned. There were army generals in attendance and nobles of the court and government officials, all of them merry and up for sport. We had wines there I hoped would have the power to banish the torment from my heart. There was wine from Tyre that bore the colour of enemy's blood; one needed but a goblet full to be stirred to fight – I gave that to my friends. We had wine there from the mountains of Moab; to drink that wine was to kill all pain – it did not cure the pangs of love, however, Rhesa. Then there was the wine the Emperor had bestowed on me on his travels, that wine was the colour of Galilee's waves on a winter's day – it was known as the wine of insight for a drop would light the spark of intellect in any mind in possession of one; I didn't drink it. There was the wine of love too – purple wines that came from Greece; the blood of seven virgins in love had been mixed with that wine during its making; I had no need for the wine of love ...

I didn't drink much of any of these wines. I knew Herodias was somewhere behind the curtains, planning some action to knock me off my guard. If only I could enrage her! If only I could humiliate her before the assembled company! I called for the female dance troupe the Emperor had gifted me. They entered, eight of them, eight semi-naked, brown-skinned female slaves and danced a barbarous dance before the company.

One of the women was small, strong-limbed and athletic and I compelled her to do a particular dance. She bent and twisted herself, stretched and splayed herself, walking on air one minute, a perfectly-still brown marble column the next; she bent and shaped her body in every conceivable way to please the drunken men around her as they heaped praise on her.

"As wonderful as she is," I proclaimed, "there is a dancer yet in this house who is finer still."

The company were doubtful. All went silent.

"This other dancer," said I, "is the brightest, most shapely and lightest-skinned woman, with the most beautiful limbs, the finest feet, the darkest eyes and the most perfect teeth ever beheld in any woman. She has royal blood in her veins. Her movements are more beautiful than the light of the moon dancing on the sea of Galilee. The berries of happiness themselves are no more red than her own flaming lips. Her eyes are polished black marble from the mountains of Edom sparkling in the sunlight after rain. She stole her voice from the blackbird. Her thick plaited hair is a writhing knot of hundreds of silent snakes ..."

I looked around at the assembled male company. Nobody moved a muscle, all stared at me, wondering what clever plot I was about to hatch. Herodias was listening also, though I did not see her: I wanted to shame the woman I had been besotted with once – if I could force Salomé to do a certain Arabic dance before the company, the two would be greatly humiliated. It might ease my affection for her. I had a notion I would no longer want her should she dance the barbarous dance she liked before the men assembled ... Have you ever noticed, Rhesa, how a man who is madly in love with a woman can be sorely tempted to oppress her? Of course you have; when the woman has too much power over him such temptation arises.

I walked out into the night. The risen moon was the colour of blood. A bittern screeched its loneliness in the wilderness; a wild dog called threateningly from the mountains of Moab. But my attention lay much more with the voice of the man I had imprisoned at the bottom of the well in the Garden of Tranquility. The wind carried some of his rantings in my direction: "My curse upon them ... my curse upon the man who stole his stepbrother's wife ... may their bed remain fallow ... that whore who has shamed the God who created her with her base desire ... but she will face the day of reckoning ..."

He had a tremendous voice, it was strong and passionate with as much variation in it as there are colours in the rainbow. His voice pleased me greatly. I went to the well he was being held in. As I drew close to the well I saw eight or nine shadows slink away into the darkness. I remembered I had given permission for some of his followers to visit him every second day: and what instruction he was giving them! But I couldn't care less ...

A soldier in attendance eased a torch down into the well on a chain and we gained a fantastic sight in return. A tall, thin, barefoot man cloaked in a camel skin. He seemed sickly and exhausted, starvation and want were etched into his noble brow as he flung hard words of scorn at me, each word as sharp and dangerous as a Roman spear. His eyes and how he regarded me with them! Had all the evil spirits that ever walked the earth been residing within my own flesh he could not have looked on me with more venom or hatred. Isn't it dreadful what religious zeal can do to a man, Rhesa?

An idea came to me. There was a party going on inside. Isn't the host obliged to provide as much entertainment as possible for his guests? I spoke with a soldier. He nodded. I went back inside.

I met Herodias at the door on my way back in, storm clouds in her eyes.

"Have Salomé dressed to dance, woman," I said.

"It will be done, Tetrarch," and she was gone.

I rejoined the company. I made no mention of the amusement I had planned for them. A female slave handed me a goblet of wine. In the centre of the room, two trained peacocks were being guided by their handler to perform a certain display. A servant appeared at the door. Another came to me.

"Bring him in," I said.

A man cloaked in a camel skin was brought into the room surrounded by five soldiers. On seeing him, the company roared with laughter. Some began to insult him. I put a stop to it.

"Even though he is a prisoner he shall celebrate with us tonight. Give him wine and fine food," I said.

Food and drink was produced for him. He touched neither.

"He prefers desert locusts and woodland honey and the stagnant water of the Orthennon stream to your food, Tetrarch," said a young Roman at my side.

The Roman thought himself a bit of a comedian. He had had his share of drink too. He stood up. He placed a brass helmet on the prisoner's head. He tied a sword to his waist. He strapped a Roman breastplate about him. Then he sang a battle song whose words proclaimed him their general forever more ...

More wine was drunk. The most bawdy songs were sung and the filthiest stories told and all the while, above the noise and revelry, the prisoner prayed and proclaimed: "My curse on you, Tetrarch of Galilee. My curse on your whore of a wife. The Son of God will come in great anger. He will sleight his enemies. They will be driven into darkness. Their seed and all their seed's seed will be ground between the mill wheels of the sorrows of both Worlds ..."

Didn't I show great patience not to throttle him? But his words didn't worry me – sure I never had children!

Then she came to me, the beautiful daughter, the ill-fated Salomé. She had never been shy, but one would think as she crossed the floor toward me, with all the men staring in amazement at her, that she was the shyest woman to have ever walked the earth. I was alone in an alcove and she walked slowly towards me, knelt at my feet, put her arms around my knees and looked up into my face pityingly like one about to implore a favour.

"I am ready, Tetrarch, but don't ask me to dance," she said.

I could see how beautiful she looked and feared she knew her beauty might sway me. How foolish I was to think she was embarrassed to dance in front of the all male company. It had been her intention to dance from the very beginning. She was simply teasing me all along, tantalising me with her beauty, as her mother had advised her, that I might grant her the gift they both desired. She was the cat and I was the mouse and how certain I had been all the while that she was at my bidding and under my control!

"I will dance for you and your company, Tetrarch, but there will be neither energy in my limbs or beauty in my movement ..."

Have you ever met someone, Rhesa, who was in two minds when they ought to be absolutely single minded? That is exactly the state I was in having heard the young virgin speak those words to me. My intention had been to humiliate her, demean and degrade her in order to control her, shame her so as to stoke up my own sense of disgust within. That is why I had brought her there, hoping then I might be in control of my own mind, heart and body once more. Oh but Rhesa, my foster son, could you fault me for it – there were times when she'd look into my face and I'd see her fine pale brow looking like marble from the Mountains of Loneliness; and her big eyes radiant beneath with the stillness, sweetness and darkness of the night; and her breast rising and falling constantly like the waves of the sea; and her soft, moist lips like a red rose that has just opened on a dewy morning; and when I heard the voice that came from that mouth, softer, more full of music and more pleasing than the cooing of those thousands of white doves you and I once heard in an oak wood near Rome, Rhesa – yes, when I saw and when I heard such beauty, is it any wonder I grew tempted? I did not yield to the temptation, however. I did not yield entirely, I ought to say. If she had asked me to release her at that very moment, I would have done so, I'm afraid. Never ask half a favour, Rhesa. Salomé asked half a favour. She simply said: "I'll do the Dance of the Child for you."

"That's not what I want. I want the Arabic dance you have been practicing for the last month."

You know both these dances, Rhesa. There would be no shame at all in dancing the former. Therefore, I couldn't agree to it.

"I want the Arabic dance."

"That dance! And to dance it in front of those drunken men over there?"

"Yes."

"But the wine has gone to their heads and their hearts are full of lust. Tetrarch, I would much rather stay here engaged in conversation with you and giving you pleasure ..."

I couldn't force her to do the dance if she wouldn't do it of her own free will. I thought to bribe her.

"Anything at all you desire, you will get, if only you dance it well."

She put on airs. She was like a spoiled child wondering what present she might ask of her mother. Oh, my sorrow! She knew too well what she wanted. She was winding me up, blindfolding me all the while. Never think you have conquered a woman, Rhesa, until you see her being put down into her grave. I promised her an abundance of jewels and gifts if only she would dance the dance.

"I will give you the twelve snakes the Queen of Syria bestowed on me," I said. "Each is a different colour, age and size. They are so highly trained you could make a live, multicoloured belt of them to wrap around your waist ..."

She shook her head.

"I have eight mute slaves: they hold the eight attributes from the beginning of time which are enchantment, devilment, poetry, agriculture, weaving, seafaring, praying and cursing."

She didn't want them.

"The enchanted swans that live on the Lake of the Two Fishes in the Land of Moab ..."

She cared little for them. She didn't want to do the Arab dance, apparently, and no other dance would suit my purpose.

She looked into my eyes and said: "Let's go out into the Garden of Tranquility and we can walk there under the flowering almond trees whose branches stoop to kiss the earth with the weight of their beauty: the moon has risen, the silent, royal Queen of the stars, with a blanket of sparkling, silvery clouds wrapped around her. The birds are singing softly in the pomegranate trees, thinking it is daytime with the brilliant light from the stars and the moon ..."

"I want the Arab dance," I said sharply. It was such a temptation, Rhesa. My not succumbing deserves some praise.

"Let's go out, Tetrarch, and we can sit under the fig tree there at the top of the Garden of Tranquility, and I will sing to you. I will sing you love songs taught to me long ago in Judea; and while you are listening to that song you will be unaware of the singing of the birds around you or the scent of the trees or the beauty of the night or any of life's worries, or sadness or despair; you will think only of the song and the singer ... Come with me, my Tetrarch of Galilee, come to the Garden of Tranquility with me, come! Come!"

I was silent for a moment. Two visions came to me. The Garden of Tranquility ... Salomé ... me in a silken bond, in a bond of love to her forever and ever ... That, or being a true king ... she and her mother banished ... all the people on my side ... ruling the entire country ...

The voices of the revelling men in the banqueting hall came to me. I heard John the Baptist's voice rising and falling, cursing me all the while: "His dwelling place will be razed while he lies within. Races of foreigners will come into his kingdom and not a stone will be left upon a stone; every child will weep; every woman will tear her hair out and curse him ..."

"The dance! The Arabic dance, Salomé! You will get anything you desire but do it. Half my kingdom, if you so desire!"

"But what if I ask you for the blind black eagle that has been with your people since the time of David?" she said, childishly.

"You will get it. Anything you ask for, only dance the dance! Haven't you my royal word on it?"

She stood up and she danced.

I wasn't watching her as she danced. I wasn't watching the men lapping her up with lustful eyes under their thick set, dark brows. I wasn't watching the prisoner cloaked in camel skin and dressed up as a mock Roman soldier – no, not any of them, I was thinking only of the great kingdom stretching from Dan to Beersheba that would be mine and under my entire control; I thought only of fame, fortune and power ...

The dance had ended. The woman came to me.

"Your request, woman," I said.

"The head of John the Baptist on a plate," she replied.

I could see she was absolutely serious. I realised that was what she had wanted all along and that trying to bargain with her would do no good. She had my word on it.

I whispered an instruction to a servant. The prisoner was taken out. Salomé followed him. The company returned to their festivities. One of them had barely finished a song when Salomé re-entered carrying that noble bloodied head ...

One after another, the assembled company slipped away until I was left alone in the Banqueting Hall ...

Have you ever been climbing in harsh, wild mountains, tired, thirsty and hungry, hoping you will eventually find shelter if only you can keep going and get through them – and then having finally reached the place you hoped to find help, you discover nothing but a deep, dark, impassable abyss? That is where I found myself that night. The great kingdom, the power, all the fame and fortune revealed to me in my vision, all disappeared like fog before the morning sun ...

A well-timed question, Rhesa. What would a young virgin like her want with a severed head? She hadn't asked the favour for herself. I didn't know it that night, but alas, I know it now! Many versions of the story of what happened on that bloody night did the rounds, and one or two of them may have reached as far as the wild regions where you lived for so long; but don't believe any of them. I and I alone know the truth of the matter ... Patience now, Rhesa! Let me tell you in my own way.

The guests had scarcely abandoned me, leaving me alone in the vast, cavernous Banqueting Hall, when Herodias appeared. I let on the night's proceedings had scarcely bothered, let alone terrified me. One would think, to look on Herodias, that she was totally unaware the beheading had occurred.

"Long life and health to you, Tetrarch of Galilee!" she said with delicate gentility. "Your guests left early. Did they not like the Arabic dance ...? Oh! What's this? Blood? I don't like blood: call a servant to clean the floor. It always amazes me how people seemingly can't gather in company without somebody starting a row!"

"There was no row, Queen," I said, "That's the blood of a prophet."

"The blood of a prophet! I thought there hadn't been a prophet in this country for hundreds of years."

"That's the blood of someone you hated. That's the blood of John the Baptist who used to curse you endlessly. Tonight he was beheaded."

"I know that. Salomé presented me with his head as she promised ... but you ought not to have filthied this fine palace with his common blood."

"Salomé presented you with his head!"

"Yes, she did."

She remained silent for a moment. Then her features began to change. She started to crouch down on the floor like a wild animal defending its kill. In the darkness I could just make out her face and her two venomous eyes piercing me.

"His head was bestowed upon me, Tetrarch," she said, "but don't think for a moment that I wanted it because of the foolish words of a madman. Don't think, either, I thought we would be parted as a result ... I have a much greater hold than that on you, you stupid man! But I will not hold on to you for your benefit. The bond that has been holding us together for the last long while is not one of love but hatred. Once upon a time, perhaps ... but what does that matter now? You have wanted my daughter for the last year. You cared little for me – yes, don't you recall the day you threw my hand away from you when I wished to caress you? Ever since that day, the only thing that has ever concerned me has been how to destroy you ... You spent the entire year wanting Salomé. I spent it simply wanting revenge! Salomé – she was my beautiful bait! I was prepared to sacrifice her on the altar of revenge if needed. And I have it now, Tetrarch of Galilee! Your enemies are powerful, not only in this country but in Rome and in Jerusalem too. Their numbers and power and strength will increase now because of tonight's good work ..."

Only two torches remained lighting the entire room. A stone came through a window, extinguishing one.

"Their numbers shall increase, Tetrarch. Don't you hear John's followers angrily threatening now. Already? Now that he is dead, they will assist your enemies, they will assist the King of Petra who is at war with you, as well as all your other enemies. You know what the Jewish tribes are like, the Essenes, the Sadducees and all the other sects; you have no hostage now to bargain with. They will fall on you in their tens of thousands in arms and in anger ... and there are people in Rome who will whisper into the Emperor's ear and they will be believed; do you think the Emperor won't believe you are mad when he sees this country ravaged by massacre and destruction because of some fool you put to death?"

I tried to shut her up, but I couldn't, Rhesa. I wasn't able to move. Some magic in her venomous eyes stuck me to the spot as the people began to surround us on all sides.

"And the Emperor will call you to Rome where you will be stripped of your kingdom and your wealth and you will be banished to some far-flung corner where disease and pestilence will plague you ... in a vision I see a dirty, filthy old man lying on coarse mountain sedge in a miserable little hut with hundreds and thousands of maggots digging into his flesh and tunnelling their way to his bones. His hair is long and grey and clumps of it come away in his hands when he scratches himself. There is no one there to succour him. That which enters his mouth as food exits in a great curse ..."

She roared with laughter.

"And you think you will have some solace when I am not around! Don't think it for a second, you fool! I'll be close at hand. I will! I will indeed! And my only task there will be to remind you, from time to time, that the reason you are in the state you are in is all because of the woman you loved once ..."

She died a month ago, Rhesa. She never left me alone all that time but remained to torment me night and day. The hatred and jealousy of the scorned woman astounds me, Rhesa, but what amazes me even more is this new philosophy they have in Rome these days; sit down here beside me and tell me a little bit more about the philosophy of the Stoics you mentioned earlier ... but keep an eye out for those maggots; they are everywhere ...

II

Beirt Bhan Misniúil

Tá aithne agam ar sheanbhean atá dall le blianta fada. Baintreach atá inti, agus ní heol dom go raibh aici ach an t-aon mhac amháin.

Baintreach agus í dall – shílfeá ón gcaint sin gur bean bhocht a bheadh inti; shíleas féin i dtosach é nuair a fuaireas a tuairisc. Ach bhí dul amú orm agus dul amú mór. Bean shaibhir í; dá mbeadh an céadú cuid dá maoin agamsa d'fhéadfainn gan faic a dhéanamh le mo bheo.

Chuireas aithne uirthi i dtosach na Bealtaine atá imithe thart. Cuireadh ann mé ar theachtaireacht; ach nuair a chonaiceas an t-áras maorga, agus an chosúlacht a bhí ar an uile rud thart ann, shíleas ar ndóigh nach raibh mé san áit ar cuireadh mé – searbhóntaí agus gach aon tsórt thart orm gach uile choiscéim a shiúlfainn! Agus dúradh liom cuairt a thabhairt ar sheanbhean dhall bhí ina cónaí sna sléibhte i gCill Mhantáin!

Seoladh isteach sa seomra mé.

Bhí sise ann romhan: bean chaol chaite, aghaidh bhán leicthe uirthi agus cosúlacht ar an uile bhall di go raibh sí mórchúiseach mórálach. Is maith is cuimhneach liom an chéad amharc sin: bhí gúna dubh síoda uirthi, cathaoir mhór shuaimhnis fúithi, a cosa in airde ar stól, a cuid cniotála ar bord beag lena taobh – bhí sí ar nós deilbhe duibhe sa seomra mór galánta sin, gan cor aisti go labhraínn féin i dtosach.

"Cuireadh anseo mé le teachtaireacht," arsa mise.

"Sea?"

"Le teachtaireacht ó do mhac."

Gheit sí.

"Dúirt sé liom a rá leat ..."

Ní raibh sé de mhisneach agam an teachtaireacht a thabhairt di lom díreach nuair a thugas faoi deara cén imní a tháinig uirthi nuair a luadh a ainm.

Cén chaoi a bhféadfainn agus gan agam ach an drochscéal di? Cén chaoi a bhféadfainn inseacht don tseanbhean dhall sin go raibh sí gan mac anois; go raibh cnámha a haon mhic faoin bhfód le mí?

Cheapas bréag a inseacht di.

"Tá do mhac beo slán thall i Sasana," arsa mise, "bhí sé san Éirí Amach; gabhadh é, cuireadh thar sáile é ..."

"Ní raibh a ainm sna páipéir," ar sise, "léadh ainmneacha na ndaoine a cuireadh thar sáile dom."

"Ainm bréige a bhí air ..."

Caitear bréaga a chothú le bréaga eile. Ach cén neart a bhí agam air? An bhféadfása an fhírinne a inseacht don tseanbhean dhall sin? Cárbh fhios duit nach marófaí í dá n-inseofá an fhírinne di mar seo: "A bhean uasal, is trua liom thú. Tá tú gan mac anois?"

Inseod duit cén chaoi ar chuireas aithne air i dtosach. Dream fear armtha a chuaigh isteach i bpáirc bheag i lár na cathrach i mBaile Átha Cliath leis an áit a ghabháil le troid a dhéanamh lena sean-naimhde. Dhíbir siad an pobal uile as an bpáirc. Shíleadar go raibh sí fúthu féin ar fad, nach raibh aon duine ann ach a muintir féin. Ach bhí dul amú orthu. Ag cuartú na háite domsa tháinig mé ar fhear ina luí ar shuíochán ina thromchodladh meisce. Fear meánaosta bhí ann, fear saibhir de réir cosúlachta, ach ba léir ón bhfuil a bhí ar a bhaithis agus ón gclábar a bhí ar a chuid éadaigh, go raibh sé ar a shaoire ón tuath agus nach ar a leas a bhí sé á caitheamh.

Dhúisíos é.

"Amach leat as an bpáirc go beo," arsa mise.

D'fhéach sé idir an dá shúil go míchéatach orm. Bhí fonn troda air.

"Amach leat thú féin ..."

Rugas ar ghualainn air.

"Seo, corraigh," arsa mise. Níor mhaith liom a bheith ró-bhorb leis go gcuirfeadh sé a chéad dúiseacht de.

Shíl sé mé a leagadh, truisleog a thabhairt dom. B'éigean dom barr na beaignite a thabhairt air.

"Marbhfháisc ort," ar seisean, "tá gléas troda agus catha agam féin," agus bhain sé piostal as a phóca sula raibh a fhios agam céard a bhí faoi a dhéanamh.

"Anois, más fear thú," ar seisean; d'fhéach sé ar mo chulaith éadaigh, ar m'éide catha, ar mo chrios agus na piléir bhí ann, ar an ngunna agus ar an mbeaignit. Scríob sé a cheann. Chuimil sé na súile. Bhí a chéad dúiseacht agus a dheireadh meisce á gcur de aige.

"Agus cé thú féin le do thoil?" ar seisean agus ionadh mór air.

"Saighdiúir mé," arsa mise á threorú go dtí an geata, "saighdiúir in arm Phoblacht na hÉireann ..."

"An ag brionglóidí atá mé?" ar seisean. "Poblacht na hÉireann?"

Dúirt sé na focla sin trí nó ceathair d'uaire agus é ag iarraidh an scéal a thuiscint. Dá n-abróinn go raibh mé i mo shaighdiúir Rómhánach agus go raibh Iúil Caesar mar cheannaire orm, ní bheadh níos mó ionaidh ar an bhfear bocht.

Faoi dheireadh dúirt sé:

"Cogar mé leat, a fhir óg," ar seisean, "cén dáta é?"

"Luan Cásca."

"Sea, sea, ach an bhliain?"

"1916."

Dá bhfeicfeá ansin é ag iarraidh a dhéanamh amach céard a bhí cearr leis an saol! Chuirfeadh a fhéachaint gáire ar Naomh Pól.

Chuidíos leis.

"Tá éirí amach ann," arsa mise.

"Éirí amach?"

"Sea, éirí amach in aghaidh na Sasanach."

Dhírigh sé é féin. Chuir sé cosúlacht mhíleata air féin.

"An nglacfaidh sibh liomsa mar shaighdiúir?"

Bhí sé dáiríre píre. Ní raibh a fhios agam céard ab fhearr a dhéanamh. Fear fear – agus bhí fir ag teastáil uainn go géar. Thugas i láthair mo chaiptín é.

"Bhfuil urchar maith agat?" ar seisean le mo dhuine.

"Chomh maith le haon fhear eile in Éirinn," ar mo dhuine.

"Agus tuigeann tú céard atá fúinn a dhéanamh?"

"Go sármhaith, ach níor shíleas go mbeadh an fhaill againn go deo."

Agus glacadh leis. Rinne sé troid, troid chomh maith le haon fhear eile dá raibh ann. Chuireas aithne thar barr air i gcaitheamh na seachtaine. Bhí mé féin agus é féin le chéile ar bharr tí ag pléascadh ar feadh mórán achar. Ní raibh comrádaí ba chroíúla ag aon fhear riamh. Choinníodh sé ag gáire thú ó mhaidin go hoíche le scéalta agus le greann. Bhí scéal aige faoi bhean a raibh cos adhmaid aici ... ní call dom é a inseacht anois, uair éigin eile b'fhéidir ...

Ach ba mhór an fear ban é, ba mhór an fear óil é – ach ba mhó ná sin an fear troda é ...

Níor labhair sé liom riamh faoina mháthair go raibh sé ag fáil bháis; sea, piléar, piléar seachráin ...

D'inis sé dom ansin gur baintreach bhí inti, nach raibh aon chlann uirthi ach é féin, go raibh sí dall.

"Agus má éiríonn leat imeacht," ar seisean, agus é ag séalú uainn, "má éiríonn leat imeacht tabharfaidh tú cuairt uirthi agus inseoidh tú di cén chaoi a bhfuair mé bás."

Gheall mé sin dó.

Ach nuair a chonaic mé an tseanbhean aonraic dhall sin, ina suí ansin léi féin sa seomra mór galánta, nuair a thuigeas ón ngeit a baineadh aisti nuair a luas ainm a mic go raibh gean millteach aici air, ní raibh sé de mhisneach agam ansin mo gheall a chomhlíonadh agus an fhírinne a rá léi. Is mór an misneach a bheadh ag fear a bhrisfeadh croí máthar ...

*

D'fhan mé cuid mhaith den samhradh san áit. Bhí mé ar mo choimeád agus níorbh fhearr dom áit a mbeinn go mbeadh an tóir thart.

Ní raibh sé dhá lá go dtug mé cuairt ar an sagart go nglacfainn comhairle leis faoin ngeall a thugas don fhear a bhí faoin gcré.

Mhol sé an rud a rinneas.

"Dá n-inseofá go tobann mar sin di é b'fhéidir go mbrisfí a croí. Deir na dochtúirí go bhfuil a croí lag cheana féin," ar seisean.

"Ach caithfear an scéal a inseacht di uair éigin," arsa mise.

"Is dócha é," ar seisean, "ach maróidh sé í."

Tháinig bean óg isteach leis an tae agus sinn ag caint. "Éist liom nóiméad, a Áine," arsa an sagart. Chuir sé in aithne dom í. Iníon deirféar dó ab ea í. Dúirt an sagart liom mo scéal a athinseacht.

Rinneas amhlaidh.

D'éirigh an bhean óg. Labhair sí go húdarásach.

"Caithfear scéal an bháis sin a cheilt uirthi go deo," ar sise, "ba ábhar báis di féin é a chlos."

"Ach caithfear é a inseacht di uair éigin," arsa an sagart.

"Ní chaithfear agus ní inseofar." D'fhéach sí ar an mbeirt againn. "Seo," ar sise, "déanaimis triúr cumann an scéal a choinneáil uaithi an fhad is a mhaireas sí."

"Beidh sí ag súil le litreacha uaidh," arsa mise.

"Agus gheobhaidh sí iad," ar sise, "mar scríobhfaidh mé féin iad. Ó chaill sí an t-amharc is mise is mó a scríobhadh agus a léadh litreacha di nuair a bhíodh a mac as baile."

Rinneamar triúr cumann le chéile, ar an láthair, dallóg a chur ar an máthair aonraic faoi bhás a mic ...

*

Scríobhadh an chéad litir an oíche sin. Ag Áine a bhí an peann; bhí mise ar a láimh chlé agus an sagart ar a láimh dheis. Níor labhraíodh ar feadh scaithimh bhig. Bhí cineál scátha orainn – ag cumadh litreach ón saol thall ...

"A mháthair dhílis ionúin," arsa mise le tús a chur ar an obair.

"Ní hea," arsa Áine, "ní abródh sé mar sin é. Ní abróidh sé ach 'A mháthair'."

Scríobh sí síos an dá fhocal sin.

Scrúdaíos go géar í agus í ag scríobh. Thugas faoi deara chomh teann trom is a bhí a giall, chomh dea-chumtha leicthe is a bhí na malaí, an chaoi a gcorraíodh sí na pusa ó am go ham ..."

"Tá an tsláinte thar barr agam ó d'fhágas an teach," arsa mise le dul ar aghaidh leis an litir.

"Ní abródh sé focal faoina shláinte," ar sise, agus shílfeá go raibh sí le hamadán a thabhairt orm nach raibh aithne níos fearr agam ar an bhfear a bhí marbh.

"An troid seo a bhí i mBaile Átha Cliath," ar sise, agus thosaigh sí ag scríobh, "bhí lámh agamsa sa troid sin – tá a fhios agat féin nach bhféadfainn troid a fheiceáil gan mo ladhar féin a chur isteach ann ..."

"Bhí aithne mhaith agatsa air," arsa mise léi.

Is é an sagart a labhair.

"Ba cheart go mbeadh," ar seisean go smaointeach.

Bhí an bhean óg ag oibriú an phinn ar a dícheall.

"... gabhadh mé i ndeireadh na dála, ach níl mo sháith den troid ná den chomhrac faighte agam go fóill ..."

Shíleas go mb'aisteach an litir í le mac a bhí gafa a chur chuig a mháthair, ach bhí scáth orm aon cheo a rá, bhí an bhean óg á scríobh chomh húdarásach sin. Ní cheapfá ach gurbh é an fear marbh féin a bhí lena taobh á rá léi ...

Scríobh sí a lán eile a bhí níos aistí fós de réir mo bharúilse. D'fhéachainn ar an sagart ó am go ham, ach ní dhéanadh seisean ach comhartha a dhéanamh liom a bheith i mo thost, go raibh sí ag déanamh ar fheabhas. Cuireadh i gcéill dom go raibh aithne níos fearr ag an mbean a bhí ag ceapadh na litreach ar an bhfear a bhí marbh ná mar a bhí ag aon duine eile ar an saol. Níor chuir mé isteach uirthi níos mó.

Leag sí an peann uaithi. D'fhéach amach roimpi agus a dhá láimh faoina ceann mar a bheadh sí ag cuimhneamh ar scéal brónach éigin san am a bhí thart. Bhí an sagart ligthe siar ina chathaoir agus a dhá shúil ar dúnadh aige. Bhí an áit an-socair; chluinfeá mallbhuillí troma an chloig agus

anáil na mná óige a bhí éalaithe léi sna seanchuimhní ...
Níor fhéadas na súile a bhaint di; dá mba go mbeadh an fear marbh ansin lena hais ag labhairt léi ón saol eile, i gcanúint nach dtuigfeadh éinne ach an bheirt acu, ní fhéadfadh féachaint níos aistí a bheith ina súile ...

Gheit mé.

"Agus a mháthair, a chroí, tabhair aire mhaith d'Áine go gcasfar le chéile arís muid ..." Is é an sagart a dúirt an chaint, go mall doilíosach.

Rug an bhean óg ar an bpeann arís, ach ní túisce a rug ná chaith sí uaithi é. Tháinig creathadh uirthi. Shíl sí éirí. Phléasc sí ag caoineadh.

"A Riocaird! A Riocaird! A Riocaird!" ar sise, agus d'imigh léi amach an doras ...

D'fhéach mé ar an sagart.

"An raibh a fhios aici," arsa mise, "go raibh sé marbh gur inis mise di é?"

Leath a bhéal ar an sagart.

"Níor chuimhnigh mé air sin," ar seisean.

"Ag iarraidh an scéal a cheilt ar an máthair ..."

Chuir sé isteach orm.

"Agus á inseacht go místuama míthrócaireach do bhean eile a thug gean a croí dó!"

D'éirigh sé ina sheasamh agus é corraithe go mór.

"Beirt amadán muid," ar seisean.

D'aontaigh mé leis ...

*

Ar maidin go moch bhíos i dteach na baintrí daille.

Bhí Áine ann romham agus í ag léitheoireacht don tseanbhean. Ní shílfeá uirthi go ndearna sí gol riamh, bhí sí chomh croíúil beo sin.

"Ó sea," ar sise, "tháinig litir an-deas ar maidin ó Riocard."

"Léigh dó í," arsa an tseanbhean.

Ar an mbán os comhair an tí mhóir a bhíomar. An tseanbhean ina suí i gcliabhchathaoir ag glacadh an aeir di féin; an bhean óg ar chathaoir eile lena taobh. Chroith a lámh nuair a rug sí ar an litir lena léamh dom. D'fhéach sí go géar orm. Bhí a fhios agam go raibh sí ag iarraidh a dhéanamh amach ar m'iompar cé mhéad dá scéal agus de scéal Riocaird a insíodh dom. Bhí céad ceist faoina súil. An raibh a fhios agam go raibh sí féin agus Riocard luaite le chéile? Ar dúradh go mbeidís pósta i bhfad ó shin murach an timpiste a d'éirigh dá mháthair? Fear a mhill súile a mháthar go timpisteach le púdar agus é ag iarraidh é a thriomú – cén chaoi a bhféadfadh seisean bean a phósadh agus an aire cheart a thabhairt di? Nach mbeadh sé de dhualgas aige an saol a dhéanamh mín réidh aoibhinn don mháthair sin go bhfaigheadh sí bás?

Thosaigh mé ag machnamh ar an gcaint a dúirt an sagart nuair a d'imigh an bhean óg: dúirt sé gur cheap sé nár rugadh mac riamh a thug gean níos dílse dá mháthair ná an gean a thug Riocard don tseanbhean mhaorga a bhí os mo chomhair amach. Agus maidir léi siúd, bhí sí rómhórálach rórúnmhar cur síos air, ná ar an ngrá a bhí ina croí dó, í féin; ach dá gcluinfeadh sí duine eile á mholadh go cliste, agus os íseal mar a déarfá, thiocfadh loinne ina seanghrua chaite agus bheadh sí ina fíorchara ag an té sin go deo ...

"A mháthair ..." Dhúisigh na focla as an machnamh mé. Bhí Áine ag léamh na litreach bréige os íseal, de ghlór bog, agus ag cur brí agus éifeacht isteach i ngach abairt.

Cuimhním anois ar an uile rud a tharla an mhaidin sin. Cuimhním ar an áit, ar an gcrann mór cnó capaill faoi úrdhuilliúr a bhí os ár gcionn, ar an mbán, ar an móinéar thíos uainn – bhí traonach sa bhféar i bhfoisceacht leathchéad slat dúinn agus é ag cur isteach ar an léitheoireacht lena phort aisteach féin; ach an rud is mó atá gearrtha isteach i mo chuimhne an fhéachaint a bhí in éadan na seanmhná agus cluas uirthi ag éisteacht leis an litir bhréagach sin a tháinig óna mac, mar dhea. Chuir an fhéachaint sin i gcéill dom go bhféadfá aithne agus aithne mhaith a bheith agat uirthi ach go mbeadh saol rúnda aici nach nochtfaí duit go deo ... Chuir Áine cosc leis an léitheoireacht.

"Léigh an giota a scríobh sé fút féin, a Áine," arsa an tseanbhean.

Bhí leisce uirthi é a dhéanamh ach rinne.

"... agus, a mháthair a chroí, tabhair aire mhaith d'Áine ..."

Níor fhéad sí níos mó a rá. Tháinig tocht uirthi. Bhí a fhios agam go raibh sí ag cuimhneamh ar an bhfear sin dá dtug sí gean agus nach bhfeicfeadh sí arís choíche.

"Agus tabharfaidh mé aire mhaith duitse, a Áine, go dtiocfaidh sé chugainn arís," arsa an tseanbhean.

Shíl mé go mbrisfeadh an gol ar Áine. Níor bhaol di, gidh go raibh deoir faoina súil agus a hanáil ag teacht go trom.

"A mháthair," ar sise – sin é an t-ainm a thugadh sí ar an tseanbhean i gcónaí – "a mháthair," ar sise, "ní shílim gur fada go bhfeicfidh tú é."

Ní fios dom cén chiall a bhain an tseanbhean as na focla sin; bhain mise mo chiall féin astu nuair a dhearc mé ar an tseanbhean mhaorga sin a bhí le mo thaobh – í lag lúbach aonraic, agus i bhfoisceacht – cé mhéad mí? – don bhás ...

Mholas an fear a bhí faoin gcré: chuireas síos ar a chrógacht, ar a chroí, ar an misneach a chuir sé ar an uile dhuine a bhí in aice leis.

Le linn mo chuid cainte shleamhnaigh lámh rocach chaite na máthar isteach i mo láimh féin. Ach an buíochas a bhí ag an mbean óg dom – bhí a súile lán d'aiteas agus de mhóráil go raibh an moladh sin á fháil ag rún a croí.

Labhair fuiseog in airde sna spéartha ...

Bhí an tseanbhean corraithe agus níor mhaith léi go bhfeicfí í.

"Imígí libh anois go ceann scaithimh," ar sise, "ba bhreá liom a bheith liom féin tamall."

"Meas tú an bhfuil aon amhras uirthi nach bhfuil sé i Sasana?" arsa Áine.

"Ní shílim go bhfuil."

"Ach tá léargas aici nach mbíonn ag mórán," arsa Áine.

"Ach leis an gcaoi ar scríobh tú an litir," a deirimse, "chuir tú dallóg uirthi."

"Dá mbeadh a fhios aici é bhrisfí a croí. Caithfear, caithfear, caithfear an scéal fíor a cheilt uirthi go gcasfar le chéile iad sna flaithis. An grá diamhair bhí ag an mbeirt sin dá chéile ..."

Bhíomar ag siúlóid ar bhruach sruthláin faoi seo. Sheas Áine. Bhí sí ag féachaint amach roimpi. Shíleas féin gur ag féachaint ar sceach gheal a bhí ar an mbruach bhí sí. Ach níorbh ea. Tocht a tháinig uirthi.

"A Dhia," ar sise, agus is é an chaoi ar sciorr na focla uaithi dá buíochas, "a Dhia," arsa sise, "tá mo chroí briste."

D'iarr mé maithiúnas uirthi faoin gcaoi ar insíodh scéal an bháis di féin.

"Ní hé sin é," ar sise, agus bhí an tocht thart, "ní hé sin é, ach caithfidh mé cur i gcéill dom féin de ló agus d'oíche go bhfuil sé beo beathach, go mbíonn sé ag scríobh litreacha chugam, go bhfeicfead arís gan mhoill é ..."

Stop sí. Bhí fúm fiafraí di cén fáth go mbeadh uirthi í féin a chrá ar an dóigh sin.

"Mura ndéanfaidh mé é," ar sise léi féin, "sciorrfaidh focal beag uaim uair éigin, agus tuigfidh an mháthair ansin go rabhamar ag inseacht na mbréag ar feadh an achair."

Rug sí ar ghualainn orm.

"Caithfidh tusa cuidiú liom," ar sise.

"Cén chaoi?"

"Caithfidh tú ligint ort féin liomsa i gcónaí go bhfuil sé beo. Caithfidh m'uncail é a dhéanamh freisin."

Socraíodh é sin. Níor labhair mé féin ná Áine ná an sagart faoi bhás mhac na seanmhná: chasamar an chaint ar dhóigh go gceapfadh aon duine a bheadh ag éisteacht linn go raibh an fear a bhí i gceist againn ina phríosúnach thall i Sasana. Is beag nár cheapamar triúr é gan mórán achair ...

An bheirt bhan misniúil sin! Chuir siad ionadh orm sula raibh cuid mhór den samhradh thart.

Agus nárbh iontach an samhradh agamsa é! Níor shíleas go bhféadfainn aithne a chur ar bheirt bhan go deo mar an aithne a chuireas ar an mbeirt sin agus cumann déanta agam le duine acu an duine eile a mhealladh!

Is minic a thagadh Áine ar cuairt agam sula mbíodh an chéadphroinn féin caite agam; focal beag suarach éigin a deireadh an tseanbhean léi a chuireadh ag machnamh í go mbíodh sí leathchinnte go raibh a fhios ag an máthair go rabhamar ag inseacht na mbréag di faoina mac, agus go raibh sí ag dul i ndonacht in aghaidh an lae dá bharr.

Nach ar Áine a bhíodh an imní! Chuireadh an bheirt againn an scéal trína chéile: chuirfí síos go dúthrachtach ar an tseanbhean, ar a mionchaint nuair a luafaí ainm a mic, ar na gothaí a chuireadh sí uirthi féin, ar na ceisteanna a chuireadh sí orainn nuair a thagadh an litir sheachtainiúil – agus bhíodh an chaint ar siúl eadrainn go gcuirfimis ina luí ar a chéile, ní hamháin go raibh an mháthair ar an aineolas, ach nach raibh a mac marbh chor ar bith ...

Shílfeá ar chaint Áine gur chreid sí féin go raibh an fear dá dtug sí gean beo. Is minic a bhain sí geit asam nuair a d'fhiafraíodh sí díom an raibh aon tuairim agam cén uair a thiocfadh sé abhaile. An bhean bhocht! Ar uaire, chreid sí ina croí féin an scéal bréagach a cheapamar don mháthair; agus ba bhreá an lón anama di an creideamh sin a bheith aici.

Gach Aoine scríobhtaí an litir bhréagach don mháthair dhall; ag Áine a bhíodh an peann, agus is ise a cheapadh an chuid is mó den chaint; bhínn féin lena taobh ag cur léi ó am go ham, ach ba bheag an gá a bhí leis. Thuig sí croí agus meon an fhir a bhí faoin gcré, agus is corruair a chliseadh an focal feiliúnach uirthi. Thabharfá an leabhar go mbíodh a thaise lena taobh ag treorú a pinn agus a smaointe ...

Bhí sí lá agus an peann i ngreim aici. Lig sí uaithi é agus thosaigh sí ag féachaint roimpi go smaointeach. Níor chuireas isteach uirthi ar feadh i bhfad. I ndeireadh na dála, thóg mé na súile agus dhearc mé ina súile siúd – nár fheice mé an doilíos céanna i súile aon mhná eile arís choíche ...

Níor lig sí uirthi gur thug sí faoi deara an chaoi ar fhéach mé uirthi. Ní dhearna sí ach osna bheag a scaoileadh uaithi agus breith ar an bpeann arís. Chuir sí síos go cruinn ar an saol ag na buachaillí i bhFrongoch; labhair sí faoin gcampa thuaidh agus chuir sí i gcomórtas leis an gcampa theas é; scríobh sí giota magúil faoi na gardaí; chuir sí cuid de na fir a bhí faoi ghlas in aithne don mháthair ar dhóigh aerach spóirtiúil.

Léigh sí amach an giota deiridh a scríobh sí:

"Dá mbeadh bearbóir anseo," ar sise, "dhéanfadh sé a shaibhreas, nó bheadh sé ag imeacht ina gheilt ina pheilt i gceann seachtaine. Tá féasóg trí troithe ar gach duine againn! An ceol is mó a thaitníonn linn – '

D'fhéach sí ormsa agus tháinig meangadh ar a béal. Thosaigh sí ag léamh arís. "Seo é an t-amhrán is mó a chluintear againn:

> Ní bhainfidh mé an fhéasóg seo díomsa
> Go bhfásfaidh sí trí troithe ar a fhad,
> Go mbeidh neart is téagar is brí inti
> Thar mar facthas ar aon fhear dár mhair."

Maidin lá arna mhárach chuir an litir seo aoibhneas ar chroí na máthar. Las suas a seanéadan caite uasal.

Bhí Áine go gliondrach ...

"Is é an fear ceannann céanna é, a mháthair," ar sise. "Ní chuirfeadh aon ní ar an saol as dó. Dhéanfadh sé gáire agus greann dá mbeadh sé i mbéal an bháis."

"Fíor sin, a chuid," arsa an tseanbhean, "ní bhíonn greann ach mar a mbíonn seisean; gile a gháire agus éadromacht a chroí is leigheas ar an drochshláinte iad. Is fada liom an lá agus is faide liom an oíche go bhfeicfidh mé arís é ..."

Níor chualas an oiread sin molta uaithi ó tháinig mé san áit; bean de na mná mórálacha sin nach nochtann a gcroí ach go fíorannamh ab ea an tseanbhean.

Chonaic mé súile Áine. Bhíodar ag damhsa ina ceann le haiteas. Ba mhilse ná mil bheach léi an moladh sin a thug an tseanbhean aonraic don fhear dá dtugadar beirt grá.

Mholas féin é; buíochas súl Áine an luach saothair a bhí uaim ...

Tháinig maor na seanmhná, agus fear óg ina chuideachta, isteach agus mise ag caint.

"Seo fear óg," arsa an maor, "agus bhí sé san Éirí Amach freisin. Gabhadh é, cuireadh thar lear é, scaoileadh saor cúpla lá ó shin é. Tháinig sé ar cuairt anseo le scéala duitse ..."

Shíleas go raibh deireadh leis an mbréag; bheadh fírinne an scéil ag an strainséir. D'inseodh sé é ar bhealach tuatach místuama. Bhrisfí croí na máthar boichte a bhí ag súil lena mac filleadh.

Thosaigh an strainséir ar a scéal.

"Ceithre lá ó shin d'fhágas Frongoch," ar seisean, "dúradh liom teacht anseo ar cuairt. D'éirigh mé mór le do mhac Riocard ann ..."

Gheit mé. Cén mearbhall a bhí orm? Arbh ionann an fear a fuair bás le mo thaobh ar bharr an tí sin i mBaile Átha Cliath agus mac na mná a bhí ina suí ansin ar nós deilbhe cloiche.

"Ba é croí na cuideachta é, ba é tús agus deireadh grinn é, ba é an ga gréine in uachais dhorcha é ..."

Lean sé den chaint agus den mholadh agus an mháthair ag éisteacht leis gan cor a chur di.

D'fhágamar triúr slán ag an tseanbhean gan mórán achair, ach gheall an strainséir go dtiocfadh sé arís.

"Arís agus arís eile, a bhean uasail," ar seisean, "ní bheinn tuirseach ag cur síos ar an bhfear cróga sin, ar Riocard an chroí mhóir – mar a tugadh air sa gcampa – ní bheinn tuirseach ag cur síos air go lá mo bháis ..."

Bhí an triúr againn ag imeacht ón teach mór.

"Cá raibh tusa ag troid?" arsa mise leis an strainséir.

"Ní dhearna mé troid riamh ach ar stáitse amharclainne," ar seisean, "agus ní dhéanfad, más féidir liom é."

"Ach nach ndeir tú go raibh tú tar éis teacht as Frongoch?"

"Frongoch!" ar seisean, agus chaith sé a dhá láimh amach uaidh amhail is dá mbeadh sé ar stáitse, "Frongoch! Ní háil liom thú! Aer crua na sléibhte thart ann – ní réitíonn sé le mo scamhóga! Bodhar-aer an logáin – is gráin liom é!"

"Ach cén fhad a chaith tú ann?" arsa mise.

"Ní raibh mo cholainn ann riamh ach bhí m'anam ag foluain os cionn an champa ó cuireadh ár seadairí calma ann i dtosach," agus chuir sé gothaí air féin amhail is dá mbeadh sé lena fhiche oiread a rá murach gur chuir Áine isteach air.

"Mise a thug anseo é," ar sise go réidh. "Bhí faitíos orm go raibh amhras ag teacht ar an tseanbhean. Dá neadaíodh an t-amhras ina croí ní dhíbreodh an saol é agus réabfaí an seanchroí."

D'fhéachas uirthi ... bhfuil aon ní ar an saol iontach seo níos aistí ná bean?

*

Ar chaith tú mórán achair i gcomhluadar na ndall riamh? An duine a bhíos dall ó dhúchas, nó ó thús na hóige féin, ní iompaíonn sé an t-éadan leat agus é ag caint; ach an té a d'éirigh dall agus aois aige, bíonn sé ag iarraidh a bheith ag féachaint ort nuair a bhíos imní nó corraí croí ar bith air. Ní bhíonn an cleachtadh ná an t-eolas ceart aige ar ríochta na ndall; ní fheiceann sé na soilse draíochta, ná na hiontais; bíonn leathchos leis inár saolna agus an leathchos eile thall, agus is trua Mhuire an té atá idir an dá shaol ...

Ní hamhlaidh a bhí an scéal ag an tseanbhean. Bhí an fhéachaint dhall aici i gceart. Cuma céard a bheifeá a rá léi, cuma céard a bheadh sí féin a rá leat, shílfeá uirthi go raibh an t-eolas ceart aici ar bhealaí aimhréiseacha ríochta na ndall, go "bhfaca" sí na soilse draíochta nach léir dúinne, go raibh claí ina timpeall nach bhféadfaí a thrasnú.

Agus de réir mar a bhí sí ag dul i laige agus in ísle brí, de réir mar a bhí an fómhar ag sleamhnú uainn agus aimsir an tseaca agus an fhuachta ag druidim linn, is amhlaidh is mó a bhí an claí seo ag dul in airde idir í féin agus an saol gnáth a bhí ina timpeall. Shíl Áine go raibh rún aici, agus bhí sí imníoch faiteach gurbh é rún ár mbréag é. Cheapas féin nárbh é:

"Bean inti féin í," a deirimse, "níorbh fhéidir le duine dul róghar riamh don anam atá inti; níl uirthi anois ach go bhfuil sí ag éirí cleachtach eolach ar shaol diamhrach na ndall."

Ach pé ar bith é, bhí an tsláinte ag dul i ndonacht uirthi. Faoi Shamhain níor fhéad sí an teach a fhágáil. Sa leaba a chaitheadh sí an chuid is mó den lá. Is minic sa tráthnóna go mbuailinn féin isteach ann le comhrá a dhéanamh léi. Chastaí Áine liom ann, agus chaitheadh an bheirt againn cuid de thús na hoíche ag caint léi go dtitfeadh sí ina codladh éadrom bíogach.

D'éalaíodh an bheirt againn linn ansin agus amhras orainn céard a bhí i gcroí na seanmhná. Bhí mo bharúil féin agamsa: nár sháigh sí lámh Áine isteach i mo láimh féin uair? Agus nár choinnigh sí féin greim ar ár dhá láimh ar feadh scaithimh bhig?

"Cén chiall a bhí aici leis sin má cheapann sí go bhfuil Riocard beo?" arsa Áine, agus an bheirt againn ag gabháil an bóthar abhaile an oíche sin.

"Cén chiall a bheadh aici leis," arsa mise, "ach go mbeadh cumann caradais eadrainn triúr go bhfillfidh Riocard?"

D'fhéach Áine orm. Níor aontaigh sí leis an míniú sin, cheapas. Tháinig luisne ina grua. Bhí méala uirthi gur labhair sí ...

*

Agus d'éalaigh an aimsir thart ar an dóigh sin.

Léas ar an bpáipéar maidin go rabhthas leis na príosúnaigh a bhí i bhFrongoch a scaoileadh abhaile. D'éirigh mo chroí. D'fheicfinn cuid de mo sheanchairde arís.

Rinneas deifir leis an dea-scéal a inseacht d'Áine. Imní a bhí uirthi siúd nuair a léigh sí é.

"Beidh a fhios aici anois é," ar sise, "beidh a fhios aici anois go bhfuil sí gan mac agus go rabhamar féin ag inseacht na mbréag di ó aimsir an tsamhraidh. Maróidh sé sin í."

"Déanaimis deifir," arsa mise, "go n-abróidh muid le líon an tí gan an scéal a inseacht di."

Rinneamar sin.

Thugamar cuairt ar an tseanbhean féin ansin.

Ní raibh a fhios againn ar a hiompar ar chuala sí an scéal nó nár chuala; bhí sí an-lag, an-lag den saol – ach mar sin féin bhí fuinneamh aisteach neamhshaolta inti.

"Bhí súil agam libh," ar sí, "mar tá dea-scéal agam daoibh."

Gheit an bheirt againn. Bhí a fhios aici go raibh na príosúnaigh le teacht abhaile – bheadh súil aici lena mac dílis i gceann cúpla lá; nuair nach dtiocfadh sé, bheadh a fhios aici cén feall a imríodh uirthi. Bhrisfí a croí ...

"Tá an dea-scéal agam daoibh," arsa an tseanbhean, "i gceann cúpla lá feicfidh mé mo mhac muirneach féin arís."

D'fhéach mé féin agus Áine ar a chéile; céard ab fhearr a dhéanamh?

"A Áine," arsa an tseanbhean, "gabh amach agus abair leis an maor gach uile rud a bheith ullamh ina chomhair nuair a thiocfas mo mhac ..."

D'imigh Áine. An fhéachaint thruamhéalach a thug sí dom ag imeacht di!

Rug an tseanbhean ar ghualainn orm.

"Cogar! Cogar!" ar sise, agus is ar éigean a d'aithneofá a glór.

Chuir mé mo chluas lena béal.

"Feicfidh mé mo mhac gan mhoill, i gceann cúpla lá b'fhéidir ..."

Chuir sí cosc léi féin. Easpa anála bhí uirthi. "Feicfidh mé é," ar sise, "ach ní ar an saol seo é. Tá mé ag fáil bháis. Gairid uaim é, gairid uaim mo mhac ..."

Níor fhéad sí níos mó a rá leis an tocht a tháinig uirthi. I ndiaidh tamaill dúirt sí:

"Bhí a fhios agam gur maraíodh é ar feadh an achair ... bhí a fhios agam é ... ach ní inseoinn d'Áine é ... mharódh sé í ... bhrisfí a croí ... an gean a bhí ag an mbeirt sin dá chéile ..."

Níor inis mé di go raibh a fhios ag Áine freisin é.

"Nuair a bheas mise imithe," arsa an tseanbhean dhall, "tig leat an scéal a inseacht di ... tig leat a inseacht di go bhfuair mo mhac bás – go bhfuair mo mhac bás ar son na hÉireann ..."

Agus ní fhaca mé riamh féachaint níos mórchúisí in éadan duine ...

*

Dhá lá ina dhiaidh sin fuair an tseanbhean mhórálach mhisniúil sin bás. Bhí Áine agus mé féin ar an tsochraid.

"Bean mhisniúil," arsa Áine liom agus an bheirt againn ag imeacht abhaile.

"Ar nós thú féin," arsa mise léi.

"Ar nós a mic," arsa Áine.

Tá mé cinnte go raibh misneach ag an triúr acu; tá misneach agam féin freisin – cineál misnigh – ach ní raibh sé de mhisneach agam fós inseacht d'Áine cén gean atá agam uirthi.

Two Courageous Women

I know an old woman who's been blind for many years now. She is a widow and, as far as I'm aware, had only one son.

A blind widow – one would assume then that she is poor; I thought as much myself when I first came to hear of her. But I was mistaken and greatly so. She is a wealthy woman; had I a mere hundredth of her wealth I wouldn't need to lift a finger again as long as I lived.

I first got to know her at the beginning of last May. I was to deliver a message; but when I saw the magnificent residence and the stately appearance of the grounds, I thought I must have been given the wrong address – all manner of servants at every step I took! I had been told to visit a blind old woman living in the mountains in Wicklow!

I was shown into a room.

She was there before me: a thin, worn, pale-faced woman, her every feature suggesting a proud, pompous nature. I remember this, my first sighting of her, well: she wore a black silk dress, she sat on a large sofa with her feet up on a stool, her knitting lay on a small table at her side. She held the appearance of a black statue in that magnificent room, motionless, allowing me to speak first.

"I was sent here to give you a message," I said.

"Yes?"

"A message from your son."

She was immediately startled.

"He told me to tell you ..."

My courage failed me and I simply couldn't give her the message straight when I saw how worried she had become on my mentioning of him.

How could I when I had nothing but bad news for her? How could I tell that old, blind woman that she no longer had a son; that her only son was dead and buried this past month?

I decided to lie to her.

"Your son is alive and well over in England," I said, "he was involved in the Rising; he was arrested and sent abroad ..."

"His name didn't appear in the papers," she said, "the names of those who were sent abroad were read out to me."

"He used a false name ..."

Lies must be sustained with more lies. But what could I do? Would you have been able to tell that blind, old woman the truth? How could you be sure the raw truth might not have killed her? *Madam, I am sorry for your trouble. Your son is dead.*

*

Let me tell you how I first came to know him. A group of armed men had entered a small park in the centre of

Dublin City to secure the area for a battle with the old enemy. All the members of the public were cleared from the park. We thought we had the place to ourselves, but we were wrong. As I was searching the park I came across a man lying on a bench in a heavy, drunken stupor. He was a middle-aged man, wealthy by all accounts, but it was obvious from the blood on his face and the dirt on his clothes that he had come into town on his holidays from the country and hadn't been spending the time looking after his health.

I woke him up. "Leave the park immediately," I said.

He looked me straight between the eyes. He was up for a fight. "Leave yourself ..."

I took him by the shoulder. "Come on, move," I said. I didn't want to go too rough on him, as he was still half-asleep.

He tried to knock me down and threw a punch at me. I had to brandish the point of the bayonet at him.

"May you die choking," he said, "I have a weapon for battle too, you know," and he drew a pistol from his pocket before I knew what was happening.

"Now show me if you're a man," he said; then he stared at my uniform, my battle gear, my bullet belt, at my rifle and bayonet. He scratched his head. He rubbed his eyes. He was slowly coming round and beginning to sober up.

"And who might you be?" he asked in polite amazement.

"I am a soldier," I replied as I directed him toward the gate, "a soldier in the army of the Irish Republic ..."

"Am I dreaming?" he asked. "The Irish Republic?"

He repeated those words three or four times, trying to work out this news. Had I told him I was a Roman centurion and that Julius Caesar was my leader the poor man could not have been more amazed.

Finally he said: "Tell me this, young man," and paused, "what date is it?"

"Easter Monday."

"Yes, yes, but what year?"

"1916."

To see the expression he bore then as he tried to work out what was going on in the world would have made St Paul himself laugh!

I helped him figure it out.

"There is an Uprising taking place," I said.

"An Uprising?"

"Yes, an Uprising against the English."

He straightened himself, putting on military airs.

"Will you accept me as a soldier?"

He was deadly serious. I didn't know what best to do. A man was a man – and men were badly needed. I brought him to my captain.

"Have you a good aim?" he said to our fellow.

"As good as any man in Ireland," he replied.

"And you are clear as to our intention?"

"Crystal, though I never thought we'd get the chance."

And with that he was enlisted. He fought and fought as well as any man there. I came to know him very well over the course of the week. We were both holed up in the top storey of a house, rifles blazing during most of that time. You couldn't have wished for a better comrade. He could keep you laughing from morning to night with stories and jokes. He had a story about a woman with a wooden leg – I don't need to tell it now – some other time maybe ...

Oh, but he was a great man for the women; a great man for the drink too – but he was an even better fighter ...

He never mentioned his mother to me until he was dying; yes – a bullet, a stray bullet ...

That was when he told me she was a widow, that he was her only son, that she was blind.

"If you manage to escape," he said as the life ebbed out of him, "if you manage to escape, call on her and tell her how I died."

I promised him I would.

But when I saw that lonely, blind, old woman sitting there on her own in that great, magnificent room and when I saw the tremendous love she had for him when she jumped at the mention of his name, my courage failed me and I found myself unable to fulfil my promise to him or tell her the truth. A man that can break a mother's heart must have some strength ...

*

I spent most of the summer in that place. I was on the run and it was the perfect place to be while the search was still on.

Not two days had passed before I visited the priest to seek his advice about the promise I had made to the man now lying under the clay.

He praised my course of action.

"If you had told her suddenly then it might have broken her heart. The doctors say her heart is weak enough."

"But she'll have to be told at some point," I said.

"I suppose," he replied, "but it will kill her."

A young woman came in with tea for us while we were talking.

"Would you mind listening a moment, Anne," said the priest.

He introduced me to her. She was his niece.

The priest asked me to retell my story.

I did as requested.

The young woman stood up. She spoke with authority.

"The news of his death must be kept from her forever," she said, "it would kill her to hear it."

"But she must be told at some point," replied the priest.

"She must not and she will not be told." She looked at us both. "Now," she said, "we three must make a pact here and now to keep this news from her as long as she lives."

"But she will expect letters from him," I said.

"And she'll receive them," she replied, "because I will write them myself. Since losing her sight, it has more often than not been I who has read and written letters for her any time her son has been away."

We all agreed a pact, there and then, to keep the death of her only son from this old, lonesome mother ...

*

The first letter was penned that night. Anne wrote it; I on her left side, the priest on her right. No one spoke at first. There was a certain fear present – we were composing a letter from the other world ...

"Dearest, fond mother," I said, to try and make a start at the work.

"No," said Anne, "that's not how he would say it. He would simply say 'Mother'."

She wrote down that word.

I watched her closely as she wrote. I noticed the great tightness in her jaw, her fine brow, how she'd move her lips from time to time ...

"I'm in the best of health since leaving home," I said to move the letter along.

"He wouldn't say a word about his health," she responded, as if about to call me a fool for not having known the dead man better.

"I had a hand in the fight," she said and began to write, "that occurred in Dublin recently – you know full well I can't witness a fight without joining in the fray ..."

"You knew him well?" I asked her.

It was the priest who replied.

"She ought to," said he, thoughtfully.

The young woman was writing away.

"... I was captured eventually but I haven't had my fill of either the fight or the battle to come yet ..."

I thought it was a strange letter for an imprisoned son to send to his mother but I was afraid to say anything as the young woman was writing with such conviction. It was as if the dead man was at her side dictating it ...

She wrote a lot else besides that was stranger still, in my opinion. From time to time I glanced at the priest who merely signalled for me to remain silent and indicated that she was doing exceptionally well. It seemed to me as though the woman writing the letter knew the deceased better than any other living soul. I didn't interject again.

She lay down her pen. She looked into the distance, her head resting on her hands as though she were recalling some sad tale from long ago. The priest sat in his armchair, his eyes closing. The atmosphere was very still; the slow ticking of the clock could be clearly heard, as could the young woman's breathing, this woman who had drifted down memory lane ...

I couldn't take my eyes off her. She held the strangest look in her eyes, as though the dead man was standing beside her, speaking to her in a dialect known only to the two of them ...

A voice startled me.

"And mother dear, take good care of Anne until we meet again" ... it was the priest who spoke, slowly and sorrowfully.

The young woman lifted the pen once more but no sooner had she done so than she threw it away. She began to tremble. She tried to stand. She started to cry uncontrollably.

"Oh Richard! Richard! Richard!" she called out and ran out the door ...

I looked to the priest.

"Did she know he had died before I told her?"

The priest's jaw dropped.

"I never thought of it," he said.

"We were too concerned with keeping the story from his _"

He interrupted me.

"And then telling it pitilessly to the woman who loved him with all her heart!"

He stood up. He was greatly disturbed.

"We are a pair of fools," he said.

I could only agree with him ...

*

Early the following morning, I found myself once more on the blind widow's estate.

Anne was there already, reading to the old woman. She was so full of zest one would swear she had never known tears in her life.

"Oh yes," she said, "a lovely letter arrived this morning from Richard."

"Read it to him," said the old woman.

We were on the lawn in front of the great house, the old woman sat in a wicker chair, taking the air, the young woman at her side on another chair. Her hand shook as she picked up the letter to read it to me. She looked at me closely. I knew she was trying to ascertain from my manner how much of her and Richard's story had been related to me. Her eyes held a hundred questions. Did I know that she and Richard had been engaged? Did I know they would have been married long ago but for the accident that befell his mother? A man who had blinded his mother accidentally while trying to dry gunpowder – how could he possibly marry or mind any woman? Would he not be obliged, rather, to devote himself to making his mother's life as comfortable as possible until such time as she passed away?

I began to think about what the priest had said to me after Anne had left: he said he thought no son loved his mother more than Richard loved that proud, old woman sat before me now. As for her, she was far too proud and private a person to ever fully describe the love she held in her heart for him, though should she hear another praise him with subtlety and tact, her old worn cheeks would light up and that person would become a trusted friend to her forever more ...

"Mother ..." The words roused me from my dreaming. Anne was reading the fake letter quietly, in a soft voice, putting meaning and emphasis into every sentence.

I still remember every little thing that happened that morning. I remember the location, the horse chestnut tree with its new canopy of leaves above us, the bawn and the meadow below us – there was a corncrake in the grass not fifty yards from us, interrupting the letter with his strange song; but what has remained impressed most in my mind was the expression on the old woman's face as she listened to that fake letter supposedly from her son. Her expression told me one could get to know her well, perhaps very well, but a part of her would always remain private and never reveal itself to you.

Anne ceased reading for some reason.

"Read the bit he wrote about you, Anne," said the old woman.

She was reluctant to do so but she did.

"... and Mother, dear, take good care of Anne ..."

She could say no more. She was choking. I knew she was thinking of the man she loved whom she would never see again.

"And I will take good care of you, Anne, until such time as he returns," said the old woman.

I thought Anne would break down crying. I was wrong, though she had tears in her eyes and was breathing heavily.

"Mother," she said – that is how she always referred to her – "Mother," she said, "I don't think it'll be long before you'll see him."

I don't know what meaning the old woman took from those words; I took my own meaning as I looked at the proud old woman at my side – weak, bent, alone, and within, how many months, of the grave?

I praised the dead man: I described his bravery, his big heartedness and how he instilled courage in all around him.

As I spoke, the mother's stiff and worn hand slid into mine. But that was nothing compared to the young woman's gratitude – her eyes were filled with a strange pride on hearing such praise being heaped on her heart's desire.

A skylark sang from the skies above ...

The old woman was moved but didn't want anyone to notice.

"Away with you now for a while," she said, "I'd like to be on my own for a bit."

Anne and I went for a stroll.

"Do you think she has any doubts about him being in England?" asked Anne.

"I don't think so."

"Still, she sees more than most," said Anne.

"Yes, but you wrote the letter in such a way that it pulled the wool over her eyes," I said.

"If she knew, it would break her heart. We must, we absolutely must, hide the true story from her until they meet in Heaven. They loved each other so much ..."

We had been strolling along the bank of a stream. Anne stopped. She was looking into the distance. I thought she was looking at a whitethorn tree on the opposite bank. She wasn't. She was overcome with emotion.

"Oh God," she said, the words escaping her in spite of herself, "oh God, my heart is broken!"

I asked her forgiveness for how the news of his death had been so clumsily revealed to her.

"It's not that," she said and the wave had passed, "it's just that I have to pretend to myself that he is alive and well, that he writes letters to me, that I will see him again soon ..."

She stopped. I was about to ask her why she should torment herself thus.

"If I don't," she said to herself, "I'll let some word slip at some point and his mother will know then that we had been lying all along."

She grabbed me by the shoulders.

"You must help me," she said.

"How?"

"You must always pretend to me that he is alive. My uncle must do likewise."

It was agreed. Neither I, Anne nor the priest spoke of the death of the old woman's son. The conversation would turn in such a way that anyone listening would think the man in question was a prisoner in England. We almost believed it ourselves for a finish ...

Those two brave women! I became in awe of them before much of the summer had passed.

And what an amazing summer it was! I never thought I could get to know two women as well as I came to know those two, and all the while sworn to one to deceive the other!

Anne would often come and visit even before I had finished my breakfast: some little, stray word the old woman had uttered would have set her thinking until she was half convinced the old woman knew we were telling lies about her son and, as a result, was weakening by the day.

Anne was so worried. We'd set to examining the evidence; Anne describing the old mother in exact detail, her mutterings on the mention of her son's name, physical changes were noted as well as the questions she asked when the weekly letter came around – and we would continue thus until we had convinced each other that not only the mother knew nothing but her son wasn't dead at all ...

Anne's own words seemed to suggest to me she believed the man she loved was still alive. She sometimes caught me by surprise, asking had I any notion as to when he would be coming home? The poor woman! Sometimes it seemed she believed in her own heart the lie we were spinning to the mother; but the belief seemed to sustain her spirit through it all.

Every Friday, the fake letter to that blind mother was written. Anne held the pen and composed the bulk of it; I'd be at her side, adding to it from time to time, though it seemed hardly necessary. She understood the ways and spirit of the dead man deeply, and only rarely would the appropriate word elude her. One could swear his ghost was at her side directing her pen and her thoughts ...

One day she was sat there, pen in hand. She set it down and began to stare into the distance, lost in thought. I let her be for a long while. Finally, I raised my head and looked into her eyes – may I never see such sorrow in the eyes of any woman as long as I live ...

She didn't let on to have noticed when I looked at her, she simply let out a small sigh and took up the pen once more. She described in detail the lads' routine in Frongoch; she spoke of the Northern Camp and compared it with the Southern Camp; she wrote a piece mocking the guards; and described some of the prisoners of war to his mother in a funny, sporting sort of way.

She read out the last piece she wrote: "If there was a barber in the place," she said, "he'd soon be worth a fortune or else be driven stone mad in a week. We are all sporting three-foot beards! The music we are most fond of –"

She looked at me and a smile grew on her lips. She began to read again: "The most popular song at present is –

> I won't shave off this beard
> 'Til it's three feet long or more,
> As strong and as long and as fine a one
> E're grew on a chin before."

The following morning, this letter lifted the old mother's heart no end. Her worn, proud face lit up.

Anne was delighted ...

"He's the same as ever, mother," she said. "Nothing in this world could upset him. He'd joke and make fun of it all even if he was at death's door."

"That's the truth, my dear," the old woman replied, "he is humour personified; the joy in his laughter and the lightness in his heart are a great cure for poor health. I can't wait until the day or night when I'll set my eyes on him again ..."

I had never heard such praise from her all the while I'd been there; she was one of those proud, old women who only rarely reveal their true feelings.

I noticed Anne's eyes. They were dancing in her head with such strange beauty. To hear that lonely old woman praise the man they both loved so well was sweeter to her than any honey.

I praised him as well; hoping I might receive a similar look from Anne ...

The old woman's butler entered with a young man while I was speaking.

"A young man to see you," said the butler, "he too was in the Uprising. He was arrested, sent abroad and released a few days ago. He has some news for you ..."

I thought the lie was up then; the stranger would know the truth of the matter and would reveal it in an uncouth, rough manner. The poor mother's heart, waiting for her son's return all the while, would be broken.

The stranger began his story.

"I left Frongoch four days ago," he said, "I was asked to come and visit you. I became friends with your son, Richard, there ..."

I was amazed. Was I dreaming? Was the man who had died by my side on the top floor of that house in Dublin the son of the woman now sat in front of me like a statue?

"He was the life and soul of the place; he was hilarious; he was like a ray of sunshine in a dark cave ..."

He continued to talk and praise him while the mother sat there motionless.

The three of us said our goodbyes to the old woman while the stranger promised to return again.

"Again and again, dear lady," said he, "for I'd never tire of talking about that brave man, Richard the Lion Heart – as they called him in the camp – I wouldn't tire of talking about him until the day I die ..."

The three of us left the estate house together.

"Where were you stationed during the fight?" I asked the stranger.

"The only place I ever fought was on a theatre stage," he replied, "and so it shall remain, if I have anything to do with it."

"But didn't you just say you came from Frongoch?"

"Frongoch!" said he, spreading his hands apart as if he were on stage, "Frongoch! I hate you! The cold air from the mountains surrounding it poisons my lungs! The stagnant air of the marsh – I detest!"

"But how long were you there?" I said.

"My body has never been there but my soul has flown over that camp since first our noble heroes were exiled there," and he grew expansive as if he were about to say twenty times as much before Anne interrupted him.

"I brought him here," she said gently. "I was afraid the old woman was growing suspicious. If doubt ever seized her nothing would shake it from her and her old heart would give in."

I looked at her ... Is there anything in this wonderful world more strange than woman?

*

Did you ever spend much time in the company of the blind? The person blind from birth or early childhood will not turn his head toward you when speaking; but a person blinded in later life will try and look at you whenever they are worried or moved in any way. Such a person hasn't learned the habits or mores of the kingdom of the blind; they don't see the magical lights or the many wonders; they have been left with one foot in our world and the other in the world of the blind, and the person who exists between these worlds is to be greatly pitied ...

The same could not be said of the old woman, however. She had the appearance of one blind from birth. No matter what turn the conversation might take she always gave the impression of one who knew the uneven paths of the kingdom of the blind, that she could "see" the magical lights invisible to the rest of us and that there was a moat there that could not be crossed.

As she grew weaker and more depressed, and as autumn slipped by and winter's frosts and cold drew near, the moat between her and the ordinary world around her grew wider. Anne thought she held a secret and was quite worried she knew the secret of our lie. I felt it wasn't so.

"She's her own woman," I'd say to her, "no one could ever get close to her innermost self and now she is growing accustomed to and versed in the mysterious inner life of the blind. That's all."

Whatever the real reason may have been, her health was indeed failing. By November she could no longer leave the house and was spending most of the day in bed. I'd call into her regularly in the afternoon to chat with her. Anne would be there too and the two of us would spend the earlier part of the night talking with her until she fell into a light, fitful sleep.

Then the two of us would creep out of the room, worrying as to what really lay in the old woman's heart of hearts. I had a notion – she placed Anne's hand into mine once and held our hands together for some time.

"But what did she mean by that if she believes Richard to be still alive?" said Anne, as the two of us took the road home that night.

"What she meant," I said, "was that a bond of friendship would continue between us three until Richard's return."

Anne looked at me. She appeared not to agree with my explanation. Her cheeks flushed. She was sorry she had spoken ...

*

Time passed thus.

Then I read in the paper one morning that the prisoners in Frongoch were about to be released. My spirits soared. I would see some of my old friends again soon.

I hurried to tell Anne the good news. She grew worried on reading the story.

"She'll know now," she said, "she'll know now that her son is no more and that we were lying to her since early summer. It will kill her."

"Let's hurry," I said, "and tell all the household staff to keep the news from her."

We did so.

Then we went in to see the old woman.

We couldn't tell from her countenance whether she had heard the news or not; she was very weak, tired of life by now – yet there was a strange, otherworldly energy about her.

"I was hoping you might call," she said, "because I have good news for you." The game was up. She knew the prisoners were to return home – she would be expecting her only son in a matter of days; when he wouldn't show she would know she had been deceived. It would break her heart ...

"I have really good news for you," said the old woman, "I will see my darling son in a few days." Anne and I looked to one another; what should we do?

"Anne," said the old woman, "go out and tell the butler to have everything in order for when my son arrives ..."

Anne left. The pitiful look she gave me as she left!

The old woman grabbed my shoulder.

"Listen to me! Listen to me!" she said; I could barely hear her voice.

I put my ear to her lips. "I will see my son shortly, in a couple of days perhaps ..."

She stopped herself. Her breathing was laboured. "I will see him," she said, "but not in this life. I'm dying. Not far off now, my son isn't far off now ..."

The emotion upwelling in her choked further words. But after a while she whispered: "I knew he had been killed all along ... I knew it ... but I couldn't tell Anne ... it would kill her ... her heart would break ... they loved each other so much ..."

I didn't tell her that Anne knew too.

"When I'm gone," said the old, blind woman, "you can tell her the truth ... you can tell her then that my son died – that my son died for Ireland ..."

I have never seen a more proud look on anyone's face ...

*

Two days later, that proud, courageous, old woman died. Anne and I attended the funeral.

"A courageous woman," Anne said as we were heading home.

"Like you," I said.

"Like her son," said Anne.

I'm sure all three of them had courage. I have courage too – sort of: but I haven't had the courage yet to tell Anne how I feel about her.

III

Ná Lig Sinn i gCathú

Ag seo scéal a bhain mé as seanleabhar Síneach:

*

"Nuair a bhí Alum-ba ina rí ar chríoch na nAibitíneach bhí saor cloiche ann agus bhí cáil mhór air ar fud an Oirthir as feabhas a cheardaíochta. Bhíodh ríthe móra ó thíortha i bhfad i gcéin ag triall air ag iarraidh air dealbh nó íomhá éigin eile a ghearradh dóibh as an marmar crua. Ach dhiúltaíodh sé dóibh. Saothar mór dealbhóireachta a bhí ceaptha aige féin a chur i ngníomh, sin a raibh uaidh. Agus leis an obair sin a dhéanamh ar a shócúlacht thréig sé na cathracha móra agus na tithe uaisle ina mbíodh fáilte mhór roimhe de ló agus d'oíche; thréig sé a athair agus a mháthair, a dheartháireacha agus a dheirfiúracha, a chomhluadar agus a chairde uile, a mhaoin mhór agus a cháil – d'fhág sé ina dhiaidh iad agus ghluais leis, é féin agus seanmhogha, gur shroich siad doire coille a bhí cóngarach do choiléar marmair bháin ar bhruach sruthláin chrónánaigh. Thógadar dhá bhoth sa doire sin, both suain agus both oibre. Agus bhíodh an bheirt fhear ag obair sa gcoiléar, ag baint marmair i gcomhair an tsaothair, go dtéadh an ghrian faoi gach oíche; agus i ngach cloch dá mbainidís d'fheiceadh an ceardaí cuid den saothar mór dár thug sé a chroí, agus thagadh aiteas agus meanma air gur éirigh leis scaradh le baois agus le maoin bhréagach an tsaoil.

"Bhí a chroí agus a anam uile tugtha don obair mhór a leag sé amach dó féin. Níor chuimhnigh sé ach ar an obair sin. An saol a bhí caite aige – bailte móra, caitheamh aimsire, comhluadar ban álainn – ní raibh iontu ach neamhní i gcomórtas leis an obair a bhí le déanamh aige. Go deimhin is ar éigean a bhí na clocha bainte agus i dtreo aige féin agus ag an seanmhogha, go raibh dearmad déanta aige ar a raibh caite aige dá shaol.

"An ceapadh uasal úd a bhí ina aigne agus a bhí folaithe sna clocha marmair, thosaigh sé ar a nochtadh lena chasúr agus lena shiséal. Bhíodh sé leis féin sa mboth beag i lár na coille craobhaí ar bhruach an tsruthláin chrónánaigh ag obair agus ag síorobair ó éirí gréine go teacht oíche; is minic a bhíodh torann a chasúir le cloisteáil sa doire agus na héanlaith ina suan; agus leagadh sé a oirnéis uaidh agus shuíodh sé cóngarach dá shaothar á scrúdú agus ag machnamh air ... thagadh na héanlaith oíche amach agus é sa machnamh sin, agus nuair a lasadh sé a lóchrann bhailíodh mionmhíolta sciathánacha na coille timpeall ar a bhoth, agus thagadh cuid acu isteach ar an doras chuige, agus cheapadh an saothraí gur ag adhradh a shaothair a bhídís. Agus ní imíodh siad go dtagadh an seanmhogha lena chuid bia, le torthaí na coille agus le huisce ón bhfuarán, agus chaitheadh an bheirt acu an lón in éineacht.

Nuair a bhíodh an bia caite acu, chuiridís beirt impí ar na déithe. Deireadh:

"An ceardaí: "Go gcuire na déithe spreacadh i mo ghéaga ..."

"An seanmhogha: "Le do chuid oibre a dhéanamh, a mháistir."

"An ceardaí: "Go méadaí siad solas m'intinne ..."

"An seanmhogha: "Le do chuid oibre a dhéanamh, a mháistir."

"Agus le dúthracht agus le dílseacht na bhfocal chuireadh an bheirt scáth ar na mionmhíolta clúmhacha a thagadh isteach ar an urlár chucu; ach ar a bheith críochnaithe don phaidreoireacht thagaidís an athuair, agus d'fhanaidís ar fud an tí agus an bheirt fhear ina sámhchodladh ar an raithneach thirim dhonn. Ar raithneach agus ar úrluachair is mó a chodlaíodh siad, agus d'fheictí scáil óna shaothar ar aghaidh an tsaothraí go minic, ach ní raibh baol don scáil sin a bheith leath chomh soiléir leis an gceapadh a bhíodh ina aigne ina chodladh féin dó.

*

"Thug an rí, Alum-ba cumasach, cuairt ar an gceardaí uair. D'éirigh leis na hAibitínigh smacht a chur ar a seannaimhde, na Páirtigh, agus ceapadh gurbh fheiliúnach an tráth é le teampall uasal a thógáil in onóir do dhia an chogaidh i bpríomhchathair na tíre. Ach cá bhfaighfí ceardaí leis an teampall a mhaisiú le dealbha ach an ceardaí úd a thréig iad? Chuaigh an rí féin agus a lucht leanúna ag triall air. Sin a raibh de mhaith dóibh ann áfach. Níor éirigh leo a bhréagadh.

"'Ór ná airgead, tithe áille agus bianna milse, cumhacht agus cáil i measc daoine, is beag é mo mheas orthu,' arsa an ceardaí. 'Níl uaim ach an doire coille seo a bheith fúm féin; níl uaim ach an smaoineamh a gineadh i mo cheann a chur i gcrích, an marmar crua bán álainn a ghearradh ... tá an saol mór; tá ceardaithe eile ann a ghlacfas bhur bpá go beannachtach. Téigí ar a dtóir. Ná cailligí an lá ormsa ...' Agus chrom sé ar obair.

"Shíl an rí é a mhealladh ar chaoi eile. Gheall sé duais mhór dó, duais níos uaisle ná aon duais a tairgeadh do cheardaí riamh roimhe sin.

"'An lú mise ná asal fiáin an tsléibhe?' arsa an ceardaí.

"Is féidir leis an asal fiáin a shaol a chaitheamh ar a rogha dóigh; faigheann sé bás leis an ocras go minic, ach is uaisle é, más boichte, ná a bhráthair atá faoi chuing an duine. Asal fiáin sléibhe mise, a rí, agus níl aon ghnó agam de mhaoin mhór, de thithe uaisle, de mhoghanna ná de thailte leathana. Uisce ón bhfuarán, caora ón gcoill, solas na gréine agus an tsláinte amháin atá uaimse ... agus táir ag baint an tsolais díom anois, a rí,' agus rug sé ar a chasúr agus a shiséal.

"Ach ní tuisce a bhí an rí agus a chomhlacht imithe uaidh ná tháinig drong eile ar cuairt chuige. Ní drong dhaonna a tháinig chuige an uair seo ach mionmhíolta sciathánacha na coille agus bhíodar ag eitilt timpeall ar a cheann, agus timpeall ar a shaothar, ach nár mhothaigh seisean ann iad, bhí sé ag machnamh chomh mór sin.

*

"Bhí sé ag obair ar feadh míosa uair, ag iarraidh íomhá mná a ghearradh. Bhí sé tinn tuirseach tnáite lagmhisniúil, mar ní raibh ag éirí leis an chuma shárálainn ba léir dó a bheith i bhfolach sa marmar a fhoilsiú. Thit an oíche air. Las sé an lóchrann, agus dhearc sé ar shaothar a lámh.

"Céard a bhí air nár fhéad sé an obair a dhéanamh mar ba chóir? An í an tsúil a bhí ciontach leis? Níorbh í. Ba léir dó an bhean a bhí folaithe sa marmar. An í an lámh a bhí ag cliseadh air sa deireadh? Ba dhóigh leis nárbh í; bhí an lámh chomh cliste is a bhí aon lá riamh.

"Ach bhí sé go cráite. Bhuail sé faoi ar stól beag, agus chaith sé achar fada ag machnamh gan cor a chur de. Tháinig a sheanchomhluadar, míolta sciathánacha na hoíche agus míolta ceithre cos agus feithidí éagsúla eile, isteach ar an urlár chuige. Bhí an ghealach lán agus solas breá uaithi. Bhí nead réaltóg beag sa spéir thoir, agus chonacthas dó go mbeadh leis dá bhféadfadh sé taitneamh na réaltóg sin a chur i súile na mná a bhí á múnlú aige.

"Thit scamall ar an dealbh. Beithíoch éigin ón gcoill a tháinig sa doras agus a bhain solas na gealaí de, sin a cheap sé.

"Thóg sé a cheann. Ní beithíoch coille a bhí ann ... ní bean a bhí aige ann, cheap sé, ach gin oíche nó coille, amhail na míolta eile a thagadh ar cuairt chuige. Ach is ar éigean nár bhain áilleacht na mná (más bean a bhí inti) an chiall de. Réaltóga lonracha ab ea a súile; néalta toirní oíche ab ea a folt, a cuma agus a dealbh – shíl an ceardaí nach bhféadfadh an chuma agus an dealbh sin a bheith ar an saol ach amháin i smaointe duine. Chuir áilleacht na mná imeagla air. Dá bhféadfadh sé cuid den áilleacht a ghoid uaithi i gcomhair a shaothair! Ach ní bean shaolta a bhí aige ann ach bean aislinge; nuair a d'imeodh an oíche, d'imeodh sise chomh maith.

"Ach tháinig an chéad léas de sholas an lae, agus níor imigh sí, ach í ina suí sa raithneach ag dearcadh air lena súile lonracha.

"'Is iad na déithe a sheol i mo threo í le bheith ina múnla ceirde agam le mo shaothar agus le mo shaol a mhaisiú,' arsa an ceardaí leis féin. Agus thug sé na mílte beannacht do na déithe gur éisteadar lena ghlór, gur chabhraíodar leis in uair a ghá.

"An bhean a bhí i bhfolach air sa marmar crua ba ghearr an mhoill air í a nochtadh, ó bhí sise aige le cabhrú leis ...

*

"Tá slí mhór thráchtála idir príomhchathair na nAibitíneach agus Aramana, atá i gcríoch an Pháirtigh. Níl lá sa mbliain nach bhfeictear ceannaithe ar an tslí sin lena gcuid camall agus lena gcuid asal agus lena gcuid múillí agus earraí iontacha le díol acu. Síodaí míne sioscarnacha ó thír na hAraibe; srólta boga sleamhna ón tSín; clocha bua ó thíortha allta reoite an deiscirt; gréasobair ó Pheirs na gcéadta teampall – agus chonaic an bhean na hearraí sin ar dhroim na gcamall agus na n-asal agus iad ag gabháil an tslí, agus chuir sí dúil a croí i gcuid díobh.

"Chonaic sí buíon mhór ceannaithe chuici anoir trasna an mhachaire lá agus í ina suí cois an fhuaráin leataobh na slí. Rinneadar cónaí ag an bhfuarán le huisce a thabhairt dá mbeithígh. Bhí ceannaí óg ar an mbuíon, agus ó bhí an bhean a bhí ina suí in aice an fhuaráin an-dathúil, chuir sé caint uirthi. Thaispeáin sé seoid di. B'fhiú ocht gcéad each Arabach an chloch uasal a thaispeáin sé di.

"'Feicfear an chloch sin i gcoróin banríona cumhachtaí sa Domhan Thiar,' arsa an ceannaí. 'Dá mba dhuine saibhir mé,' ar sé, 'ní scarfainn an chloch uasal ón mbean uasal álainn go deo,' agus chuir sé an chloch ag spréacharnaigh ina dubhfholt buclach.

"Chonaic sise an loinnir ait a tháinig i súile na bhfear ar fheiceáil áilleacht na cloiche agus ar fheiceáil a háilleacht féin dóibh, agus ar fhéachaint istach i nglé-uisce an fhuaráin di thuig sí céard a rinne a súile níos solasmhaire ná an chloch féin.

"Rinne sí rún daingean ar an toirt go mbeadh clocha bua agus éadaí míne aici feasta.

"An oíche sin rinne sí caint leis an gceardaí.

"'Daoine nach bhfuil leath chomh cliste leatsa,' ar sise, 'is féidir leo airgead a dhéanamh, is féidir leo cultacha luachmhara agus seoda a bhronnadh ar a mná. Ba chóir duitse an beagán beag sin a dhéanamh ar mo shonsa.'

"Dúirt sí an chaint sin agus caint nach í. Mheall agus bhladair agus bhréag sí é le briathra binne agus le glór bog ceolmhar, agus le féachaintí grámhara agus leis an uile chleasaíocht a thug na mná leo ó dhúchas. Agus ó thug seisean na seacht ngrá ar ar thrácht mo mhacsa san ochtú caibidil déag dá leabhar," arsa an seanúdar Síneach, "ní hionadh liom gur ghéill sí di.

"I gceann dhá lá ní ar an saothar mór dár thug sé a chroí a bhí sé ag obair ach ar dhealbh bheag shuarach a d'fhéadfaí a dhíol go réidh sa gcathair; agus ó fuair sise a céad bhlaiseadh de mhilseáin an tsaoil ba mhinic a triall ar an gcathair chéanna sin agus dealbh éigin de na dealbha a chuir sí iallach ar an gceardaí a mhunlú di ar iompar aici.

"Lón anama do bhean álainn an moladh. Moladh sa gcathair í. Dá bhféadfadh sí cónaí sa gcathair bheadh filí agus aos ceoil agus aos ealaíon na cathrach ag bailiú ina timpeall á moladh agus á síormholadh, ag canadh duanta agus fonn di ... ach bhí a fhios aici nach bhféadfadh sí an ceardaí a mhealladh léi isteach sa gcathair gan dua. Goidé an baoite ab fhearr a d'fheilfeadh don obair? Chuir an cheist sin imní mhór uirthi, ach sa deireadh mheas sí nach bhféadfadh sí aon bhaoite a fháil ab fhearr ná í féin.

"'Tá fúm scaradh leat,' ar sise leis lá, 'ní háil liom an fásach fiáin seo. Sa gcathair a chónós mé feasta,' agus tháinig na frasa deor bréagach óna súile dubha lonracha.

"Ach níor scar siad le chéile. Thréig an ceardaí an doire coille; thréig sé a sheanchomhluadar, na míolta beaga sciathánacha a thagadh ar cuairt chuige d'oíche; thréig sé aoibhneas na coille agus thriall siad beirt ar an gcathair.

"Mo thrua an fear a bheireann na seacht ngrá do bhean!

*

"Ach an saothar mór dár thug sé a chroí!

"Lean sé den obair go maith, ach bhí an seanfhuinneamh imithe. Bhí an seansaol fágtha ina dhiaidh aige. Tháinig athrú mór air de réir a chéile i ngan fhios dó. Na seanghnása a chleacht sé sular scar sé leis an gcathair an chéad uair, thosaigh sé ar a gcleachtadh an athuair. An tseandúil a bhí aige i ngeasa an tsaoil, athbheodh í ... agus chuaigh an ceardaí i ndonacht in aghaidh an lae, má bhí meas mór féin ag an bpobal air.

"Thug an rí cuairt air, ach níorbh é an fear céanna bhí ann roimhe an uair seo a bhí roimhe sa doire coille. Chuala sé go raibh an saothar mór dár thug sé a chroí i ndáil le bheith críochnaithe aige. Ní raibh ceardaí fágtha acu leis an teampall uasal a bhí á thógáil in onóir do dhia an chogaidh a mhaisiú; an bhféadfadh seisean an saothar mór a bhí ar láimh aige féin a athrú ar an dóigh seo agus ar eile? Fuair sé cairde trí lá le machnamh a dhéanamh ar an scéal, ach dá dhonacht dá raibh sé dhiúltódh sé dóibh aon athrú a dhéanamh ar a chuid oibre murach an bhean.

"Ór le caitheamh a bhí uaithi siúd.

"'Tá do shaothar go hálainn,' ar sí, 'agus cá bhfaighfí áit níos oiriúnaí le saothar uasal dealbhóireachta a chur ná i dteampall mór i bpríomhchathair do thíre? Agus ní bheidh ort athrú a dhéanamh air ach athrú suarach ...'

"Níor thrácht sí ar an duais mhór a gheall an rí dó ar chor ar bith!

"Ghéill an fear don bhean.

"Ní fios dúinn cé na coireanna millteacha eile a dhéanfadh a leithéid dá mbeadh clann air," arsa an seanúdar Síneach agus gráin aige dó.

*

"Críochnaíodh an saothar mór faoi dheireadh. Cuireadh ina sheasamh sa teampall é, ach ní raibh sé de chead ag aon neach dul ag féachaint air go nochtfadh an rí é don tslua i dtosach.

"Nuair a bhí an uile rud i gcóir, chuaigh an ceardaí isteach sa teampall ina aonar le dearcadh ar obair a lámh, leis an saothar mór dár thug sé a chroí tráth a mhionscrúdú. Bhí saothar a shaoil os a chomhair ansiúd, agus d'fhan sé ann i gcaitheamh na hoíche ag féachaint air agus ag machnamh air, agus ar a shaol. An ceapadh, an smaoineamh mór a tháinig ina cheann i dtosach sular thosaigh sé ar an obair, ba léir dó nár éirigh leis an ceapadh sin a chur i ngníomh. Ba léir agus ba shoiléir dó sin. Loic sé. Cén fáth? Chuir sé a shaol de an athuair agus é leis féin sa teampall mór uasal. Gach smaoineamh dár tháinig ina cheann, gach dea-ghníomh agus gach droch-ghníomh dá ndearna sé ó thosaigh sé ar an obair, chuir sé trína chéile iad. Bhí an uaisleacht ann an uair sin, agus an óige; agus thuig sé go beacht cé mar a thráigh an uaisleacht uaidh agus cé mar a thuil an ísleacht; thuig sé cé mar a athraíodh a shaothar de réir mar a athraíodh a mheon agus a chroí agus a anam féin ...

"Ar maidin tháinig an rí agus a lucht comhairle. Tháinig ríthe ó thíortha i gcéin. Tháinig an pobal, gan ainm i mbéal aon droinge díobh ach ainm an cheardaí mhóir a bhí in ann an chloch fhuar a bheoú; ach nuair a bhain an rí an brat den saothar mór dealbhóireachta, ní dealbh chloiche a bhí le feiceáil ag na rithe ná ag an slua ach dealbh feola ...

"Bhí an ceardaí ina shuí ar chloch ann, agus an doilíos agus an brón mór agus an briseadh croí le tabhairt faoi deara i ngach cor dá chora; agus an saothar dá dtug sé a chroí tráth, bhí sé ina smidiríní ina thimpeall ...

"Agus an bhean úd a mhill an saol agus an saothar air ... ach sin scéal eile."

Lead Us Not into Temptation

The following is a tale took from an old Chinese book. During the time of Alum-ba's reign in the land of the Abyssinians there lived a stonemason who was famed throughout the Eastern world for his wonderful skill. Great kings from far-off lands would come to meet him and entreat upon him to carve some fine statue or other from the hard marble. He always refused them, however, wanting only to create the great sculpture his mind had conceived. In order to do so at his leisure, he abandoned the big cities and the great houses that had welcomed and entertained him both day and night; he left his father and his mother, his brothers and his sisters, his associates and all his friends, his great wealth and fame, he left them all and he ventured forth, accompanied by his old bondsman, until they reached an oak wood close by a white marble quarry on the bank of a murmuring stream. They built two huts there in that wood: one to rest in and one to work in. The two men quarried marble for the task at hand until the sun went down each night, and in every stone they quarried the craftsman could see a part of the great sculpture he had set his heart on. It sent a shiver through him and gave him great courage, coupled with the realisation that he had finally managed to divest himself of life's false promises.

He was completely devoted to the task in hand. He thought of nothing else. The life he had led, the cities, the entertainments, the company of beautiful women, all these became meaningless when compared to his great project. In fact, they had scarcely quarried and rough-worked the stone before he had forgotten his former life entirely.

Slowly, he began to reveal the great work that had been conceived in his mind with his chisel. He sculpted alone, in the working hut, in that branching forest by the murmuring stream, from sunrise to sunset. Oftentimes his hammer and chisel could be heard in the woods even as the birds slept until, finally, he would lay down his tools and sit in close to the work, examining and contemplating it. The birds of the night would appear during this meditation and, when he lit the lamp, all the winged creatures of the wood would gather and others would crawl in the door to him. The sculptor imagined they were there to venerate the work. They stayed until the old bondsman came with his food: fruits of the forest and water from the well, and the two would eat together then. After supper, they would beseech the Gods:

The craftsman: May the Gods give my limbs the vigour they need ...

The bondsman: to do your work, Master.

The craftsman: May they enlighten my mind ...

The bondsman: to do your work, Master.

The sincerity and earnestness of their words seemed to frighten away the tiny little creatures that came in along the floor to them; but once the praying was finished these creatures would return again and remain about the hut while the two men slept on the dry, brown bracken. They slept mostly on bracken and fresh rushes, the shadow from the sculptor's work falling across his face, yet, even as he slept, the shadow was as if nothing compared to the clarity of the image in his mind.

*

One day, the powerful king, Alum-ba, paid them a visit. The Abyssinians had just subdued their old enemy, the Parthians, and felt that now was the time to construct a fine temple in the capital in honour of the God of War. But who else could they possibly ask to adorn the temple with statues only the sculptor who had abandoned them? The king himself and his entire retinue sought him out. It did them little good, however. They failed to entice him.

"Silver and gold, fine horses, exotic foods, fame and power in the world of men, these things have no hold on me," said the craftsman. "All I wish for is to have this oak wood to myself, allow that which was conceived in my head to bear fruit and carve the beautiful white marble ... the world is wide; there are many other craftsmen who would gladly accept your pay. Go and seek them out. Don't waste the day on me ..." and he returned to his work.

The king thought to try a different tack. He promised the stonemason a fantastic reward, greater than any before proffered to a craftsman.

"Am I less than a wild mountain ass?" the craftsman replied. "The wild mountain ass can spend his life as he wishes; he may starve often enough yet he remains more noble than his brother ass yoked to man. I am a wild mountain ass, my king, and I have no need for wealth or great houses, bondsmen or vast lands. All I want is water from the well, berries from the wood, the light of the sun and my health ... and you're blocking the light now, my liege," and he took up his hammer and chisel.

No sooner had the king and his retinue departed than another crowd came to visit him. This wasn't a human crowd, however, but rather the tiny winged creatures of the woods and they flew about his head and all around his work, though he remained completely unaware of them, so deep in thought was he.

*

At one point he had spent an entire month trying to carve the image of a woman. The sculptor grew sick, tired and completely disheartened because, somehow, he couldn't manage to reveal the exquisitely beautiful form he knew was hidden within the marble. Night fell. He lit the lamp and scrutinised his hands' labour.

What was wrong with him that he couldn't capture the image? Was it his eye? No, he had a clear image of the woman hidden in the marble. Was his hand failing him at last? He didn't think so; his hand retained all its great skill.

It tormented him greatly. He sat down on a small stool and spent a long while there, motionless, simply contemplating. His old comrades, the winged creatures of the night, the many insects and even some of the four-legged creatures came in along the floor to him. There was a full moon and it shone brightly. A little nest of stars could be seen in the sky to the east, and it occurred to him that if he could manage to capture the gleaming of those stars in the eyes of the woman he was carving, he would indeed succeed.

A shadow fell on the statue. He thought it must have been some animal from the wood that had come as far as the door and stolen the light of the moon from him.

He raised his head. It wasn't an animal of the forest ... yet he was sure it couldn't possibly be a woman; rather some conception of the night or wood, like those other creatures that came to visit him. The woman's beauty (if she was a woman) almost drove him insane. Her eyes were like gleaming stars, her hair like dark thunderclouds in the night, her shape and form ... the sculptor thought such shape and form could only exist in a person's thoughts. Her beauty terrified him. If only he could steal some of her beauty for his creative vision! This woman that appeared to him was not a real woman but rather a vision of woman; when night departed so would she. But when the first rays of morning sun appeared, she was still there, sat on the ferns, staring at him with her glittering eyes.

"The Gods have led her to me to be a model for my task and to enhance my life and work," the sculptor said to himself. And he gave a thousand thanks to the Gods for they had listened to his cries and helped him in his hour of need ...

It took little effort now for him to reveal the woman that had been hidden within the hard marble, now that he had her to assist him ...

*

There is a great trade route that runs between the Abyssinian capital and Aramana, which lies in the Parthian lands. Not a day goes by but merchants pass along the route with their camels, donkeys and mules and their wonderful goods to sell: whispering smooth silks from the Arab lands, soft slippery velvets from China, gemstones from the frozen wastelands of the south, leatherwork from Persia of the Temples. The woman saw these goods on the backs of the camels and donkeys passing along the route and set her heart's desire on acquiring some.

One day, as she sat by the well at the side of the road, she saw a large caravan of merchants coming toward her from the east, across the plain. They stopped at the well to water their animals. There was a young merchant amongst them and, seen as the woman who sat by the well was so incredibly beautiful, he went to speak with her. He showed her a jewel. The fine stone was worth eight hundred Arabian horses.

"This jewel will be seen in the crown of a powerful queen who lives in the Western world," the merchant said. "If I was a rich man," he continued, "I would never part such a fine jewel from such a fine, beautiful woman," setting the stone to shine in her black curling mane.

She noticed how the men's eyes glazed over strangely on seeing the beauty of the jewel and her own beauty combined and, on looking into the clear water of the well, she understood what made their eyes shine more brightly than the stone itself.

She swore to herself, there and then, she would have gemstones and fine clothes from that moment on.

That night she spoke to the sculptor.

"People who are not half as clever as you are able to make money and bestow expensive clothes and jewels on their women. You could at least do as much for me."

She said such and more besides. She coaxed, enticed and seduced him with fine words and a soft melodious voice, with loving looks and all the various tricks that are a woman's by birth. "And since he was seven times over in love with her, a condition described by my son in the eighteenth chapter of his book," said the old Chinese author, "it doesn't surprise me in the least that he gave into her."

Within two days he was no longer working on the great project he had set his heart on, but rather on useless little figurines that could be sold easily in the city; and once she had tasted life's sweets, she found herself making for the city more often, carrying with her each time one of the many statues she obliged him to carve for her.

Praise is the soul food of a beautiful woman and praise was heaped on her in the city. If only she could live in the city, then the poets, musicians and artists of the city would gather around her and offer her constant praise, singing sonnets and composing odes to her ... but she knew it would take much effort on her part to coax the sculptor to join her in the city. What bait to use? The question worried her greatly until, finally, she came to the conclusion that she could find no better bait than her own self.

"I intend leaving you," she said one day, "I do not like this awful wilderness. From now on I will live in the city," and false tears began to gush from her shining, black eyes.

But she didn't leave him. The craftsman left the oak wood instead; he left the company he had kept, the small winged creatures that visited him each night; he left the serenity of the woods and they headed for the city.

I pity the man who loves a woman seven times over!

*

But what of the great project he had set his heart on, his *magnum opus*?

He continued to work on it, but the energy that had sustained him was no more. The solitary life he once led was no more. Gradually and unbeknownst to himself, great changes occurred within him. The old habits he had known before leaving the city returned. The old addictions to life's enticements were reignited ... and the sculptor went from bad to worse, though all the people still held him in great respect.

The king paid him a visit but the man he met this time was not the man he had met in the oak wood. The king had heard that the great work the sculptor had dedicated himself to was almost complete. There was still no sculptor good enough available that could decorate the fine temple that was being built in honour of the God of War; might he be able to alter slightly the wonderful *pièce de résistance* he was engaged in this way and that? He was given three days to think about it, but bad and all as he was he would have refused to make any changes to his great work if it hadn't been for the woman.

She wanted gold.

"Your work is so beautiful," she said, "and there is no better place to have your masterpiece displayed than in a large temple in the capital of your own country. I'm sure you would really only need to make very minor changes ..."

She never even mentioned the huge, financial reward the king had promised him!

He finally conceded.

"It's unknown the number of other great offences such a man might have committed had he children," the old Chinese author recounted with disgust.

Finally, the great work was complete. It was erected in the temple, though not a single soul could view it before the king himself unveiled it to the public.

When everything was in order, the sculptor went into the temple alone to look upon his creation and scrutinise the great work he had been so totally committed to once upon a time. And there it stood before him, his life's work. He spent the whole night gazing upon his "masterpiece" while reflecting on his own life. It was clear to him that he hadn't been able to capture the moment of inspiration, the initial concept that had come to him before beginning the work. It was painfully clear to him. He had failed. Why? He re-examined his life, sat there alone in the great temple. Each good and bad deed, every thought that had entered his mind since beginning the project, he examined them all. Initially, nobility of purpose was clearly present, as well as youthfulness; he understood now how such nobility had ebbed away to be replaced by baseness; he could see how his work had changed as his own heart and desires and even his very own soul had altered.

The following morning, the king and all his retinue arrived. Kings from other lands arrived too. And the people came. The name on everyone's lips was that of the craftsman, the man who could make cold stone breathe; but when the king unveiled the great sculpture to the waiting kings and the general public, the statue revealed to them was made of flesh ...

The sculptor sat on a stone: despair, sorrow and heartbreak etched into every sinew of his body, while the masterpiece he had set his heart on lay shattered and scattered all around him ...

And as for the woman that destroyed both him and his work ... well, perhaps that's another story.

IV

AN BHEAN AR LEAG DIA LÁMH UIRTHI

Bád níos gleoite ná *An Cailín Beag Donn* ní raibh le feiceáil ar Chuan na Gaillimhe, agus ó bhí sí le díol ag an gceannaí siopa ar leis í, cheap Pádraig Ó Nia go mba mhaith an spré ag a iníon an bád dá bhféadadh sé í a fháil réasúnta saor. Ach dúirt Antaine Ó Máille, an fear óg a bhí ar tí an ógbhean a phósadh, go mba chóir dóibh triail a bhaint as an mbád sula gceannófaí í, ag féachaint an raibh sí i ngar do bheith chomh maith lena cáil. Cheap an seanfhear go mba mhaith an chomhairle í agus chuaigh sé féin agus Séamas, a mhac, agus an Máilleach amach le hoíche a chaitheamh ar an bhfarraige ag iascaireacht go bhfeicfidís cén mhaith a bhí leis an mbád.

Chuaigh Cáit, an iníon a bhí le pósadh, go dtí an chéibh lena muintir go bhfeicfeadh sí ag imeacht iad, agus d'fhan sí tamall maith ar an tulchán ag féachaint ar an gcabhlach bád iascaireachta ag dul siar an cuan faoi chóir ghaoithe. Ar fhilleadh abhaile di bhí sé ina ardtráthnóna agus bhí béile na hoíche ullamh ag a máthair. Bhí an bord faoi réir aici agus císte á fhuarú ar leic na fuinneoige, agus ceol taitneamhach á dhéanamh ag an túlán. Shuigh an bheirt bhan ag an mbord agus d'fhéachaidís amach tríd an bhfuinneog ó am go ham ar na báid, a bhí an-chosúil le dream ban rialta a bheadh ag glacadh an aeir dóibh féin ar mhachaire a gclochair.

Bhí sé ag éirí an-chiúin. Na héanlaith a bhí go ceolmhar agus go bríomhar uair roimhe sin bhíodar ag éirí an-mharbhánta. Shílfeá go mba é an chaoi a raibh sluaite an aeir ag éirí tuirseach den chantaireacht agus nach gcleachtóidís arís choíche é. Bhí codladh ag teacht ar éanlaith agus ar bheithígh, ach d'fhan an bhean óg ag an bhfuinneog go raibh na báid ag dul ó léargas uirthi sa doircheacht, go raibh réaltóg bhreá a raibh loinnir drochghealaí inti le feiceáil sa spéir thiar.

Lig an tseanbhean a bhí ag an tine osna aisti.

"Céard atá ort a mháthair?" arsa Cáit, ag éirí agus ag dul chuici.

"Bead an-uaigneach gan thú, a chuid."

"Nach mbeidh m'athair agat, gan trácht ar Shéamas?"

"Ní fada a fhanfas Séamas linn. Ní bhíonn ó na daoine óga atá ann anois ach imeacht leo."

"Ach nach minic a chuir tú féin gáire orainn, a mháthair, ag inseacht dúinn cé mar a d'éalaigh tú le m'athair in ainneoin do mhuintire," arsa Cáit, le croí a chur ina máthair.

"Agus féach an saol a bhí agam ó shin!"

Níor mhinic dá máthair gearán a dhéanamh agus chuir sé as don ógbhean gur ar rudaí den sórt sin a bhí sí ag smaoineamh. Bhí a fhios aici go maith gur chuir muintir a máthar chomh mór sin in aghaidh a pósta is nár labhraíodar léi ó shin. Bhí tabhairt suas agus foghlaim ar a máthair ach ghlac sí leis an saol a d'éirigh lena fear a thabhairt di.

"Ach ní ag éalú uait atáimse," arsa Cáit, "feicfidh tú go minic mé. Ar ndóigh ní bheidh mé thar fiche míle uait."

"Tá a fhios agam, a stór," arsa an mháthair, "ach le scaitheamh bím ag ceapadh gur lean an mhallacht a chuir m'athair orm mé. Féach mar a d'imíodar uile go léir uaim – agus thú féin anois. Feictear dom go mba é an fáth gur imíodar uaim go mbím roinnt bheag aisteach ionam féin scaití ... nach ndeirtear 'go dtí an seachtú glúin'?"

Rug Cáit ar láimh ar a máthair agus bhí á cuimilt go ceanúil. Bhí a fhios aici go maith céard a bhí i gceist ag an tseanbhean. Bhí a fhios aici gur beag glúin de mhuintir a máthar nach raibh duine éigin air a bhí "roinnt bheag aisteach", agus go raibh cuid díobh a bhí chomh haisteach is go mb'éigean iad a chur faoi ghlas. Ach ní raibh a fhios sin ag muintir na háite; b'as condae eile an mháthair agus má bhí corrdhuine ann a chuala an scéal ní raibh a chruthú ag aon neach.

"Ní ceart duit é sin a rá," arsa Cáit go himníoch.

"Ach tá an fhírinne ann, a Cháit," arsa an tseanbhean.

Thit an oíche. Las Cáit an lampa. Chuir sí dallóg ar an bhfuinneog. Tháinig triúr isteach ar cuairt, triúr nach bhfeictear ach go hannamh le chéile. An Imní, an tUamhan agus an Dóchas b'ainmneacha dóibh. Ba léir don tseanbhean a bhí ag an tine iad, agus chuireadh sí ionadh ar a hiníon nuair a chuireadh sí féin focal beag isteach ina gcuid cainte. Ba dhóigh le Cáit go raibh a máthair ag éirí níos aistí ó ló go ló.

"Tá an ghaoth ag éirí, tá sé an-chontúirteach ar an bhfarraige anocht," a deireadh an tseanbhean agus í ag déanamh aithris ar ghlór Imní.

Bhain an iníon an dallóg den fhuinneog. Bhí gealach sa spéir agus an fharraige an-chiúin. Ní cheapfá go mbáfaí aon duine inti arís choíche.

"Féach amach, a mháthair. Ní smeámh ann. Codladh atá ag teacht ort."

Ní raibh súil leis an mbád go héirí an lae.

"Fanfaidh mise anseo go maidin," arsa an tseanbhean agus í go smaointeach. "Nach mór an lear daoine a bádh ar an mbaile seo le mo chónaí ann? Bádh Pádraic Pheait agus a mhuintir anuraidh, oíche spéirghealaí mar í seo freisin, agus bádh Micilín Pheig Bheag agus a dheirfiúr arú anuraidh, agus ... an arú anuraidh nó trí bliana ó shin bádh muintir an Oileáin?"

Bhí an mháthair ag cur di ag an tine ach níor chuir a cuid cainte aon imní ar Cháit. Beirt bhádóir ab fhearr ná a hathair agus an Máilleach ní raibh le fáil sa gcuan.

"Gabh i leith anseo chugam," arsa an tseanbhean go tobann.

Chuaigh. Rug an tseanbhean ar dhá láimh uirthi agus d'fhéach isteach ina súile.

"A Cháit, inis an fhírinne dom," ar sise, "má tá duine nó beirt de chomhlucht an bháid le bá anocht, cé acu ab fhearr leatsa a shábhálfaí?"

"Ar son Dé, a mháthair, agus ná bí ag caint mar sin liom," arsa Cáit go cráite, agus scaoil sí an greim docht bhí ag a máthair uirthi agus shuigh an bheirt acu, duine ar gach aon taobh den tine. Thit néal codlata ar an tseanbhean agus thit néal ar Cháit.

Bhí sé ina mhaidneachan nuair a dúisíodh an bheirt acu go tobann. Buaileadh rud trom éigin in aghaidh an dorais dhúnta. D'fhéach an bheirt bhan ar a chéile.

"Oscail an doras," arsa an tseanbhean go ciúin, "go bhfeicfimid cé acu a tháinig slán."

Ach b'éigean di féin é a dhéanamh, bhí an oiread sin uafáis ar Cháit, agus cé a thitfeadh isteach ina chnap ar an urlár chucu ach an Máilleach, é fliuch báite agus scéin ina dhá shúil ...

Ach d'éirigh leis a scéal a inseacht do na mná. Ar Charraig an Iolair a bádh an bád. D'éirigh leis féin an seanfhear a thabhairt i dtír ach bhí an dé imithe as. Bhí maide rámha ag an scorach ach ní raibh a fhios céard a d'éirigh dó.

"Téimis amach ar lorg na gcorp," arsa an tseanbhean, agus chuaigh ...

*

Níor frítheadh corp an mhic riamh. Cuartaíodh an cladach ó Cheann Léime isteach go Gaillimh ach níor facthas in aon áit é. Bhí tórramh acu ar an athair ach níor ghoil a bhean deor.

Scaití d'fheictí i gcúinne éigin í agus bean chomharsan ag labhairt léi, agus dá mbeadh cluas ort chluinfeá a caint:

"Cuid den tseanmhallacht an bá seo," a deireadh sí, "cén chaoi a bhféadfainn gol a dhéanamh? Nach bhfuil mo chroí ró-lán? Bhí a fhios agam i gcónaí go mbáfaí lá éigin é."

Théadh sí go seomra an choirp agus tráth a mbíodh an seomra fúithi féin bhíodh sí ag caint lena fear.

"Is minic a níthéa gáire faoin mallacht, a Phádraic," a deireadh sí leis an gcorp, "ach má tá sibh le chéile anois abair le m'athair an mhallacht a scaoileadh díom. Nach n-abróidh anois, a Phádraic? Bhíos ceanúil ort riamh, ón gcéad lá a leagas súil ort – ar do cheann dóighiúil agus ar d'aghaidh shoineanta ..."

Chuireadh sí cosc léi féin nuair a thagadh comharsa isteach sa seomra, agus nuair a thosaíodh an chomharsa ag déanamh trua léi ní abraíodh sí ach:

"Éist do bhéal anois. Cuid de mhallacht m'athar an bá seo. Bhí sé i ndán dúinn ó thús. Tá Cáit ag imeacht freisin. Ní fada go mbead chomh haonraic is a bhí i dtosach."

B'éigean í a chur a chodladh roimh lá ...

Tar éis a fear bheith curtha d'éirigh sí níos aistí ná riamh. D'éirigh sí i ngan fhios do Cháit san oíche agus d'éalaíodh amach agus bhíodh sí ag imeacht ar fud na gcladach ar thóir a mic. D'fheictí go minic í de shiúl oíche ar an gcladach, a gruaig le gaoth agus gan uirthi ach culaith oíche agus í ag gluaiseacht léi ina haonar ag cuartú gach poill dá raibh ann agus ag bualadh a cos in aghaidh na gcloch géar. Baothchaint is mó a chluintí uaithi ach ar uaire bhíodh rannta á gcanadh aici. Bhíodh ceann aici nár cluineadh ach uaithi féin. Deireadh sí:

> "Bím ag siúl de oíche
> Faoi fhearthainn 'gus faoi ghaoth
> Ag cuartú mo mhic is mo stóir.
> Cá bhfuil tú uaim, a Shéamais?"

Ansin thagadh smaoineamh eile chuici agus deireadh sí:

> "Ach nuair bhí an leanbh Íosa
> Ina luí ag bun na Croise
> Bhí tusa ann, a Mhuire,
> Agus eisean ar do ghlúin."

Agus deireadh sí go mba mhó go mór a buairt agus a doilíos féin ná doilíos Mhuire, mar nár tugadh corp a mic siúd ar ais di tar éis an Chéasta.

"Cá bhfuil tú uaim, a Shéamais? Cén fáth nach bhfuilir ar mo ghlúin?" a deireadh sí.

Daoine a chluineadh í agus an chaint sin ar siúl aici, shílidís í a mhealladh abhaile. Uaireanta d'éiríodh leo. Uaireanta eile ní éiríodh, agus bhíodh ar Cháit dul amach ar a tóir.

Chleacht sí an tóraíocht agus an siúl oíche go raibh ar Cháit codladh a dhéanamh in aon leaba léi. Mar sin féin, is minic a dhúisíodh sí san oíche agus bhíodh an mháthair imithe uaithi agus bhíodh uirthi dul amach á cuartú.

Agus is ag dul i ndonacht a bhí sí in aghaidh an lae.

D'imigh an chuimhne uaithi. Rud ar bith a tharla ó phós sí deich mbliana fichead roimhe sin, ní raibh aon chuimhne aici air de ghnáth. Dá labhartá léi ar a fear déarfadh sí leat nach raibh aon fhear aici ach nach fada go mbeadh, in ainneoin a muintire. Dá n-abraíteá tada léi faoina muirín, déarfadh sí leat nach raibh aon mhuirín uirthi – cén chaoi a mbeadh nuair nár phós sí go fóill? Ach d'fhéadfadh sí inseacht duit go cruinn faoi gach ar tharla di le linn a hóige. Bhíodh sí ag cur síos air le Cáit agus ag ceapadh go mba í a deirfiúr í – an deirfiúr óg ab ansa léi fadó – agus bhíodh ar Cháit bhocht éisteacht léi agus caint a choinneáil léi go mbíodh sé i bhfad san oíche agus an croí á bhriseadh ina lár ...

Ar a hathair is minice a bhíodh sí ag cur síos. D'insíodh sí dá "deirfiúr" céard a deireadh sé léi faoin bhfear dá dtug sí searc; d'insíodh sí di cé mar a casadh le chéile ar an aonach iad, agus an masla a thug sé don fhear óg agus an buille a fuair sé uaidh.

"Agus nach raibh iomlán an chirt aige?" a deireadh sí leis an "deirfiúr". "Nár thug sé 'bacach lofa' air? Ach tiocfaidh sé do m'iarraidh fós agus éalódsa leis in ainneoin a bhfuil ann acu, agus cuideoidh tusa liom, a Mhairéad, nach gcuideoidh anois?"

Ní fhéadfá gan trua a bheith agat do Cháit agus í ag éisteacht lena máthair ag cur síos go bríomhar agus go fileata ar a hathair a bádh, agus an tseanbhean ag ceapadh go raibh sí óg fós agus go raibh sí ar tí é a phósadh!

Ach ní bhuaileadh an drochthaom í go han-mhinic. Cúpla uair sa ráithe, b'fhéidir.

Nuair a thagadh an drochthaom uirthi agus gan Cáit a bheith ina haice, chuireadh sí uirthi an seanghúna pósta a bhí i dtaisce sa gcófra agus ghléasadh sí í féin i bhfaisean na mban a bhí óg deich mbliana ar fhichid roimhe sin.

Dá gcastaí duine léi deireadh sí leis gur éirigh léi éalú óna hathair, go raibh sí gléasta feistithe i gcomhair an fhir dá dtug sí gean agus grá, agus go mbeidís le chéile roimh éirí na gréine.

B'aisteach agus ba thruamhéalach an feic í an tseanbhean sin ar leag Dia lámh uirthi, agus í ag imeacht ar fud na mbóithre agus a cuid ribíní geala agus lásaí áille ag imeacht leis an ngaoth; ach ba thruamhéalaí go mór an bhean óg a fheiceáil ar a lorg agus í ag cur a tuairisce go himníoch.

Ach ní raibh aon urchóid sa tseanbhean sin ar ar leag Dia lámh. Bhí sí lách le gach n-aon.

Bhí trua ag na comharsana don bheirt. Bhí an tseanbhean "roinnt aisteach" inti féin chuile lá riamh ó tháinig sí san áit. Níor ceapadh go raibh a meabhair agus a héirim aigne caillte aici go deo; níor ceapadh go raibh an t-éagruas céanna a bhuail a lán dá muintir ag gabháil di. Ní fhéadfadh muintir na háite é a cheapadh agus a laghad eolais a bhí acu ar an muintir dar díbh í, agus má bhí sí níos aistí ná riamh, nár bheag an t-ionadh é agus ar fhulaing sí, an créatúr?

Ach d'aithnigh Cáit an galar agus cheil sí a heolas ar an saol.

Níor inis sí don Mháilleach féin é agus is gearr go raibh aiféala uirthi nár inis. I dtosach ní raibh aon fhonn uirthi é a cheilt air, ach lá dá rabhadar ag caint d'fhiafraigh sé di ar cheap sí gurbh é an galar sin bhí ag gabháil don mháthair agus dúirt sise nár cheap. Níor cheap an uair sin ach oiread. Ach nuair a d'aithnigh sí an galar níor labhair sí, mar bheadh uirthi an scéal iomlán a nochtadh dó. Bheadh uirthi faisnéis a thabhairt ar a muintir uile, ar an mbeirt dhearthár lena máthair a bhí i dteach na ngealt agus ar an deirfiúr nár fhág an teach le fiche bliain gan comhluadar. Is minic a rinne sí féin caint lena máthair faoin gceist agus is minice ná sin a rinne sí machnamh air agus shíl sí go mbeadh an t-eolas céanna ag an bhfear óg ar an ngalar a bhí aici féin. Céard a déarfadh sé léi ansin? Is é an chaoi a mbrisfí an cleamhnas – agus an gean a bhí aici air! Agus cárbh fhios di cén t-athrú a thiocfadh sa saol? Nuair a bheidís pósta d'inseodh sí an scéal ina iomlán dó ach níor mhór di é a inseacht i leaba a chéile. Bheadh taithí aige ar nósa na mná sin ar ar leag Dia lámh, agus bheadh trua aige di agus dá muintir nuair a thuigfeadh sé an scéal.

Ar chaoi ar bith cheap sí go mb'fhearr an admháil a chur ar cairde.

Faoin am seo dúirt Cáit léi féin go ndéanfadh sé leas mór don othar dá bhféadfadh sí cuairt fhada a thabhairt ar áit éigin i bhfad ón bhfarraige. Ar charraig ag béal na céibhe a bádh an bád ar a hathair agus nuair a bhíodh an fharraige tráite bhíodh an charraig seo leis agus d'fhéadfadh a máthair í a fheiceáil ón teach féin; nár mhór an gar dá mbeadh cónaí uirthi in áit éigin i bhfad ón gcarraig mhallaithe sin?

Thíos i gCondae Mhaigh Eo, amuigh faoin eachréidh, a bhí an deirfiúr ba shine léi pósta agus cheap an bhean óg nárbh fhearr di rud a dhéanfadh sí ná cuairt a thabhairt uirthi. Ní rabhadar chomh muinteartha le chéile is ba chóir do bheirt dheirfiúr a bheith, agus nuair a bhuail Cáit isteach chuici tar éis an aistir fhada ní fáilte mhór a fearadh roimpi.

Teach ósta a bhí ag an deirfiúr agus ag a fear, agus ó bhí bealach níos fearr acu sa saol ná ag an muintir sa mbaile, cheap sí gur ag éileamh cabhrach orthu a tháinig Cáit, rud ab éigean di a dhéanamh cheana. Ní thiocfadh sí chomh fada sin gan cuireadh murach gurbh ea.

Bhí fear an tí ag freastal ar an siopa agus fágadh an bheirt dheirfiúr leo féin; ach ó bhí fuinneog bheag idir an seomra ina rabhadar agus an siopa d'fhéadfaidís glórtha na bhfear a bhí ag ól a chlos go soiléir.

"Sea, a Cháit, cén chaoi a bhfuil Maim?" arsa bean an tí.

"Go dona, a Mháire, go han-dona."

Bhí an bhean phósta ag cniotáil ach thógadh sí na súile den obair ó am go ham agus ansin d'fheicteá an bhá agus an tsaint ag déanamh iomaíocht ina dhá súil.

"Bhfuil sí níos measa?"

"Tá, i bhfad níos measa."

"An ndearna sí aon rud aisteach le scaitheamh, a Cháit?"

"Déanann sí rud aisteach gach uile lá sa mbliain, a Mháire."

Níor labhair ceachtar acu go ceann tamaill bhig. Cluineadh fear óg bhí ar bogmheisce ag gabháil fhoinn sa siopa.

"Chuile lá dá n-éiríonn orm bíonn eagla an domhain orm go ndéanfaidh sí rud uafásach éigin," arsa Cáit. "Ní aithníonn sí mise anois ach corruair. Ceapann sí gur mise a deirfiúr, gur mise Bríd Ní Dhónaill."

"Go sábhála Dia sinn! Agus ní fhaca sí Bríd le dhá bhliain déag is fiche, ó phós sí Deaid!"

Cluineadh fear an tí ag labhairt go borb.

"Agus tá Bríd agus a fear ag éirí an-mhór linn," arsa bean an tí go smaointeach, "bhíodar anseo arú inné agus d'óladar tae linn go deas muinteartha, agus dúirt an Caiptín nár ól sé a leithéid de tae riamh ach aon uair amháin sna hIndiacha ..."

"Drochrath ar Bhríd agus ar an gCaiptín freisin," arsa Cáit go mífhoighdeach, "ní le caint a dhéanamh leat fúthusan a thugas an turas seo."

Deirfiúr lena máthair a bhí pósta ag caiptín airm san áit a bhí i gceist acu. Níor thugadar aint ná uncail ar mhuintir na máthar riamh. Daoine móra a bhí iontu, dá mb'fhíor dóibh féin, agus ní bhíodh aon bhaint acu lena muintir. Ní raibh duine acu ar an tsochraid féin.

"Nach tú atá mífhoighdeach!" arsa bean an tí. "Ach an mbíonn sí go dona chuile lá?"

D'éirigh Cáit ina seasamh. Tháinig borradh agus fuinneamh ina glór.

"A Mháire," ar sise, "tá do croí á bhriseadh i mo lár. Níl a fhios ach ag Dia mór céard a d'fhulaing mé le bliain anuas. Bím ansin sa gcisteanach léi, agus ise ina suí ag an bhfuinneog ag féachaint amach ar an bhfarraige agus doilíos nach bhfaca tusa riamh ina héadan. Bíonn fonn uirthi imeacht ach nach bhféadann sí. Bíonn na súile greamaithe aici san áit a bhfuil an charraig mhallaithe sin ag béal na céibhe. Agus nuair a bhíos sé ag trá, fanann sí ansin sa gcathaoir ag an bhfuinneog go mbíonn an charraig leis; nuair a fheiceann sí an charraig ag éirí aníos as an bhfarraige de réir mar a bhíos sé ag trá bíonn sí ag baothchaint léi féin go dtí go mbíonn a meabhair agus a cuimhne caillte aici ... Ba mhór an bheannacht ó Dhia é dá bhféadadh sí imeacht ón áit mhallaithe sin ar feadh i bhfad ... Táim cinnte, a Mháire, go mbeadh sí sásta cuairt fhada thabhairt ortsa anseo ..."

D'éist sí a béal go gcluinfeadh sí céard a bhí le rá ag an deirfiúr.

"Seacht is sé pingne," arsa fear an tí. "Glac é nó fág é!"

Níor labhair bean an tí go ceann i bhfad. Bhí an stoca a bhí á chniotáil aici ar an mbord os a comhair amach agus na spéacláirí leagtha lena thaobh. Faoi dheireadh thosaigh sí ag inseacht do Cháit cén fáth nach bhféadfadh sí glacadh le cúram na máthar. Bhí an teach cúng orthu cheana féin; ní raibh aon tseomra acu lena haghaidh; bheadh orthu bean fhreastail a fháil di, agus bhí an t-airgead an-ghann orthu agus a raibh d'fhiacha amuigh orthu; agus an mhuirín mhór a bhí orthu, agus ag súil le ceann eile go gairid; chaithfidís Tomás a chur ar scoil in áit éigin agus nárbh in tríocha punt eile sa mbliain orthu.

Agus mar sin di. Bhí olc ag teacht ar Cháit.

"Agus, ar ndóigh, a Mháire, ba mhór an náire ort a leithéid a bheith sa teach agat," arsa Cáit go nimhneach, "nach mbeadh a fhios ag an saol ..."

D'éirigh an bhean eile agus cochall uirthi.

"Bheadh a fhios ag an saol anseo é b'fhéidir," ar sise, "ach ní bheadh a fhios ag an Máilleach sin atá le do phósadh é. Lena cheilt air a cheap tú do mháthair bhocht a dhíbirt ..."

"Ní hea."

"Sea, a deirim, ar fhaitíos nach bpósfadh sé thú dá mbeadh a fhios aige cén galar uafásach a bhain lenár muintir."

"Thug tú d'éitheach."

"Agus thug tusa do dheargéitheach is a rá gur ar leas do mháthar atá tú."

Chuaigh na focla troma crua ó bhéal go béal eatarthu mar sceana géara nimhneacha, gur loiteadh an bheirt go mór, gur imigh Cáit léi as an teach agus fonn díoltais ina croí.

*

D'imigh Cáit léi agus fuath aici don deirfiúr. Ar phort na traenach a thug sí aghaidh, ach ó bhí an traein deiridh imithe uirthi b'éigean di fanacht ar an mbaile go maidin. I dteach ósta in aice leis an mbóthar iarainn a chaith sí an oíche agus bhí cuimhne aici ar an teach ósta sin agus ar an oíche a chaith sí ann lena beo.

Ní dhearna sí aon chodladh ach í caite sa leaba gan snáth a bhaint di. Ar leas na máthar a thug sí an t-aistear, nó cheap sí ar fhágáil an bhaile di gurbh ea. Ach ag déanamh na smaointe di i gcaitheamh na hoíche bhí amhras uirthi go mb'fhéidir go raibh roinnt bheag den cheart ag a deirfiúr: an gcuimhneodh sí ar an máthair a chur chun bealaigh chor ar bith murach go raibh an Máilleach le teacht ar an mbaile agus tréimhse a chaitheamh ann leis an iasc? Nach mbeadh sé isteach agus amach acu gach uair sa ló? Nach dtabharfadh sé faoi deara gan rómhoill céard a bhí ag gabháil don mháthair? Agus nuair a chluinfeadh sé uaithi cén bhail a bhí ar chuid de mhuintir a máthar céard a déarfadh sé agus an chaoi ar cheil sí an scéal air ó thosach? Nach mbeadh fuath agus gráin aige uirthi? Agus an chaoi a n-inseodh sé féin gach ní di!

Cheap an bhean chráite go mba iad siúd na smaointe ba shiocair lena turas ó bhí an croí chomh trom inti. Ba dhóigh léi go gcaithfeadh drochbhraon a bheith inti; ní dhéanfadh aon bhean eile dá raibh ar aithne aici a leithéid de ghníomh. An mháthair bhocht a rug í a dhíbirt uaithi mar gheall ar fhear!

Ar theacht na maidne ní raibh aon chuimhne aici ar an gcarraig ar ar bádh a gaolta, ná ar an bhfarraige mhór ar a mbíodh an mháthair ag síorfhéachaint, ná ar an doilíos millteach a bhíodh i súile na máthar sin agus biseach uirthi, ná ar an trua a bhíodh aici féin di, ná ar an gcion a bhí acu ar a chéile. An focal trom sin a dúradh léi d'fhan sé ina croí. Bean níos measa ná í níor rugadh riamh, cheap sí.

Ach an té a níos aithrí ina dhrochghníomh tá maithiúnas le fáil aige ó Dhia agus ó dhuine. Dhéanfadh sí aithrí. Ní phósfadh sí choíche. D'fhanfadh sí sa mbaile ag tabhairt aire dá máthair agus ag freastal uirthi go lá a báis. Amárach, nuair a d'fheicfeadh sí an Máilleach, d'inseodh sí an scéal dó ina iomlán. Bheadh gráin aige uirthi ar ndóigh, ach i gceann roinnt aimsire b'fhéidir go maithfeadh sé di gur mheall sí é, agus i ndiaidh cúpla bliain nó trí nach n-éireodh sé muinteartha léi arís ar bhealach eile? ...

Croí luaidhe bhí sa gcailín óg dathúil a bhí ina suí léi féin i gcúinne de charráiste nuair a d'fhág an traen an stáisiún, agus thuig sí an lá sin cén fáth go dtugtar gleann na ndeor ar an saol aoibhinn seo sa bpaidir.

*

Ar shroichint an bhaile di chonaic sí plód beag daoine taobh amuigh de theach Sheáin Uí Néill, an giúistís. Bhí carr ar an tsráid ann agus síothmhaor i ngreim sa gcapall. Ag dul thar an teach di thug sí faoi deara go raibh a raibh ann ag féachaint uirthi go géar agus go raibh fonn ar chuid acu labhairt léi ach go raibh cineál leisce orthu.

Ní dheachaigh sí i bhfad gur glaodh uirthi, agus chuaigh sí isteach.

Bhí a máthair istigh roimpi, an seanghúna pósta uirthi ach é fliuch salach, ribíní agus lásaí a bhí geal tráth ag sileadh léi agus í ina suí ar chathaoir ag gabháil amhrán grá.

Bhí an Máilleach sa láthair agus mhínigh sé an scéal do Cháit. Dúirt sé gur gabhthas an mháthair ar maidin, gur éalaigh sí ón tseanbhean bhí á faire, agus gur ghortaigh sí bean chomharsan a bhí ar tí í a thabhairt abhaile. Bhíothas lena cur isteach i dteach na ngealt.

Labhair Cáit léi ach níor aithnigh sí í. Ag baothchaint a bhí sí agus ag rá go raibh sí an-bhuíoch de na daoine uaisle seo – na síothmhaoir a bhí i gceist aici – go raibh sí an-bhuíoch díobh go rabhadar ar tí í a thabhairt chuig an bhfear dá dtug sí cion.

Ach d'aithnigh sí Cáit nuair chuaigh sí ar an gcarr, nó shíl sí gurbh í a deirfiúr féin í.

"Bhí iontaoibh agam asatsa," ar sí, "ach shíl tú mé a choinneáil uaidh ar nós cách. Ach níor éirigh leat. Tháinig na fir uaisle seo le cuidiú liom. Eisean a chuir chugam iad ...

A ógánaigh na súl nglas

Dá dtug mo chroí gean,"

na focla deireanacha a chuala Cáit uaithi agus an carr ag dul soir an bóthar.

Chuaigh Cáit agus an Máilleach siar an bóthar chuig an teach. Bhí dhá mhíle go leith de shlí orthu agus níor labhraíodh focal ar feadh an achair, go rabhadar ag an gcéibh beagnach. Bhí sé ina thráthnóna breá aoibhinn agus na héanlaith ag ceiliúr go meidhreach sna crainn. Bhí an cabhlach bád iascaireachta ag dul siar an cuan faoi lán tseoil. Má tá doilíos agus briseadh croí sa saol cheapfá tráthnóna mar é seo nach é toil Dé é, ach toil na ndaoine.

Bhí fonn ar an Máilleach focal éigin a rá leis an gcailín óg dá dtug sé grá ach céard a d'fhéadfadh sé a rá?

Sa deireadh b'éigean dó labhairt.

"Bíodh croí agat, a Cháit, a chuid," ar seisean.

"Beidh."

"Leag Dia lámh throm uirthi," ar seisean.

"Ach is troime go mór an lámh leag sé ar an muintir a d'fhág sí ina diaidh," ar sise, "ach toil Dé go nglacfaimis leis."

Tá cloch in aice na céibhe ar a dtugtar "An Chathaoir Mhór" agus ag dul thar an gcloch seo dóibh dúirt sise:

"Suímis anseo go fóill beag, a Antaine," ar sise.

Shuigh. Bhí seisean i ngreim láimhe inti agus í ag féachaint amach uaithi ar an bhfarraige go smaointeach.

"Is minic a shíleas le dhá bhliain," ar sise, agus ba dhóigh leat uirthi gur ag caint léi féin a bhí sí, "is minic a cheapas nuair a bhíodh an drochthaom tagtha uirthi go mba mhiste an duine an mheabhair agus an tuiscint, agus go mb'fhearrde an duine an éigiall. Tá croí meidhreach aici anocht agus tá mo chroíse chomh dubh le gual agus chomh trom le luaidhe ..."

Níor thuig an fear óg i gceart í.

"An mheabhair a mhill an saol orainn," ar sise.

"Ach éist liom, a Cháit, a stór," ar seisean, "níor milleadh an saol orainne. Tá saol aoibhinn i ndán dúinn fós le cabhair Dé i bhfochair a chéile ..."

"Níl. Ní phósfaidh mé choíche."

"Ní phósfaidh tú choíche! Cén fáth?"

"Mheallas thú, a Antaine. Níor insíos duit cén galar a bhí ag gabháil do mo mháthair ..."

"Ach bhí a fhios agam féin é. Ní déantar caint faoi rud mar sin," arsa an fear óg agus ionadh air.

"Agus cheileas ort cén bhail a bhí ar mhuintir mo mháthar; níor dhúras leat riamh go raibh beirt dhearthár léi i dteach na ngealt agus deirfiúr léi nach bhfuil i bhfad níos fearr ná iad ..."

"Cén mí-ádh atá ort, a Cháit," ar seisean, "nach raibh a fhios agam é sin le blianta?" Bhí iontas ar an gcailín ach níor chuir sí aon cheist air. Bhris an gol uirthi ...

Bhí an ghrian ag dul faoi sa bhfarraige nuair a scaradar le chéile.

"Ní haon mhaith duit a bheith ag caint liom, ní phósfaidh mé choíche," an focal deiridh a dúirt sí leis an oíche sin.

*

Agus níor phós. Tháinig an Máilleach á hiarraidh go minic ach ní ghéillfeadh sí dó. Tá sí ina cónaí sa teach beag in aice na céibhe fós, agus is minic a d'fheicfeá ag an bhfuinneog bheag í agus í ag féachaint amach ar an bhfarraige, agus ar an gcarraig mar ar bádh a muintir, agus súil aici leis an lá a mbeadh sí lena máthair sna flaithis – nó i dteach na ngealt.

The Woman Touched by God

You'd be hard put to find a nicer boat on Galway Bay than *The Brown Eyed Girl*, and as the shopkeeper who owned it was selling her, Paddy Nee thought she might make a fine dowry for his daughter if he could get the boat at a decent price. Anton O'Malley, the young woman's betrothed, reckoned they ought to try the boat out before buying her, to see if she was equal to her reputation. The old man thought this sound advice and so he, his son Séamus, and the young O'Malley took the boat out for a night's sea fishing to see how she'd handle.

Kate, the daughter to be wed, went down to the quay with them all to wave them off and then stood a long while on the hillock, watching the fleet of fishing boats sailing out into the bay under a fair wind.

By the time she came home it was late evening and her mother had supper already prepared. She had the table set, a loaf cooling on the windowsill and the kettle was beginning to sing sweetly. The two women sat at the table, looking out from time to time on the fleet of boats that looked for all the world like a group of nuns taking the air on the convent lawn.

It was growing very still. The birds that had been singing with great gusto an hour ago had grown sleepy. It was as if the creatures of the sky had grown completely fed up of singing and had decided to give it up altogether. The birds and the beasts became sleepy, but the young woman remained at the window until the gathering dusk took the boats from view and Venus appeared with the hint of a bad moon on her in the western sky.

The old woman, now sat by the fire, gave a deep sigh.

"What's the matter, mother?" said Kate, getting up and going over to her.

"I'll be very lonesome without you, my dear."

"But won't Dad still be here with you and Séamus too?"

"Séamus won't stay with us for much longer. All the young people want now is to leave."

"And when I think how often you made us laugh, mother, with your stories of how you eloped with my father against your own family's wishes," Kate responded, wanting to lift her mother's spirits.

"And look at the life I've had since!"

Her mother didn't normally complain and it upset the young woman that she should be thinking of such things. She was well aware her mother's family had been completely against the marriage and had never even spoken with her since. Her mother had received a good upbringing and education but she accepted the meagre life her husband could provide for her.

"But I'm not leaving you," said Kate, "you'll see me often enough. I'll be no more than twenty miles away."

"I know, love," said her mother, "but I've been thinking this while past that the curse my father put on me has followed me. Look how they've all left me – and you too now. I think the reason they all left me is because I can be a little bit odd at times ... 'until the seventh generation', isn't that what they say?"

Kate took her mother's hand and carressed it lovingly. She knew only too well what the old woman meant. She knew there was scarcely a single generation on her mother's side that hadn't at least one "odd" family member, and some were so "odd" they had to be locked up. However, the local people here weren't aware of that; her mother was from another county and though perhaps a few people might have caught rumour of it, no one had any proof.

"You shouldn't say that," said Kate, worriedly.

"But it's true, Kate," said the old woman.

Night fell. Kate lit the lamp. She hung a blind on the window. Three visitors arrived, three only rarely seen in the same company, three known as Worry, Terror and Hope. The old woman at the fire was aware of their presence and surprised Kate by seeming to include them in their conversation. Kate felt her mother was growing stranger by the day.

"The wind is rising, it's very dangerous out at sea tonight," said the old woman, mimicking Worry.

Her daughter took the blind down from the window. There was a clear moon and the sea was so calm it seemed nobody would ever be drowned at sea again.

"Look, mother. There isn't a puff of wind. You're just getting sleepy now."

The boat wasn't due back until dawn.

"I'll stay here until morning," said the old woman, wistfully, "haven't an awful lot of people been drowned from this village since I came to live here? Pádraic Pat and his people were drowned last year, a moonlit night like tonight too; and Mikeleen Pegeen and his sister the year before last, and ... is it the year before last or three years ago the islanders were drowned?"

Her mother continued to talk there at the hearth, yet her talk didn't worry Kate unduly for her father and the young O'Malley were regarded as two of the finest boatmen in the whole of Galway Bay.

"Come over here to me," said the old woman, suddenly.

Kate did so. The old woman grabbed her hands and looked into her eyes.

"Kate, tell me the truth now," she said, "if one or two of the boat's crew are to be drowned tonight, who would you rather be saved?"

"For God's sake, mother, don't be saying that kind of thing to me," Kate replied in torment, and released herself from her mother's grip, sitting then on the seat facing her, one on each side of the fire. Eventually, the old woman began to doze; so did Kate.

It was morning when the two were suddenly awoken. Something heavy had fallen against the closed door. The two women looked to each other.

"Open the door," said the old woman quietly, "until we see who survived."

But Kate was so terrified the old woman had to open it herself and a man fell through the doorway into a heap on the floor ... it was young O'Malley ... soaking wet and with eyes full of terror.

Eventually, he managed to tell the women the story. The boat had gone down on Eagle's Rock. He had managed to bring the old man ashore but he was already dead. The young lad had an oar; he didn't know where he was.

"Let's go out to search for the bodies," said the old woman, and they did ...

The young lad's body was never found. A search took place all the way from Slyne Head into Galway but there was no sign of him. They held a wake for the father but his wife never shed a tear.

From time to time she could be overheard in a corner with one of the neighbours saying: "this drowning is part of the old curse, how can I cry? My heart is too full. I always knew he would drown some day."

She'd go to the room he was laid out in then and, when she had the room to herself, she'd talk to her husband.

"You laughed so often at the curse, Patrick," she'd say to the corpse, "but if you are together now will you ask my father to release me from it? Will you ask him that, Patrick? I was always so fond of you, from the first day I set my eyes on you – with your fine, handsome face and your beautiful, innocent expression ..."

Whenever a mourner came into the room she clammed up, but as soon as the mourner would start pitying her she'd respond with –

"That's enough now. This drowning is part of my father's curse. It was always going to happen. Kate will be leaving too. I'll soon be as alone as ever I was."

She had to be put to bed before the sun rose.

Following her husband's burial, she became more odd than ever. She'd get up in the middle of the night and leave the house, unknown to Kate, and wander all along the shoreline looking for her son. She was often seen searching the shoreline at night, her hair all windswept, wearing only her nightdress, looking in every tide pool and crevice, her feet torn and cut from the sharp rocks. Her speech was rambling at such times but, on occasion, she sang verses, some of which were known only to her. She sang –

> I walk by night
> 'neath the rain and the wind,
> Searching for my own son and darling.
> Oh, where can you be, my Séamus?

Then another idea would strike her and she'd sing another verse –

> But when the baby Jesus
> Was taken from the cross
> You were there, Blessed Mary,
> You held Him on your knee.

Then she could be overheard saying how her sorrow was greater than that of Mary's for at least Jesus's body was returned to her after the Crucifixion:

"Oh where are you now, my Séamus? Why aren't you on my knee?"

Anyone who met her when she was in such a state would try and coax her home. Sometimes they managed to do so. At other times they didn't, and Kate would have to go out and look for her. The old woman's habit of searching and wandering at night continued, so Kate, eventually, had to sleep in the same bed with her. Even then, however, Kate would often wake at night only to find her mother missing and have to go out and look for her once more.

She seemed to get worse by the day.

Her memory went. She couldn't recall much of anything that had occurred since she got married thirty years ago. If mention was made of her husband she would say she had none but would be wed soon, in spite of her own family's objections. If anyone spoke of her children she would say she had none, how could she, when she was yet to be married? Still, she could go into great detail about events in her youth. She could describe these events to Kate, thinking it was her sister – the youngest and her favourite – while poor Kate would have to sit and listen to her into the small hours, her heart breaking all the while ...

She spoke mostly of her own father. She'd tell her 'sister' what her father had said to her about the man she loved; she'd tell her how they met at the fair, how her father had insulted the young man and how he had received a belt from a fist in response.

"And wasn't he absolutely right too?" she'd say to her 'sister'. "Didn't he call him a 'dirty beggar'? But he'll come for me yet and I'll elope with him no matter how many stand between us, and you'll aid me, Margaret, won't you?"

One could only pity poor Kate, listening to her mother describe her drowned father in glowing poetic terms, the old woman full sure she was still young and about to be wed.

But it was really only now and again that she'd get very bad. A couple of times per season or so.

Whenever she took a fit and Kate wasn't about the place, she'd put on the old wedding gown she'd stored in the chest trunk and attire herself in the fashion of the time – thirty years previously.

She told anyone she met then that she had managed to escape from her father, that she was all dressed up and set for the man she loved so well and that they would be together before sunrise.

Truth be told, this woman whom God had laid a hand on was a sad and sorry sight as she walked the roads, her ribbons and lace gowns flying in the face of the wind; yet sadder still was the sight of her daughter anxiously asking for her and searching for her everywhere.

But at least this old woman touched by God had no badness in her. She was kind to all and sundry.

The neighbours took great pity on them both. The old woman had always been a bit odd, since the first moment she arrived in the place. Yet people simply didn't believe her mind was gone forever, or that the affliction that had affected so many of her kin was now affecting her. The local people weren't even in a position to think that as they knew so little about her people, and even if she was more odd than ever now, sure wasn't it little wonder considering all she had been through, the poor thing?

Kate, however, recognised the symptoms but chose to hide it from the world around her.

She didn't even tell young O'Malley, her betrothed, though it wasn't long before she regretted not having done so. Initially, she had no intention of concealing anything from him, but one day, as they were speaking, he asked her if she thought that was the illness afflicting her and she said it wasn't. She didn't actually think it was, at the time. But when finally she recognised the symptoms, she said nothing, as to do so would mean revealing all. She would have to evidence her entire family history, her two uncles and their mother in the lunatic asylum and the aunt who hadn't left her own house unaccompanied for the last twenty years. She had often spoken with her mother on this issue, had thought about it more often still and came to the conclusion her young man would probably know as much about the illness as she did, really. What would he say, then? He would break off their engagement – and she loved him so! And who knows what might happen in the meantime? She would tell him the whole truth after they were wed, but would need to do so bit by bit. He'd be used to the habits of her "touched" mother by then and would, most likely, simply pity both her and her family at that stage.

Either way, she felt it was best to postpone revealing anything for the time being.

Around this time, Kate began to think it would do her mother the world of good to visit somewhere for an extended period, well away from the sea. Her father's boat had gone down on a rock at the mouth of the harbour, and at every ebb of the tide the rock was revealed, visible to her mother from the house. Wouldn't it give great solace to her mother to live elsewhere for a while, far away from that cursed rock?

Kate's eldest sister was married beyond in the plains of Mayo and the young woman thought the best option might be to pay her a visit. They weren't nearly as close as one would expect of two sisters and Kate received a poor enough welcome on arrival, despite a long journey.

Her sister and her husband owned a public house with a shop and, as they were more well to do than her own people at home, her sister presumed that Kate was looking for a handout, something she had had to do in the past. She wouldn't have come all that way without an invitation otherwise.

The man of the house was minding shop so the two women were left to themselves but, as there was a little window between the room they were in and the shop, they could hear clearly the voices of the men within, drinking.

"Yes, Kate, how is Mam?" the woman of the house said.

"She's bad, Mary, she is very bad."

The married woman continued to knit but lifted her head from her work now and again to reveal the conflict in her eyes, lying somewhere between sympathy and greed.

"Is she worse?"

"Yes, much worse."

"Has she done anything strange of late, Kate?"

"She does something strange every day of the year, Mary."

Neither spoke then for a while. They could hear a young, somewhat merry man singing in the shop within.

"Not a single day goes by but I'm terrified she will do something awful," said Kate. "She only recognises me now and again these days. She thinks I'm her sister, that I'm Bridget O'Donnell."

"God save us! Sure she hasn't seen Bridget for thirty years, not since she married Dad!"

The man of the house could be heard giving out to somebody.

"Bridget and her husband are becoming our good friends now," said the woman of the house, thoughtfully. "They were here only the other day and had tea with us, all civilised, and the captain said he hadn't drank tea the like of it since his time in India ..."

"Bad luck to Bridget and the captain, too," said Kate impatiently, "I didn't make this journey to have a chat with you about them."

Their mother's sister had married a local army captain. They were never referred to as aunt or uncle. They were important people, in their own minds at least, and would have nothing to do with the family. Neither of them had even attended the funeral.

"You are so impatient!" said the woman of the house. "But is she bad all the time?"

"No. Sometimes she is in possession of all her faculties, but it's worse to see her in her senses than at any other time."

Kate stood up. Her voice rose with passion.

"Mary," she said, "my heart is breaking inside. Only God knows what I have been through in the last year. I stand there in the kitchen with her while she sits at the window, looking out on the sea, and you've never seen such utter despair etched in a person's face your entire life.

She wants to take off, then, but she can't: her eyes are stuck to the spot where that cursed rock lies at the mouth of the harbour. She stays sat on that chair by the window while the tide is going out until she sees the rock. And as the rock becomes exposed by the ebbing tide, she begins to ramble and rant until her mind and memory goes completely ... it would be a great blessing from God if she could leave that cursed place for a good while ... I'm sure, Mary, she'd be happy to pay you a long visit here ..."

She finished then and waited to hear what her sister might say.

"Seven and six pence," said the man of the house. "Take it or leave it!"

The woman of the house didn't speak for a long while. The sock she had been knitting was on the table in front of her, her spectacles lay beside it. At last, she began to explain to Kate why she wouldn't be able to take on the care of their mother. The house was small enough as it was; they didn't have a bedroom for her; they would have to get a woman in to mind her and money was very tight what with all the debts they had; and then there was all the children, and another one on the way soon; they would have to send Thomas to boarding school somewhere and sure that would be another thirty pounds a year on top of everything else. And so on.

Kate became angered.

"And, of course, Mary, wouldn't it be an awful embarrassment to have her like in the house," Kate said bitterly, "wouldn't the whole world know then ..."

Her sister arose, her hackles up.

"The whole world here might know it," she said, "but the O'Malley fellow you're engaged to won't. You thought to get rid of your mother so as to hide it from him ..."

"I didn't."

"Yes you did, I'm telling you, for fear he wouldn't wed you if he knew of the dreadful affliction in our family."

"That's a lie."

"You're the downright liar saying you're here on your mother's behalf."

Hard, vicious words began to fly from their mouths like sharp, poisoned knives and soon both were wounded deeply. Kate left the house with her heart bent on revenge.

She left the place hating her sister. She made her way to the train station but as the last train had already departed she was forced to stay the night in the town. She spent the night in an inn next to the railway and never forgot that place and the night she spent there for the rest of her days.

She didn't sleep a wink but, rather, spent the night lying in bed with all her clothes on. She had made the journey on behalf of her mother, or at least that's what she had thought when setting out. But as she turned it over more during the night, she began to fear that perhaps her sister might have been telling the truth to some degree. Would she have even considered sending her mother away at all but for the fact that young O'Malley was coming to town to fish for a while? Wouldn't he be in and out of the house at all times of the day? Wouldn't he notice soon enough what was wrong with her mother? And then, when he'd hear what way some of the rest of the family were, what would he say to her, having kept the story from him from the outset? Surely he'd loathe and despise her for it? He always told her everything!

This tormented woman came to believe these thoughts as the reason for her journey, proof being in the heaviness of her heart. She thought she must be a bad one, no other woman she knew would do such a dreadful thing: banish the mother who had given birth to her because of some man!

By morning she no longer gave a thought to the rock on which her relatives had perished, nor the sea on which her mother stared constantly, nor the tremendous sorrow in her mother's eyes when she was well, nor her own great pity for her, nor the great love they had for each other. The harsh words spoken to her were all that remained in her heart. She was the worst woman ever to have been born, she thought.

But the one who atones for their sins may gain forgiveness from God and man. She would seek atonement. She would never marry now, never. She'd stay at home and mind her mother until the day she died. Tomorrow, when she'd meet young O'Malley, she'd tell him everything. Of course, he'd hate her, but maybe after a while he'd come to forgive how she had deceived him, and after two years or three he might become friendly again with her, though in a different sort of way ...

The beautiful young girl who sat in a corner of the train carriage that morning felt her heart like a lead weight and came to know in that moment why this wonderful world is referred to in prayer as the Vale of Tears.

When she got home she noticed a crowd of people outside Seán O'Neill's house, the Justice of the Peace. A sheriff stood in charge of a pony and trap in front of the house. As she went past the house she realised that all eyes were on her, some sharp and penetrating, others, seemingly, wishing to speak to her but reluctant to do so.

She hadn't gone far when someone called her and she went into the house.

Her mother was within, wearing her old wedding dress, now all wet and smeared, the once bright ribbons and laces hanging limply and dripping wet while she sat on a chair singing a love song.

Young O'Malley was there and he explained to Kate what was happening. Her mother had been taken in that morning, she had managed to escape from the old woman who was minding her and had injured a neighbouring woman who had tried to take her home. She was being committed now to the lunatic asylum.

Kate spoke to her but her mother didn't recognise her. She was rambling, saying how grateful she was to these fine gentlemen – meaning the sheriffs – she was very grateful that they were going to take her to the man she loved.

However, she recognised Kate again as they put her into the trap, thinking it was her own sister.

"I trusted you," she said, "but you tried to keep him from me, same as all the rest of them. But you've failed. These fine gentlemen have come to help me. He sent them to fetch me ...

> Oh my dear green eyed young man,
> Who has won my heart so true."

Those were the last words Kate heard from her mother as the pony and trap headed east along the road.

Kate and young O'Malley turned west and walked home. It was a two and a half mile journey and not a word passed between them until they were almost at the quay. It was a beautiful, fine afternoon and the birds were singing their hearts out in celebration in the trees. The fishing fleet was in full sail as it headed west out into the bay. If despair and heartbreak exist in the world, it seemed, on an evening like this, that such was not God's will, but rather mankind's.

Young O'Malley wished to say some kind word to the girl he loved but what on earth could he say?

Finally, words came.

"Take heart, Kate, my darling," he said.

"I will."

"God laid a heavy hand on her," he said.

"He laid a much heavier hand on those she has left behind," she said, "but we must accept God's will."

There is a stone near the quay known as "the big chair" and as they went past it she said:

"Let's sit here for a while, Anton."

They sat. She held his hand as she looked out on the sea, deep in thought.

"It has often occurred to me, over the last two years," she said, as if talking to herself, "it has often struck me when she'd be taken with a fit of madness, that a person is better off without their wits rather than possessing either sanity or understanding. Her heart is full tonight while my own is as black as coal and as heavy as lead ..."

The young man didn't quite understand her.

"Our lives have been destroyed by sanity," she said.

"But listen now to me, Kate, my dear," he said, "our lives haven't been destroyed. We'll have a fine life yet, together, with the help of God ..."

"We won't. I'll never marry."

"You'll never marry! But why not?"

"I duped you, Anton. I never told you about my mother's illness ..."

"But, sure, I knew that myself. Things like that aren't spoken of," said the young man in amazement.

"And I also hid the truth about my mother's people from you; I never told you she has two brothers in the asylum and a sister who is not much better ..."

"What are you on about, Kate," said he, "I've been aware of that for years?"

The girl was surprised yet said nothing in response. She started to cry ...

The sun was setting in the sea when they parted company.

The last thing she said to him that night was, "it is no use talking to me. I will never marry."

And she never did. Young O'Malley called on her often to ask for her hand but she would not yield to him. She still lives in the small house by the quay and can often be seen at the little window, looking out on the sea and the rock on which her people perished, looking forward to the day she might join her mother in Heaven – or in the asylum.

V

ANAM AN EASPAIG

Bhí an tEaspag ina chodladh. Ní raibh le feiceáil ach a shrón, a bhéal, a smig agus leathshúil leis nuair a d'fhéach an fear aimsire, tiománaí an ghluaisteáin, isteach trí na fuinneoga air. Bhí faoi inseacht dó go gcaithfeadh sé moill a chur air, go raibh rud éigin ar cearr le hinneall an chairr, ach nuair a thug sé faoi deara sa gcúinne é, agus a raibh de chótaí móra agus eile a bhí aige timpeall air, shíl sé go mb'fhearr dó féin gan bacadh leis go gcuirfeadh sé caoi ar an inneall diabhalta sin gan mhaith.

Scar sé a chóta mór féin ar an mbóthar faoin gcarr, agus isteach leis faoi, ag snámhaíl ar a bholg, ar nós péiste. Bhí solas deas ó na réalta, ach b'fhearr ná sin an solas bhí aige ó dhá lampa cinn an ghluaisteáin. Nuair a chonaic sé cén obair mhór a bhí roimhe agus deis a chur ar an inneall, thug sé trí mhionn agus d'fhan achar beag ar a leathuillinn ag féachaint suas uaidh ar thóin an ghluaisteáin agus ar na rothaí aimhréiseacha a bhí istigh i mbolg an innill.

Nach ar an Easpag a bhí an tubaiste agus a leithéid de ghluaisteán a cheannach! Fuair sé an gluaisteán saor go maith – ach cén mhaith a bhí i ngluaisteán saor mura ngluaisfeadh sé? Nach é a bhí ceanndána nár ghlac sé comhairle leis féin – ach, ar ndóigh, ní ar an Easpag a bheadh an t-inneall gan mhaith sin a leigheas! D'fhéadfadh an tEaspag fanacht ar a sháimhín só istigh sa gcarr, agus é féin ar a bholg ar an mbóthar fuar fliuch ag iarraidh caoi a chur ar an diabhal sin d'inneall!

Rug sé ar a chuid oirnéis. Bhain sé slabhra beag amach as an inneall. Bhain roth beag cruach as áit éigin eile. Chroch sé suas ceann de na lampaí móra, gur dhearc sé isteach i ndiamhracht an innill. Thug sé trí mhionn eile ansin, agus bhagair sé a dhorn ar an Easpag, nó ar an áit ar shíl sé an tEaspag a bheith ina chodladh istigh sa gcarr.

Is iomaí sin easpag ar chuir sé aithne air ó chuaigh sé ar aimsir ag an gcléir i dtosach, ach diabhal easpag acu a bhí chomh ceanndána leis an easpag a bhí ina chodladh os a chionn. Cén meas a d'fhéadfadh a bheith ar dhuine a cheannaigh gluaisteán den déanamh sin? Bhí fonn air an t-inneall a bhaint ó chéile ar fad: gan bior, barra ná bís a fhágáil ann – céard a déarfadh an tEaspag ansin nuair a bheadh air iad a chur ina n-ionad ceart féin arís? Cheap an tiománaí go mba mhór an spórt a bheith ag féachaint ar an Easpag ina luí ar an mbóthar fliuch agus é ag iarraidh an t-inneall bradach diabhalta a chur le chéile arís!

Ní hé sin a rinne sé. Thosaigh sé ag obair ar a dhícheall. Thosaigh sé ag eascainí ar a dhícheall. Ag eascainí ar an Easpag a bhí istigh sa gcarr a bhí sé, agus ar gach uile easpag eile a bhí chomh ceanndána is nach nglacfadh comhairle faoi ghluaisteán. A leithéid de ghíoscán agus d'eascainí is a bhí le cloisint istigh faoin gcarr!

Dhúisigh an rúille búille a bhí aige an tEaspag. Cá raibh sé? Ní fhéadfadh sé a bheith i mBaile Átha Cliath; ní raibh le feiceáil aige ach machaire mór leathan. Ach céard a bhí ar an gcarr – ní raibh sé ag imeacht chor ar bith? Agus an gíoscán agus an tormán a bhí thíos faoi! An t-inneall tubaisteach sin arís! Murach gur easpag a bhí ann dhéanfadh sé an oiread eascaine leis an tiománaí féin. Ba mhór an mí-ádh é an mhoill seo a chur air, agus an deifir a bhí air go Baile Átha Cliath.

D'oscail sé doras an ghluaisteáin agus amach leis ar an mbóthar.

Bhí an tiománaí istigh faoin gcarr agus é ag tabhairt na mionn. Má bhí an tEaspag misniúil féin, ní raibh sé de mhisneach aige cur isteach ar cheardaí dá shórt. Agus bhí aithne aige ar an tiománaí seo.

Chaith an tEaspag cóta mór thar a ghuaillí, agus thosaigh ag spaisteoireacht dó féin go mífhoighdeach. Thugadh sé reatha beag agus cúpla léim ó am go ham lena chosa a théamh, agus i ndiaidh gach cúpla léim d'fhéachadh i dtreo a ghluaisteáin. Ach ní raibh aon chosúlacht ar an tiománaí a bheith réidh.

Chaith sé leathuair eile ag spaisteoireacht dó féin. Ansin d'fhéach sé ar a uaireadóir. Bhí sé a deich a chlog, agus bhí geallta aige a bheith i mBaile Átha Cliath ag an Athair Antaine ar a naoi. Agus ó luí na talún bhí a fhios aige nach bhféadfadh sé a bheith i bhfoisceacht fiche míle den chathair. Céard a déarfadh an seansagart diaganta rialta sin leis?

Ach ní raibh sé de dhánacht ann cur isteach ar an tiománaí. Shiúil sé céad slat siar an bóthar. Bhí na cosa te aige faoi seo, agus thosaigh sé ag machnamh ar cheist a bhí ag déanamh buartha dó le tamall fada – an cheist sin a bhí á thabhairt go Baile Átha Cliath le comhairle a ghlacadh lena sheanchara an tAthair Antaine fúithi.

Fear deabhóideach cóir a bhí san Easpag. Bhí croí ann agus misneach aige, ach bhí smacht aige ar a chroí agus ar a mhisneach ó thús a óige. An rud cóir a dhéanamh i gcónaí – sin riail a leag sé amach dó féin; agus rinne sé an rud cóir, de réir a léargais féin, gach uile thráth ba chuma céard a tháinig as. Dímheas an phobail nó míchairdeas na n-uachtarán, ba chuma leis iad; níor chuir ceachtar den dá ní sin isteach riamh air ó rinneadh easpag de. Bhí daoine ann a dúirt go raibh sé rómhór le daoine uaisle, le tiarnaí agus le lucht rialtais agus leis an dream sin uile; go ngéilleadh sé dóibh go rómhinic; gur cheap sé go mba luachmhaire anam tiarna ná aon anam eile a cruthaíodh ... Dúradh gur bheag an aird a bheadh ag an Easpag ar an té ba dhiaganta a rugadh riamh dá mbeadh fear mór uasal nó tiarna saibhir talún in aon tseomra leis.

Bhí a fhios ag an Easpag go raibh an cháil sin amuigh air. Bhí a fhios aige go n-abrófaí arís agus arís eile é dá gcuirfeadh sé smacht cóir ar an Athair Ó Dónaill. Bhí ceaptha aige an smacht sin a chur ar an sagart óg dána sin gan chiall dá dtarraingeodh sé Éire uile anuas ar a mhullach. Ní raibh sé ag glacadh comhairle leis an seananamchara bhí aige i mBaile Átha Cliath ach ar eagla go raibh dearmad déanta aige féin ar aon phonc. Ba chuma leis an tír uile go léir a bheith anuas air, ba chuma leis cén dímheas a bheadh ag an bpobal air. Chuirfeadh sé smacht ar an Athair Ó Dónaill mura raibh a anamchara in ann aon ní tábhachtach a rá i bhfabhar an tsagairt sin; mura raibh sé in ann taobh eile den scéal a nochtadh dó ...

Oíche bhreá earraigh a bhí ann, agus d'fhan an tEaspag ina sheasamh ar ard a bhí sa mbóthar ag féachaint siar agus siar aneas uaidh ar Mhaigh Life ...

Ba mhór an imní dó an tAthair Ó Dónaill. Murach go raibh sé ina shagart maith diaganta ba ghearr a ré ina dheoise; ach má bhí sé diaganta féin, ba chosúla é le saighdiúir ná le sagart. Nach raibh sé ag caitheamh gach uile phingin dá raibh aige riamh ar ghunnaí agus ar lón cogaidh agus á roinnt ar na fir óga? Cárbh fhios don Easpag céard a thiocfadh as? Bhí an sagart óg seo, an séiplíneach dána seo, ag dul ó smacht ar fad. D'fhógair sé féin air gan bacadh feasta le haon dream míleata a bhí in aghaidh an rialtais, agus cén freagra a thug sé air ach go raibh sé ina Éireannach chomh maith le bheith ina shagart. Ina shaighdiúir chomh maith le bheith ina shagart – sin é ba chóir dó a rá, a cheap an tEaspag; an dúchas, fuil bhorb achrannach na nDónallach, agus shíl an tEaspag go bhfaca sé an tAthair Ó Dónaill faoi chulaith ghaisce, claíomh mór solais ina ghlaic, slua tréan ar a shála agus iad ag gluaiseacht rompu thar an machaire álainn a bhí os a chomhair amach ...

Bhog a chroí roinnt. Músclaíodh rud éigin i ndoimhneacht a anama. An seandúchas atá níos treise ná an oiliúint, an fonn chun troda a bhí sa bhfuil aige – sin é an rud a bhí á ghríosadh. Níorbh fhada go raibh sé ag gabháil amhráin, agus amhrán nach dtaitneodh lena chara, an fear mór rialtais i mBaile Átha Cliath. Chuir sé smacht air féin. Mhúch sé an rud beag sin bhí ag iarraidh éirí as doimhneacht a anama ...

Seafóid! Seafóid agus díth céille bhí ann uile go léir. Ní fhéadfaí an dream a bhí i gceannas a bhogadh. Síleadh é a dhéanamh go minic agus céard a bhí ann de bharr na n-iarrachtaí uile?

Bhí sé níos cinnte ná riamh go raibh an tAthair Ó Dónaill agus na hógánaigh a bhí leis ar aimhleas na tíre. Ach chuirfeadh sé féin smacht air!

Ghluais leis go réidh mall agus go brónach i dtreo an chairr ...

*

Pé ar bith cén galar bhí ag gabháil don ghluaisteán d'éirigh leis an tiománaí a leigheas. D'éirigh sé amach as a lár istigh, agus é smeartha le hola agus le salachar. Siúd in airde ar a shuíochán féin é, chas sé an roth, agus as go brách leis an ngluaisteán agus gan aon cheapadh ag an tiománaí cóir ach go raibh an tEaspag ina chodladh istigh ann.

Níor chuir sé thar dhá mhíle bóthair de gur thosaigh an preabadh agus an tormán arís san inneall. Thuirling sé. Shíl sé é a leigheas. Dá mbeadh roinnt páipéir aige b'fhéidir go bhféadfadh sé a dhéanamh. Chuaigh sé go dtí doras an ghluaisteáin go bhfaigheadh sé seanpháipéar nuachta ón Easpag.

Nuair a d'oscail sé an doras, leath a bhéal air. Ní raibh an tEaspag ann!

Dhún sé an doras arís agus d'fhan scaitheamh beag ag smaoineamh. Bhí sé ina bhaileabhair. Cén chaoi ar chaill sé an tEaspag? Ar fhág sé ina dhiaidh é i dteach shagart paróiste an Chillín? Nó ar fhág sé an carr nuair a bhí sé féin ag cur deis air leathuair ó shin? Cén fonn coisíochta a bhí air seachas aon easpag dá raibh ar a aire riamh? Nach raibh a dhóthain le déanamh aige gan a bheith ag iarraidh a bheith ag coinneáil easpaig ó bheith ag imeacht leis féin de shiúl oíche!

Lig sé fead, ach má chuala an tEaspag é níor thug sé freagra air. Ní hamháin go raibh fonn ar an Easpag céanna a bheith ag coisíocht leis féin de shiúl oíche, ach bhí sé chomh bodhar le sluasaid. Lig mo dhuine fead eile ar an Easpag. Dá mbeadh sé i bhfoisceacht trí mhíle de, chluinfeadh an tEaspag an fead sin. Ach ní bhfuair an tiománaí groí freagra ar an bhfead.

Ghluais leis siar an bóthar cúpla céad slat ag féachaint an bhfeicfeadh sé an tEaspag in aon áit. Ghlaoigh sé air in ard a ghutha ó am go ham, ach sin a raibh de mhaith dó ann.

Easpag ar fuaidreamh agus a ghiolla ar a thóir!

Casadh fear leis an ngiolla, leis an tiománaí. Bheannaigh sé dó.

"Féach," arsa an tiománaí leis, "féach," ar seisean, "ní móide go bhfaca tú easpag thart in aon áit anseo?"

D'fhéach an coimhthíoch ar an tiománaí. Ní raibh aon chosúlacht óil air. Ach cén magadh a bhí air go raibh sé ar thóir easpaig faoi mheán oíche ar bhóthar uaigneach faoin tuath? Sasanach a bhí sa strainséir seo a casadh leis an tiománaí. Ní eolas róbheacht a bhí aige ar bhéasa na tíre ná ar nósa na n-easpag ach oiread. Cárbh fhios dó nach rabhadar tugtha do shiúlóid faoi mheán oíche?

"Seo, an bhfaca tú easpag thart in aon áit?" arsa an tiománaí arís, agus cantal air nár thug an duine eile freagra air fós.

"Easpag?" arsa an Sasanach.

"Sea, easpag, nach gcluin tú mé?" arsa an tiománaí go bagrach.

"Níl mé sa tír seo ach dhá lá," arsa an Sasanach go faiteach. Cárbh fhios dó nach duine de na hÉireannaigh fiáine é seo a bhí os a chomhair amach? Cárbh fhios dó céard a dhéanfaí leis san áit iargúlta seo dá mbeadh a fhios go raibh sé gan airm thine?

"An bhfaca tú easpag thart anseo, a deirim?" arsa an tiománaí, "abair go bhfaca nó nach bhfaca agus lig dom dul ar a thóir."

"Ní fhaca mé easpag riamh," arsa an Sasanach.

"Dheamhan ar fearr duit a fheiceáil," arsa an tiománaí. "Bíonn cuid acu an-chrosta. An t-easpag sin agamsa ..."

"Cár chaill tú é?" arsa an Sasanach.

"Ar an mbóthar in áit éigin," arsa an tiománaí, "nach é an diabhal é?"

"Gabhfaidh mise ar a thóir in éindí leat má thograíonn tú," arsa an Sasanach, lách go leor. Ba é seo an t-eachtra ba mhó a bhuail ina threo ó tháinig sé go hÉirinn.

"Téanam," arsa an tiománaí.

Ghluais leo beirt ar thóir an Easpaig. Shiúil siad míle gan duine ná deoraí a fheiceáil. Bhí ceo beag ag éirí aníos as an machaire, go raibh bun na gcrann ab fhogas dóibh i bhfolach orthu, agus a mbarr ar nós na gcéadta oileán coillteach istigh i lár locha airgid.

"Tír álainn í seo," arsa an Sasanach, ag féachaint anonn uaidh ar an machaire, "shílfeá gur gal airgid atá ag éirí aníos as an talamh ..."

"Airgead," arsa an tiománaí, "trí phunt an t-acra a thugtar ar an talamh sin."

Dhearg sé píopa.

"Préachfar an fear bocht," ar sé. "Cén mí-ádh a bhí air gur imigh sé mar sin?"

"An imíonn sé go minic?" arsa an Sasanach.

"Corruair. Bhfuil cipín eile agat?"

"Tá ... a bhean b'fhéidir –"

D'fhéach an tiománaí ar an Sasanach. Rug sé ar ghualainn air.

"Ná habair é sin arís," ar seisean go bagrach.

"Ní abród," arsa an Sasanach, "ar ndóigh níl aithne ar bith agam uirthi. Ní fios dom nach bean dheas lách í ..."

"Stop!" arsa an tiománaí.

"Ós ag caint atá muid," arsa an Sasanach, "tig liom a rá leat go bhfillfidh mé féin agus beidh fáilte aici romham freisin."

"Stop!" arsa an tiománaí. "Nó –" agus chuir sé gothaí troda air féin.

Níor thuig an Sasanach an scéal. Bhí sé ar tí labhairt arís, ach chuir an fear eile a dhorn lena bhéal.

"Níl aon bhean aige," arsa an tiománaí, "nár dhúirt mé leat gur easpag atá ann?"

"Dúirt, ach –"

"Seo," arsa an tiománaí go mífhoighdeach, "seo, téimis ar a thóir."

Chuaigh.

Bhí an oíche ag éirí an-fhuar. B'éigean dóibh coisíocht mhaith a dhéanamh nó phréachfaí iad. Bhí teach beag ósta leataobh na slí. Bíodh is go raibh sé an-deireanach san oíche, bhí solas le feiceáil ann.

"Má tá tóir aige ar an ól, is istigh ansin atá sé," arsa an Sasanach.

"Ní ólann sé aon bhraon," arsa an tiománaí, "agus níor ól riamh. Ina aghaidh go mór atá sé."

Ach ó bhí an oíche chomh fuar cráite sin, bhuail siad féin beirt isteach lena mbéal a fhliuchadh le "braon beag te."

*

Nuair a shroich an tEaspag an áit ar fhág sé an gluaisteán, ní raibh sé le feiceáil aige ar ndóigh. Ní raibh sé cinnte go raibh sé san áit chéanna chor ar bith; is beag aird a bhí aige air agus an imní a bhí air faoin Athair Ó Dónaill. Ghluais leis scaitheamh eile agus leathbharúil aige go bhfeicfeadh sé an gluaisteán gan mhoill.

Ach ní hé an gluaisteán is mó a bhí ag cur air ach ceist an Athar Ó Dónaill. Dá mbeadh cead a gcinn ag a leithéidí de shagairt óga, mhillfí an tír. An méid a d'éirigh le daoine staidéaracha a bhaint amach don tír le gliocas agus le bladar agus le lámh-istigh a bheith acu leis an rialtas, chaillfí arís é. Talamh gan cíos – níor thaitin sin leis riamh; bhí an Eaglais ina aghaidh agus ní gan fáth é. "Beidh na boicht agaibh choíche," ar sé leis féin. Ach tá daoine ann, sa tír seo féin, atá ag cur in aghaidh an dlí sheanda sin. An tAthair Ó Dónaill, dúirt sé uair ... Ach dlíthe gan cam – d'fhéadfaí iad sin a chur i bhfeidhm i ndiaidh a chéile; gliocas, stuaim, staidéar – sin é an chaoi le dlithe córa a bhaint amach ... Ach ní raibh sé ach leathshásta leis féin, ná lena leigheas. Bhí an cháin an-trom ar an tír agus ar bhoicht; ach nach raibh an cháin dlisteanach? "Tabhair do Chaesar ..." Ach b'fhearr leis go mór nach mbeadh Caesar chomh géar sin orthu.

Chuimhnigh sé ansin ar an gcomhrá deireanach a bhí aige leis an Athair Ó Dónaill: bhí sé féin agus an sagart óg sin ina leabharlann; eisean críonna ciallmhar staidéarach ag iarraidh an sagart a chur ar a leas gan é a smachtú go rómhór; an tAthair Ó Dónaill ar a aghaidh amach, lán de dhóchas agus de mhisneach agus de dhánacht agus de ghrá tíre. Chuala sé an dá ghlór anois féin agus é ag imeacht roimhe go mall réidh agus go brónach:

"Má tá namhaid inár measc féin – agus ní ghéillim go bhfuil – nach féidir codladh a chur air agus an chealg a bhaint as an namhaid ansin?"

Agus an chaoi ar chroith an tAthair Ó Dónaill a cheann agus a dúirt go bríomhar:

"A Thiarna, níl leigheas i ndán don tír chráite seo, ach píosaí beaga luaidhe a chur san áit is feiliúnaí dóibh ..."

Chuir sin deireadh leis an gcaint. Thuig an tEaspag cén áit ar mhaith leis na "píosaí beaga luaidhe" a chur. Níor chuir an sagart óg aon chosc ó shin leis an gcleachtadh airm. Níor ghéill sé dó féin. Bhí cion aige féin ar an sagart óg; chuaigh sé air go mór go gcaithfeadh sé é a smachtú go géar agus go trom; ach céard eile a d'fhéadfadh sé a dhéanamh?

Sheas sé ar an mbóthar agus d'fhéach ina thimpeall. Nach é a a bhí fuar? Agus an ceo a bhí ag éirí aníos as an machaire, as Maigh Life! Bhí aiféala air nár thug sé cóta mór níos troime leis; an drochshlaghdán a bhí air ar feadh an gheimhridh nach mór, bhí eagla air go dtiocfadh sé ar ais air.

Ach cén solas aisteach é sin a bhí le feiceáil aige sa spéir thoirduaidh uaidh? Bhí na néalta móra lomracha bhí os cionn an mhachaire, thoirduaidh uaidh, an-dearg. Tóiteán in áit éigin ... áras mór i mBaile Átha Cliath trí thine b'fhéidir ...

Bhí an bóthar roinnt fliuch agus thug sé rian cairr faoi deara sa bpuiteach. Dhearc sé níos géire ar na loirg. Rian gluaisteáin – bhí sé cinnte de. A ghluaisteán féin b'fhéidir – ach cén tubaiste a bheadh ar an tiománaí gur imigh sé leis gan é?

Lean sé de na loirg.

Tháinig sé ar an teach beag ósta ina raibh an tiománaí agus an Sasanach a casadh leis. Mhothaigh sé an solas ann. Chuaigh a charr féin thar an teach – ba léir sin ó na loirg – ach cárbh fhios dó nach mbeadh tuairisc an ghluaisteáin ag duine de mhuintir an tí?

Bhuail sé cnag beag ar an doras agus d'fhan go foighdeach go n-osclófaí dó é.

*

Chuala an dream a bhí ag ól sa teach ósta cnag an Easpaig ar an doras, agus ar iompú do bhoise bhí an áit chomh socair leis an uaigh. Ní raibh siolla ó aon duine ach iad uile go léir ag féachaint ar a chéile go scáfar.

Ní raibh cead ag éinne a bheith ag ól i dteach ósta an tráth sin d'oíche, agus chomh luath is a d'fhéad sí é chuir bean an tí na gloiní agus eile as amharc.

Bhí fear ard tuaithe ann agus súil leis ar pholl na heochrach ag iarraidh a dhéanamh amach cé a bhí amuigh.

"Fear agus culaith dhubh air," ar seisean i gcogar le bean an tí.

"Constáblaí!" ar sise go scáfar.

Múchadh na soilse gan aon achar. Shíl a raibh ann d'fhir éalú leo sula mbéarfaí orthu, agus thosaigh an rúille búille ansin agus an t-achrann.

I dtóin an tí a bhí an scléip, agus níor chuala an tEaspag é. Féachaint dá dtug sé ar an teach arís agus ní fhaca sé aon tsolas ann. Bhí iontas air.

Bhuail sé cnag eile ar an doras.

Bhí bean an tí ósta le hais na heochrach agus cluas uirthi.

"Cé atá ansin?" ar sise agus í ag ligint uirthi go raibh fearg uirthi.

"Mise," arsa an tEaspag.

"Agus cé thusa le de thoil?"

Níor chuimhnigh an tEaspag go gcuirfí ceist den sórt sin air. Níor mhaith leis inseacht cé hé, nó céard a thug ann é. Easpag ag iarraidh dul isteach i dteach ósta an tráth sin d'oíche! Ní dhéanfadh sé cúis chor ar bith.

"Cé atá ansin, a deirim?" arsa bean an tí go húdarásach.

"Mise," arsa an tEaspag arís go cúthalach; shílfeadh aon duine ar an gcaoi a ndúirt sé an focal go mba fear é bheadh ag iarraidh óil tráth nár dhleathach é.

Chuir an fear ard tuaithe a bhí ar an doras i dtosach focal i gcluais bhean an tí.

"Nár dhúirt mé leat cheana anocht," ar sise agus fearg uirthi, "nach bhfaighidh tú braon eile anseo go n-íocfaidh tú do chuntas."

"Mo chuntas!" arsa an tEaspag agus ionadh air.

"Sea, do chuntas," arsa bean an tí tríd an doras dúnta.

"Ach níl aon chuntas ..."

"Scrios, a deirim, nó cuirfidh mé na gadhair i do dhiaidh!"

Níor fearadh fáilte den sórt sin roimh an Easpag riamh roimhe. Thuig sé gur ceapadh gur duine éigin eile bhí ann. Fear grinn agus spóirt a bhí ann, ar a bhealach socair féin; nach aige a bheadh an greann ag inseacht dá chairde cén fháilte a cuireadh roimhe! Tháinig meangadh ar a bhéal –

chonaic sé an gáire croíúil a thiocfadh ar an Dochtúir le Diagacht Seán Pluincéad nuair a chloisfeadh sé an scéal ...

Lasadh solas istigh. Nuair a frítheadh amach nárbh iad Constáblaí Ríoga na hÉireann a bhí ag an doras, d'fhill an comhluadar agus thosaigh an t-ól agus an scléip arís.

D'imigh an tEaspag ón doras le dul ar thóir a ghiolla, ach ní dheachaigh sé thar fiche slat gur thosaigh gadhar ag tafaint air. Dúradh cheana go raibh an-mhisneach ag an Easpag. Bhí – ach amháin roimh ghadhar strainséarach san oíche; sea, gadhar strainséarach san oíche agus míoltóga beaga na coille an dá ní ar an saol seo a chuirfeadh ruaig ar an Easpag ...

D'fhill sé ar ais chuig an teach ósta agus deifir mhór agus scáth air.

Duine ar bith a bhfuil aithne aige ar bhóithre i bhfoisceacht fiche míle de Bhaile Átha Cliath, aithneoidh sé an teach ósta seo. Níl ar dhuine ach cnag a bhualadh ar an doras, ar dhóigh faoi leith, agus osclófar an doras dó.

Tharla gur bhuail an tEaspag an doras ar an dóigh seo i ngan fhios dó féin an dara huair, agus ligeadh isteach é gan mhoill.

"Giolla liom, tiománaí liom, a d'fhág ar an mbóthar mé," arsa an tEaspag ar dhul isteach dó.

Ach chuir bean an tí isteach air.

"Ó sea," ar sise, ach níor chreid sí é.

Is beag solas a bhí san áit, ach dá mbeadh solas na gréine féin ann ní shílfeá gur easpag an strainséir seo a bhuail isteach sa teach ósta. Ní nós easpagúil dul ina leithéid d'áit ar a dó a chlog san oíche!

"Sasanach a bhí sa ngiolla a d'fhág ar an mbóthar thú, an ea?" arsa bean an tí, agus d'fhéach sí go géar agus go hamhrasach air.

Ní raibh an tEaspag riamh in aon áit in Éirinn nár tugadh ómós dó ach anseo; ach ar ndóigh ní raibh bóna ná carbhat air, ach ceirteach faoina mhuineál agus seanchaipín tabhaíde anuas ar a shúile áit a raibh sé ina chodladh sa ngluaisteán sular fhág sé é lena chosa a théamh.

Cén chaoi a n-aithneofaí gur easpag bhí ann, go mórmhór agus an seanchóta mór liathghlas bhí caite thar na guaillí aige?

"An giolla," arsa bean an tí, "an giolla sin a d'fhág ar an mbóthar thú, nach Sasanach bhí ann?"

"Ní hea."

"Bhí Sasanach agus comrádaí leis anseo ar ball," ar sise, "sílim go raibh siad beirt leathólta, ach má bhí ní anseo a fuair siad é. Ach céard atá uait féin? An braoinín crua?"

"Ní bhlaisim de ..."

Níorbh fhearr leis an Easpag rud a tharlódh ná é seo. Is minic a bhí dúil aige imeacht tríd an tír leis féin agus gan aon chulaith air ach culaith fir oibre go bhfeicfeadh sé an saol mar a bhí dáiríre, gan daoine a bheith ag gléasadh agus ag maisiú saol crua gránna na mbocht roimhe.

Nuair a dúirt sé le bean an óil nár bhlas sé riamh de, cheap sise nach raibh sé dáiríre, nach raibh ann ach leithscéal, go raibh sé cúthalach, nó go raibh faitíos air mar gheall ar chomh deireanach is a bhí sé, agus comhluadar nár aithnigh sé sa láthair.

"Braon beag crua," arsa bean an óil, "tá an oíche fuar" – d'fhéach sí thart ar an gcomhluadar fear a bhí ag éisteacht – "cairde muid uile anseo," ar sise.

Bhí buidéal uisce beatha ina glaic aici agus an corc bainte as.

"Má tá cupán tae agat," arsa an tEaspag.

"Cupán tae!" Bhí ionadh ar bhean an tí. Fear a theacht an tráth sin d'oíche ag iarraidh cupán tae!

"Nó gloine bhainne féin –"

"Gloine bhainne!" Is beag nár chuir sí comhartha na croise uirthi féin.

"Bainne te," arsa an tEaspag.

"Bainne te!" arsa bean an ósta, agus is ar éigean a bhí sí in ann é a rá leis an ionadh a bhí uirthi.

Bhí deichniúr nó dáréag fear sa láthair. Is iomaí céad uair a chaitheadar sa teach ósta seo, agus le cuimhne an té ba shine ann níor tháinig aon fhear riamh isteach ann ar thóir bainne. An té a raibh an ghloine ina ghlaic aige ní raibh sé ina chumas í a chur lena bhéal le teann alltachta.

Bhí an tEaspag ina shuí ar chathaoir in aice an dorais, áit nach raibh ach an drochsholas. D'fhéach bean an tí go géar air. "Seo," ar sise, "ná bíodh a thuilleadh den mhagadh ann." Chroch sí suas an lampa beagán agus d'fhéach arís air. "Sílim go bhfuil do sháith ólta agat cheana," ar sise. D'iompaigh sí ar an bhfear ard tuaithe a bhí ag an doras i dtosach: "Nach meas tú go bhfuil beagán beag thar an iomarca istigh aige, a Thomáis?"

"Murach go bhfuil, ar ndóigh, ní bheadh sé ag iarraidh bainne," arsa Tomás.

"Agus sílim freisin," arsa bean an tí, "go bhfuil baint éigin aige leis an Sasanach buí sin a caitheadh amach ar ball."

"Cén Sasanach?" arsa Tomás.

"Ó sea, ní raibh tú istigh an uair sin," arsa bean an tí, "ach Sasanach a tháinig isteach anseo uair ó shin agus nuair a d'ól sé gloine – é féin agus fear beag eile a bhí in éindí leis – nuair a d'ól sé gloine, ní raibh aon chaint aige ach seafóid éigin faoi easpag a chaill sé ar an mbóthar ..."

"Easpag a chaill sé ar an mbóthar ...' agus leath na súile ar Thomás bocht.

"Sea, sin é a dúirt sé,' arsa bean an tí, "gur chaill sé easpag agus gur fhág sé a bhean ina dhiaidh – '

"Dar iúl íosta príosta!' Bhuail Tomás a dhá bhois ar a chéile. Níor thuig sé ach an oiread le cách gurbh í a bhean féin bhí i gceist ag an Sasanach!

"Mh'anam gur maith a rinne sibh agus an diabhal a chaitheamh amach," ar seisean. D'ól slog as gloine, bhuail bos ar a cheathrú agus dúirt:

"Easpag a thréig a bhean! Ar chuala sibh riamh a leithéid!"

Bhí an ghloine bhainne faighte ag an Easpag faoi seo agus é á hól. Ach cén chaint a bhí acu faoi féin? Agus an bhean! Agus an Sasanach a bhí ar a thóir! Dá mba gur ól sé an ghloine den bhraon crua a thairg bean an tí dó, cheapfadh sé go ndeachaigh sé sa gceann air. Ach gloine ghlan bhainne! Má deirtear go raibh ionadh ar an Easpag, ní bheith thar leath na fírinne ann.

Bhí an comhluadar uile i dtóin an tseomra ag comhrá os íseal le bean an tí. Corruair d'fhéachadh fear ina threo agus amhras ina shúil. Bhí ríméad ar an Easpag gur fhág sé a bhóna agus a charbhat agus eile sa ngluaisteán.

Bhí sé tamall deas ag ól an bhainne ar a shuaimhneas. Ní raibh sé riamh ina leithéid d'áit, ach ní abródh sé leat anois féin nár thaitin sé leis. Dá mbeadh an tiománaí aige lena thabhairt ar a aistear nuair a thogródh sé!

Tháinig fonn air dul i bhfochair na bhfear, caint a dhéanamh leo, scléip a dhéanamh leo, ól a dhéanamh leo ... Níor ghéill sé don fhonn sin, agus is céad trua leis an scéalaí seo nár ghéill – ba mhaith leis a bheith in ann cur síos a dhéanamh ar an spórt a bheadh acu! Ach mura ndeachaigh sé ag siamsa leis na fir, corraíodh é ar bhealach nár thuig sé féin. An oíche aisteach a chaith sé b'fhéidir, nó baois na hóige arís ...

Tháinig bean an tí le labhairt leis.

"An raibh aon bhaint agatsa leis an Sasanach a bhí ar thóir easpaig?" ar sise.

"Ní raibh."

B'fhíor dó, ach bhí baint aige leis an bhfear a bhí in éindí leis an Sasanach; ach dá n-abródh sé é is cinnte go gcaithfí é féin amach freisin. Dá n-abródh sé gur easpag bhí ann féin, ní móide go gcreidfí é agus an feisteas bhí air. An droch-íde a fuair an Sasanach a chuir sin i gcéill dó go mb'fhearrde a shláinte gan greann a dhéanamh faoi easpag. Bhí sé críonna; d'fhan sé ar a shuaimhneas agus an ghloine bhainne ina ghlaic aige.

Ach an bithiúnach sin de thiománaí, cá raibh sé?

Bhí an scléip faoi lán tseoil nuair a tháinig fear eile isteach. Labhair sé le bean an tí os íseal. Labhair an bheirt acu leis an gcomhluadar. Ní fhaca an tEaspag riamh aon athrú mar an athrú a tháinig ar an gcuideachta. Cuireadh cosc leis an ngreann agus leis an ól. Tháinig ionadh orthu uile. Cuid acu a chreid an scéal mór a bhí ag an bhfear a tháinig isteach, cuid eile nár chreid, ach d'imigh leo uile go léir amach ar an mbóthar.

Fágadh an tEaspag agus bean an tí leo féin.

"Sin scéal uafásach," ar sise.

"Cén scéal?"

"An t-éirí amach seo, agus anois tá Baile Átha Cliath trí thine ag na Sasanaigh ..."

"An t-éirí amach?"

Níor chreid sé a dhá chluais. Ó Dhomhnach Cásca chaith sé cúpla lá le seanchara i mainistir in aice le Port Láirge.

Ní fhaca sé páipéar, níor chuala scéal ná ráfla, agus nuair a chuala, níor chreid.

"Éirí amach! Baile Átha Cliath trí thine!" agus bhuail sé amach ar an mbóthar mar a raibh na fir eile.

"Mh'anam go bhfuil," arsa fear bhí lena thaobh, "féach an spéir."

Cinnte bhí an spéir os cionn ionad na cathrach dearg.

"Éist!" arsa fear.

Chuireadar uile cluas orthu féin. Tháinig tormán trom chucu ar an ngaoth.

"Gunnaí móra ag milleadh na cathrach!" arsa fear.

"Feicfidh sibh na lasracha féin má théann sibh go mullach Chnoc na hEaglaise thall," arsa fear eile.

Ghluais leo uile agus a rún féin i gcroí gach fir díobh.

*

Tá a fhios ag an saol cá bhfuil Cnoc na hEaglaise, agus tá a fhios ag gach duine a shíl dul suas ar a mhullach chomh haimhréidh is atá an tslí. Clocha móra, clocha beaga a sciorrfadh uait, scailpeanna contúirteacha, bogaigh bháite, fraoch go básta – sin a raibh roimh an Easpag.

Déarfadh sé féin leat nach sroichfeadh sé an mullach go deo murach gur casadh an tiománaí leis leath bealaigh. Nuair a bhíos sé féin ag cur síos ar eachtraí na hoíche sin, agus ar an éirí amach a bhí ina chroí féin dá mbarr, cuireann sé isteach ar an scéal le hinseacht céard a d'éirigh dá thiománaí nuair a caitheadh é féin agus an Sasanach amach as an teach ósta. Ach gidh nach dochar aithris a dhéanamh ar easpag tráth ar bith, fágfar an scéal sin aige féin ... Nár ba fada go bhfeicfear faoi chló é.

Ach ar iarraidh dul suas an cnoc dó, chuala sé caoineadh caol crua agus éamha loma loisneacha thíos uaidh sa mbogach ina raibh sé féin ag dul go glúna.

"A Thiarna!" arsa glór.

Níor thug an tEaspag freagra air.

"A Thiarna! Gach uile dhiabhal cnámh i mo chorp brúite briste ag an gcladhaire cam, ag an Sasanach bradach bréan sin!"

D'aithnigh an tEaspag glór a thiománaí, ach níor aithnigh an tiománaí an tEaspag.

"Agus gan mé ach ag iarraidh a rá nach raibh bean ag easpag riamh! Uch, táim marbh!"

Thug an tEaspag lámh chúnta dó. Nuair a thuig an fear bocht cé a bhí aige ann, ghoill sé níos mó air ná an leadradh a fuair sé ón Sasanach.

Ní raibh sé chomh gortaithe is a shíl sé agus chuidigh an bheirt acu le chéile go raibh siad ar mhullach an chnoic.

B'iontach an radharc a bhí ag an Easpag ansin. I bhfad uaidh sa talamh íseal chonaic sé tóiteán mór. Lasracha ag éirí as agus ag deargadh na néalta. Bhí slua mór thart air, agus a rún féin agus a scéal mór féin ag gach duine acu ...

Cluineadh pléascadh mór. Gheit a lán. Bhí gach uile dhuine róchorraithe le focal a rá ...

Pléascadh mór eile!

Bhris rud éigin i gcroí an Easpaig. Líonadh a chroí agus a anam le solas mór. Dá mbeadh an tAthair Ó Dónaill ann ...

Dhá phléascadh i ndiaidh a chéile!

Óganach a bhí lena thaobh agus a dhá shúil lán de sholas nach bhfeictear ach go hannamh, chuir sé lámh leis isteach i láimh an Easpaig.

"Dá mbeadh gunnaí againn ..." arsa an t-óganach.

"Dá mbeadh ..." arsa an tEaspag, agus chrom sé a cheann ...

*

Chuir an tEaspag fios ar an Athair Ó Dónaill nuair a chuaigh sé abhaile. Bhí brón agus doilíos in éadan an Easpaig nuair a tháinig an sagart óg isteach chuige sa leabharlann. Ach má bhí, bhí misneach agus meanma agus tógáil chroí ann freisin.

Shín sé páipéar chuig an sagart óg gan focal a rá. Léigh seisean é. Ó lucht an airm a tháinig an páipéar agus iad ag iarraidh ar an Easpag smacht a chur ar an sagart óg ...

D'fhéach an sagart óg agus an tEaspag ar a chéile.

"Agus seo é an freagra atá mé le cur chucu," arsa an tEaspag.

Shín sé páipéar eile chuig an sagart óg. Léigh seisean na focla seo:

Easpag mise: ná síltear gur oifigeach stáit mé.

"Ach, ar ndóigh, cuirfidh mé deis eile air." Agus d'fhéach an tEaspag go tuisceanach ar an sagart óg.

D'éirigh an sagart óg go tobann le láimh a chroitheadh leis an Easpag. Bhí sé ag dul thar maoil ...

"Paróiste maith paróiste na Cille Móire," arsa an tEaspag, "an chéad pharóiste a bhí agam féin ... tá súil agam go dtaitneoidh sé leat ..."

Bhí an sagart óg ar tí buíochas a ghabháil leis. Chuir an tEaspag cosc leis lena láimh.

"Tá croí agus misneach na hóige ionam arís ..." – ach chuir an tEaspag smacht ar a theanga.

Bhí an bheirt fhear ina seasamh agus greim láimhe acu ar a chéile. Bhí deoir faoi shúil an tsagairt.

"Suigh ansin, a Athair Seán, agus inseod scéal maith duit," agus d'inis an tEaspag an scéal seo dó, ach nár bhac sé le rá leis go bhfuair sé a anam ar mhullach an chnoic agus é ag féachaint anuas ar Bhaile Átha Cliath agus é trí thine ...

Ach b'fhéidir gur thuig an tAthair Ó Dónaill féin é sin.

The Bishop's Soul

The bishop was asleep. Only his nose, mouth, chin and one eye could be seen when his employee, the driver of the automobile, looked in through the window at him. He was about to tell him he would be delayed, that there was something wrong with the car's engine, but when he saw him lying in the corner with all his great coats and everything piled up around him, he thought it might be best for himself not to bother the man and go fix that bloody useless engine.

He spread out his own great coat on the ground underneath the car and down under he went, crawling on his belly, like a worm. There was good light from the stars but the light he had from the car's two headlamps was even better. When he saw the amount of work he'd have to do to fix the engine, however, he swore three times and spent some time cocked on one elbow staring up into the car's undercarriage at those wonky cogs in the engine's innards.

Bad luck to that bishop for buying such an automobile! He got it fairly cheap, fair enough – but what use was a cheap automobile if it wasn't actually mobile? Wasn't he the stubborn one not to take his advice – but, of course, the bishop wouldn't be the one to have to fix that useless engine! His Lordship could doze away in the car while he lay on his belly on a cold wet road trying to fix that cursed engine!

He grabbed his tools. He took a small chain out of the engine. He took a small steel wheel from another point. He held up one of the big lamps so he could gawk into the inner mysteries of the works. He let out another three curses then, shaking his fist at the bishop or at the point in the car he thought the bishop to be asleep in.

He'd known many bishops since first going to work for the clergy, but not one of them had been quite as stubborn as the bishop now sleeping above him. How could you respect someone who would go and buy that make of automobile? He had a great desire to take the engine apart altogether, leaving not a single nut and bolt in place. What would the bishop say then when he'd have to put them all back together in their respective places himself? The driver thought it'd be great sport altogether to see the bishop lying on the wet road trying to put together that filthy bloody engine again!

He didn't though. He started working like mad. He started to curse like mad. He swore at the bishop in the car and at every bishop too stubborn to take advice about a car. The creaking and cursing that could be heard under that car!

The ructions he was causing woke the bishop. Where was he? He couldn't be in Dublin, all he could see was a wide, open plain. But what was wrong with the car – it wasn't moving at all? And all the creaking and commotion underneath! That disastrous engine again! If he hadn't been a bishop he would have cursed as much as the driver. This delay was dreadful bad luck as he was in such a hurry to get to Dublin.

He opened the door of the car and stood out onto the road.

The driver lay beneath the car, swearing away. Though the bishop was a brave man he wasn't so brave as to disturb such a craftsman, and he knew this particular one well.

He threw a great coat about his shoulders and started to wander about impatiently. Every so often he would run a little bit or jump to warm his feet, and after every second jump he would look back toward the car. However, there was no sign of the driver having fixed it.

He spent another half hour thus. Then he looked at his watch. It was ten o'clock and he had promised Father Anthony to be in Dublin at nine. From the lie of the land he knew he wasn't anywhere near twenty miles of Dublin. What would that old, clockwork-devout priest say to him?

But he wasn't bold enough to disturb the driver. He walked a hundred yards back along the road. His legs had warmed up by now and he began to think about a question that had been bothering him for some time – the same question that was bringing him to Dublin to seek the advice of his old friend, Father Anthony.

The bishop was both a devout and an honest man. He had tremendous heart and courage but had always kept his heart and courage in check since his early youth. Always do the right thing – that was a law he lived by; and he did the right thing, according to his point of view, every single time, regardless of the consequences. He cared little for public ill-will or the wrath of the authorities – neither had ever affected him since becoming a bishop. There were those who said he was too close to the bigwigs, to the lords and government representatives and all the rest; that he would acquiesce to them too often; that he thought a lord's soul more valuable than that of any other ... It was said he wouldn't give a toss for the most devout person in the world should a big businessman or wealthy lord happen to be present in the same room.

The bishop knew he was thus regarded. He knew it would be said again and again were he to discipline Father O'Donnell appropriately. And he intended to discipline that bold, senseless, young priest, even if it meant turning the whole of Ireland against him. He was merely seeking the advice of his old soul-friend in Dublin in case he had missed any salient point. He didn't care if the whole country came down on him, he didn't care if the people would think badly of him. He was going to discipline Father O'Donnell, unless his old soul-friend had something important to say in support of that priest, unless he was able to reveal some new aspect of the story to him ...

It was a fine spring night and the bishop stopped on a height on the road to look down over the Liffey plain ...

Father O'Donnell was a great worry to him. If it wasn't for the fact he was a good, devout priest he wouldn't have lasted long in his diocese; yet though he was devout, he was more akin to soldier than priest. He was spending every single penny he ever had on guns and ammunition and distributing them amongst the young men. Where would it all end? This young priest, this bold chaplain, was going completely off the rails! He ordered him to have nothing to do with any military group that was against the government, and what was his response? That he was an Irishman as well as a priest! A soldier as well as a priest – that's what he ought to have said, thought the bishop; his ancestral line – the fiery, rebellious bloodline of the O'Donnells – and in his imagination he saw Father O'Donnell in full battle dress, a sword of light held in his hand, a great crowd behind him, drifting across the beautiful plain that lay before him ...

His heart stirred. Something was awoken in the depths of his soul. Blood runs thicker than water – his own rebellious heritage was stirring within. Before long he was singing a song, a song that his friend, the major governmental figure in Dublin, wouldn't have cared for. He pulled himself together and stamped out the flame arising from the depths of his soul ...

Rubbish! It was all rubbish and pure folly! Those in authority could never be shifted. It had often been attempted and what was there to show for all the various attempts? He was more certain now than ever that Father O'Donnell and those young people that were with him bode the country no good. He would put manners on him!

He began to walk back, slowly and somewhat sadly, towards the car ...

*

Whatever it was that ailed that motor, the driver managed to cure it. He emerged from the undercarriage smeared in oil and dirt. He sat up into the driver's seat, turned the wheel and the vehicle took off with the driver sure and certain that the bishop was asleep within.

He hadn't gone more than two miles before the engine started to shake and rattle once more. He got out. He thought to fix it. If he had a bit of paper he might manage to do so. He went to the car door to get an old newspaper from the bishop.

When he opened the door his jaw dropped. The bishop was gone!

He closed the door again and stood for a while in thought. He was completely addled. How could he have lost the bishop? Did he leave him behind in the parish priest's house in Killeen? Or had he left the car while he was repairing it half an hour ago? Why did this bishop have to walk so much, more than all the other ones that had been in his care? Hadn't he enough to be doing without having to try to keep a bishop from wandering in the night!

He gave a loud whistle, but if the bishop heard it he made no response. Not only did the bishop want to go strolling in the middle of the night but he was as deaf as a post to boot. He whistled once more for the bishop. Had the bishop been within three miles of him he would have heard that whistle. But the poor driver got no response.

He headed back the road a couple of hundred yards to see if he might see the bishop anywhere. He called out to him at the top of his voice from time to time, but all to no avail. A bishop astray and his attendant trying to follow his trail!

The attendant, that is to say the driver, met a man. He saluted him.

"Look here," said the driver, "look," said he, "would there be any chance you might have seen a bishop anywhere around here?"

The stranger looked at the driver. He didn't appear to be drunk. But what was he playing at looking for a bishop around midnight on a lonely country road? This stranger whom the driver had met was an Englishman. His knowledge of the customs of the country, or even that of bishops for that matter, wasn't great. Perhaps they were fond of walking at midnight, for all he knew.

"Here, did you see a bishop around anywhere?" said the driver, growing impatient at not having received a response yet.

"A bishop?" said the Englishman.

"Yes, a bishop – didn't you hear me?" said the driver somewhat threateningly.

"I'm a mere two days in this country," said the frightened Englishman. For all he knew this could be one of those wild Irishmen! What might he do to him in this remote spot if the man knew he had no weapon?

"Have you seen a bishop around here, I'm saying?" said the driver. "Say you did or didn't and let me go and find him."

"I've never seen a bishop," said the Englishman.

"You're better off too," replied the driver. "Some of them can be very cross. My bishop now is ..."

"Where did you lose him?" said the Englishman.

"On the road somewhere," said the driver, "isn't he a right devil?"

"I'll search for him with you, if you fancy," said the Englishman, politely. This was the most interesting incident he had encountered since arriving in Ireland.

"Come on, so," said the driver.

Off they both went to search for the bishop.

They walked a mile and didn't meet another soul. A light fog was rising on the plain whereby the lower trunks of the trees were hidden and their canopies appeared like wooded islands in a silver lake.

"This is a beautiful country," said the Englishman, looking away over the plain, "one might imagine silver steam rising up out of the ground ..."

"Silver?" said the driver, "oh that land is worth about three pounds an acre."

He lit his pipe.

"The poor man will be frozen," he said. "What possessed him to take off like that?"

"Does he leave often?" said the Englishman.

"The odd time, have you another match?"

"I do ... his wife, perhaps?"

The driver looked at the Englishman. He grabbed him by the shoulder.

"Don't say that again," he said threateningly.

"I won't," said the Englishman, "indeed, I don't know her at all. She could be a lovely woman, of course –"

"Stop!" said the driver.

"Many good men have left their wives and returned again."

"Stop!" said the driver.

"As we are on the subject," said the Englishman, "I can tell you that I shall return and she will welcome me."

"Stop!" said the driver, "or –" he squared up to him.

The Englishman didn't realise what was happening. He was about to speak again but the other man connected his fist to his mouth.

"He doesn't have a wife!" said the driver. "Didn't I tell you he's a bishop?"

"Yes, but –"

"Here," said the driver impatiently, "come on and we'll go find him."

Off they went.

The night was becoming very cold. They had to walk quickly or they would have been frozen. They came upon a small public house at the side of the road. Though it was very late at night, a light could be seen within.

"If he is fond of drink, that's where we'll find him," said the Englishman.

"He doesn't touch a drop," said the driver, "and never did. He is very against it."

But as the night was so terribly cold they both went in to wet their lips with a "wee hot drop."

*

Of course, when the bishop got to the spot where he had left the car, it was nowhere to be seen. He wasn't too sure if he was in the right spot. He hadn't been taking note of his surroundings, so worried was he about Father O'Donnell. He continued walking for another while, almost sure he would soon meet with the car again.

The car was not his greatest concern, however, but rather Father O'Donnell. If the like of these young priests were allowed to do what they liked they would ruin the country. All the gains that had been made for the country by sensible people, through cleverness, sweet talk and having a hand in with the government, would be lost; the Church was against it and not without reason – "there will always be the poor," he said to himself. But there are people, even in Ireland, who are going against that old maxim. Father O'Donnell once said ... But fairer laws – they could be enacted over time – cleverness, steadiness, a studied approach – that was the way to win justice ...

He was somehow only half contented with himself and with his solution. The taxes were hard on the country, indeed, especially on the poor; but wasn't tax a necessity? "Give to Caesar ..." Though he would much rather if Caesar wasn't so punitive.

Then he remembered the last conversation he had with Father O'Donnell. The young priest had been in his library. He was calm, measured and studied in his approach, trying to show the priest sense, not wishing to over discipline him; there before him was Father O'Donnell, full of hope, courage, boldness and patriotism. He could hear both voices even now as he walked along slowly and sadly:

"Even if there is an enemy in our midst – and I do not concede there is – can't he be lulled to slumber and placated?"

Father O'Donnell shook his head gravely and said with meaning:

"Your Lordship, the only solution to this poor country's woes is little balls of lead where they are needed ..."

That was the end of it. The bishop understood where he wanted to put those "little balls of lead". The young priest had done nothing to prevent the weapons drilling since. He had not shown obedience. He himself was fond of the young priest; it upset him greatly that he would have to discipline him severely; but what other option did he have?

He stopped on the road and looked around him. He was so cold. The fog rising from the plain, from the Liffey valley! He was sorry he hadn't taken a heavier coat; he feared the heavy cold that had plagued him all winter might return.

But what was that strange light he could see in the sky to the northeast?

The great fluffy clouds in the northeast were quite red ... a large building on fire in Dublin, perhaps ...

The road was a bit wet and he noticed car tracks in the mud. He inspected them more closely. An automobile – he was sure of it. His own car, perhaps – but what on earth was the matter with his driver that he had taken off without him?

He followed the tracks.

Eventually, he came to the small pub where the driver and the Englishman he had met were. He noticed the light on within. His car had passed the house – that much was obvious from the tracks – but perhaps the people of the house might know something about the car.

He knocked gently on the door and waited patiently for it to be opened.

*

The crowd drinking inside the pub heard the bishop's knock on the door and in an instant the place went as quiet as the grave. No one uttered a syllable but looked from one to the other worriedly.

It was illegal to be drinking in a public house at that hour of the night, and the landlady put the glasses out of sight as speedily as she could.

A tall countryman squinted through the keyhole, trying to make out who was outside.

"A man in black," he whispered to the landlady.

"Constables!" she said, fearfully.

The lights were extinguished immediately. The men within thought to escape before being apprehended and that was when the scurrying and commotion began. All this action took place at the back of the house so the bishop didn't hear it. He took a step back and looked at the house again, amazed there was no longer any light to be seen.

Then he knocked on the door once more.

The landlady held the key and listened.

"Who is it?" she said, letting on she was cross.

"It's me," said the bishop.

"And who's you, please?"

The bishop hadn't reckoned on being asked such a question. He didn't wish to say who he was or what had brought him there. A bishop seeking to gain entry into a public house at that hour of the night! That wouldn't do at all.

"Who is it, I'm saying?" repeated the landlady with some authority now.

"It's me," said the bishop shyly; and he said it so meekly anyone would think it was a man looking for drink out of hours.

The tall countryman at the door placed a word in the landlady's ear.

"Didn't I tell you already tonight," she said angrily, "that you won't get another drop here tonight until you clear your slate."

"My slate!" said the bishop, stunned.

"Yes, your slate," replied the landlady through the closed door.

"But I don't have a ..."

"Away with you, or I'll set the dogs on you!"

The bishop had never received such a welcome before in his life. He realised that he had been mistaken for somebody else. He could be a jovial sort in his own droll way; he would enjoy telling his friends about the welcome he had received! He smiled to himself – he imagined John Plunkett, Doctor of Theology, roaring with laughter on hearing the tale ...

A light was lit within. As soon as those inside realised it wasn't the Royal Irish Constabulary at the door, the company returned and the drinking and sport resumed.

The bishop left to go and search for his servant but hadn't gone twenty yards when a dog began to bark at him. Now, it has often been said the bishop was a brave man. True enough – except when it came to strange dogs in the night; yes, strange dogs and the tiny insects of the woods were the two things in this world that frightened the life out of the bishop ...

He returned to the public house in great haste.

Anyone familiar with the roads that lie within a twenty mile radius of Dublin will know this pub. All one needs to do to get the door opened is to knock in a certain way.

It so happened that the bishop knocked in this way, unbeknownst to himself, the second time, and he was duly let in without delay.

"A servant of mine, a driver of mine, left me on the road," said the bishop on gaining entry.

The landlady interrupted him.

"Oh sure," she said, but didn't believe him.

The place was dimly lit but even if the sun had been up the stranger who had come in wouldn't have been recognised as a bishop. Bishops weren't known to frequent such places at two o'clock in the morning.

"Your servant that left you on the road was an Englishman, was he?" the landlady enquired, eyeing him with great suspicion.

This was the first time the bishop hadn't been shown respect anywhere in Ireland; though, of course, he wasn't wearing his collar or robe, he had a scarf around his neck and an old tartan cap pulled down over his eyes from when he had been asleep in the car.

How could anyone possibly recognise him as a bishop, especially with that old, greying coat on him?

"The servant," said the landlady again, "the servant that left you on the road was an Englishman, correct?"

"No."

"There was an Englishman and some friend of his in here a while ago," she said; "I think they were both half drunk, but if they were, they didn't get it here. But what do you want? A hard drop, is it?"

"I don't go near it ..."

It really was the best thing to happen to the bishop. He had often wanted to travel through the country without collar or vestment, in workmen's clothes instead, so he might see life in its actualities, rather than having people cover up and smooth out the hard, ugly life of the poor before his imminent arrival. The publican, of course, thought he wasn't being serious when he said he didn't touch the stuff. She thought he was being a bit shy, perhaps because of the lateness of the hour and him being a stranger.

"A wee, hard drop," said the publican, "it's a cold night." She looked around at the assembled company who were all ears. "We're all friends here," she said.

She had a bottle of whiskey in her hand, uncorked.

"Would you have a cup of tea?" asked the bishop.

"A cup of tea!" The woman of the house was stunned. A man arriving at this hour looking for a cup of tea!

"Or even a glass of milk –"

"A glass of milk!" She nearly blessed herself.

"Hot milk," said the bishop.

"Hot milk!" said the publican, barely managing to speak the words, so great was her amazement.

There were around ten or twelve men present. They all had spent several hundred hours in this pub, and not even the oldest amongst them could recall a man ever having come into the place looking for milk. Those with glasses in their hands couldn't manage to raise them to their lips, so great was their astonishment.

The bishop was sat on a chair near the door where the light was quite dim. The woman of the house stared at him closely.

"Here," said she, "give over your fooling now."

She lifted the lamp a tilt and eyed him once more.

"I think you've had enough to drink already," she said. She turned to the tall countryman who had stood sentry at the door.

"Don't you think he's had a bit too much, Thomas?"

"Sure, otherwise he wouldn't be asking for milk," replied Thomas.

I think, also," said the woman of the house, "that he has something to do with that English Orangeman was thrown out earlier."

"What Englishman?" said Thomas.

"Oh, that's right, you weren't here at the time," said the landlady, "this English fellow came in an hour ago and after he had a drop taken – himself and another small lad that was with him – after taking a drink he wouldn't stop talking rubbish about a bishop he had lost on the road ..."

"A bishop he lost on the road?" Thomas' eyes gaped with incredulity.

"Yes, that's what he said," said the woman, "that he had lost a bishop and abandoned his wife too ..."

"Jesus Christ above in heaven!" Thomas clapped his hands. He didn't realise, no more than anyone else in the place, that it was his own wife the Englishman had been referring to!

"Upon my word, you did well to throw that devil out," he said. He took a sup from his glass, slapped a palm on his thigh and announced: "A bishop who abandoned his wife! Did you ever hear the like!"

By this time the bishop had been given his milk and sat drinking it. What was this they were saying about him? An Englishman searching for him? Had he taken the drop of the hard stuff proffered by the landlady he would have said it had gone straight to his head. But a plain glass of milk! To say the bishop was surprised would have been an understatement.

The assembled company were gathered towards the back of the room speaking in hushed tones with the landlady. Now and again, a man would eye him suspiciously. The bishop was delighted he had left his collar and regalia in the car.

He sat sipping the milk at his ease for a while. He had never been in such an establishment before, though he couldn't say it wasn't to his liking. If only he had the driver to collect him when required!

He felt the need to be amongst the men – talk to them, have some fun with them, even drink with them ...

He resisted the temptation, however, much to this storyteller's great sorrow – he would dearly love to have been able to describe the sport they'd have had! But though he didn't go and play with the men he felt himself moved in a way he couldn't understand. Perhaps the whole strangeness of the night had affected him, or was it youth's folly returned ...

The landlady came over to speak with him.

"Had you anything to do with the Englishman that was looking for a bishop?" said she.

"No, I hadn't."

This was true, though he had something to do with the man that was with the Englishman; but if he said that he too would certainly be thrown out as well. If he said he was a bishop he would hardly be believed in the clothes he was wearing. The ill treatment the Englishman had received convinced him it would be better for his health not to make a joke about a bishop. He had sense; he remained sat at his ease with his glass of milk.

But where on earth was that uncouth yoke of a driver?

The party was in full swing when another man came in. He had a word in the landlady's ear. They both went and spoke to the others. The bishop had never seen such a sudden change as that which came over the assembled company. The joking and drinking stopped. They were all in a state of complete amazement. Some believed the story the big man had come in with, others didn't, but they all, to a man, went out onto the road.

The landlady and the bishop were left on their own.

"That's awful news," she said.

"What news?"

"The Uprising, and now the English have set fire to Dublin ..."

"The Uprising?"

He couldn't believe his ears. Since Easter Sunday he had spent a couple of days with a friend in a monastery near Waterford. He hadn't seen a paper; he had heard neither story nor rumour, and what he heard he didn't believe.

"An Uprising! Dublin on fire!" he said as he stumbled out onto the road where the other men were.

"It is indeed," said a man beside him, "look at the sky."

Without a doubt, the sky in the direction of the city was glowing red.

"Listen!" said a man.

They all went silent. A great rumbling came to them on the wind.

"Big guns destroying the city!" said the man.

"You'll be able to see the flames if you go to the top of Church Hill beyond," said another man.

They all headed off, and each man's heart held its own secret.

*

Everyone knows where Church Hill is and anyone who has thought to climb it knows how rough the path is. Large stones and smaller ones that fall away underfoot, dangerous crags, drowning marshes, heather up to the waist – all this lay before the bishop.

He himself would tell you that he would never have made it to the top if he hadn't met the driver half way. When he talks about the events of that night now and about the resultant Uprising in his own heart, he interrupts the story, however, to relay what happened to the driver and the Englishman when they were thrown out of the public house. Though it might be no harm to do like a bishop now and again, we'll leave that story to him ... may it not be long before we see it in print.

Anyhow, as he was attempting to climb that hill, he heard a harsh, thin wail and a raw, pitiful moaning beneath the soft marsh in which he found himself up to his knees.

"Oh, Lord!" said a voice.

The bishop gave no reply.

"Oh, Lord! Every bone in my body battered and broken by that crooked trickster, by that dirty, rotten Englishman!"

The bishop recognised the driver's voice but the driver didn't recognise the bishop.

"And all I was trying to say was that no bishop ever had a wife! Ugh, I'm destroyed!"

The bishop gave him a helping hand. When the poor man eventually realised who it was, it hurt him more than the beating he had received from the Englishman.

He wasn't as badly injured as he had thought and they were able to assist each other until they reached the top of the hill.

An amazing sight lay before the bishop then. Away off in the lowlands he could see a great fire. Flames leaped up from it, reddening the clouds. There was a large crowd around him; each man seemed to hold a secret ...

A loud explosion was heard. Many took fright. All were too moved to speak ...

Another tremendous explosion!

Something gave way in the bishop's heart. His innermost being was filled with a great light. If Father O'Donnell was here now ...

Two explosions, one after the other!

A youth by his side, his eyes shining in a way seldom seen, pressed the bishop's hand to his own.

"If only we had guns ..." said the youth.

"If only ..." said the bishop, and he bowed his head ...

*

The bishop sent for Father O'Donnell on his return home. When the young priest came into his library, the bishop's face was filled with sorrow and sadness. But even so, his face also revealed courage, heart and purpose.

Wordlessly he proffered a sheet of paper to the young priest. The priest read it. It was a request from the army asking the bishop to discipline the young priest ...

The young priest and the bishop looked at each other.

"And this is the reply I will be sending," said the bishop.

He proffered another sheet of paper to the young priest. He read these words:

I am a bishop: not a state official.

"Of course, I will change the wording," and he gave the young priest an understanding look.

The young priest stood up suddenly to shake the bishop's hand. He couldn't contain himself ...

"Cilmore is a good parish," said the bishop, "it was my first parish ... I hope you will like it ..."

The young priest was about to thank him. The bishop stopped him with a hand.

"I feel young at heart once more. I feel" – but the bishop put a stop to his tongue.

Both men stood there, hands clasped. There were tears in the priest's eyes.

"Sit down there now, Father John, and I'll tell you a good story," and the bishop told him this story, though he regretted to mention how he rediscovered his soul on the top of that hill as he stared down on Dublin ablaze ...

Though perhaps Father O'Donnell understood that much himself.

VI

NÓRA MHARCAIS BHIG

Ní fhaca tú riamh ach an t-ionadh a bhí ar mhuintir Ros Dhá Loch nuair a chualadar go raibh Nóra Mharcais Bhig le dul anonn go Sasana. Bhí deirfiúr léi thall cheana, agus í ag obair ann, ach bhí gá le Nóra sa mbaile. Ní bheadh ina diaidh sin ach an tseanlánúin. An bheirt dhearthár a bhí aici ní dhearnadar aon rath – dóibh féin ná d'aon duine a bhain leo. Cuireadh Mártan, an duine ba shine acu, go baile mór na Gaillimhe ina bhuachaill siopa (bhí an éirí in airde i Sean-Mharcas i gcónaí), ach níorbh fhada dó ansin gur chaill sé a phost i ngeall ar an ól, agus ansin chuaigh sé san arm Gallda. Maidir le Stiofán, an dara duine acu, ní raibh aon tsúil ag an seanfhear go bhféadfadh sé "duine uasal" a dhéanamh de go deo. Ach nuair nach bhfuair an t-ógfhear ceannndána seo cead a chinn óna athair, ghlan sé leis agus luach dhá bhullán a dhíol sé ar aonach Uachtair Aird ina phóca aige.

"Ní fearr ann ná as é," arsa an seanfhear ar chloisint dó go raibh sé imithe. Ach ní raibh sé ach ag ligint air féin nár ghoill an scéal air. Is minic san oíche a bhí sé gan néal a chodladh ach ag cuimhneamh ar a bheirt mhac a bhí imithe uaidh ar a n-aimhleas. Duine ar bith de na comharsana a cheapadh an seanfhear dorcha a shásamh an aimsir sin, nó a théadh ag déanamh trua leis i ngeall ar an donas a d'éirigh dá chlann mhac, ní deireadh sé leo ach: "Cén mhaith do dhaoine a bheith ag caint? Ba bheag é a mbuíochas ormsa nuair a shíleas a gcoinneáil sa tseannead. Ghlac an bheirt acu sciathán agus d'fhágadar mise liom féin. Is beag an imní a chuirfeas siad ormsa feasta."

Ach chuir. Agus go dtí go ndúirt Nóra leis go raibh socraithe aici gan fanacht sa mbaile níos faide, ní raibh aon ní ag déanamh buartha dó ach an tslí ar imigh a bheirt mhac uaidh. Bhí sé náirithe acu. Bhí an pobal ag déanamh magaidh faoi. Bhí sé ina staicín áiféise ag an mbaile – é féin agus a chlann. Agus an chaoi ar cheap sé slí mhaith bheatha a thabhairt dóibh! An chaoi ar bhain sé allas as a chnámha ag obair moch deireanach, fuar fliuch agus tirim lena gcoinneáil ar scoil go rabhadar chomh foghlamtha leis an máistir féin, mórán!

Ach ní hamhlaidh a bheadh an scéal ag Nóra, dar leis. Choinneodh sé ise sa mbaile. Dhéanfadh sé cleamhnas di. D'fhágfadh sé an gabháltas aici féin agus ag a fear tar éis a bháis. Nuair a dúirt sí leis go n-imeodh sí, cheap sé gur ag magadh a bhí sí ar dtús. Ach ba ghearr go mba léir dó nárbh ea. Ansin rinne sé a dhícheall dubh is dath a coinneáil sa mbaile. Ní raibh aon mhaith ann. Ní raibh aon mhaith don tseanbhean a bheith ag caint ach oiread. Feadh míosa bhí sé ina chogadh dhearg eatarthu. An seanfhear ag bagairt gach donais uirthi dá n-imeodh sí; ise ag iarraidh a shárú. Ach bhí sé socraithe aici dul anonn, agus anonn a ghabhfadh sí pé ar bith céard a déarfaidís.

"Bhí beirt mhac agat," ar sise leis oíche, "agus d'imigh siad uait. Náirigh an bheirt acu thú. Níl a fhios agat nach ndéanfainnse an cleas céanna, mura ligfidh tú dom imeacht go toilteanach."

"Is í an duine deireanach acu í, a Mharcais," arsa a bhean, "agus i nDomhnach féin is dona liom scarúint léi i ndeireadh mo shaoil, ach," ar sise agus í beagnach ag caoineadh, "b'fhéidir gurb é lár a leasa é."

Cheap a hathair nárbh é. Bhí sé dearfa de. Bhí sé lánchinnte go mb'fhearr di go mór fada fanacht san áit a raibh sí agus cleamhnas a dhéanamh ann. Bheadh dhá fhichead acra talún ag a fear nuair a gheobhadh sé féin bás. Bean óg lách gheanúil a bhí inti. Ní raibh feilméara ná ceannaí siopa sna seacht bparóistí ba ghaire dóibh nach mbeadh lánsásta í a phósadh.

"Agus tuige nach mbeadh freisin?" arsa seisean, "bean chomh breá léi agus dhá fhichead acra de thogha na talún aici?"

Ach b'éigean dó géilleadh i ndeireadh na dála.

Is acu a bhí an obair ansin. An buaireamh mór agus an imní mhíchuíosach a bhí ag gabháil do Nóra le tamall, scaipeadh iad, de réir dealraimh. Ní raibh a rian le feiceáil. Bhí sí chomh haerach scléipeach agus a bhí an lá ab fhearr a bhí sí, nó ceapadh é. Bhí an oiread sin le déanamh aici! Hataí agus gúnaí le déanamh agus le gléasadh aici. Éadach agus ribíní de gach cineál le ceannach agus le dathú aici. Ní raibh sos léi feadh na seachtaine sular imigh sí. Ag tabhairt cuairte abhus lá, agus thall lá arna mhárach.

Deoir níor shil sí go dtí gur cuireadh a dhá bosca mhóra taistil a cheannaigh sí i nGaillimh ar an gcarr a bhí lena tabhairt go port na traenach i mBaile na hInse. Ansin thosaigh sí ag gol go faíoch. Nuair a bhíodar thoir ag an gcrosbhóthar bhí na frasa deor lena leiceann.

"Go bhfóire Dia uirthi," arsa duine de na buachaillí a bhí caite le claí ar phlasóg mhín chaonaigh le hais an bhóthair.

"Áiméan," arsa duine eile acu, "agus gach uile dhuine dá sórt."

"Ach meas tú cén ealaín atá uirthi go bhfuil sí ag imeacht?"

"Ní dhéanfainn iontas ar bith de dá mba rud é nach mbeadh slí mhaith aici sa mbaile."

"Tháinig triúr á hiarraidh anuraidh – triúr a raibh cáil mhór orthu ar airgead freisin."

"Deirtear gur chuir sí spéis mhór i mac Sheáin Mhaitiú, an fear siopa," arsa seanfhear a bhí ina measc.

"É siúd a bhí sa gcoláiste mór i nGaillimh?"

"An duine céanna."

"Ná creid é. Drochbhuachaill bhí ann."

"Abair é."

Bhí an carr ag imeacht ó thuaidh thar an gcriathrach mór leathan atá idir an Ros agus Baile na hInse. Bhí a teach le feiceáil fós ag Nóra síos uaithi sa ngleann. Ach ní air a bhí sí ag cuimhneamh, ach ar an lá mí-ámharach a casadh mac Sheáin Mhaitiú uirthi ar dtús ag crosbhóthar Ros Dhá Loch, agus é ag caitheamh a laethe saoire tigh dheartháir a athar ar an mbaile thoir. Níor stad sí den mhachnamh sin go rabhadar i mBaile na hInse. Lig an traein fead ghéar mhífhoighdeach aisti mar a bheadh sí á rá leis na daoine deifir a dhéanamh agus gan moill a chur ar rud a bhí chomh mór agus chomh beoga agus chomh cumasach léise. Chuaigh Nóra isteach. Bhog an traein ruainne beag. Thosaigh sí ag imeacht go mall míthapa ar dtús. Bhí Marcas Beag ag siúl lena hais. Chuir sé a bheannacht lena iníon agus d'fhill sé abhaile go brónach dólásach leis féin.

*

B'fhíor don seanfhear críonna úd a bhí ar an bplásóg chaonaigh ag féachaint ar an saol agus á ligint thairis, gur chuir sí spéis mhór i mac Sheáin Mhaitiú uair dá saol. Ach bhí an uair sin caite. Agus ní bréag a rá gur fuath agus dearg-ghráin a bhí aici ar an bhfear óg galánta a bhí thall i nGlaschú sa gcoláiste le bheith ina dhochtúir. Toisc an cion a bhí aici air b'éigean di imeacht as Ros Dhá Loch agus óna cairde gaoil, agus an domhan mór a thabhairt uirthi féin. Ba ghile léi, uair, an fear óg aerach a thugadh a laethe saoire i Ros Dhá Loch ná duine ar bith eile dár casadh léi riamh roimhe. Agus nárbh iontach iad na scéalta a bhí le n-aithris aige faoin saol a bhíodh acu sna bailte móra thar lear! Agus nach breá a thaitníodh na scéalta úd léi! Agus nuair a deireadh sé leis an gcailín díchéillí mínósach nár casadh leis in aon bhall dá raibh sé duine ba mheasa leis ná í, nach uirthi a bhíodh an t-aiteas agus an t-aoibhneas croí! Agus an teach breá a bheadh acu i mbaile mór éigin nuair a bheadh sé ina dhochtúir!

Agus chreid sí gach a ndúirt an fear óg léi. Chreid seisean é freisin – nuair a dúirt sé é. Ní mórán imní a dhéanadh an chaint úd dó, ámh, nuair a bhí sé imithe. Ní mar sin do Nóra. B'fhada léi go dtagadh sé arís. B'fhada léi uaithi an samhradh. B'fhada léi uaithi nuair a bheadh sé ina shamhradh i gcónaí aici.

Bhí ardmhuinín aici as ach mealladh í. Na litreacha a chuir sí chuige, seoladh ar ais chuici iad. Bhí sé i mball éigin eile. Ní raibh a tásc ná a thuairisc ag aon duine. Bhí an saol ina cheo uirthi. Bhí a hintinn ina luaidhe leáite ina ceann nuair a thuig sí an scéal i gceart. Bhíodh sí ag déanamh machnaimh air agus á chur trína chéile de lá agus d'oíche. Ní raibh le déanamh aici ach imeacht as an áit ar fad. Bhí sí féin agus gach duine dár bhain léi náirithe aici os comhair an phobail uile. Bhí bean óg a bhíodh ar aimsir acu thiar i Ros Dhá Loch ag obair thall i Londain. Bhéarfadh sí aghaidh ar an gcathair mhór sin. Is ar an gcathair sin a bhí a triall anois, agus ní ar an mbaile mór eile a raibh a deirfiúr ann.

Ina suí sa traein di ghabh iontas mór í faoi rá is go raibh abhainn agus inbhear, loch, sliabh agus machaire ag sciorradh thairsti agus gan aon ní á dhéanamh aici féin. Cá rabhadar uile go léir ag dul uaithi? Cén saol a bhí i ndán di sa tír choimhthíoch údan ina bhfágfadh an gléas iontach iompair seo í? Ghlac uamhan agus critheagla í. Bhí an doircheacht ag titim ar mhachaire agus ar chnoc. Coisceadh ar na smaointe uirthi, ach b'fhacthas di go raibh sí ag marcaíocht ar ainmhí éigin allta; go gcuala sí a chroí ag preabadh agus ag léimnigh fúithi le teann feirge; go raibh sé ina dhragún tine agus lasair ag teacht óna shúil; go raibh sé á tabhairt go fásach éigin uafásach – áit nach raibh taitneamh gréine ná titim uisce; go raibh uirthi dul ann in aghaidh a tola; go raibh sí á díbirt go dtí an fásach seo i ngeall ar aon pheaca amháin.

Shroich an traein Baile Átha Cliath. Cheap sí go raibh an áit fré chéile in aon gheoin amháin torainn. Fir ag screadaíl agus ag béiciúch. Traenacha ag teacht agus ag imeacht agus ag feadaíl. Torann na bhfear, na dtraenacha agus na gcarr. Chuir gach ní dá bhfaca sí ionadh uirthi. Na báid agus na loingis ar an Life. Na droichid. Na sráideanna a bhí soilseach sa meán oíche. Na daoine. An chathair féin a bhí chomh breá, chomh beoga, chomh geal sin in uair mharbh na hoíche. Is beag nár dhearmad sí feadh scaithimh bhig an mí-ádh a dhíbir as a baile dúchais í.

Ach nuair a bhí sí ar an traein thall bhí a mhalairt de scéal aici. Thosaigh na smaointe dubha duaiseacha ag brú isteach uirthi arís. Ní raibh aon chosc leo. Níor fhéad sí a ndíbirt. Cad chuige ar fhág sí an baile chor ar bith? Nárbh fhearr di fanacht ann pé ar bith céard a d'éireodh di? Céard a bhí le déanamh aici anois? Céard a bhí i ndán di san áit a raibh sí ag dul?

Agus mar sin de. Má bhí daoine ann fadó a chaith na céadta bliain agus iad ag ceapadh nach raibh ann ach lá, mar a deir na seanchaithe linn, rinne sise rud níos iontaí fós. Rinne sí céad bliain d'aon lá amháin. D'éirigh sí aosta críonna in aon lá amháin. Gach dólás agus céasadh croí agus buairt mhór aigne a thagas ar dhuine feadh a shaoil thángadar uirthise in aon lá amháin ó d'fhág sí Ros Dhá Loch go raibh sí istigh i lár Londain mhór Shasana – go bhfaca sí Cáit Ní Roighin, an cailín aimsire a bhí ag baile, ag fanacht léi ag doras na traenach le fáilte a chur roimpi. Níor thuig sí an saol go dtí an lá sin.

*

Bhí an bheirt bhan óg ina gcónaí i gcúlsráid shuarach ghránna ar an taobh ó dheas den chathair. I dteach mór millteach ina raibh na daoine in aon charn amháin ar mhullach a chéile is ea bhíodar ina gcónaí an tráth sin. Ní fhaca tú riamh ach an t-ionadh a bhí ar Nóra nuair a chonaic sí a raibh ann díobh. Bhéarfadh sí an leabhar go raibh céad ann ar a laghad idir fhir agus mhná agus pháistí. Bhíodh sí léi féin feadh an lae fhada, mar bhí ar Cháit a bheith amuigh ag obair ó mhaidin go faoithin. Shuíodh sí ag an bhfuinneog ag féachaint amach sa tsráid ar na daoine ag dul thart agus ag déanamh iontais cá rabhadar uile go léir ag dul. Ní bhíodh sí i bhfad mar sin go dtosaíodh sí ag ceapadh nach ndearna sí a leas agus teacht chor ar bith. Tuige ar fhág sí an sráidbhaile uaigneach úd a bhí thiar i measc na gcnoc ar bhruach na farraige móire? Céard a déarfadh a hathair dá mbeadh a fhios aige cén fáth? Ar ndóigh, bheadh sé ar mire. "Cén tubaiste a bhí orm seachas duine ar bith eile?" a deireadh sí. Ach b'aimhréiteach an cheist í sin, agus nuair nach n-éiríodh léi a freagairt bhuaileadh sí amach ar an tsráid; ach ní bhíodh sí i bhfad ar eagla go dtéadh sí amú. Ach bhíodh na smaointe céanna ag brú isteach uirthi amuigh ar an tsráid i measc na ndaoine díreach mar a bhí istigh.

Oíche dá dtáinig Cáit abhaile ó bheith ag obair, bhí Nóra os cionn na tine agus í ag gol.

"Seo anois, a Nóra, a chroí," ar sise, "triomaigh do shúile agus ól cupán tae liomsa. Dúradh liom a rá leat go bhfuil cailín aimsire ó dhuine muinteartha le mo mháistreás-sa, agus dá dtéiteá ann ..."

"Rachad ann freisin," arsa Nóra, ag éirí de phreib.

Ar maidin lá arna mhárach ghluais léi go teach na mná uaisle seo. Chuaigh sí ag obair ann. Bhí an oiread sin le déanamh aici ann, agus bhí an oiread sin smaointe nua ag teacht isteach ina haigne nár chuimhnigh sí ar aon ní eile feadh scaithimh bhig. Na litreacha a chuireadh sí abhaile bhíodh sintiús beag iontu i gcónaí, cé go raibh a fhios aici nach mórán a bhí ag teastáil uathu, mar bhí bealach maith leo cheana. Agus na litreacha a chuireadh a hathair chuici léadh sí agus d'athléadh sí iad gach oíche sula dtéadh sí a chodladh. Bhíodh nuacht an bhaile iontu. Go raibh an-lear scadán á fháil ag na hiascairí. Gur cheannaigh Tomás Pheaits Mhóir bád nua. Go raibh Neil Ní Ghríofa imithe go Meiriceá.

D'imigh cúpla mí mar sin, ach sa deireadh dúirt an bhean uasal léi nach raibh sí sásta léi agus go gcaithfeadh sí an áit a fhágáil. B'éigean di sin a dhéanamh. D'fhág sí a raibh aici ina diaidh, agus d'imigh léi. Dídean ná foscadh ní raibh aici don oíche sin ach an bháisteach ag titim anuas uirthi agus na sráideanna crua faoina cosa ...

An éigean a chur síos ar gach ar tharla di ina dhiaidh sin? Ar an bhfear "uasal galánta" a thug ithe agus ól agus airgead di agus í i ndeireadh na déithe le call agus le heaspa. Ar an gcaoi ar thosaigh sí féin ar an ól. Ar an mbealach a shíl sí a hintinn agus a haigne a chaochadh agus a dhalladh leis. Ar na daoine éagsúla a bhuail léi i dtithe, ólta agus eile. Ar a gcaint agus a gcomhrá. Ar an gcaoi ar laghdaíodh ar an meas a bhí aici uirthi féin go dtí go mba chuma léi tar éis tamaill céard a d'éireodh di. Ar an gcaoi a raibh sí ag dul i ndonas ó ló go ló, go dtí nach raibh a clú ná a meas aici sa deireadh, ach í ag siúl na sráide.

*

Naoi mbliana mar sin di. Ag ól agus ag ragairneacht d'oíche. Á gléasadh agus á réiteach féin sa ló i gcomhair na chéad oíche eile. Smaoineamh ar bith a thigeadh isteach ina ceann faoin saol a bhí aici nó an saol a bhíodh aici ag baile, dhíbríodh sí é chomh luath in Éirinn agus a d'fhéadfadh sí. Smaointe mar sin a chuireadh an míshuaimhneas is mó uirthi. Agus – más fíor é nach mbeadh dúil mhaireachtála ag duine chor ar bith mura sílfeadh sé, ar bhealach éigin, go mba mhó an mhaith a bhí á dhéanamh aige ná an t-olc – ní fhéadfadh sí a mhalairt a dhéanamh. Ach thigeadh na smaointe údan chuici gan buíochas di ina gcéadta agus ina gcéadta i gcaitheamh an lae – mórmhór nuair a bheadh sí tar éis litir a sheoladh abhaile, rud a níodh sí go minic. Agus nuair a bhíodh siad ag teacht chuici go tiubh mar sin, théadh sí amach ag ól.

Bhí sí amuigh oíche ag siúl na sráide, tar éis litir a raibh roinnt bheag airgid inti a sheoladh abhaile. Bhí sé a haon déag a chlog. Bhí na daoine ag teacht amach as na hamharclanna ina mílte agus ina mílte, agus ise ag féachaint orthu. Bhí cuid acu ann agus d'fhéachaidís uirthise agus ar mhná dá saghas. An fhéachaint úd a thaispeánas an dúil agus an tsaint a níos scrios ar dhaoine, a chuireas tíortha in éadan a chéile, agus a thug ábhar cainte d'fhilí agus do scéalaithe an domhain ó aimsir na Traoi go dtí an lá atá inniu ann.

Níorbh fhada ansin di go bhfaca sí fear os a comhair amach, a bhean lena thaobh. Dhearc an bheirt ar chéile, gan a fhios aicise cén fáth. D'aithníodar a chéile. Mac Sheáin Mhaitiú (a bhí ina dhochtúir i Londain anois) a bhí ann. Chas sise ar a cois go tobann. Chuala sí é á rá lena bhean dul isteach i dteach ithe a bhí i ngar dóibh agus go mbeadh sé féin chuici ar an bpointe.

Bhog Nóra amach ar a chloisint sin di. Bhí seisean ina diaidh. Ghéaraigh sise ar an siúl. Rinne seisean an rud céanna. Ní raibh uaithi ach imeacht uaidh. Bhí sí ina sodar, eisean ina shodar ina diaidh. Tosach maith aici air. Í ina cos in airde suas sráid agus anuas ceann eile. Í ag ceapadh go raibh sé ag a sála. Faitíos an domhain uirthi go mbéarfadh sé uirthi. Go mbeadh a fhios acu ag baile an bealach a bhí léi. Go mbeadh a fhios ag an uile dhuine é.

Bhí séipéal ar a haghaidh amach – séipéal beag a bhí ar oscailt feadh na hoíche i ngeall ar fhéile éigin. Bhí dídean ón bhfear a bhí ina diaidh uaithi – ón bhfear dá dtug sí searc a croí uair agus a mheall í. Ní raibh aon chuimhneamh aici ar dhul isteach, ach isteach ann a chuaigh. B'aisteach léi ar dtús gach a bhfaca sí, bhí sé chomh fada sin ó bhí sí istigh i séipéal roimhe sin. Tháinig a hóige ar ais chuici. Bhí sí i séipéal Ros Dhá Loch arís. Bhí dealbh na Maighdine Beannaithe istigh i gcúinne agus solas dearg os a comhair. Rinne sí ar an gcúinne sin. Chaith sí a lámha timpeall uirthi. Bhí sí á suathadh agus á luascadh anonn is anall le buairt aigne. A hata breá péacach ar chúl a cinn. A cuid ribíní breátha dearga fliuch salach smeartha le clábar na sráide. Bhí sí ag guí Dé agus na Maighdine os ard, paidir i ndiaidh paidre, go ndúirt sí i nguth mór dúthrachtach:

"A Naomh Mhuire – a mháthair Dé – guigh orainn, na peacaigh – anois agus uair ár mbáis – Áiméan!"

Bhí seansagart a chuala ag guí í ar a cúl. Labhair sé léi go lách cineálta. Shásaigh sé í. Thug leis í. Cheistnigh í. D'inis sí a scéal dó gan aon ní a cheilt air. Na litreacha a fuair sí óna hathair, thaispeáin sí dó iad.

Chuir sé tuilleadh ceisteanna uirthi.

Sea – bhí sí sásta dul abhaile. Is í a chuir an t-airgead abhaile lenar cheannaigh an seanfhear an bád iascaireachta. Go deimhin féin ní raibh – ní raibh aon cheapadh acu cén saol a bhí aici i Londain.

"Agus an raibh d'athair á fhiafraí díot cén fáth nach ndeachaigh tú chuig do dheirfiúr ar dtús?"

"Bhí. Dúirt mé leis go raibh an obair níos fearr i Londain."

D'fhanadar tamall maith mar sin – eisean á ceistniú agus ise á fhreagairt. Fuair sé lóistín maith di i gcomhair na hoíche. Dúirt sé léi litir a chur abhaile á rá go raibh sí ag brath ar filleadh, agus go dtabharfadh sé féin cuairt uirthi lá arna mhárach agus go bhféadfadh sí faoistin a dhéanamh.

An oíche sin, sula ndeachaigh sé a chodladh, chuir sé litir fhada ag triall ar shagart paróiste Ros Dhá Loch ag insint an scéil dó agus á iarraidh air súil a choinneáil i ndiaidh na mná óige nuair a shroichfeadh sí an áit.

D'fhan sí mí eile thall. Cheap an seansagart go mb'fhearr di sin a dhéanamh. Nuair a bhí an mhí caite thug sí an traein abhaile uirthi féin.

Bhí súil acu léi sa mbaile. Bhí gach uile dhuine á rá nár imigh duine ar bith as Ros Dhá Loch a rinne chomh maith léi. Nach raibh duine ar bith acu a chuir an oiread sin airgid abhaile léi.

"Is mór an sásamh aigne duitse é, a Mharcais," a bhí Seán Gabha ag rá agus é ag cur crú ar chapall Mharcais thíos ag an gceárta an lá a raibh sí le teacht, "go bhfuil sí ag teacht abhaile sa deireadh, mar duine ná deoraí níl agat leis an talamh a fhágáil aige."

"Abair é," ar seisean, "agus tá aois mhaith agam anois freisin."

Bhí an capall agus an carr gléasta aige le dul go port na traenach ina coinne.

"Bhídís á rá," ar seisean go mórálach agus é ag cur an chapaill faoin gcarr, "nach ndearna an bheirt eile aon rath, rud ab fhíor dóibh, b'fhéidir, ach ní chreidfeá ach an cúnamh a thug sise dom. Féach ar an mbád mór iasacaireachta sin atá ag dul amach ar lorg na ronnach anocht – ní fhéadfainn í sin a cheannach murach í."

"Níl tú ag rá ach na fírinne anois, a Mharcais," arsa seanfhear a bhí ag tabhairt cúnaimh dó, "ach cogar anseo mé," ar seisean go himníoch, "ar dhúirt sí leat gur casadh Séamas s'agamsa léi in aon bhall thall?"

"Chuir mé a thuairisc léi ach ní fhaca sí é."

"Féach é sin anois ... Agus ní bhfuair mé aon litir uaidh le leathbhliain."

D'imigh Marcas. Ní raibh sé chomh croí-éadrom le fada an lá agus a bhí sé ag dul amach go port na traenach dó. Má bhí a chlann mhac go dona, bhí a iníon thar cionn. Bhí sí ina sampla ag an bparóiste uile. Anois, ní bheadh acu le rá go gcaithfeadh sé an talamh a dhíol sa deireadh thiar. Choinneodh sé Nóra sa mbaile. Dhéanfadh sé cleamhnas di. Gheobhadh sé fear stuama staidéarach di ...

Ní raibh deireadh leis na smaointe sin go dtáinig an traein isteach faoi ghradam. Bhuail Nóra amach chuige. Agus nach aige a bhí an fháilte roimpi. Agus ba mhó ná sin, dá mb'fhéidir é, an fháilte a bhí ag a máthair roimpi sa mbaile.

Ach nach í a bhí tanaí traochta! Céard a rinneadh uirthi chor ar bith? An amhlaidh a bhí an iomarca oibre le déanamh aici? Ach ní fada a bheadh sí sa mbaile go mbeadh cuma na maitheasa uirthi arís. Is gearr go mbeadh na leicne bána imithe, dá bhfanfadh sí acu agus a gcomhairle a dhéanamh.

"Agus is é an chéad chomhairle a bhéarfainn duit an mhias mhaith seo feola agus cabáiste a ghlanadh, mar is dócha nach raibh uain agat tada a ithe thall sa mbaile mór," arsa an tseanbhean agus í ag gáire.

Ach ní fhéadfadh Nóra a ithe. Ní raibh ocras ar bith uirthi. Bhí sí trína chéile de bharr an aistir fhada a dúirt sí. Rachadh sí siar sa seomra agus bhainfeadh sí di. Ligfeadh sí a scíth ann. Agus ar ball b'fhéidir go bhféadfadh sí ruainne a ithe.

"Nó b'fhéidir go mb'fhearr leat cupán tae ar dtús," arsa an mháthair nuair a bhí sí thiar.

"B'fhearr," ar sise, "b'fhéidir go ndéanfadh sé maith dom."

An oíche sin, nuair a bhuail muintir an bhaile isteach le fáilte a chur roimpi, ní fhacadar í. Dúradh leo go raibh sí chomh tugtha traochta sin de bharr an aistir go mb'éigean di dul a chodladh, ach d'fheicfidís go léir í lá arna mhárach. Chuala Nóra a gcaint agus a gcomhrá agus í thiar sa seomra ag guí Dé agus na Maighdine í a chur ar bhealach a leasa feasta agus cumhacht a thabhairt di go bhfanfadh sí amhlaidh go deo.

*

B'iontach a shaothraigh Nóra tar éis teacht abhaile di. Sa duine úd ar ar tugadh Nóra Mharcais Bhig i Ros Dhá Loch bhí beirt bhan dáiríre, an ógbhean lách a chaith tréimhse thall i Sasana ag saothrú airgid agus á chur abhaile, agus bean eile nár cuireadh in aithne do dhuine ar bith ar an mbaile, ach a d'fhulaing géarbhroid an tsaoil i gcathair choimhthíoch. Agus díreach mar a bhí beirt inti, mar a déarfá, bhí dhá intinn agus dhá mhodh smaointe aici freisin. Bhí modh smaointe na mná úd a bhí ar a haimhleas i Londain Shasana aici chomh maith leis an modh smaointe a bhí aici sular fhág sí a baile dúchais chor ar bith.

Agus bhí sé ina shíorchomhrac eatarthu. An bhean úd a bhí ar fán an tsaoil uair ag cur in aghaidh na mná eile nár fhág an baile riamh agus nach raibh ag iarraidh ach fanacht ann go socair suaimhneach. Ba dhian an comhrac é. Ba threise ar an olc ar uaire, shílfeadh sí, agus ansin d'fheictí í ag déanamh ar theach an phobail. Agus na daoine fré chéile á rá nach bhfacadar riamh bean óg a bhí chomh cráifeach diaganta dea-bhéasach léi.

Le linn an ama seo bhí pátrún acu ar an tsráidbhaile ba ghaire dóibh. Chuaigh lear mór daoine as an Ros ann. Cuid acu ag siúl, cuid ag marcaíocht agus cuid eile fós thar an gcuan ina mbáid. Chuaigh cuid acu ann le stoc a dhíol. Cuid eile fós gan gnó áirithe ar bith acu ann.

Bhí Nóra ar an dream seo. Bhí sí ag siúl timpeall an aonaigh ag féachaint ar an eallach a bhí ar díol ann. Ag cur aithne ar dhuine anseo agus ag cur tuairisc duine éigin eile a bhí imithe as an limistéar ó chuaigh sí go Londain ar dtús. Í go breá gléasta stuacach. Gúna den chadás bán ab fhearr agus ba dhaoire a bhí le fáil uirthi. Gúna a thug sí abhaile as Sasana léi. Ribíní breátha dubha sróil ar sileadh léi. Cleiteacha péacacha in airde as a hata. Ní raibh sí chomh meidhreach aerach le fada an lá.

Lá meirbh brothallach a bhí ann. Bhí an ghrian ag spalpadh anuas go millteach. Mura mbeadh an séideán beag gaoithe a thagadh isteach ón gcuan anois agus arís ní fhéadfaí an teas a sheasamh. Bhí Nóra tuirseach traochta de bharr an lae. D'airigh sí ceol veidhil i ngar di. Ceol bog binn aoibhinn. Bhí an veidhleadóir ina shuí ag doras cábáin. A cheann á luascadh anonn is anall aige. A shúile druidte aige. Féachaint chomh suairc chomh sonasach sin ar a éadan agus ina ghnúis is go gceapfá nár bhuail imní ná buairt an tsaoil ina threo riamh agus nach mbuailfeadh choíche.

Chuaigh Nóra isteach. Shuigh sí ar stól in aice an dorais ag éisteacht leis an gceol. Bhí sí tugtha. Dá mbeadh deoch aici! Sin é a shíl sí. Bhí an comhrac ag siúl arís. Bhí sí ar tí imeacht, nuair a tháinig fear óg as an Ros chuici ag iarraidh uirthi gloine a ól leis.

"Tá an lá chomh meirbh sin agus ní dhéanfaidh sé dochar ar bith duit. Rud ar bith is maith leat," a dúirt seisean.

Ghlac sí gloine uaidh.

Duine ar bith a bhí tugtha don ól uair dá shaol agus a d'fhan tamall dá uireasa, má ólann an té sin gloine, is cinnte go n-ólfaidh sé an dara ceann agus an tríú ceann agus b'fhéidir an naoú ceann, dá ndéarfá é, mar athbheofar an dúil a bhí aige ann cheana.

B'amhlaidh a bhí an scéal ag Nóra. D'ól sí an dara ceann. Agus an tríú ceann. D'éirigh sé ina ceann gan mhoill. D'éirigh sí scléipeach. Chuaigh amach ag damhsa. Ach b'éigean di éirí as sul i bhfad. Bhí meadhrán ina ceann. Bhí a cosa ar fuaidreamh. Chuaigh sí amach ar éigean ach ní dheachaigh sí i bhfad gur thit sí le claí a bhí le taobh an bhóthair ...

Bhí cúpla uair den oíche caite nuair a fuair a hathair ann í. D'ardaigh sé isteach sa gcairt í agus thiomáin leis abhaile.

*

Maidin lá arna mhárach bhí an chairt chéanna faoi réir aige taobh amuigh den doras.

"Más iad sin na béasa a d'fhoghlaim tú i Sasana," ar seisean agus seirfean ina ghlór, "is ann a chaithfeas tú a gcleachtadh."

D'imigh leo beirt go port na traenach.

*

An oíche úd a d'imigh Nóra d'fheicfeá seanfhear istigh i mbád iascaireachta dá mbeifeá ar chéibh Ros Dhá Loch. Bhí soitheach tarra lena thaobh agus é ag milleadh an ainm a bhí ar an mbád. Má mhill féin, níor éirigh leis an t-ainm úd a scriosadh amach óna chroí. Ainm a iníne a bhí aige ar a bhád.

Nora Marcus Beg[1]

The people of Rosdalough were quite astounded when they heard that Nora Marcus was planning on going to England. She had a sister working there already, true enough, but Nora was needed at home. There wouldn't be anyone left to mind the old couple once she went. Neither of her two brothers had done any good at all – for themselves or anybody belonging to them for that matter. Murt, the eldest, was sent in to Galway City to become a shop boy (Old Marcus always had notions of grandeur), but he wasn't long there before losing his position on account of his drinking, and he subsequently enlisted in the British Army. As for Stephen, the second lad, the old fellow never for one moment thought he might make a "gentleman" of him, but when that headstrong young man didn't get his way he took off with the proceeds from the sale of two bullocks at Oughterard fair in his pockets.

"We're no worse off without him," said the old man on hearing he had absconded. But this was mere pretence: the news really hurt him. He often spent sleepless nights thinking about his two sons who had left him and gone to bad. Neighbours who thought to appease him or sympathise with him in his darker moods would be met with a rebuff. "What's the use in talking about it? They showed little thanks when I tried to make a good nest for them here. They both took flight and left me on my own. I'm not going to bother myself about either of them much anymore."

But he did bother about them and that was all he was bothered about right up until the moment Nora said she'd be leaving home. His sons were an embarrassment to him. The whole community seemed to be laughing at him. He was a laughing stock, both he and his family. He had worked so hard to give them a good living! He had sweated blood from morning to night in all kinds of weather in his efforts to keep them in school until they were almost as educated as the schoolmaster himself!

But things would be different with Nora, he reckoned. He'd keep her at home. He'd arrange a match for her. He'd leave the family holding to her and her husband after his death. Initially, when she told him she was going to leave he thought she must be joking. It soon became apparent that she wasn't. He tried absolutely everything to keep her at home. It was all to no avail, however. Even her own mother couldn't convince her to do otherwise. The atmosphere in the house was akin to a war zone for an entire month: the old fellow threatening all sorts on her if she left; Nora trying to outdo him in return. In the heel of the hunt, she had her mind made up to go, and go she certainly would, regardless of what might be said or done.

"You had two sons," she said to him one night, "and they left you. Both of them shamed you. How do you know I might not do the same if you don't let me go willingly?"

"She's the last of them, Marcus," said his wife, "and upon my soul, it's an awful thing for me to part with her, but nonetheless," she said on the point of tears, "it might turn out best for her."

The father felt otherwise. He was sure and certain he was right. He was certain she'd be better off staying put and getting married. Her husband would have forty acres of land after he himself died. She was a kind hearted and a loving young woman. There wasn't a farmer or a shopkeeper within the surrounding seven parishes that wouldn't be delighted to marry her.

"And why wouldn't they be?" said he. "As fine a woman as Nora and forty acres of the best land to boot?"

In the end, however, he had no choice but to concede.

The wheels were put into motion then. The great sadness and anxiety that had possessed Nora up to that moment suddenly seemed to lift. All traces of it vanished. She was as full of the joys of life as ever she had been, or at least that's what was generally thought. She had so much to do! Hats and dresses to make and embroider, all kinds of material and ribbons to buy and dye. She never stopped for a moment during her last week at home, going hither and thither, visiting all and sundry.

She didn't shed a tear until the two travel trunks she had bought in Galway were loaded onto the horse and trap that would bring her to the station in Ballynahinch. Then the flood gates opened. By the time they got to the crossroads there were tears streaming down her cheeks.

"God save her," said one of the lads lying up against the ditch on a soft mossy bank by the side of the road.

"Amen," replied another, "and all like her."

"Why do you think she's leaving?"

"It wouldn't surprise me in the least if things weren't great at home."

"Three men asked for her last year – three that were supposedly well off too."

"They say she was really interested in John Matthew's son, the shopkeeper," said an old man amongst them.

"The fellow that was in the big college in Galway?"

"The same lad."

"I wouldn't believe that. He was a bad egg."

"Indeed."

The trap trundled northwards over the wide expanse of bog that lies between the Ross and Ballynahinch. She could still see her home below her in the valley, but that's not where her mind lay, rather she was thinking of the first day she had the misfortune to meet John Matthew's son at the crossroads in Rosdalough. He had been spending his holidays in his uncle's house in the east village. She thought of nothing else until they reached Ballynahinch. The train there gave a sharp impatient whistle as if telling the people to hurry and not to delay a thing as big and great and powerful as itself. Nora boarded the train. It nudged forward. It began to depart, achingly slow at first. Marcus Beg walked beside it. He gave his blessing to his daughter and returned home, alone and in despair.

*

That wise old man on the mossy bank, watching the world go by, had spoken the truth: she had been very taken with John Matthew's son at one time. But that was then and it was now true to say she detested and loathed the same young gentleman who was presently in the college in Glasgow studying to be a doctor. It was because she had been so fond of him that she had to leave Rosdalough and all her close friends and face into the wide world. At one time, that gay young man who spent his holidays in Rosdalough had meant more to her than anyone else alive. The wonderful stories he told her about how others lived in those cities abroad! How she loved those stories! And when he told that naive, innocent girl that he had never met anyone, in all the places he had been, that could compare to her, her heart simply melted! And the fine house they would have in some big town when he would qualify!

She believed every word the young man said to her. He believed those words too – while saying them, but they meant little to him once he had gone away again. Not so for Nora. She couldn't wait for his return. She couldn't wait for summer again. She couldn't wait for it to be summer always.

She had every faith in him but she was deceived. The letters she sent to him were returned. He was elsewhere but no one seemed to know exactly where. A fog seemed to descend on her. Her mind felt like molten lead in her head by the time she realised what had happened. She thought of nothing else, day and night. Her only solution was to leave the place altogether. Both she and all belonging to her were a laughing stock. A young woman who had worked for them in Rosdalough was now working in London. That's where she'd go. That's where she was headed now, not to the city her sister lived in.

Sat in the train, she was simply amazed at how rivers and estuaries, lakes, mountains and plains scurried past her while she remained motionless. Where was it all going? What sort of a life lay before her in the foreign land this strange transportation device was bringing her to? Terror gripped her and she began to shake with fear. Night was falling on hill and plain. She tried to blot out her dark thoughts but still felt as though she was riding some wild beast; she could hear its heart pulsating and beating angrily beneath her in a rage; a fire dragon with flaming eyes, dragging her to some awful wilderness – where the sun never shone and the rain never fell; and she felt she had to go there against her will; that she was being exiled to that wilderness because of a single solitary sin.

The train arrived in Dublin. The whole place was an entire cacophony of noise to her. Men screaming and shouting. Trains arriving, departing and whistling. The sounds of men and trains and carts. Everything she saw amazed her. The boats and the other vessels on the Liffey. The bridges. The streets still bright at midnight. The people. The city itself, so grand, so alive, so bright in the dead of night. She almost forgot for a moment the misfortune that had driven her from her native home.

But when she found herself on the train across the water in England, it was a different story. Those dark, black thoughts began to press on her once more. She had no control over them. She couldn't rid herself of them. Why had she left home at all? Wouldn't she have been better off staying at home no matter what might have befallen her? What was she to do now? What would become of her where she was going?

And so on. If there were really people long ago who lived for hundreds of years, thinking it was only a day, as the shanakees[2] tell us, then Nora managed to do an even stranger thing. She made a hundred years of a day. She grew old and worn in a single day. Every despair, heartbreak and torment of the mind a person might experience in an entire lifetime, she experienced in a single day, from the moment she left Rosdalough until she landed in the heart of London, England – where she met Kate Rynne, the girl who had worked for them at home, waiting at the door of the train to welcome her. She hadn't known what life was about until that day.

*

The two young women lived on an ugly, miserable backstreet on the south side of the city. They lived in a huge house, the inhabitants almost heaped on top of one another. Nora was totally taken aback when she saw how many people lived there, she could have sworn there must have been at least one hundred people in the house between men, women and children. She found herself on her own during the day because Kate worked from morning until night. She'd sit at the window watching all the people passing by on the street, wondering where they were all going. She wouldn't be sat there long before she'd begin to feel she had done herself no favours in coming to this place. Why had she left her remote village back amongst the hills on the edge of the ocean? What would her father say if he knew the real reason? He'd surely fly into a rage. "What did I do to cause all this?" she said to herself. But it was a tricky question and when she couldn't manage to find the answer, she'd head out onto the street, but not go far in case she went astray. Unfortunately for her the same thoughts plagued her outdoors as well as indoors.

One night when Kate came home from work, she found Nora crying by the fire.

"There now, Nora, love," she said, "dry your eyes and have a cup of tea with me. I was told to tell you that a relative of my Mistress is looking for a servant girl and if you were to go there ..."

"I will," said Nora, standing abruptly.

The following morning she went to this wealthy woman's house. She began working there. She had so much to do there and so many new thoughts came into her head that she thought of little else for a while. Each letter she sent home contained a small amount of money, though she knew they didn't need much as they had a good standard of living already. She read and reread each letter her father sent to her at night, before going to bed. The letters contained all the local news: the herring were plentiful; Big Tom Pat had bought a new boat; Nell Griffin had gone to America.

A couple of months came and went like that, but finally the lady of the house told her she wasn't happy with her and that she would have to go. She wasn't given a choice. She left what little she had behind her and off she went. She had neither shelter nor protection from the rain pouring down on her that night, and only the hard wet streets beneath her feet for company ...

Is it really necessary to go into everything that happened to her subsequently? The "fine gentleman" who gave her food, drink and money when she was at her last gasp with want and need. How she began to drink. How she thought to numb and blind her mind and feelings with drink. The people she met in various establishments, drunk or otherwise intoxicated. Their bawdy talk and conversation. How she lost her self-respect until she no longer cared what might become of her. How she went from bad to worse each day until, finally, she lost all her dignity and became a street walker.

*

Nine years thus. Drinking and carousing at night, dressing and preening herself during the day for the following night. Any thoughts entering her head about her former self or life at home were banished as quickly as possible. Such thoughts caused her the greatest discomfort. And – if it is true to say that a person would have no desire to live unless they felt, somehow, they were doing more good than bad – then she had little other option. Yet, in spite of that, these thoughts assailed her by the hundred during the day, especially when she had sent a letter home, something she did regularly. At these times such thoughts became unbearable and would send her on a drinking binge.

One night she was on the streets having sent a letter with some money home. It was eleven o'clock. Thousands upon thousands of people were coming out of the various theatres as she looked on. Some would look at her and other women like her. Some looked at her with the insatiable desire that destroys people, that pitches countries against one another and has given poets and storytellers subject matter ever since the fall of Troy.

It wasn't long before she noticed a man before her, his wife at his side. They stared at each other, she did not know why. Then they recognised each other. It was John Matthew's son, now working as a doctor in London. She quickly turned on her heel. She heard him tell his wife to go into a restaurant nearby and that he would see her shortly.

Nora began to move away on hearing this. He followed her. She picked up the pace. He did likewise. She desperately wanted to get away from him. She started to jog, as did he. She had a good head start on him. She began to run, up one street and down the next, feeling he was hot on her heels, terrified he would catch her, terrified they would find out the truth at home, that the whole world would know.

She came to a church – a small church that was open all night for some vigil. She needed to flee from her pursuer – this man she had once given her heart completely to, the man who had deceived her. She hadn't intended to go into the church, but in she went. Everything appeared so strange to her at first, it had been so long since she had set foot in a church. She recalled her youth. She was in Rosdalough church once more. There was a statue of Our Lady in an alcove, a red light shining before it. She made her way to the alcove. She threw her arms about the statue, swaying back and forth with the torment in her mind, her fine showy hat falling onto the back of her head, her delicate red ribbons wet and smeared from the dirt of the streets. She prayed aloud to God and Mary, prayer after prayer, until finally she implored aloud:

"Holy Mary – Mother of God – pray for us sinners – now and at the hour of our death – Amen!"

An old priest who had heard her praying stood next to her. He spoke to her gently and compassionately. He soothed her. He led her away. He questioned her. She told him her story without omission. She showed him the letters she had received from her father.

He asked her some more questions.

Yes – she was willing to go home. Yes it was she who had sent the money home with which the old man had purchased the fishing boat. No, they hadn't – they hadn't a notion what sort of life she was leading in London.

"And did your father ask you why you didn't go to your sister at first?"

"He did. I told him there was better work to be had in London."

They spent a long while thus – him questioning, her responding. He arranged good lodgings for her for the night. He told her to write a letter home stating that it was her intention to return home, and said he would visit her the following day when she could make her confession.

That night, before going to bed, he wrote and posted a long letter addressed to the parish priest in Rosdalough, telling him the entire story and asking him to keep an eye on the young woman following her return.

She spent another month in London. The old priest thought it best for her. When the month was up, she took the train home.

They waited expectantly for her at home. The whole community seemed to be talking about her, how no one else who'd left Rosdalough previously had done as well as she had, how no one had ever sent so much money home.

"It must be a great comfort to you, Marcus," John the Blacksmith was saying, as he shoed Marcus' horse down at the forge on the day of her arrival, "that she is returning home at last, since you have no one at all left to leave the land to."

"You could say that again," he replied, "and I'm not getting any younger either."

He had the horse and trap all spruced up and ready to collect her at the station.

"They used to say," he said proudly as he harnessed the horse to the trap, "that the other two did no good, and maybe they were right too, but you wouldn't believe how much she has done for me. See that big fishing boat that'll be going out tonight after mackerel – I couldn't have bought that but for her."

"That's the honest truth now, Marcus," said an old man who was helping him, "but tell me this," he asked anxiously, "did she say she met my James anywhere over beyond?"

"I asked for him but she said she hadn't."

"Isn't that something now ... and I haven't heard from him in six months."

Marcus headed off on his way to the train station. He hadn't been in such fine spirits for a long, long time. Even if his sons were bad, his daughter was the best. She was a fine example to the whole parish. At long last the neighbours would no longer be able to say he'd have to sell the land. He would make a match for her. He'd get a steady, sensible man for her ...

These thoughts filled his head until the train pulled in with aplomb. Nora stepped out to meet him. He gave her a great welcome. When they reached home, her mother gave her a greater welcome still.

But she was so exhausted and thin! What had happened to her at all? Did she have too much work to do? Not to worry, she wouldn't be long home before she'd be in the best of health again. It wouldn't be long before those pale cheeks would disappear if she stayed on and took their advice.

"And my first advice to you is to clear that big bowl of meat and cabbage because I suppose you hadn't a chance to eat anything decent over beyond," said the old woman, heartily.

But Nora couldn't eat it. She wasn't hungry at all. She was too tired from the long journey, she said. She'd go and undress and lie down in the bedroom. She needed to rest. Maybe she might eat a bit in a while.

"Or maybe you'd rather a cup of tea, first," her mother said to her in the bedroom.

"That'd be nice," she replied, "it might do me good."

That night when the neighbours called in to welcome her home, they didn't get to see her. They were told she was so exhausted from the journey that she had needed to go to bed but they'd get to see her the following day. Nora could hear all the talk and conversation down in the bedroom while she prayed to God and the Blessed Virgin to put her on the right path and keep her on it forever.

*

Nora did exceptionally well following her homecoming. There were two women, really, in the person known as Nora Marcus Beg in Rosdalough: a young, kind woman who had spent time in England working and sending money home, and another woman hidden from everyone at home who had suffered great distress in a foreign city. And just as there were two people within, so to speak, there were also two minds and two ways of thinking. She possessed the mindset of the woman gone astray in London, England, as well as the mindset she possessed before ever leaving home.

It was a constant struggle between the two: the woman who had taken the wrong road once pitched against the woman who had never left home and simply wished to remain at home in peace and quiet. It was a tough battle. There were times when she felt the bad one seemed stronger and at these times she could be seen heading for the church while all and sundry would comment on what a devout, well-mannered, young woman she was.

A Pattern Day[3] was taking place in the nearest small town to them at around this time. A large crowd from the Ross attended. Some walked, some rode and some crossed the bay by boat. Some went to sell livestock. Some had no particular business there at all.

Nora was one of these. She was strolling through the fair looking at the livestock for sale, reacquainting herself with people she hadn't met in a long time or enquiring after others who had left the area since she herself had gone to London. She was well dressed and appointed. She wore a dress of the finest and most expensive white cotton, one she had brought home from England, sporting fine, black velvet ribbons. She wore a cocked, feathered hat with it. She hadn't felt so bright and carefree for a long time.

It was a hot and heavy day. The sun beat down fiercely. If it hadn't been for the odd puff of wind coming in from the bay now and again the heat would have been unbearable. The weather made Nora feel very tired. She heard a violin playing near her. Soft, light, beautiful music. The fiddler sat at a cabin door, his head swaying back and forth. His eyes closed. His face held such a happy, contented expression. One would think life's worries never touched him and never would. Nora entered the establishment. She sat on a stool beside the door listening to the music. She was exhausted. Oh for a drink! That was her first thought. The battle was on again. She was about to leave when a young man from the Ross invited her to have a glass with him.

"The weather is so heavy, sure it wouldn't do you any harm at all. Whatever you would like now, yourself," he said.

She accepted a glass from him.

Anyone with a serious fondness for drink who gives it up for a period, will subsequently, if they take a glass, take a second and then a third, and maybe even a ninth glass because the taste for it will be reawakened.

It was thus so for Nora. She drank a second glass. And then a third. It quickly went to her head. She grew frisky and light headed. She got up to dance. But it wasn't long before she had to stop. Her head was spinning. Her legs grew wobbly. She managed to get out the door but didn't get far before falling into a roadside ditch ...

It was several hours after dark before her father found her lying there. He lifted her into the pony trap and drove her home.

The following morning he had the trap ready once more outside the door.

"If it is in England you learned such manners," he said, with venom in his voice, "it is there you'll practice them."

They left for the train station.

Had you been on Rosdalough quay the night Nora left you might have seen an old man in a fishing boat there. He had a pot of tar with him with which he was blotting out the name on a boat. Even so, he wasn't able to blot the name from his heart. The name on the boat was that of his daughter.

Notes

1. Nóra, daughter of little Marcus. The 'little' (beag) does not suggest her father was small but rather that there was another, older Marcus in the family.
2. *A storyteller-folklorist.*
3. *Pattern,* or Pátrún, pronounced pawtroon: An outdoor assembly with religious practices, trading stalls, etc. on the feast of a patron saint.

VII

NEILL

Ní raibh de sholas sa seomra ach a dtáinig isteach tríd an bhfuinneog ón lóchrann sráide a bhí ina sheasamh ag coirnéal an tí, ach mura raibh féin bhí bean ann agus í ag cur uisce ar na plandaí a bhí i mboscaí ar leic na fuinneoige agus ar bhord beag a bhí taobh istigh; do mhusc cumhra an bhlátha bhuí is mó a thug sí aire, ach nár dhearmad sí an fhiúise ná na nóiníní dearga. Anois agus arís dhearcadh sí anonn trasna na sráide cúinge ar an teach thall; an fhuinneog a bhí ar aon airde leis an gcrann tríd ar fhéach sí féin, bhí sí gan scáth gan dallóg, agus chonaic sí fear óg, nach raibh mórán thar ocht mbliana déag, shílfeá, ina shuí ag bord ar a raibh mórán leabhar agus páipéar. Bhí clocha ar an mbord freisin, agus ó am go ham bhriseadh sé blúire de chloch le casúr beag, agus thosaíodh á scrúdú.

Tháinig cat mór dubh trasna an urláir i seomra na mná, agus a eireaball in airde aige. Léim sé ar chathaoir i bhfogas di.

"Bhain tú geit asam, a ghadaí dhuibh," ar sise.

Shuigh sí féin ag an bhfuinneog. Léim an cat dubh ar a gualainn agus thosaigh ag crónán; ach ní ar an gcat ná ar mhusc an bhlátha bhuí a bhí a haire ach ar an teach thall. Bhí an fear óg os cionn na leabhar, agus ag baint meabhrach as na clocha fós, ach ní raibh aon aird ag an mbean a bhí ag an bhfuinneog air. Ar na fir a bhí tar éis a bheith ag obair ar an taobh amuigh den teach a bhí sí ag féachaint. Bhí dréimire leo le balla an tí fós agus fear in airde air. Bhí comhartha nua curtha acu ar an teach, agus bhíodar ag féachaint air go bhfeicfidís an raibh sé curtha suas i gceart acu. Bhí an seancheann a baineadh anuas ligthe isteach leis an mballa. Léigh an bhean a bhí ag an bhfuinneog an t-ainm a bhí air:

MICHEÁL Ó CIARABHÁIN
CEANNAÍ ARBHAIR

Tháinig bean amach as an teach thall, agus d'fhéach sí go géar ar an gcomhartha nua. Bhí culaith bhaintrí uirthi. Bhí sí sásta leis an obair. A hainm féin a bhí ar an gcomhartha nua. Ainm an fhir a cailleadh a bhí ar an seancheann. Cuireadh an sean-chomhartha isteach i gcairt, agus d'imigh an capall go righin réidh suas an tsráid.

Ach níor imigh an bhean ón bhfuinneog. Bhí tuirse uirthi. Bhí sí go gnóthach i gcaitheamh an lae. Bhí ceird mhaith aici, ceird a bhí an-úsáideach don phobal. Nuair a bhíodh daoine i gcruachás i gCathair na dTrí nUisce, nuair a bhí an sean-drochscéal le n-aithris acu – easpa oibre, easpa airgid, easpa bia, easpa chuile shórt – bhíodh cruóg uirthise. Ag tabhairt cabhrach dóibh a bhíodh sí; an fear a raibh léine mhaith air, nó an bhean a raibh bróga nach raibh rócháite faoina cosa, níor chall dóibhsean a bheith in easpa airgid, an fhad is a bhí sise sa gcathair.

Bean fhial a bhí inti, an ea? Níorbh ea, ach bean chóir a raibh ticéid bheaga clóbhuailte aici, agus é ina bhán agus ina dhearg orthu céard a bheadh le n-íoc ag an té a d'iarrfadh cabhair uirthi. *Ma tante* a bhéarfadh an Francach uirthi; *my uncle* a bhéarfadh an Sasanach uirthi. Níor tugadh uirthi i gCathair na Trí nUisce ach Neill. Ní raibh baol ar éinne dul amú dá mbeidís ar a lorg; d'fheicfeadh sé na trí liathróidí práis os cionn a dorais.

D'fhan Neill féin ag an bhfuinneog ag dearcadh anonn ar theach an Chiarabhánaigh agus ar an bhfear óg úd a bhí os cionn na leabhar, agus ar an gcomhartha nua. Bhí boladh cumhra an mhuisc bhuí ina srón; bhí an cat mór, nó "an gadaí dubh" mar a thugadh sí air, ar a gualainn agus é ag crónán. Ach bhí sise ag déanamh na smaointe.

Gach uile oíche le naoi mbliana déag shuíodh Neill ag an bhfuinneog seo, ag féachaint anonn ar theach an Chiarabhánaigh agus ar an seanchomhartha ceirde úd a bhí ar an mballa; cheap sí go raibh athrú mór ar an saol óir nach bhfaca sí anocht é. Thosaigh seanchuimhní ag teacht chuici dá míle buíochas. I dtosach bhí na seanchuimhní seo gan cruth gan cuma, mar a bheadh ceobhrán a bheadh ag imeacht roimh an ngaoth. Ach bhíodar ag éirí níos cruinne agus níos beaichte i leaba a chéile, go rabhadar ina bpictiúirí beoga soiléire os comhair a súl agus iad ag teacht agus ag imeacht gan faoiseamh.

Ní fhaca sí an teach thall; ní fhaca sí scoláire na leabhar agus na gcloch; ní fhaca sí an comhartha nua a raibh ainm bhaintreach an Chiarabhánaigh air, bíodh is gurbh é sin a chuir ag sean-chuimhneamh i dtosach í. Ach chonaic sí pictiúr os comhair a súl. Chonaic sí fear óg caol a raibh dhá shúil ghlasa ina cheann, dhá shúil ghlasa ghreannmhara a bhíodh ag síormhagadh faoi gach n-aon. Ag gabháil thar fhuinneog an tsiopa dó, féachann sé isteach, ar an bpointe céanna is a d'fhéach sise amach. Seasann sé ... féachann sé ar na hearraí atá sa bhfuinneog, feiceann sé an bhean óg ...

Ach nach fada an t-achar naoi mbliana déag?

D'éirigh an bhean a bhí ag an bhfuinneog. Chuaigh go doras an tseomra. Bhain sí anuas graf gréine a bhí crochta ar an mballa agus d'fhéach go géar air leis an solas a bhí chuici isteach ón tsráid. Lig sí osna throm. Í féin a bhí ann, nuair a bhí sí seacht mbliana déag d'aois. Bíodh is go raibh an graf gréine sean, agus é scríofa ar stáin glas, bheadh a fhios ag duine, gan seanchuimhne ar bith a bheith aige, go raibh Neill dathúil an uair sin. Agus ní bheadh sé ag dul amú go mór dá n-abródh sé go dtiocfadh fear óg na súl glas greannmhar arís.

Agus tháinig. Nach bhfaca Neill é anois féin bíodh is go raibh ocht mbliana déag imithe ó shin? Chonaic sí anois féin é, bíodh is gur ar an scoláire úd a bhí cromtha os cionn na leabhar a bhí sí ag féachaint.

Bhuail sé isteach lá dá raibh sí féin ag tabhairt aire don siopa. Nach é a croí a bhí ag léimnigh nuair a chonaic sí é! Ní raibh aon tsúil aici leis ar ndóigh.

Leag sé uaireadóir ar an gclár.

"Cé mhéad?" ar seisean, agus sin é an chéad fhocal a chuala sí uaidh riamh.

D'inis sí sin dó.

"Cén t-ainm atá ort?" ar sise agus peann ina glaic aici.

"Micheál Ó Ciarabháin."

Scríobh sí ar thicéad beag é. Tháinig luisne ina grua. Thug sí an t-airgead agus an ticéad dó. Dúirt sé rud éigin faoina athair nár chuir an t-airgead chuige in am, ach bhí a dhá shúil chomh beoga agus chomh magúil sin is gur cheap an cailín go raibh a phócaí lán.

Cérbh é? Cérbh é an t-athair nár chuir an t-airgead chuige in am? Céard a bhí sé a dhéanamh i gCathair na dTrí nUisce? B'in iad na ceisteanna a chuir an cailín óg uirthi féin nuair a d'imigh sé. Cheap sí gur léi féin a fheiceáil a tháinig sé, ach ní dhearna sí ach gáire nuair a cheap. Thaithnigh a ghlór leis an gcailín. Agus an dá shúil ghlasa bheoga ghreannmhara úd a bhí aige! Agus a cheann catach! Bhí súil ag an gcailín go dtiocfadh sé arís; bhí súil aici go gcuirfeadh a athair an t-airgead chuige – lena uaireadóir a fháil. Cheap sí go mba mhór an peaca é dá gcaillfeadh sé é. Ach mise mo bhannaí nár chaill. Tháinig sé arís agus arís eile, agus tráthúil go leor is í féin a bhíodh sa siopa i gcónaí.

Casadh le chéile go minic iad ina dhiaidh sin: ar an aifreann moch Dé Domhnaigh i Séipéal Naoimh Eoin; ar an tsráid nuair a bhíodh sí ag siopadóireacht; ar an loch nuair a théadh sí féin agus a hathair ag iomramh ar an Domhnach d'fheiceadh sí uaithi é ina bhád féin. Faoi Bhealtaine bhíodh an Choróin Mhuire sa séipéal gach oíche; bhí seisean ann an darna hoíche – cárbh fhios dó go mbíodh sise ann? Ach d'éirigh sí an-mhór le Micheál Ó Ciarabháin ...

D'éirigh an scoláire óg a bhí sa teach thall ar cuireadh an comhartha nua air; shín sé na géaga; d'fhéach sé i dtreo na fuinneoige. Gheit Neill. Ó, nach é a bhí cosúil lena athair!

Bíodh is gur i musc an bhlátha bhuí a bhí na súile sáite aici, is ar an lá úd a ndeachaigh sí ag iomramh ar an loch le hathair an scoláire óig úd thall a bhí ag síneadh na ngéag anois a bhí Neill ag cuimhneamh. Lá breá gréine i dtús samhraidh a bhí ann. Bhí an tír faoi bhláth. An loch ina scáthán mór lonrach airgid sínte amach uathu ar gach taobh. An bád beag ag gluaiseacht tríd an uisce go réidh socair mar dhuine a bheadh ar leac oighre. Eisean ag iomramh; ise ar an stiúir. Le gach buille iomraimh ligfeadh sé siar é féin mar a bheadh sé ag imeacht uaithi, ach go bhfillfeadh sé ar an athbhuille agus thosódh an bheirt ag gáire mar a bheidís beirt ar aon intinn faoi rud éigin. Agus bhí – mheasadar beirt go mba bhreá í an óige, nach raibh aon saibhreas ann ach í. Ag teacht abhaile dóibh tráthnóna ...

Nuair a bhí an méid sin den scéal athbheoite ag an mbean a bhí ag an bhfuinneog, d'éirigh sí ina seasamh agus labhair os ard:

"'An mbeadh d'athair sásta?" ar seisean.
"'Bheadh," arsa mise.
"'Agus tá tú féin sásta, ar ndóigh?"
"'Nach ort atá an magadh!' arsa mise."
Shuigh an bhean cois na fuinneoige arís. "Agus phós sé Bríd Ní Ruadháin, agus mise agus mo mhuintir ag fanacht leis sa séipéal!" ar sise go searbh. "Is í Bríd ba chiontach. Ghoid sí uaim é. Ach, a Bhríd ..." d'éirigh Neill ina seasamh agus bhagair sí a lámh ar an teach thall agus ar an scoláire óg. "Ach nár thé mé faoin gcré, a Bhríd ..."

Chuir sí cosc léi féin; chonaic sí Bríd Ní Ruadháin, baintreach an Chiarabhánaigh, sa seomra thall ag labhairt leis an scoláire óg. Chuir seisean a chuid leabhar agus a chuid cloch i dtaisce. An fhéachaint a thug an scoláire óg dá mháthair chuaigh sí go croí sa mbean abhus mar a bheadh scian ghéar. Phóg an mháthair é (nós a bhí aici ó fágadh ina baintreach í) agus d'imigh léi le dul a chodladh.

D'fhan Neill ag an bhfuinneog ina teach féin. Na seanchuimhní a bhí ag teacht chuici le dhá uair, ach a d'imigh arís mar a bheadh lóchán roimh an ngaoth, múnlaíodh agus daingníodh agus fuineadh ina chéile iad; athraíodh a gcruth agus a nádúr; ní seanchuimhní a bhí iontu anois ach smaointe; smaointe troma bróin agus fuatha a bhí iontu, ach go raibh an fuath ag fáil treise ar an mbrón gach uile nóiméad; níor fhéad sí an fuath sin a dhíbirt; níor fhéad sí dul uaidh, agus ghin an fuath an díoltas. Rud corpartha, cheap sise, a bhí sa díoltas seo; rud ab uafásaí agus ba mhilltí agus ba ghránna ná an t-athair a ghin é; rud beo, rud naimhdiúil a bhí ann, dar léi, agus d'éirigh sí de gheit lena throid. Chuir sí a dhá láimh amach uaithi leis an namhaid nua seo a choinneáil siar; bhí comhrac mór ann; amach léi go beo as an seomra; chaith sí í féin ar a glúine os comhair altóra bige a bhí cois a leapan; focal níor tháinig as a béal, ach ag luascán anonn agus anall di; os comhair na haltóra bhí sí féin ina paidir, ina paidir bheo.

Bhí an namhaid faoi chois aici cheap sí ... ach dhúisigh sí Sean-Cháit, an bhean aimsire a bhí aici, lena géarghol.

*

Ar maidin d'oscail Neill an siopa mar ba ghnách léi ar a leathuair tar éis a seacht. Fíor-chorrdhuine a thagadh isteach chomh moch sin, agus dá dtagadh chuireadh Sean-Cháit iallach orthu fanacht go dtagadh a máistreás abhaile ó aifreann a hocht.

Ach an mhaidin seo ní raibh an siopa ach oscailte go bhfaca Neill féin bean chosnochta chuici i leith trasna na sráide. Bean bheag fhaiteach a bhí inti, agus scéin ina dhá súil. Cheapfá uirthi ar a siúl, ar an mbéal lag, ar an bhféachaint bheo thapa a bhí ina súile, gurbh í féin an faitíos i bhfoirm mná. Bean de na mná beaga cráite sin a fheictear go minic i measc na mbocht sna bailte móra a bhfuil a n-uile ghníomh ina leithscéal go bhfuilid beo ar chor ar bith. Bhí naíonán lena brollach.

Leag sí an beart mór a bhí ar iompar aici os comhair Neill, mar dhuine a bheadh ag déanamh íobairte.

B'fhearr le Neill an diabhal féin a fheiceáil ná í an tráth seo de mhaidin; ní raibh aon olc aici di, ach bhí uirthi an namhaid a casadh léi agus í ina suí ag an bhfuinneog a chur faoi chois. Cuid de ghleacaíocht an namhad sin an bhean seo a sheoladh chuici sula ndeachaigh sí ar an aifreann; nár cheap sí aréir gurb é fear na mná bige a chuideodh léi le sásamh a bhaint amach, le díoltas a bhaint de na Ciarabhánaigh? Fear mór óil a bhí ann, agus dá mbeadh sé féin agus an scoláire óg ina gcomrádaithe ... Féach an chaoi ar imigh a athair; dá ligfeadh a bhean dó nach maródh sé é féin leis? ... Bhí an dúil sa bhfuil ag na Ciarabhánaigh, cheap sí. Ach ní ligfeadh Bríd braon thar an tairseach ...

A Neill! A Neill! Níl an namhaid faoi chois agat fós!

D'oscail Neill an beart a leag an bhean eile ar an gclár. Gúna fada línéadaigh a bhí an-fhada, an-gheal, an-chúng sa gcabhail, gúna naí nuabheirthe, an chéad rud ar leag sí lámh air. Leag sí ar leataobh é.

"Nach bhfuil sé ag obair?" arsa Neill leis an mbean bheag.

"Tá, ach tá a raibh againn ólta aige. Bhí saoire bheag aige ... tá sé ag ól le ceithre lá ... anois a dhúisigh sé ... leagfaidh sé an teach orm mura bhfaighidh mé cúpla gloine fuiscí dó ..."

Bhain Neill cúpla léine as an mbeart, cúpla léine gan muinchillí, a bhí chomh beag bídeach sin is nach dtéidís ar bhabóg, cheapfá. Leag sí os cionn an ghúna fhada bháin iad.

"An droch-chomhlaudar," arsa Neill, "murach an droch-chomhludar, ní ólfadh sé ..."

Bhain sí dhá phéire bróg (stocaí a thug Neill orthu) as an mbeart.

"Mé féin a chniotáil iad," arsa an bhean bheag, "féach na ribíní breátha a chuireas iontu ionas nach dtitfidís dá chosa."

Shíl an naíonán breith orthu; níor éirigh leis.

"An droch-chomhluadar ..." arsa Neill, agus í ag leagaint na mbróg (nó na stocaí) os cionn an ghúna fhada bháin.

Chuaigh an scoláire óg, mac an Chiarabhánaigh, thar an doras.

"Féach an fear óg sin," arsa Neill. "Ní ólann sé braon; ní théann sé sa droch-chuideachtain."

Leag Neill cóta beag bídeach den fhlainín gorm os cionn na n-earraí eile; cóta beag bídeach a rinneadh leis an bhfuacht a choinneáil ó mhín-chneas bog cumhra a mhórgachta a bhí ann. Shíl seisean breith air; níor lig a mháthair dó, bíodh is gurbh é a chóta féin é.

"Murach an droch-chomhluadar ní bheadh orm teacht chugatsa leis na hearraí seo ... murach iad nach é a bheadh go sásta ag imeacht ar fud na tíre ag bailiú luibheanna dó féin agus á scrúdú," arsa an bhean bheag go lag-ghlórach.

Bhain Neill brat mór bán a cniotáladh lena mhórgacht a chosaint ar ghaoth agus ar fhearthainn as an mbeart. Chonaic sí an scoláire óg ag gabháil thar an doras an athuair.

"Beag baol go n-ólfadh sé an oiread," arsa Neill, "dá mbeadh sé i gcuideachtain an fhir óig sin ... bíonn an bheirt acu ag imeacht ar fud na tíre; eisean ag bailiú luibheanna ...

Níor fhéad Neill a thuilleadh a rá. Níor cheap sí an méid sin féin a rá, ach sciorr an chaint uaithi dá buíochas. Bhí an namhaid ag gabháil di; bhí an rud mór corpartha a cheap sí a chloí aréir ag drannadh léi. Dá mbeadh an scoláire óg ina chomrádaí ag fear na mná seo, ní fada go mbeadh *an bheirt* sa droch-chuideachtain; ní fada go n-ólfadh an scoláire óg braon; ní fada go mbeadh an dúil nimhe ann ... ní fada go mbeadh croí cráite ag a mháthair – aici siúd a ghoid an fear uaithi féin. Sin é a cheap Neill, ach níor dhúirt sí ach:

"An t-airgead céanna atá uait is dócha?"

"An t-airgead céanna," arsa an bhean eile, "... ach," ar sise agus Neill ag tabhairt an airgid di, "ach bheadh sé an-deacair iad a thabhairt le chéile."

"Fág fúmsa é," arsa Neill, "socróidh mise duit é, feicfidh tú féin."

Níor cheap Neill é a rá. Níor cheap sí é a dhéanamh ach bhí an namhaid ina gar agus é á gríosadh. Bhí sé ag fáil an ceann is fearr uirthi.

"Má dhéanann tú sin dom," arsa an bhean, "deamhan lá an fhad is a mhairfeas mé nach n-abróidh mé paidir ar do shon."

D'imigh sí. Chuaigh Neill siar sa seomra a bhí ar creathadh. Cheap sí an seanchlóca a chur uirthi le dul chuig aifreann a hocht, mar a rinne sí le hocht mbliana déag, ach nuair a rug sí ar an gclóca lena chur uirthi féin, d'fháisc sí a béal, chaith sí an clóca uaithi arís agus d'imigh léi suas an staighre.

Shuigh sí sa gcathaoir mhór cois na fuinneoige. Dhearc sí anonn ar theach an Chiarabhánaigh. Bhí an scoláire óg sa seomra thall, agus é ag cur lóin agus gléas briste cloch i mála. Bhí a mháthair ag doras an tí. Bhí Neill go smaointeach agus í ag féachaint anonn ar an mbeirt thall, an mac sa seomra thuas an staighre, an mháthair ag an doras. Ach pé smaointe a bhí ina ceann níor nochtaíodh ina gnúis iad. Ní shílfeá uirthi ach gur ag fáil boladh an mhuisc a bhí sí; ní shílfeá uirthi ach gur ag éisteacht leis "an ngadaí dubh" ag crónán a bhí sí.

Buaileadh clog an aifrinn. Níor éirigh Neill. Ní dhearna sí ach a béal a fháisceadh.

Tar éis tamaill d'éirigh sí de geit. Chuaigh sí chuig an scáthán a bhí os cionn an tinteáin, agus dhearc sí uirthi féin ann. Chroith sí a ceann.

"Ó, táim róshean," ar sise léi féin, "níl seisean ach ocht mbliana déag."

D'fháisc sí a béal arís. D'fhan sí achar beag ina seasamh mar a bheadh sí ag éisteacht le rud éigin. Thug sí coisméig ... sheas sí arís ... thug sí coisméig eile, agus síos léi. Rug sí ar an seanchlóca sróil a bhí liathghlas leis an aois, rug sí ar an hata beag dubh a raibh an cleite éin ag éirí in airde go péacach as, agus chuir sí uirthi iad. Bhuail sí amach ar an tsráid. Ach má bhí daoine i gCathair na dTrí nUisce nach ndeachaigh ag obair go bhfeicfidís Neill ag gabháil thar an doras agus í ag dul ar an aifreann, bhíodar deireanach an mhaidin seo, mar ní fhacadar í. Dá mbeidís ag ceann sráide bige, in aice leis an loch, d'fheicfidís bean bheag dhubh a raibh seanchlóca uirthi a bhí liathghlas leis an aois, agus hata a raibh cleite éin ag éirí in airde go péacach as, agus d'fheicfidís an bhean bheag seo ag dul isteach i dteach na mná a thug an beart chuici ar maidin.

An oíche chéanna, nuair a dúnadh an siopa, bhí Neill ag an bhfuinneog. Chonaic sí beirt fhear ag gabháil an tsráid, agus dhá mhála ar iompar acu. Bhí an scoláire óg ar dhuine acu, agus níor scar an fear eile leis go raibh sé ag an doras. Fear na mná úd a tháinig chuici ar maidin ab ea an fear eile.

An t-aiteas a bhíos ar shnámhaí a d'fhan tamall ar bhruach an uisce ar eagla go mbeadh sé rófhuar agus nár airigh fuar chor ar bith nuair a bhí sé istigh – sin é an t-aiteas a bhí ar Neill nuair a chonaic sí an bheirt úd i bhfochair a chéile. Rinne sí gáire ... agus má dhúisigh sí Sean-Cháit an oíche sin ní le géarghol a dhúisigh sí í.

Bhí an bua ag an namhaid.

*

Bhí dúil mhór ag Neill i mbainne gabhair. Gach uile Dhomhnach sa mbliain bhuaileadh sí amach i ndiaidh aifreann a haon déag, agus théadh sí siar an bóthar le taobh an locha. Bhíodh an seanchlóca sróil uirthi agus an hata a raibh an cleite éin ag éirí in airde as go péacach; bhíodh scáth fearthainne os a cionn nuair a bhíodh an bháisteach ann; bhíodh an ceann céanna os a cionn nuair a bhíodh teas mór ón ngréin. Focal ní labhradh sí le héinne, ach í ag imeacht roimpi i gcónaí go sroichfeadh sí teach beag a bhí le taobh an locha timpeall is dhá mhíle go leith ó Chathair na dTrí nUisce. Bhuaileadh sí isteach ann agus d'óladh gloine bainne gabhair; dá mb'aimsir mhaith a bhí ann shocródh sí an chathaoir taobh amuigh den doras, d'fhanfadh sí tamall ag féachaint ar na báid ag gluaiseacht thairsti, agus d'ólfadh sí gloine eile den bhainne.

Is iomaí bád díobh a thagadh i dtír ann, agus is iomaí gloine de bhainne gabhair a d'óltaí sa teach beag úd le taobh an locha. Is iomaí gloine de "bhainne" nár tháinig ó aon ghabhar a d'óltaí ann freisin ach go mbíodh aithne ag fear an tí orthu siúd a d'ól é.

An chéad Domhnach eile dá raibh Neill ina suí taobh amuigh den doras, agus í ag ól a darna gloine den bhainne gabhair, chonaic sí dhá bhád bheaga agus iad ag coimhlint. Ní raibh i gceachtar de na báid ach aon fhear amháin. Bhí an fear a bhí i mbád díobh mór toirtiúil láidir; fear óg caol a bhí sa mbád eile, ach go mba fearr agus go mba cliste an fear iomraimh é ná an fear mór. Bhí a raibh ann ag féachaint ar an mbeirt, cuid acu ag ceapadh go mbeadh an geall ag an bhfear mór, cuid eile ag rá go n-éireodh leis an bhfear caol cliste. D'éireodh freisin murach gur bhris sé ceann de na maidí rámha agus é ar aghaidh an tí bhig amach.

Tháinig sé i dtír. Tháinig an fear eile i dtír freisin agus bhuaileadar beirt isteach sa teach beag. D'aithnigh Neill iad. An scoláire óg, mac an Chiarabhánaigh, agus an comrádaí a thogh sí féin dó a bhí ann.

Cheap an scoláire óg go bhfeádfadh sé maide rámha a fháil ar iasacht ó fhear an tí. Ní raibh aon cheann aige.

Shuigh an bheirt fhear taobh istigh, in aice an dorais. D'iarradar bainne gabhair ar fhear an tí. Bhí sean-aithne aige siúd ar an bhfear mór. Má bhí dath an bhainne ar an deoch a fuaireadar ní boladh an bhainne a bhí uaithi. D'óladar an dara gloine de. D'ól an fear mór an tríú ceann.

Ní fhaca Neill iad mar bhí sí taobh amuigh, ach chuala sí gach ar dhúradar.

"Murach gur chlis an maide orm," arsa an scoláire óg, "bheadh an geall agam."

"Bheadh ... ach droch-rath ort, ól ceann eile – tá an lá brothallach."

"Ní ólfad ... ach ní fhaca tú an chloch iontach seo a fuaireas in Uaimh an Fhathaigh ..."

"Leathghloine, bíodh leathghloine agat agus beimid ag imeacht," arsa an fear mór.

"Féach an chloch seo," arsa an scoláire óg, "ní fhacthas a leithéid riamh cheana ... Is cosúil leis an gcloch eibhir í, ach shílfeá go bhfuil cuid de mhianach na cloiche aoil innti. Féach ... na mílte míle bliain ó shin bhí an cloch sin i mbroinn na talún ..."

"Beidh ceann eile agamsa – tá an lá brothallach."

D'ól sé gloine eile, ach ní raibh a fhios ag Neill ar ól an scoláire óg an tríú ceann. Murar ól féin b'fhacthas di go raibh a sháith aige nuair a tháinig sé amach.

Nuair a chonaic an fear mór an bhean a bhí ina suí taobh amuigh den doras, bheannaigh sé di. Bhí aithne mhaith aige uirthi.

"An abhaile atá tú ag dul?" ar seisean.

"Sea," ar sise.

"B'fhearr duit teacht in éineacht linne sa mbád ..."

Chuaigh an triúr acu in aon bhád. An bheirt fhear ag iomramh agus ise ar an stiúir. Bhí an béal fáiscthe go daingean aici agus í ag féachaint ar an bhfear óg. Ní raibh sí i mbád ó bhí sí ar an loch an lá fadó lena athair – sular rugadh eisean. Ní raibh a fhios aici cén mí-ádh a bhí uirthi go ndeachaigh sí leo ... dhearc sí ar an bhfear óg úd a bhí os a comhair amach, an fear óg úd a bhí ag imeacht uaithi agus ag drannadh léi le gach buille iomraimh dá dtugadh sé ... agus dhá shúil ghlasa a bhí ina cheann! An mbeidís chomh lonrach soilseach murach an braon a d'ol sé? Nach aige a bhí an chaint? Nach é a scríobhfadh an leabhar tábhachtach fós faoi chlocha an cheantair? Níor fhéad Neill gan féachaint air; nach raibh sé ar a haghaidh amach? Nach é a bhí cosúil lena athair agus é ag imeacht uaithi agus ag drannadh léi le gach buille iomraimh, agus an loch ina scáthán airgid sínte amach uathu ar gach taobh ... ach ní raibh aon bhraon ólta ag an athair an lá sin ... Cheapfá go raibh braon ólta ag Neill féin leis an lasair a bhí ina dhá súil, agus leis an luisne a bhí ina leacain, agus an gcaoi a raibh an hata úd a raibh an cleite éin go péacach ann ar leataobh ar a ceann ...

Rug múr báistí orthu sula raibh siad i dtír agus fliuchadh an triúr.

"Nach orm a bhí an díth céille gur ligeas duit an buidéal a chur i bhfolach orm ar maidin," arsa an fear mór. "Tá muid fliuch go craiceann anois."

Ar dhul i dtír dóibh chuaigh an scoláire óg go seanbhád a bhí caite ar bhruach an locha. Lean an bheirt eile é. Thóg sé clár a bhí i gceann an tseanbháid, agus frítheadh buidéal an fhir mhóir faoi. Bhain an bheirt fhear slog as.

Bhí an clár ar an talamh ag cosa Neill. Ar an taobh íochtarach de chonaic sí litreacha a gearradh le scian. Dhearc sí go cúramach orthu.

M.K.
N.B.
1888

na litreacha a bhí ar an gclár. *M.K.* .i. Micheál Ó Ciarabháin i mBéarla; *N.B.* .i. Neill Bhrún; an lá ar cheapadar pósadh an lá a ghearradar na litreacha seo sa gclár, an lá úd a raibh an loch ina scáthán airgid agus é sínte amach uathu ar gach taobh, agus bláth na hóige ar an mbeirt acu ...

Chaith sí an clár isteach sa loch, agus d'fhéach ar an mbeirt a bhí ag ól.

An oíche sin, nuair a bhí Neill ina suí ag an bhfuinneog ag cur uisce ar na plandaí, dhearc sí anonn ar theach an Chiarabhánaigh. Ní hé an scoláire óg a chonaic sí sa seomra thall ach a mháthair agus í ag sileadh na súl.

*

Ní raibh mí caite go dtug an scoláire óg cuairt ar Neill. Bhí an oíche ag titim nuair a tháinig sé, agus shílfeá go raibh eagla air go bhfeicfí é.

Bhain sé bráisléad as a phóca.

"Tá roinnt airgid uaim," ar seisean, "le haghaidh leabhar a cheannach."

D'fhéach Neill ar an mbráisléad. Ceann luachmhar a bhí ann. *Ó Mhicheál Ó Ciarabháin dá bhean Bríd* na focail a bhí scríofa air taobh istigh.

"Ní raibh an t-airgead ag mo mháthair le tabhairt dom inniu," arsa an fear óg, "b'éigean di cíos ráithe a íoc."

Thug Neill trí phunt dó, bíodh is nach dtabharfadh sí pingin do dhuine eile dá mbeadh ainm gearrtha ina bhráisléad.

"Tiocfaidh mé ina choinne i gceann cúpla lá," ar seisean.

Nuair a dúnadh an siopa an oíche sin chuaigh Neill suas an staighre. Shuigh sí sa gcathaoir cois fuinneoige. Dhearc sí anonn ar theach an Chiarabhánaigh. Chonaic sí Bríd sa seomra thall. Chuir sí an bráisléad ar a láimh. Thosaigh sí ag siúl anonn is anall. Bhí sí corraithe go mór. Thosaigh sí ag labhairt léi féin. Nach di ba chóra dó an bráisléad a thabhairt i dtosach? Nach di a thabharfadh sé é murach thusa, a Bhríd Ní Ruadháin? Bhfuil a fhios ag an té atá ag tabhairt an fhéir anocht gur ar mo láimhse atá an bráisléad sin a thug sé dá bhean? Má tá a fhios, bhfuil olc air?

Bhí sí ag an bhfuinneog. Dhearc sí anonn. Bhí bean sa seomra thall.

"Tá a fhios aige é, tá a fhios aige é, a Bhríd Ní Ruadháin!" arsa Neill. "Agus is fearr leis é a bheith ar mo láimh ná ar do láimhse ... A Mhichíl Uí Chiarabháin! A Mhichíl Uí Chiarabháin, nach ar mo láimhse a bheadh sé ó thús murach an draíocht a chuir sise ort? Tabhair comhartha dom, a Mhichíl Uí Chiarabháin, gurbh amhlaidh a bheadh an scéal mura mbeadh í. Tabhair an comhartha dom a Mhichíl, a Mhichíl a chroí, agus beidh mé sásta ... Ní bhacfaidh mé le do mhac ... cuirfidh mé ar bhealach a leasa é, a Mhichíl, ach an comhartha a thabhairt dom ..."

Cheap sí gur airigh sí an bráisléad an-trom ar chaol a láimhe. Ba dhóigh léi go raibh an seanteach ar creathadh, gur airigh sí ag gíoscán é agus luascadh mór faoi ...

Tháinig an cat mór dubh trasna an urláir agus a eireaball in airde aige. Chuimil sé é féin de chois Neill. Gheit sise. Dóbair di dul i laige ...

Shuigh sí ag an bhfuinneog arís. Ní raibh duine ná deoraí le feiceáil ar an tsráid. Bhí sé ag dul i ndeireanas. Anois agus arís théadh fear thart, mairnéalach ag dul chun a loinge nó bádóir tar éis teacht i dtír ar thaoille na hoíche. D'fhéachadh Neill anonn ar theach an Chiarabhánaigh ó am go ham, agus d'fheiceadh sí aghaidh mná ag an bhfuinneog, ach nuair a d'fheiceadh an bhean thall an bhean abhus théadh sí ar leataobh. Nuair a d'fhéachadh an bhean abhus arís bhíodh aghaidh na mná ann, agus í ag féachaint suas an tsráid agus síos an tsráid gach re uair.

Sa deireadh chuala an bheirt bhan ceol. Fear ag gabháil fhoinn a bhí ann. Dhearc an bheirt amach. Chonaiceadar a chéile, ach níor tharraing ceachtar díobh a ceann siar. Bhí an ceol ag drannadh leo, ag drannadh leo i gcónaí. D'aithníodar beirt an glór. Chonaiceadar beirt an scoláire óg chucu agus dhá thaobh na sráide aige. Chuir an bhean thall comhartha na croise uirthi féin agus d'imigh ón bhfuinneog. Níor imigh an bhean abhus go bhfaca sí an bheirt ag an doras, an mac agus an mháthair, agus an mháthair ag iarraidh a mac a mhealladh isteach abhaile.

Agus ní oíche sa tseachtain, ach gach uile oíche, a bhíodh an bheirt bhan ag feitheamh go dtagadh an fear óg abhaile. Bráisléad ar láimh duine acu, boladh an mhuisc chumhra ina srón, an cat mór ar a gualainn, an urchóid ina croí agus súil aici go mbeadh sé níos ólta ag teacht abhaile dó ná a bhí an oíche roimhe. Aghaidh bhán ar an duine eile agus súil le Dia aici nach mbeadh sé i bhfad go dtagadh a mac. Nuair a d'fheiceadh an bheirt bhan a chéile, is í an mháthair a théadh ar leataobh, ach nuair a chluinidís an ceol ag drannadh leo, dhearcaidís beirt ina threo, agus d'fheicidís an scoláire óg chucu agus dhá thaobh na sráide aige.

Ba bheag an aird a bhí ag an scoláire úd ar a chuid leabhar ná ar a chuid cloch faoi seo; ba bheag an aird a bhí ag an mbean úd a mbíodh an cat mór dubh ar gualainn aici ar aifreann a hocht. Ní théadh sí ar aon aifreann ach aifreann an Domhnaigh amháin.

*

Ach bhí Neill gan an bráisléad oíche. Chuaigh sí isteach sa siopa lena fháil, lena chur uirthi go dtugadh sí scaitheamh ag an bhfuinneog, ach ní raibh sé ann. Chuartaigh sí thall is abhus. Ní bhfuair sí in aon áit é. Mura bhfuair sí an bráisléad, fuair sí scian, scian fhada cham a raibh a leathlann briste – in aice an bhosca ina mbíodh an bráisléad i dtaisce aici de ló a bhí an scian. Bhí barúil aici cé a chaill í: agus an té a chaill í, is é a ghoid an bráisléad. Thug sí an scian fhada cham do na síthmhaoir. I gceann dhá lá gabhadh an scoláire óg.

An oíche ar gabhadh é bhí Neill i seomra beag ar chúl an tí, agus í ag féachaint an raibh aon ní eile caillte aici. Is iomaí scéal a bhain leis na hearraí úd a bhí os comhair na mná bige; bhí stair ag baint le gach ceann a nochtódh duit cuid mhaith den tsaol a bhí ag na boicht i gCathair na dTrí nUisce. Bhí an áit ina raic aici nuair a bhuail máthair an scoláire óig isteach. Bhí ionadh ar Neill. Ní raibh a fhios aici cén chaoi a dtáinig sí isteach mar cheap sí go raibh glas ar an doras aici; ní raibh a fhios aici ach oiread gur gabhadh an scoláire óg.

Chaith an mháthair ar a dhá glúin í féin os comhair na mná eile.

"Ó, ná déan gadaí de! Ná déan gadaí de os comhair an tsaoil," ar sise.

"Rinne sé gadaí de féin," arsa Neill.

"Ná habair tada ina aghaidh, ó, ná habair ... bheadh sé náireach a rá gur ghoid sé é ... níor ghoid! Níor ghoid mo mhacsa tada riamh ... ach bhí náire air romhamsa nuair a fuaireas amach go raibh an bráisléad imithe ... bhí náire air go sílfinnse gur dhíol sé é ... thugas an t-airgead dó lena thabhairt duit ... thugas dó trí huaire é ach ... ach ... ach d'ól sé é ... Abair nár ghoid sé é ... abair go dtug tú féin dó é ... Abair rud ar bith ... ar son Dé agus na Maighdine ... A mhic mo chroí istigh féach an bhail atá ort anocht ... agus gan é ach naoi mbliana déag ..."

Bhí greim ag an máthair ar ghúna na mná eile ar nós nach n-imeodh sí uaithi. Bhí an bhean eile ag féachaint ar an aghaidh bhán chráite a bhí thíos fúithi. D'fháisc sí a béal.

"Bhí do mhac sách sean, a Bhríd Ní Ruadháin," arsa an bhean eile, "le mo chuidse a ghoid."

"Do chuidse a ghoid ..." arsa an mháthair; bhí sí ar tí "an bráisléad a thug Micheál Ó Ciarabháin domsa" a rá; chuimhnigh sí uirthi féin in am.

"Sea, mo chuidse a ghoid," arsa an bhean eile, "nár thugas airgead dó ar iasacht air?"

"Thug, thug ... ach bhéarfaidh mise do chuid airgid duit ... bhéarfaidh mé seacht n-uaire déag duit é ... bhéarfaidh mé a bhfuil agam duit, ach ná cuir sa bpríosún é ... ná cuir! Ná cuir agus bhéarfaidh mé duit a bhfuil agam agus mo bheannacht leis ... rachaidh mé ar lorg na déirce ..."

Shíl an bhean eile imeacht ach bhí greim daingean docht ag an máthair uirthi. Ní raibh sa seomra ach coinneal, agus d'fheicfeá dhá scáil ar an mballa bán ar a gcúl: bean ar a glúine agus í ag luascadh anonn is anall; an bhean eile ina seasamh mar a bheadh cuaille ann agus í ag dearcadh anuas ar an mbean a bhí ar a glúine. An ghaoth aniar a tháinig isteach ón muir mhór thar an gcuan agus thar shráideanna Chathair na dTrí nUisce, bhí sí ag déanamh spóirt di féin i simné an tí mhóir úd a raibh déanamh tí Spáinnigh air.

"Thugas airgead dó ar an mbráisléad – thugas airgead dó ar mo chuid féin," arsa an bhean a bhí ina seasamh, agus bhí fuinneamh na gaoithe aniar ina glór, "ach dá mbeadh an té atá faoin gcré anseo inár láthair anocht, a Bhríd Ní Ruadháin, d'inseodh sé dúinn gur domsa ba chóra dó é a thabhairt i dtosach ... agus d'inseodh sé dúinn gur domsa a thabharfadh sé é murach gur chuir tusa draíocht air, a Bhríd Ní Ruadháin ..."

Gheit an bhean a bhí ar a glúine. Bhog a greim beagán.

"Bhí an chneámhaireacht i gcroí do mhic ó thús, a Bhríd Ní Ruadháin," arsa an bhean a bhí ina seasamh, "agus ní as na clocha a fuair sé í ... ní óna athair a thug sé leis í, a Bhríd Ní Ruadháin ... cé a ghoid an fear uaim agus é ar tí mé a phósadh, a Bhríd Ní Ruadháin? Is iomaí lá le naoi mbliana déag a dúras liom féin nach bhfanfainn ar mo shuaimhneas faoin gcré go bhfeicfinn an bhean a rinne an gníomh sin ar a glúine os mo chomhair sula bhfágfainn an saol ... Anois, a Bhríd Ní Ruadháin!"

Bhí an mháthair ar tí éirí dá glúine ach thug sí aon fhéachaint amháin eile ar an mbean a bhí ina seasamh, ag impí uirthi a mac a thabhairt di. Ach bhí an béal fáiscthe aici siúd, agus bhí bior ina súile. Thosaigh an ghaoth aniar ag feadaíl agus ag déanamh spóirt i simné an tseantí. Is beag nár múchadh an choinneal.

"A mhicín! A mhicín!" arsa an mháthair, agus bheadh trua ag éinne di le méid a bróin. "A mhicín! A mhicín!" ar sise, "... ná coinnigh uaim é! Ná coinnigh uaim é!"

Ach bhí croí cloiche sa mbean eile an oíche úd.

"Bheadh sé chomh maith duit a bheith ag caint leis an mballa," ar sise, agus thug sí a droim di.

D'fhan an mháthair nóiméad beag ag féachaint uirthi.

"Go raibh mallacht na máthar a chaill a clann mhac ort," ar sise, "go leana sé sa saol seo thú, agus go raibh sé romhat sa saol eile," agus amach léi.

Níor chuir an bhean eile cor di. Thosaigh an ghaoth a tháinig aniar ón muir mhór thar an gcuan agus thar shráideanna na cathrach ag feadaíl agus ag déanamh spóirt sa simné; tháinig sí anuas tríd an simné agus siúd timpeall an urláir í go ndeachaigh sí amach ar an doras a fágadh oscailte. Múchadh an choinneal.

Ráithe príosúntachta a cuireadh ar an scoláire óg. Chuirfí a thuilleadh air murach go dtáinig sé amach lá na cúirte nach raibh éinne i siopa Neill an lá a ndeachaigh sé ann leis an airgead a thabhairt di agus an bráisléad a fháil, go bhfaca sé ar leataobh é, gur sciob sé leis é gan cuimhneamh air féin agus go raibh eagla air filleadh leis. B'éigean do Neill a admhachtáil go mbíodh sí féin á chaitheamh d'oíche ag an bhfuinneog.

Ach níor chaith sí a thuilleadh é, agus níor chaith sí an gúna a bhí uirthi an oíche úd arís choíche. Bhí lorg méar na mná eile ann.

An lá ar tháinig an scoláire óg as an bpríosún bhí báisteach mhór ann. Nuair a dúnadh an siopa chuaigh Neill suas an staighre, agus shuigh sí ag an bhfuinneog bíodh is nach raibh de sholas sa seomra ach a dtáinig isteach ón lóchrann sráide a bhí ag coirnéal an tí. Bhí boladh an mhuisc ina srón; bhí an cat mór ar a gualainn agus é ag iarraidh a bheith lách léi. Dhearc sí anonn ar theach an Chiarabhánaigh ag ceapadh go bhfeicfeadh sí an scoláire óg sa seomra thall. Ní raibh sé ann. Thug sé cuairt ar chara leis bíodh is go raibh an mháthair ag iarraidh air fanacht sa mbaile. Ach gheall sé di nach bhfanfadh sé i bhfad agus nach ligfeadh sé deoir thar a bhéal ...

Bhí a fhios ag Neill go mbeadh sé sa seomra dá mbeadh sé sa mbaile. Dhíbir sí an cat mór. Bhí cineál eagla uirthi go dtosódh sé ag ól arís. Bhí sásamh bainte amach aici. Chuir sí an mac sa bpríosún; chuir sí an mháthair ar a glúine! Ach ní fhéadfadh sé a bheith ag ól – b'fhéidir go ndeachaigh sé a chodladh ...

D'éirigh sí. Bhain sí an bráisléad as an mbosca inar chuir sí é an lá ar thug na síthmhaoir di é. Chuaigh sí chuig an bhfuinneog, agus dhearc sí anonn, agus an bráisléad úd a thug Micheál Ó Ciarabháin na súl glas dá bhean ina láimh aici. D'fhan sí tamall maith ag an bhfuinneog ag féachaint anonn. Bhí sí corraithe go mór.

Lasadh solas sa seomra thall. Chonaic Neill na leabhair agus na páipéir agus na clocha a d'fhág an scoláire óg ar an mbord; níor corraíodh iad an fhad is a bhí sé sa bpríosún. Chonaic sí Bríd Ní Ruadháin sa seomra agus í ag imeacht anonn is anall, anonn is anall, gan faoiseamh. Chonaic sí ina suí ag an bhfuinneog í, agus í ag féachaint suas an tsráid agus í ag féachaint síos an tsráid gach re uair. Chonaic sí a haghaidh bhán chráite, ach nuair a d'fheiceadh an bhean thall í d'imeodh sí ón bhfuinneog. Agus nuair a d'fheiceadh an bhean abhus ag imeacht í, bhíodh fonn mór uirthi dul chuici, an bráisléad a bhí ina láimh a thabhairt di agus maithiúnas a iarraidh uirthi. Ach ní dheachaigh, bíodh is go raibh an fuath a bhí ina croí cloíte aici.

Thosaigh clog mór na cathrach ag bualadh: a haon, a dó, a trí ... a haon déag. Chomhair an bheirt bhan, agus dhearcadar amach. Níor tharraing éinne acu a ceann siar.

Bhí an bháisteach mhór ann, agus an ghaoth aniar á tiomáint roimpi trí shráideanna cúnga na cathrach. Bhí cipíní agus páipéir agus bruscar eile ag gabháil le fána na sráide. Chonaic Neill píosa de chraiceann oráiste ag gabháil le fána thar an lóchrann sráide a bhí ag coirnéal an tí. Thug sí gach uile shórt faoi deara má bhí sí ag corraí féin. Bhí solas i mórán fuinneog eile sa tsráid, ach bhíodar ag dul in éag de réir a chéile.

Thosaigh an clog mór ag bualadh arís: a haon, a dó, a trí ... a dó dhéag.

Bhí trua ag Neill don bhean thall. Chuir sí an bráisléad mallaithe faoina sáil le satailt air. Thóg sí arís é; chuaigh sí chuig an doras de rith le dul anonn chuig an mbean thall. Stad sí; d'fhill sí chuig an bhfuinneog. Bhí an tseannamhaid ina gar fós.

Thosaigh an clog ag bualadh arís; a haon ... aon bhuille amháin, ach chuir an buille sin scanradh i gcroí na beirte. Bhí an bheirt bhan ag súil nach mbeadh sé i bhfad go bhfeicfidís mac an fhir úd a raibh an dá shúil ghlasa ghreannmhara ina cheann tráth, ach a bhí faoin gcréafóg anois ...

Tháinig an ghealach amach. Bhí an tsráid fhliuch go soilseach agus go sleamhain i ndiaidh na fearthainne.

Thosaigh an clog mór ag bualadh arís: a haon, a dó. Dhá bhuille. D'fhéach an bheirt bhan ar a chéile. Bhí beirt mhairnéalach ag gabháil an tsráid. Chuir an bhean thall a ceann amach tríd an bhfuinneog.

"An bhfaca sibh mo mhac in áit ar bith?" ar sise, ach sula raibh am acu freagra a thabhairt uirthi bhí sí imithe ón bhfuinneog.

Thosaigh an clog mór: a haon, a dó, a trí: d'fhéach an bheirt bhan ar a chéile.

Chualadar torann éigin. Chuireadar beirt cluas orthu féin. Céard a bhí ann? Bhí sé ag drannadh leo ... ach ní raibh ann ach gíoscán trucaile. Chuaigh sé idir an dá theach, agus b'fhacthas don bheirt bhan go raibh an tiománaí ina chodladh agus an dá chapall ag iarraidh a bheith ag déanamh bealach abhaile. Ba le lucht déanta uisce beatha an trucail.

Thosaigh an clog mór: a haon, a dó, a trí, a ceathair; d'fhéach an bheirt bhan ar a chéile. Tháinig fonn chucu ar an ngaoth aniar. Chonaic siad an scoláire óg ag teacht agus dhá thaobh na sráide aige. Sheas sé ag ceann na sráide go ligfeadh sé an trucail thart ... Bhí na capaill ag imeacht go righin réidh ... shíl sé dul anonn trasna na sráide ... sciorr sé ... scread an bheirt bhan ... bhí an trucail ina mhullach.

*

Deirtear i gCathair na dTrí nUisce go mbeadh sé beo fós murach an píosa sin de chraiceann oráiste ar sheas sé air, ach is dóigh le daoine eile go raibh sé tuirseach de féin agus dá shaol ...

Feictear Neill ag an bhfuinneog fós, an cat mór dubh ar a gualainn aici agus boladh an mhuisc ina srón. Ach nuair a fhéachann sí anonn trasna na sráide cúinge ní fheiceann sí éinne de na Ciarabhánaigh sa teach thall. Táid uile ina luí in aon uaigh amháin i reilig Naomh Eoin.

Nell

The only light in the room came from a street lamp which stood at the corner of the house, but nonetheless there was a woman there watering the plants that stood in boxes on the windowsill and on a small table within; she took particular care of the yellow muskflower, but didn't ignore the fuschia or the red daisies. Now and again she'd glance across the narrow street at the house opposite; its window stood at the same height as the one she looked through and had neither shade nor blind. She could see a young man there, probably not much more than eighteen years of age, sat at a table piled high with many books and papers. There were stones on the table too, and from time to time he would chip a piece of stone off with a small hammer and set to examining it.

A big black cat padded across the floor in the woman's room, its tail erect. He jumped onto a seat beside her.

"You gave me a fright, you black thief," she said.

The woman sat herself down at the window. The black cat jumped onto her shoulder then and began to purr, yet neither the cat nor the yellow muskflower held her attention any more, but rather, the house opposite. The young man remained engrossed in his studies, assaying the stones, but the woman paid him scant attention. Rather, she was watching the men who had been working on the facade of the house. Their ladder still rested against the wall of the house and one of the men was perched on it. They had erected a new sign on the house and were checking to see that it was hanging straight. The old sign had been taken down and now rested against the wall. The woman at the window read the name on it:

>MICHAEL KIRWAN
>GRAIN MERCHANT

A woman came out of the house opposite and studied the new sign with great intensity. She wore a widow's garb. She was satisfied with the work. Her own name was on the new sign. The deceased's name was on the old one. The old sign was lifted onto a cart and the horse moved slowly and steadily off up the street.

But the woman didn't move away from the window. She was tired. She had been busy all day. She had a good business, a trade that was most useful to the community. Whenever people were in a bad way in the City of the Three Waters, when they had nothing but the same old sad story to tell – lack of work, lack of money, lack of food, lack of everything – that was when she was at her busiest. She helped them: any man who had a good shirt, or any man who had a not too worn pair of shoes on his feet need not want for money as long as she was in the city.

Was she a generous woman then? No, but a just woman who had little tickets printed in red ink on which was the amount the person who sought her assistance would be paid. A Frenchman might refer to her as *"Ma Tante"*, an Englishman as "my uncle" but she was only ever referred to as Nell in the City of the Three Waters. And there was no fear of anyone going astray trying to find her; one had simply to look out for the three brass balls over the door.

Nell remained there at the window, looking over at Kirwan's, at the young man bent over his books and at the new sign. The perfumed scent of the yellow muskflower in her nostrils; the black cat, or "the black thief" as she called him, purring on her shoulder. She, however, was lost in thought.

Every single night, for the last nineteen years, Nell had sat at this window, looking across at Kirwan's with its old trading sign; she felt a sea change in her life not seeing it tonight. Old memories returned despite her best efforts. At first these memories were shapeless, formless things, like a mist before the wind, but gradually they condensed and grew clearer until they were living images before her, coming and going ceaselessly.

The house across the way was no longer visible to her; nor was the geology student; she could no longer see the new sign bearing Kirwan's widow's name, even though it was that which had set her thinking at first. Before her now was a face: a slim young man with green eyes, two dancing green eyes that always seemed to make a joke of everything. Passing by the shop window he looks in just as she looks out. He stops ... he looks at the goods in the window, he sees the young woman ...

But isn't nineteen years a long time?

The woman at the window arose and went to the door of the room. She took down a photograph hanging on the wall and looked at it intently under the light coming in from the street. She sighed heavily. It was a photograph of her, taken when she was seventeen. Though the photograph was old, etched on metal, one could still tell, even for one who had never known Nell, that she had been quite pretty in those days. And you wouldn't be far wrong in thinking the young green-eyed man might call again.

And so he did. Couldn't Nell see him even now, though it was eighteen years ago? She could see him right now though she was looking at the young scholar bent over his books.

One day, when she was left in charge of the shop, he called in. Her heart was pounding as he came in! She hadn't expected him at all.

He put a watch on the counter.

"How much?" he said and those were the first words she heard him utter.

She answered.

"What's your name?" she said, holding a pen at the ready.

"Michael Kirwan."

She wrote his name on a small ticket. Her cheeks flushed. She gave him both money and ticket. He said something about his father not having sent him the money in time, but the glint in his eye convinced her his pockets were full. Who was he? Who was his father who hadn't sent the money to him in time? What was he doing in the City of the Three Waters? These were the questions she asked herself when he had gone. She thought he had come in to see her, but immediately laughed at the notion. She liked his voice. And his smiling, flashing green eyes! And his curly head! She hoped he would call again; she hoped his father would send him the money – so he might collect his watch. She thought it'd be an awful pity for him to lose it. But he didn't lose it. He called again and again and as luck would have it, it was Nell that was in the shop on each occasion.

Subsequently, they began to bump into each other regularly: at early morning mass in St John's Church; on the street while shopping; or she would see him at some distance, in his own boat on the lake when she was out rowing on the lake with her father. The Holy Rosary was being recited in the church every night during the month of May; he was there on the second night – how had he known she would be there? She began to grow very fond of Michael Kirwan ...

The young scholar in the house beyond stood up; he stretched his limbs; he turned towards the window. Nell was startled. Oh, he was so like his father!

Though she appeared to be staring at the yellow musk flower, she was actually recalling the day she went rowing with the father of the young scholar now stretching his limbs. It was a fine, sunny day in early summer. The whole countryside was in bloom, the lake a great silver mirror stretching out before them on all sides, the boat gliding effortlessly through the water like a skater on ice. He rowing, she on the tiller. With each heave on the oars he would lean back and away as if he was somehow departing her company only to return again on the refrain, and then both would laugh as if they were of one and the same mind about something. And so they were – they both thought youth was a wonderful thing and that no wealth could compare to it. Returning home that evening ...

Having relived that much of the story, she stood up and said aloud: "Would your father approve?" he said.

"He would," I said.

"And you approve, don't you?"

"Aren't you the right joker!" I said.

She sat by the window again.

"And he married Bridget Ruane, while my family and I waited for him at the altar!" she said bitterly. "It was Bridget's fault. She stole him from me. But, I'll tell you this much, Bridget ..." She stood again and shook a threatening hand at the house beyond and the young scholar. "I'll not rest in peace, Bridget, until ..."

She stopped herself; she could see Bridget Ruane, Kirwan's widow, in the window opposite talking to the young scholar. He put away his books and stones. The look he gave his mother went through the other woman like a sharp knife. The mother kissed him (a habit she had acquired since becoming widowed) and left to go to bed.

Nell continued to remain at her window. The memories that had been assailing her for the previous two hours only to disappear like a wisp on the wind, now returned, remoulded, reformed and strengthened: their shape and nature transformed; no longer old memories, now they were thoughts: heavy, sad, hateful thoughts, and with each passing minute the hatred seemed to get the better of the sadness; try though she did, she couldn't banish the hate, she couldn't escape it; and this hatred conceived a revenge. She felt the revenge as a bodily thing, more awful, more destructive, more ugly than the father that had conceived it; a living thing and an enemy, she thought, and she leapt up to fight it. She stretched out her arms to keep this new enemy at bay; a great battle ensued; she ran out of the room; she threw herself down before a small altar beside her bed but not a word uttered from her lips as her body swung backward and forward and she became a living prayer before the altar. She thought then she had defeated the enemy, but Old Kate, her servant, woke during the night hearing Nell's cries.

The following morning, Nell opened the shop, as usual, at half past seven. Only rarely would anyone come in that early and anyone who did would be made wait by Old Kate until her mistress returned from eight o'clock mass. But this morning she had only just opened the shop when she saw a barefoot woman approach from across the street, a small, timid woman with a frightened look in her eyes. Her gait, her limp mouth and her darting eyes, her entire bearing, seemed to personify fear itself. She was one of those tormented women one often sees amongst a city's poor, whose every gesture is an apology for their own existence. She held a child at her breast.

She lay the large parcel she was carrying before Nell as though it were a sacrifice. Nell would have preferred to see the devil himself at that hour of the morning than this woman; not that she held anything against her, but she needed to keep the enemy encountered at the window last night at bay. Sending this woman in her direction before she got to mass was more of the enemy's trickery, for the thought had occurred to her last night that this woman's husband might be a way of satisfying her desire to wreak her revenge on the Kirwans. This man was a big drinker and if the young scholar and he became comrades ... Look how the young man's father had been; if his wife had let him, the drink would have killed him ... It was in the Kirwans' blood. But Bridget never let a drop of drink cross her threshold ...

Nell, Nell! The enemy still lurks within!

Nell opened the parcel the woman laid on the counter. The first item she laid her hands on was a long linen dress, very long, very white and very narrow at the neck: a newborn baby's shroud. She put it to one side.

"Is he not working?" Nell asked the small woman.

"He is but he has drank everything we have. He was given some work leave and has been drinking for the last four days ... he awoke just now ... he'll knock the house on me if I don't get him a few glasses of whiskey ..."

Nell took some shirts from the parcel, a couple of collarless shirts, so tiny they would scarcely fit a doll. She lay them over the long white dress.

"Bad company," said Nell, "if it wasn't for the bad company he keeps he wouldn't drink ..."

She took two shoes – Nell called them socks – from the parcel.

"I knitted them myself," said the small woman, "look at the fine ribbons I put on them so they wouldn't fall off his feet."

The toddler tried to grab them: he didn't succeed.

"Bad company ..." said Nell, laying the shoes – or socks – on the long white dress.

The young scholar, Kirwan's son, passed the door.

"See that young man there," said Nell. "He never touches a drop; he doesn't keep bad company."

Nell lay a tiny, blue flannel coat on top of the other goods; a tiny, little coat the woman had made to keep the cold away from the soft delicate skin of her little pride and joy. The child tried to grab it, his mother stopped him, though it was his own coat.

"If it wasn't for bad company I wouldn't have to come to you with these things ... if it wasn't for that he'd be only too delighted to wander through the countryside, collecting and examining his plant specimens," said the woman weakly.

Nell took a big white blanket the woman had knitted to keep the wind and rain from her precious child out of the parcel. Then she saw the young scholar pass the doorway once again.

"There is no way he'd drink so much if he was in the company of that fine young man now," said Nell, "... both of them like to roam the countryside, your husband collecting plants ..."

Nell could say no more. She hadn't intended saying so much but her tongue had gotten the better of her. The enemy was the cause of it; that great, bodily thing she had thought to defeat last night was drawing near once more. Should the young scholar become this man's compatriot, they would soon both in bad company be; it wouldn't take long before the young scholar would start drinking himself; it wouldn't be long before it would take hold of him ... and it wouldn't be long before it would torture his mother's heart – she who had stolen her man from her. These were Nell's thoughts, but all she really said was:

"You want the same amount again this time?"

"The same amount," replied the other woman, "... but," said she, as Nell was giving her the money, "but it would be very hard to get those two together."

"Leave it to me," said Nell, "I'll arrange that for you, wait and see."

Nell hadn't meant to say it. She hadn't meant to do that but the enemy was at her side now, egging her on. It was getting the better of her.

"If you do that for me," said the woman, "not a day will pass as long as I live but I'll be saying prayers for you."

The woman left. Nell went into the backroom; she was shaking. She thought to put on her old cloak and go to eight o'clock mass, same as she had done for the last eighteen years, but as soon as she grabbed her cloak to put it on, she immediately pursed her lips, threw it away again and went upstairs.

She sat in her large chair by the window. She looked over at Kirwan's. The young scholar was in the room beyond, putting some lunch and a tiny mallet in a bag. His mother was at the street door. Nell was pensive as she watched the two, the son in the upstairs room, the mother at the door. But whatever she was thinking, her face was impassive. To look at her, one might think she was merely enjoying the scent of the musk flower; one might think she was simply listening to the purring of the "black thief".

The mass bell sounded. Nell remained sat. Her jaw clenched.

After a while she sprang up. She went to the mirror above the fireplace and looked at herself in it. She shook her head.

"Oh, I'm too old," she said to herself, "he's only eighteen."

She clenched her jaw again. She remained motionless for a moment as if listening out for something. She took one step ... stopped again ... took another step, then raced down the stairs. She grabbed the old velvet cloak, grey with age, grabbed the black hat with its haughty, jaunting bird's feather and put them on. Out she went into the street, and if there were people in the City of the Three Waters that wouldn't go to work unless they saw Nell jaunting past their door on her way to mass, they were late that morning because she was nowhere to be seen. If, on the other hand, they had been at the end of a small street beside the lake shore, they'd have seen a short, dark woman wearing an old cloak that was grey with age and a hat sporting a haughty bird's feather, and they would also have seen that small woman going into a house, the home of the woman who had brought her the parcel that morning.

That night, after the shop was closed, Nell was once more at the window. She could see two men walking up the street, each carrying a bag. One of them was the young scholar, the other man didn't leave his side until they were at the door of the young man's house; he was the husband of the woman who had called to her that morning.

The strange feeling that hits a swimmer having spent a long while on the bank, thinking the water to be too cold, only to find it just right – is exactly what Nell felt on seeing that pair together. She laughed, elated ... and if Old Kate awoke that night, it wasn't crying that woke her.

The enemy had won.

Nell was very fond of goat's milk. Every Sunday throughout the year she would set off after eleven o'clock mass and head back along the road by the lake. She always wore the same old velvet cloak and the hat with its jaunting feather pointing skyward; she carried an umbrella if it was raining, and the same umbrella appeared when it was very warm. She spoke to no one and walked steadily until she reached a small house by the lake shore about two and a half miles from the City of the Three Waters. There, she would drop in and drink a glass of goats' milk and, if the weather was fine, she would arrange a seat outside the door for herself and spend some time watching the boats passing and perhaps even drink another glass of milk.

Many boats came to shore there and many glasses of goats' milk were drank in that little house by the lake. Many glasses of "milk" that never came from any goat were drank there also, though the man of the house knew these customers.

The following Sunday, as Nell sat outside the door drinking her second glass of goats' milk, she saw two small boats racing each other. There was but one man per boat. One of the men was big, broad and strong, the other man was young and slim, but a more skilful rower than the big man. All present watched the two, some thinking the big man would win the challenge, others saying the slim, skilful one would win. And he would have too, had not one of the oars broken as he passed the little house.

He came to shore. The other man did likewise and both called into the small house. Nell recognised them: it was Kirwan, the young scholar, and the comrade she had chosen for him.

The young scholar thought to borrow an oar from the man of the house. He had none.

The two men sat inside, near the door. They asked the man of the house for goats' milk. The owner knew the big man well. What they got may have looked like goats' milk but it certainly didn't smell like it. They drank a second glass each. The big man drank a third glass.

Nell couldn't see them, as she was outside, but she could hear everything.

"But for the fact that the oar broke on me," said the young scholar, "I'd have won."

"Certainly ... but bad zest to you, drink another one – the day is close."

"I won't ... wait until you see this amazing stone I got in Fahy's Cave ..."

"A half glass, have a half glass and we'll be off then," said the big man.

"Look at this stone," said the young scholar. "I have never seen anything like it ... it's like granite, but it seems to have a hint of limestone in it. Look there ... thousands upon thousands of years ago that stone was in the earth's womb ..."

"I'll have another one – the day is close."

He drank another glass, but Nell wasn't sure if the young scholar drank a third. Whether he had or not, it was abundantly clear he had had his fill as they made to leave. When the big man saw the woman sat outside he greeted her. He knew her well.

"Are you for home?" said he.

"Yes," she replied.

"You'd be as well off coming along with us so in the boat ..."

The three of them got into the one boat, the two men rowed and she took the tiller. Her jaw was shut tight as she stared at the young man. She hadn't been in a boat since the day she had been on the lake with his father – before he was born. She wondered what misfortune had possessed her to go with them now ... she looked at the young man sat before her, that young man returning and then departing from her on every stroke of the oars ... and those two green eyes! Would they have shone as bright if he hadn't been drinking? He was full of talk. He'd write an important book yet about the geology of the area. Nell couldn't stop herself staring at him; how could she when he was sat there directly in front of her? He was so like his father, moving away and drawing nearer again on each stroke, the lake a silver mirror stretching away from them on all sides ... but his father hadn't taken a drop that day ... One might think Nell had a drop taken herself with the light in her own eyes, the flush on her cheeks and how her hat, with its haughty feather, sat lopsided now on her head ...

They got caught in a shower of rain before making landfall and all three of them got soaked.

"I was a right fool to let you hide the bottle on me this morning," said the big man. "We're soaked to the skin now."

As soon as they were in, the young scholar went to an old boat on the lakeshore. The other two followed. He lifted a plank in the old boat to reveal the big man's bottle. The two men took a swig from it.

The plank lay on the ground at Nell's feet, belly up; she saw letters carved with a knife. She studied them carefully. The letters read:

M.K.
N.B.
1888

M.K. Michael Kirwan; *N.B.* Nell Browne; the letters were carved on the day they decided to get married, that day, in the fullness of their youth, when the lake became a silver mirror stretching away from them on every side ...

She threw the plank into the lake and stood watching the two men drink.

That night, as Nell sat at the window watering her plants, she glanced over to Kirwan's. His mother sat where the young scholar normally sat in the room opposite, weeping.

Within a month the young scholar came to pay Nell a visit. It was nightfall when he appeared, as though fearing to be seen.

He took a bracelet out of his pocket.

"I need some money," he said, "to buy a book."

Nell looked at the bracelet. It was a valuable one. On its underside was engraved the following: "From Michael Kirwan to his wife Bridget".

"My mother hadn't the money to give me today," the young man said, "she had to pay a full season's rent."

Nell gave him three pounds, though ordinarily she wouldn't have given a penny for a name engraved bracelet.

"I'll collect it in a couple of days," he said.

Having shut the shop that evening, Nell went upstairs. She sat in the chair next to the window. She glanced over to Kirwan's. She saw Bridget in the room opposite. Nell put the bracelet on her wrist. Then she began to pace the room. She was quite agitated. She began to talk to herself. Wasn't the bracelet meant for her in the first instance? Wouldn't he have given it to her if it wasn't for you, Bridget Ruane? Does the man pushing up daisies tonight know that the bracelet he gave his wife is on my hand? If he does know, is he angry?

She was at the window now. She looked across. The woman sat in the room opposite.

"He knows it, he knows it, Bridget Ruane!" said Nell. "And he prefers seeing it on my hand than on yours ... Oh,

Michael Kirwan, Michael Kirwan, tell me it would have been on my hand from day one if it were not for the spell she cast on you. Tell me! Give me a sign, Michael Kirwan, give me a sign, my darling Michael, and I'll be content then ... and I won't harm your son ... I'll put him on the straight and narrow, Michael, just give me the sign ..."

She thought the bracelet grew heavy on her wrist. She felt as if the old house was shaking, as though it was creaking and moving on its foundations ...

The big black cat crossed the floor with his tail erect. He rubbed himself against Nell's leg. She got a fright. She practically fainted ...

She sat at the window again. There wasn't a sinner to be seen on the street. It was getting late. Now and again someone would pass, a sailor heading for his ship or a boatman having come in on the night tide. From time to time Nell would glance over to Kirwan's and see a woman's face at the window, but each time the woman saw her she would retreat. When she looked again, the woman's face would appear once more, looking up and down the street on every second glance.

Eventually, both women heard music. It was a man singing. Both looked out. Both could see the other, but neither pulled back into the shadows now. The music drew nearer and nearer. Both recognised the voice. Both saw the young scholar coming towards them, weaving his way up the street. The woman opposite blessed herself and disappeared from the window. The other woman remained where she was until she had observed them at the door, son and mother, the mother trying to coax him into the house.

This was not a weekly occurrence but, rather, a nightly one, the two women waiting for the young man to return home. One of these women wore a bracelet, the scent of muskflower in her nostrils, a big cat on her shoulder, spite in her heart and the hope he would be more drunk this night than on the previous one. The other woman, ashen faced, hoping to God her son would come home soon. Every time the two women saw each other, the mother would recoil, but when they would hear the approaching music, they would both look in its direction and both would see the young scholar meandering his way up the street.

The young scholar cared little for his books or stones by that stage; the woman with the cat on her shoulder cared little for eight o'clock mass. The only mass she attended now was on a Sunday.

One night Nell forgot her bracelet. She went into the shop to get it so she could put it on and spend some time at the window: it was gone. She searched hither and thither. She couldn't find it anywhere. But she found a knife, a long bent knife with a broken blade beside the box in which she kept the bracelet by day. She had a fair notion as to who had lost the knife; and the person who had lost the knife had stolen the bracelet. She gave the knife to the authorities. Two days later the young scholar was arrested.

On the night of the arrest Nell was in a small room toward the back of the house, checking had anything else been taken. The various items surrounding her held many histories; each held a story that could reveal much about the life of the poor in the City of the Three Waters. She had torn the place asunder in her search when, suddenly, the young scholar's mother appeared. Nell was startled. She wondered how she could have gotten in; she thought she had locked the door. She was unaware the young scholar had been arrested.

The mother threw herself on her knees before the other woman.

"Oh, don't make a thief of him! Don't make a thief of him before all," she said.

"He made a thief of himself," replied Nell.

"Don't accuse him, oh, don't ... it's a shameful thing to say he stole it ... he didn't! My son never stole a thing in his life ... but he was mortified when I discovered the bracelet was missing ... he was ashamed I'd think he'd sold it – I gave him the money to give to you ... I gave it to him three times ... but ... but he drank it. Say he didn't steal it ... say you gave it to him ... say anything ... in the name of God and the Blessed Virgin. Oh, my only son and darling, look at the dreadful state you're in tonight ... and he is only nineteen ..."

The mother held onto the other woman's skirts for dear life. The other woman looked down at the pale tormented face below her. Her jaw tightened.

"Your son was old enough, Bridget Ruane," she said, "to steal what is mine."

"Steal what's yours?" said the mother.

She was about to say "the bracelet that Michael Kirwan gave me" but stopped herself in time.

"Yes, steal what's mine," said the other woman, "didn't I loan him the money for it?"

"You did, you did ... but I'll give you your money ... I'll give it to you seventeen times over ... I'll give you everything I have but don't put him in prison ... don't do it! Don't do it and I'll give you everything I have and my blessing too ... I'll go and beg for alms ..."

The other woman tried to get away from her, but she was held fast by the mother. A single candle lit the room, throwing two shadows onto the white wall behind them: a woman on her knees rocking forward and back; the other woman rigid as a post, staring down at her. The westerly wind swept in across the harbour through the streets of the

City of the Three Waters and began to play in the chimney of the big house with its Spanish architecture.

"I paid him for that bracelet – I paid him for what's mine," said the woman stood with the strength of the west wind now in her voice, "and if that man who is under the clay was here tonight, Bridget Ruane, he'd say it was I he ought to have given it to in the first instance ... and he'd also say that he would have given it to me but for the spell you cast on him, Bridget Ruane ..."

The kneeling woman was shocked. Her grip loosened somewhat.

"Your son always had the heart of a rogue and he didn't lick it off the stones ... he didn't get it from his father either, Bridget Ruane. Who stole my man from me when he was about to marry me, Bridget Ruane? How often in the last nineteen years did I swear I'd not rest easy in my grave until I saw the woman who did the deed on her knees before me? Now for you, Bridget Ruane ...!"

The mother was about to get up off her knees but looked up pleadingly once more at the other woman, begging her to give her back her son. But Nell's jaw was clenched tight and her eyes flashed like knives. The west wind began to whistle and blow through the chimney of the old house. The candle was almost extinguished.

"My son, my son!" cried the mother, and anyone would have pitied her, her grief was so great. "My son, my son!" she said, "... don't take him from me! Please don't take him from me!"

But the other woman's heart was made of solid stone that night.

"You'd be as well off talking to the wall," she said and turned her back on her.

The mother remained on the floor for a while, simply staring up at Nell. Finally, she stood up.

"May the curse of a mother who lost her only son be upon you," she said. "May it follow you in this world and on into the next," and she left.

The other woman stood there, motionless. The wind that swept in from the ocean across the bay and the city streets now whistled and howled in the chimney; down the chimney flue it rushed, dancing madly around the floor before gusting out the door left ajar. The candle was blown out.

The young scholar received three months in jail. A longer sentence would have been bestowed if it had not come out in court on the day that there had been no one in Nell's shop when he went there to give her the money and get the bracelet back; that he had seen the bracelet then and had taken it without thinking and had been afraid to return it subsequently. Nell was forced to admit that she wore the bracelet at night while sat at the window.

She never wore it again, nor did she wear the dress she had worn that night: it carried the other woman's imprint now.

On the day the young scholar was released it rained heavily. Having closed the shop, Nell went upstairs and sat at the window, the only light in the room coming from the street lamp at the corner of the house. The scent of the muskflower was in her nostrils; the big black cat sat on her shoulder, purring to be fondled. She looked over to Kirwan's, thinking she would see the young scholar in the room opposite. He wasn't there. He had gone to visit a friend, even though his mother had wanted him to stay at home. He promised her, nonetheless, that he wouldn't be gone for long and that he wouldn't touch a drop ...

Nell knew he'd be in the room had he been at home. She shooed the big cat away. She worried he might start drinking again. She had had her revenge. She had put the son in prison; she had put his mother on her knees! But surely he wasn't drinking – maybe he had gone to bed ...

She stood up. She took the bracelet from the box in which she had placed it on the day the authorities handed it over to her. She went to the window and looked across, holding the bracelet that green-eyed Michael Kirwan had given his wife in her hand. She became quite perturbed.

A light appeared in the room opposite. Nell could see the books, papers and stones the young scholar had left on the table; they hadn't been touched during his time in prison. She saw Bridget Ruane in the room, pacing over and back, over and back, ceaselessly. She saw her sitting at the window, looking up and down the street with every second glance. She saw her pale, tormented face, but each time the woman saw Nell, she recoiled from the window. And when Nell saw her retreat like that, she felt a great urge to go to her, give her the bracelet she held in her hand and ask her forgiveness. But she didn't, though she had conquered the hatred in her heart.

The big town clock struck: one, two, three ... eleven. Each woman counted the bells and looked out. Neither retreated.

It was raining heavily and the westerly wind drove the rain before it through the narrow streets. Bits of sticks, paper and other rubbish were being washed down the street. Nell noticed a piece of orange skin floating along down under the street light near the corner of the house. She noticed everything despite how greatly perturbed she was. Lights could still be seen in several other windows on the street, but these were gradually disappearing.

The big clock began to strike again: one, two, three ... twelve.

Nell felt a great pity for the woman beyond. She put the bracelet under her heel to stand on it. She picked it up again; she ran to the door to go over to the other woman.

She stopped; she returned again to the window. The old enemy still lurked within.

The clock began to strike again; one ... a single bell, but that bell struck fear into the heart of each woman. Each hoped it would not be long before they would see the son of the man with the dancing green eyes, the man now under the clay ...

The moon came out. The wet street glistened and sparkled after the rain.

The big clock began to toll again: one, two. Two strikes. Two sailors were passing by. The woman opposite stuck her head out the window.

"Did you see my son anywhere?" she said, but before they had time to answer she had disappeared again from the window.

The clock struck: one, two, three: the two women looked at each other.

They heard a noise. Both listened intensely. What was it? It was coming toward them ... but it was only the creaking of a dray cart. It trundled between the houses, the driver apparently asleep as the two big horses tried to make their way home. The cart belonged to a local whiskey distillery. The big clock struck again: one, two, three, four; both women looked at each other. Then a note came to them on the westerly wind. They saw the young scholar approaching, stumbling up the street. He stopped at the top of the street to let the cart past. The horses moving slow but steady ... he thought to cross the street ... he slipped ... the two women screamed ... the cart was upon him.

Some people in the City of the Three Waters say he would still be alive today if it hadn't been for that bit of an orange skin he stood on, but others feel he had grown tired of it all ...

Nell can still be seen at the window, the big black cat on her shoulder and the scent of muskflower in her nose. But when she looks over across the narrow street, she doesn't see any of the Kirwan's in that house. They all lie in the one grave now, in St John's cemetery.

VIII

AN BHEAN A CIAPADH

Tá cúis dlí suainseáin le plé os comhair breithiún agus coiste i gCathair na Gaillimhe an mhí seo chugainn. Búrcach an Chnoic Mhóir agus Aindréis Ó Fiannachta ón gcathair an bheirt atá in achrann ina chéile, ach ós cinnte go mbeidh an bhreith tugtha sul má bheas na focla seo faoi chló, ní dochar an scéal a inseacht go beacht ó thús deireadh.

*

Lá dá raibh an Búrcach ina shuí ar chlaí na bhfámairí i gCathair na Gaillimhe, tar éis teacht abhaile as an Oileán Úr dó, chonaic sé chuige an bóthar aniar an mhaighdean mhná ab éadroime siúl agus ab áilne iompar dár casadh leis lena chuimhne. Ní raibh an ógbhean thar ocht mbliana déag d'aois de réir cosúlachta, ach cheapfá nuair a d'fheicfeá a lorg i gclábar na sráide gur páiste dhá bhliain déag a chuaigh an bealach le chomh beag is bhí a troithe.

Thug an Búrcach taitneamh do mhaighdean na dtroithe beaga agus í ag gabháil thart ag gabháil fhoinn di féin.

Bhí ruainne de chéir choganta ina bhéal aige, ach d'éirigh leis an chéir a shacadh amach tríd an mant a bhí ina dhrad uachtarach, go ndearna ciorcal san aer agus gur thit sí isteach san uisce.

"Cé hí an bhean óg sin?" ar sé le fámaire a bhí ar an gclaí.

"Cé acu bean?"

"An bhean bheag éadromchosach."

"Girseach le hAindréis Ó Fiannachta, an fear siopa atá ina chónaí in aice leis an dug."

"Aindréis Ó Fiannachta?" arsa an Búrcach faoi dhó go smaointeach. "An fear ard dubh é?" ar seisean go tobann.

"Sea."

"Agus tá ball dobhráin faoina chluais dheis?"

"M'anam féin go bhfuil, agus ball mór freisin?"

"Agus tá barr ordóg a láimhe deise caillte aige?"

"Agat atá a thuairisc."

Thug an Búrcach léim den chlaí, rug ar a scáth fearthainne agus siúd soir an bóthar é faoi lán tseoil. Siúd thar an droichead é agus fuadar mór faoi, agus iamh ní dheachaigh air go raibh sé ag an dug.

Oirnéis bád is mó a bhí ag an bhFiannachtach ina shiopa, agus d'fhan an t-eachtrannach nóiméad amuigh ag féachaint ar an siopa go gcuimhneodh sé céard ab fhearr dó a cheannach ina leithéid d'áit.

Bhuail sé isteach.

"Luach sé pingine de dhuáin ronnach?" ar seisean.

Fear an tí féin a bhí ann roimhe agus thug sé dó iad.

"Nach ait nach n-aithníonn tú do sheanchara? Nach dona an chuimhne atá agat?" arsa an Búrcach.

D'fhéach an fear siopa air go cruinn.

"Ní féidir gur tú Séamas a Búrca – tá tú an-chosúil leis?"

"Mise an fear céanna."

Bhí fáilte mhór roimhe ag an bhFiannachtach. Níor casadh le chéile iad le seacht mbliana fichead, ó bhí an bheirt acu ag obair le chéile sna Stáit.

Tugadh an strainséir isteach go seomra a bhí ar chúl an tsiopa. Shuigh an bheirt sheanchomrádaí ag bord. Líonadh dhá ghloine, agus thosaigh an comhrá.

Ag seo chuid de:

"Cé mhéad bliain anois ó bhíomar le chéile ag Panama?" arsa fear an tí.

"Seacht mbliana fichead teacht na Nollag seo."

"Agus phós tú, ar ndóigh?"

"Níor phós riamh. Ní raibh an t-am agam."

"Is dócha go bhfuil carn mór airgid déanta agat, a Shéamais!"

"Tá roinnt ..."

Cluineadh mairnéalach sa siopa ag iarraidh cúpla feá de théad. Chuaigh fear an tsiopa go dtí an doras agus dúirt leis suí agus nach gcuirfeadh sé aon mhoill mhór iontach air. Líon sé gloine eile dó féin agus dá chara.

"Maidir leatsa," arsa an strainséir, "ní call dom fiafraí díot ..."

"Ní call duit. Baintreach fir mé agus lán an tí de pháistí orm. Iníonacha ar fad ach aon mhac amháin."

"An ndeir tú liom é? ..."

Bhí an mairnéalach a bhí sa siopa ag éirí mífhoighdeach. B'éigean d'fhear an tí dul amach le freastal air. Nuair bhí sé imithe uaidh thosaigh an Búrcach ag machnamh. Cén gá a bhí leis imeacht arís? Nach raibh a dhóthain airgid déanta aige? Nár bhreá an rud an suaimhneas tar éis an dócúil oibre? Agus cá bhfaigheadh sé áit níos deise leis an gcuid eile dá shaol a chaitheamh ann ná san áit ar rugadh é? Ní raibh aon cheapadh aige ag fágáil na Stát dó ach cuairt ghearr a thabhairt ar Éirinn, ach de réir mar a bhí na laethe agus na míosa ag imeacht is lú an fonn a bhí air filleadh. An seandraíocht! An seandúchas!

Nuair a d'fhill an Fiannachtach ón siopa, dúirt a chara leis: "Le pósadh a tháinigeas abhaile, a Aindréis. Táim tuirseach den tsaol thall."

"Tá feilm bhreá le díol ag duine de na Blácaigh thiar ag an gCnoc Mór, má bhí tú ann riamh. Gheofá ar mhíle é. Dhá chéad déag atá uaidh, agus teach uirthi chomh breá is a chonaic tú riamh ..."

"Bhfuil carr agat?"

"Tá."

"Gléastar an capall go beo agus téimis á féachaint."

Chúns a bhí an capall á gléasadh tharla an chaint seo idir an bheirt:

"Is dona an chuimhne agus is dona an aithne atá agat, a Aindréis," arsa an Búrcach, "nach gcuimhníonn tú ar an Oíche Nollag fadó nuair a thugamar gealladh dá chéile nach mbeadh bean ó dhuine againn dá mbeadh iníon ag an duine eile?"

"Is cuimhneach liom é, agus comhlíonfad an gheallúint más fíor a ndeir tú liom faoin airgead."

"Má bhíonn sí féin sásta ..."

"Tuige nach mbeadh?"

"Is iontach na mná atá ann ar an aimsir seo. Féach thall i Sasana iad. Níl teora ar bith leo."

Sular tháinig an carr bhí an cleamhnas déanta ag an mbeirt fhear ...

Cúpla oíche ina dhiaidh sin bhí Máire Ní Fhiannachta agus a hathair le chéile. D'inis seisean di faoin gcleamhnas.

Ní raibh sí sásta leis. Dúirt sí nach bpósfadh sí choíche é. Dúirt seisean go bpósfadh. Dúirt sise nach bpósfadh ... Ach phós.

*

Ní bréag a rá go raibh teach álainn acu ar an gCnoc Mór agus bealach dá réir. Do dhuine uasal éigin a tógadh an teach i dtosach, ach leis an aimsir bánaíodh é, agus b'éigean dó a raibh aige a dhíol agus imeacht leis. Ar ndóigh ní hiontas é gur cheap an saol go mba bhreá an cleamhnas ag iníon an Fhiannachtaigh é. Céard a bhí acu an lá ab fhearr a bhíodar? Agus má bhí a fear ag dul in aois féin, cé a d'aithneodh air go raibh sé ag tarraingt ar leathchéad bliain? An raibh ógfhear i bparóiste an Chnoic Mhóir a bhí in ann obair a dhéanamh leis? Agus cá raibh an duine a raibh an fuinneamh céanna ann? Nach gcuirfeadh sé aoibhneas ar do chroí a bheith ag féachaint air ag obair? Agus chomh ceanúil is a bhí sé uirthi! An rud beag suarach, gan spreacadh, gan sláinte, gan aon tsórt!

B'fhíor dóibh. Bhí an fuinneamh ann. Bhí an fonn chun oibre air, agus bhí sé ceanúil ar an mbean bheag sin a phós sé.

Ach ní raibh sise sásta. An cion aisteach a bhí aige uirthi ba chionsiocair lena míshástacht. Bhí sé roinnt garbh ann féin. An saol thall ba chiontach leis, b'fhéidir ... an doicheall agus an sclábhaíocht agus a bhfaca sé ... Ach ar chaoi ar bith, thagadh creathadh beag uirthi nuair a bhíodh sé i ngar di ar fhaitíos go mbeadh sé rógheanúil uirthi ... Mhothaíodh sí mar a bheadh oighreacha faoina craiceann an t-am a leagadh sé lámh uirthi ...

Ach ní admhódh sí é sin ar a bhfaca sí riamh. Cheap sí go mba mhór an peaca é, ach bhíodh aiteas uirthi dá hainneoin nuair a deireadh sé léi go raibh air dul ar an aonach seo nó ar an aonach sin agus nach mbeadh sé sa mbaile go ceann cúpla lá. Ach ní raibh neart aici air. Dá gcaillfeadh sí an saol seo agus an saol eile air, ní fhéadfadh sí grá a thabhairt dó mar a thabharfadh bean d'fhear; agus chomh luath is a bhíodh sé imithe bhíodh sí ag iarraidh a dhéanamh amach an raibh mórán ban dá lucht aitheantais amhlaidh.

Níor thuig seisean cé mar a bhí an scéal aici. Bhí an ghéarchúis ann agus an mheabhair agus an éirim aigne. Dá mbeadh air margadh a dhéanamh le duine, bí cinnte nach dteipfeadh air. Ba mhaith an fear é ag míniú ceist ghnó nó ceist pholaitíochta, ach níor thuig sé daoine nár múnlaíodh ar a nós garbh féin. Céard ba chiontach leis? An saol a bhí aige sna Stáit, an sclábhaíocht, an doicheall, agus an deifir mhór a bhíodh air ag bailiú an airgid? Nó an deamhan a thug sé leis ó dhúchas a bhí ann?

Is minic, nuair a bhíodh a bhean go míshásta agus go cantalach, agus go leigheasfadh an focal ceart feiliúnach í, go n-abraíodh sé focal garbh éigin a chuireadh déistean uirthi. Thug sé an déistean seo faoi deara go minic, ach níor thuig sé cén fáth a bhí leis. Bean mar í níor buaileadh leis riamh cheana; na mná a casadh leis sna bailte móra san Oileán Úr, ní raibh aon rud is mó a chuireadh aoibhneas orthu ná moladh maith agus bronntanas.

Cheap sé go dtabharfadh sé bronntanas álainn dá bhean agus go mb'fhéidir go scaoilfeadh sí leis na bealaí aisteacha a bhí léi.

Chuaigh sé isteach go Gaillimh in aon turas leis an mbronntanas a cheannach di. Chuartaigh sé na siopaí ar fad, agus sa deireadh cheannaigh sé gúna breá den síoda drithleannach a bhí déanta sa bhfaisean ba dhéanaí. Ní shásódh sin é go gceannódh sé bioráin mór óir le cur ina brollach. Bhí sé fial fairsing léi i gcónaí, ach chaith sé beagán thar an iomarca ar na hearraí seo, ach níor mhiste leis – nach uirthi a bheadh an t-aoibhneas nuair a d'fheicfeadh sí iad?

Agus bhí aoibhneas uirthi. Gúna níos áilne ná an gúna sin ní fhaca sí riamh. Agus an déanamh a bhí air? Nuair a rug a fear ar uachtar an ghúna lena thaispeáint di, cheapfá nach bhféadfadh aon bhean dá chaoile dá mbeadh sí dul isteach ann, bhí sé chomh cúng sin.

Rug an bhean ar an ngúna go gcuirfeadh sí uirthi féin é.

"Táim an-bhuíoch díot, a Shéamais, an-bhuíoch díot ar fad," ar sise.

Chuir sí uirthi an gúna. Bhí sé an-chúng ar fad di, agus dúirt seisean é.

"Is amhlaidh is fearr liom é, a Shéamais. Bead sa bhfaisean ..."

"Ach i gceann cúpla mí ní fhéadfaidh tú é a chur ort ar chor ar bith ..."

Dúirt sé a lán eile nach n-inseofar anseo, agus nár thaithnigh lena bhean, agus nuair nach gcuirfeadh sé cosc lena theanga bhris an gol uirthi agus siúd siar sa seomra go beo í.

Bhí aiféala air gur labhair sé léi ar an nós sin; bhí a fhios aige nár thaithnigh an cineál sin cainte léi agus bhuail sé ar an doras go ngabhfadh sé isteach le leithscéal a ghabháil léi. Ach ní ligfeadh sí isteach é.

"Oscail an doras," ar seisean.

"Ní osclód," ar sise.

Bhí buile ag teacht air.

"Dá fhaide a fhanfas tú amach uaim is amhlaidh is fearr liom é," ar sise.

D'oscail sí an doras roinnt agus chaith sí amach an gúna.

"Agus má bhíonn bronntanas agat le tabhairt uait feasta," ar sise, "tabhair do dhuine eicínt eile é."

Bhí fearg mhór air. D'fhan sé cúpla nóiméad ag an doras agus é idir dhá chomhairle; bhí fonn air gualainn a chur leis an doras agus é a réabadh ó chéile agus an bhean a chloí le neart lámh. Ach ní dhearna sé é; séard a rinne sé breith ar an ngúna breá agus é a chaitheamh ar an tine.

"Bíodh an diabhal aici," ar seisean, "ach múinfeadsa dea-bhéasa di," agus siúd amach an doras é go ndeachaigh sé ag marcaíocht ar chapall bán a bhí aige agus níor stop sé go raibh sé istigh i lár an bhaile mhóir.

Chonacthas an oíche sin ar an mbóthar é, agus deirtear nár cluineadh riamh a leithéid d'eascaine ó fhear, ná an droch-íde chéanna á fáil ag capall bocht.

An páiste fir a rug an bhean, ní fhaca sé solas an lae riamh. Beirt dhochtúir as Gaillimh a bhí ann ag an mbreith, agus rugadh an naíonán marbh, agus dúradar go mba é a mbarúil nach mairfeadh an bhean dá mba rud é go mbeadh páiste eile aici.

Nuair a tháinig biseach ar an mbean, níor chuir a fear aon tsuim inti. Timpeall an ama seo, thosaigh seisean ag dul ó aonach go haonach ag ceannach beithíoch lena mbeathú ar an gCnoc Mór, agus is minic a bhíodh an bhean gan é a fheiceáil ná gan scéal a fháil uaidh ar feadh seachtaine, agus ba chuma léi. Nuair a bhíodh sé sa mbaile féin is beag caint a bhíodh eatarthu. D'éiríodh sé ar maidin, chaitheadh sé a bhéile agus ghabhadh sé amach i ndiaidh na mbeithíoch, agus ní fheiceadh sise arís é go ham dinnéara; gach oíche beagnach bhíodh comhluadar fear ón áit sa gcisteanach aige, agus chaithidís cuid mhaith den oíche go minic ag imirt chártaí agus ag ragairneacht. Ní raibh sé gan braon maith a ól aon lá riamh, ach bhí sé chomh láidir le bullán, agus bhí sé in ann é a sheasamh ceart go leor. Ach bhí na drochnósa ag fáil greim air de réir a chéile, agus is minic a bhíodh fáinne an lae ann nuair a ghabhadh sé a chodladh, agus is minice ná sin a chaitheadh sé lá nó dhá lá gan focal a labhairt lena bhean mura bhfiafraíodh sé di an ndearna sí é sin nó an ndearna sí é siúd, nó an raibh aon cheo airgid ag teastáil uaithi i gcomhair an tí.

Bhí barúil aici nar fhan aon mheas aige uirthi, agus an áit nach mbíonn an meas ní bhíonn an cion. Ba bhreá léi an scéal a bheith amhlaidh. Bheadh sí sásta, nó leathshásta, dá mbeadh sé gan bacadh léi ach mar sin. Is dona an saol a bheadh aici, cheap sí, agus a bheith ceangailte ag fear dá dtug sí fuath, ach cén leigheas a bhí aici air?

Bhí an talamh ceannaithe amach is amach aige, agus oíche dá dtáinig sé abhaile ó aonach na Gaillimhe agus é ar meisce fuair a bhean amach cuid den imní a bhí air.

"Ní bhfaighidh seisean é pé ar bith cé a gheobhas é," ar seisean leis féin agus é ina shuí cois na tine agus ise ag gléasadh séire dó.

"Ní eisean a gheobhas é, an bastún, an cladhaire mallaithe, an bithiúnach bradach ..." ar seisean, agus gan aird aige ar a bhean.

Níorbh fhada gur thuig sí céard a bhí in intinn aige.

"Tá a fhios aige nach bhfuil duine de mo chine beo ... ach ní eisean ná a mhuintir a gheobhas é ... b'fhearr liom an talamh a dhíol agus an t-airgead a chaitheamh sa bhfarraige ..."

Thóg sé a cheann agus chonaic sé a bhean. Bhí deireadh na hoíche ann agus bhí sise tar éis éirí lena ligint isteach ar eagla go marófaí é ar leacracha na sráide – dá marófaí é i bhfad ó bhaile i ngan fhios di, ní cumha mór a bheadh uirthi ina dhiaidh – ach ar chaoi ar bith nuair a thóg sé a cheann agus nuair a d'fhéach sise air, cheap sí nach bhfaca sí riamh, agus bhí súil aici nach bhfeicfeadh sí arís choíche, éadan duine a bhí chomh gránna leis an éadan a chonaic sí. Shíl sí imeacht uaidh agus dul isteach ina seomra féin ach dúirt seisean focal gáirsiúil éigin agus rug ar ghualainn uirthi.

D'éirigh léi imeacht uaidh ó bhí an oiread sin ólta aige, ach thit seisean agus d'fhan ar na leacracha fuara go raibh an ghrian ina suí.

*

An capall bán a bhíodh aige ag dul ó aonach go haonach agus ó bhaile go baile faoin am seo, agus is minic a a d'fheictí an capall agus an marcach ag gabháil na mbóithre faoi mheán oíche, an marcach ina chodladh meisce agus an t-each ag déanamh an eolais dó. Bhíodh bean an mharcaigh sa mbaile, agus pé ar bith cén oíche a mbeadh súil aici leis ní fhéadfadh sí aon chodladh a dhéanamh go dtagadh sé. Ach ní le cion air a d'fhanadh sí ina suí. Bhíodh sí ina suí ag an bhfuinneog go gcloisfeadh sí torann an chapaill ar an mbóthar, agus súil aici nach gcloisfeadh sí choíche é, ach go n-ólfadh an marcach an braon thar an iomarca a chuirfeadh as an diallait ar mhullach a chinn ar an mbóthar é ...

Agus thagadh pictiúirí os comhair a súl. D'fheiceadh sí a fear á thabhairt abhaile maidin le héirí gréine, agus é fuar marbh. Bhíodh na comharsana ag teacht isteach ag déanamh trua di gur chaill sí fear maith, agus thosaíodh sí ag ceapadh céard a déarfadh sí leo nó an bhféadfadh sí a fear a chaoineadh ...

Ach bean dheabhóideach dhiaganta a bhí inti agus is dá buíochas a bhíodh na smaointe seo ag teacht chuici. Níor thug sí toil dóibh riamh.

Ansin chluineadh sí an capall i bhfad uaithi ag sodarnaíl ar an mbóthar crua, agus chuireadh sí cluas uirthi féin go gcluinfeadh sí glór a fir go mbeadh a fhios aici cén bhail a bhíodh air, mar d'aithníodh sí cén cineál meisce a bhíodh air ar a ghlór agus bhíodh faitíos uirthi dá réir. Nuair a thagadh sé isteach ar bogmheisce agus é ceanúil uirthi ar a bhealach garbh féin, cheapadh sí éalú uaidh, ach ní minic a d'éiríodh léi. Agus an fuath a bhíodh aici dó! An ghráin a bhíodh aici air nuair a mhothaíodh sí a anáil throm mheisciúil ag teangmháil lena leiceann ...

Rud beag faiteach a bhí inti de réir dúchais, agus ní dhéanfadh sí faic go deo murach rud a dúirt seisean léi maidin agus iad ag ithe an bhricfeasta. Chuir sé i gcéill di nach raibh aon mheas aige uirthi, nach bhféadfadh sé meas a bheith aige ar a leithéid de bhean – nár fhág sí gan oidhre é?

Dúirt sé a lán eile a ghoill go mór uirthi sular fhág sé an teach. Chonaic sí ag dul siar an bóthar é ar an gcapall bán agus ghuigh sí ar Dhia nach bhfillfeadh sé ...

Ach bhí sí ag fanacht ag an bhfuinneog an oíche sin ag féachaint an gcloisfeadh sí an capall. Níor chuala. Tháinig meán oíche, tháinig a haon, tháinig a dó, tháinig a trí ach níor chuala sí an capall. Bhí am go leor aici le smaoineamh ar an saol a bhí aici, ach is í an chaint a dúirt a fear léi ar maidin agus an chaoi ar dhúirt sé í is mó a bhí ag goilliúint uirthi. Bhí gealach bhreá sa spéir agus tháinig fonn uirthi dul amach.

Chuaigh. Agus ní túisce a bhí sí amuigh ná cheap sí gan filleadh choíche.

Tharraing sí an clóca ina timpeall agus isteach léi go Gaillimh de shiúl oíche, agus ní dhearna sí cónaí go raibh sí istigh ar an urlár ag a hathair roimh éirí na gréine.

*

I gceann trí lá chuaigh an Búrcach isteach go Gaillimh ina coinne. An Fiannachtach féin a bhí sa mbaile roimhe agus tugadh isteach é sa seomra a bhí ar chúl an tsiopa.

Líonadh gloine dó mar ba ghnách gach uile lá riamh.

"Is gránna an scéal é seo againn," arsa an Fiannachtach.

"Í féin is ciontach," arsa an Búrcach.

Ní raibh ach cuid den scéal ag an athair. Ní ligfeadh an náire don ógbhean an chuid ba mheasa de a inseacht dó, agus dá n-insíodh féin ní móide go dtuigfeadh sé i gceart é.

Séard a cheap seisean nach raibh ann ach cantal agus baois mná óige agus go bhféadfadh sé é a leigheas gan dua. Mhol sé di dul ar ais chuig a fear ach dhiúltaigh sí – ní raibh ansin ar ndóigh ach baothchaint na hóige. Ach níor mhór dó ceacht a mhúineadh dá fear; níor mhór dó eagla a chur air. An iomarca den ól agus den airneán a bhí aige le tamall fada.

"Ina coinne a tháinig tú, is dócha," arsa an Fiannachtach.

"Anseo atá sí mar sin?"

Bhí amhras air nárbh ea.

"Deile cá mbeadh sí? Agus deir sí gur ann a fhanfas sí freisin."

"Ní ann. Mise a fear."

Bhí an Búrcach go dána. Aigesean a bhí an ceart shíl sé.

"An iomarca den ól agus den ragairneacht a bhí agat le bliain," arsa an Fiannachtach. "Ní thogfainn ar dhuine an braon beag a ól anois agus arís, ach chuile oíche sa mbliain ... i ngach aon áit dá dtéiteá ní bhíonn acu ach 'Ar chuala tú céard a rinne Búrcach an Chnoic Mhóir le gairid?' nó 'Nach iontach an fear le ól é?' Tá sé náireach, a dhuine! Tá sé náireach!"

"Cuma liom sa gclampar céard a déarfas siad: tá fios mo ghnó féin agamsa – ach cá bhfuil Máire?"

"Tá fios do ghnó agat go cinnte, ach tá iníon liomsa pósta agat."

"Mura mbeidh an fhírinne acu inseoidh siad an bhréag."

"Agus tá an fhírinne dona go leor!"

"Tá," arsa an Búrcach go bacach agus é ag iarraidh a mheas cé mhéad den fhírinne a insíodh dá sheanchara.

"Déanaigí réiteach in ainm Dé," arsa an Fiannachtach, "agus ná bíodh an saol ag magadh fúinn. Glaofad uirthi féin."

Ghlaoigh. Tháinig sí isteach agus fuadar fúithi. D'umhlaigh sí don bheirt fhear agus dúirt:

"Más i mo choinnese a tháinig tú, a Shéamais," ar sí lena fear, "is turas in aisce a bheas ort."

"Caithfidh tú teacht liom. Mise d'fhear."

"Nárbh fhearr duit comhairle a ghlacadh?" arsa a hathair. "Dá chríonna thú ní agat atá iomlán na céille."

"Togha na díth céille a bhí orm nuair a ghéilleas daoibh i dtosach, ach cheannaíos an chiall ó shin agus cheannaíos go daor í, agus tá a fhios agaibhse beirt go mba chrua an t-oide a bhí agam."

Thosaigh sí ag cur di. Chuir sí ionadh mór ar an mbeirt fhear le chomh bríomhar dána is a labhair sí.

"Dul ar ais go dtí an teach breá sin ar an gCnoc Mór agus fanacht ann i bhfochair an fhir úd thall a mhaslaíodh chuile lá sa mbliain mé, agus atá chomh dall sin is nach dtuigfeadh sé nuair a bheadh an masla á thabhairt aige! An fear nach raibh uaidh riamh ach a dhúil ainrianta féin a shásamh ..."

Shíl a hathair cosc a chur léi. Níor cheap sé go raibh an scéal chomh dona sin; dá mbeadh a fhios aige é b'fhéidir nach molfadh sé di dul ar ais.

Ach ní raibh aon náire uirthi anois, ná aon fhaitíos. An rud a bhí in intinn aici déarfadh sí é cuma céard a thiocfadh as. Bhí an bheirt fhear, duine acu ar chaon taobh den bhord, agus ise ag a cheann, agus í corraithe chomh mór sin is go mb'éigean di breith ar chathaoir ó am go ham ar eagla go dtabharfadh na cosa uaithi.

"B'fhearr liom go mór fada mo shaol agus mo shláinte a chaitheamh ar lorg déirce ná fiú aon oíche amháin a chaitheamh in aon teach leat, a Shéamais a Búrca ..."

Chuir a hathair focal beag faiteach isteach. Bhí cineál scátha air roimpi.

"Agus ní róbhuíoch atáim díotsa ach an oiread le scéal," ar sise, "ní raibh uait ach fear a fháil dom, agus ba chuma leat sa mí-ádh mór cén sórt fir é ach beagán airgid a bheith aige. Mé a dhíol – sin a raibh uait. Tá fir ann agus ní ceart go mbronnfadh Dia iníonacha orthu; tá dream eile ann agus is é an peaca mór é go bhfaighidís mná ...

"Éist do bhéal, a bhean. Éist do bhéal, a deirim," arsa an Búrcach go bagarthach. "Níl agamsa le rá," ar seisean, "ach an t-aon fhocal amháin: is tusa mo bhean agus an áit a bheas mise beidh tusa agus mura dtaga tú abhaile liomsa go toilteanach, tiocfaidh tú ar bhealach eile ..."

Rinne sé iarracht ar ghreim a fháil uirthi. Chuaigh an Fiannachtach eatarthu. Shílfeá ar feadh nóiméid go mbeadh sé ina throid ann.

"Tá sé chomh maith dul abhaile anocht, a Bhúrcaigh," arsa an t-athair, "ní shocrófar an scéal ar an mbealach sin."

Chuaigh.

An oíche sin bhí beirt fhear, duine acu i gCathair na Gaillimhe agus duine eile ar an gCnoc Mór, a rinne machnamh domhain ar mheon na mban.

*

I gceann seachtaine ba mhór é iontas an Bhúrcaigh gur chuir a bhean litir chuige ag rá leis go mbeadh sí sásta filleadh dá dtigeadh sé ina coinne.

Tháinig. Ag dul siar thar an Teach Bán dóibh ar an gcarr, cheap an Búrcach go bhfiafródh sé di cén fáth ar ghéill sí. Is é a bhí sásta gur éirigh leis an teaspach a bhaint di!

"Ní raibh aon mhaith duit a bheith do do chiapadh féin," ar seisean. "Nach raibh a fhios agat go gcaithfeá filleadh? Is dócha go ndúirt d'athair leat nach bhféadfadh sé thú a choinneáil sa teach agus an mhuirín mhór atá air."

"Ní hin é an fáth a bhfuilim ar aon charr leat anois," ar sise. "Mura mbeadh aige ach an dara greim bhéarfadh sé an chéad cheann domsa."

"Deile cén fáth ar ghéill tú?"

"Cogar anseo."

Dúirt sí focal ina chluais nár chuala ach an bheirt acu.

Bhí an oíche ag titim. Bhí an seanchapall bán ag siúl go réidh mall agus cead a chinn aige. Ní raibh ceol ag éanlaith. Ní raibh le cloisint ag an mbeirt a bhí ar an gcarr ach an torann bhí a gcapall agus a gcarr féin a dhéanamh.

Ach bhí an t-aon smaoineamh amháin ag déanamh imní dóibh. D'fhéach an Búrcach i dtreo a mhná. Bhí sí go smaointeach agus doilíosach, agus lámh léi caite go fann ar chrannóg an chairr.

Leag sé lámh ar an láimh sin, agus thosaigh á cuimilt go ceanúil, agus eagla an domhain air go dtarraingeodh sí uaidh í. Níor tharraing.

"A Mháire! A Mháire!" ar seisean ach theip air focal eile a rá.

*

Páiste fir a bhí aici, ach fuair sí féin bás ...

*

Scaitheamh beag ina dhiaidh seo bhí fear óg ag gabháil an bóthar in aice leis an gCnoc Mór, agus chuala sé carr ag teacht ina dhiaidh. An Búrcach a bhí ar an gcarr, agus ó bhí aithne ag an bhfear óg ar an mbean a cailleadh, agus ar a hathair, thug sé marcaíocht dó. Bhí fonn cainte ar an mBúrcach, agus níorbh fhearr leis an bhfear óg rud a dhéanfadh sé ná bheith ag éisteacht leis.

"Íocfaidh sé go daor as," deireadh sé. "Ag rá gur mise a mharaigh í! Agus an cion a bhí agam uirthi! Ach tá dlí ann fós, agus taispeánfad dó nach bhféadfaidh sé dúnmharfóir a thabhairt ormsa ..."

Bhíodar ag dul thar reilig an Chnoic Mhóir.

"Ansin atá sí curtha," arsa an Búrcach. "Féach a huaigh."

Stop sé an capall bán.

"Tá sé chomh maith againn dul isteach agus paidir a chur lena hanam."

Chuaigh an bheirt fhear ar a nglúine os cionn na huaighe. Nuair a bhí na paidreacha curtha acu lena hanam, dúirt an Búrcach:

"Bheirim buíochas duit, a Dhia, nár leag tú lámh róthrom ar fad orm, agus má sciob tú uaim an bhean dá dtugas gean ó leagas súil uirthi i dtosach, tá oidhre fágtha ina diaidh aici ..."

Tháinig cuthach ar an bhfear a bhí ag éisteacht leis.

"A bhastúin an diabhail!" ar seisean go fíochmhar bagarthach. "Is maith an chaoi duit é gur os cionn uaigh na mná sin dá dtugas féin gean ó thús atá muid inár seasamh; murach sin ... " agus as go brách leis ar eagla go dtachtódh sé an fear místuama seo a mhill saol na mná ab ionúine leis féin ar an domhan.

The Tormented Woman

A legal case will be heard before judge and jury in Galway City next month. Burke of Knockmore and Andrew Fenton from the city are the two parties at loggerheads, but as the case will have been decided before these words go to print, it's probably no harm to tell the story in detail here from start to finish.

One day as Burke sat on the idlers' wall in Galway City following his return home from America, he saw a young woman coming towards him. She had the daintiest feet and the most beautiful demeanour he had ever seen in his life. She appeared to be no more than eighteen years old, yet one would think she was a mere child of twelve seeing her step so lightly in the dirt of the street. Burke took a fancy to this gaily-stepping maiden as she passed along the way singing a tune to herself. He had a bit of chewing gum in his mouth and blew a bubble with it through the gap in his top teeth, then let it drop into the water.

"Who is that young woman?" he asked a fellow idler on the wall.

"Which woman?"

"The small light-footed woman."

"She's a daughter of Andrew Fenton, the shopkeeper who lives at the docks."

"Andrew Fenton?" Burke repeated it to himself twice, thinking. "Is he a tall, dark-haired man?" he asked suddenly.

"He is."

"And he has a birthmark under his right ear?"

"He has indeed, and a big one too."

"And he's missing the top of his right thumb?"

"You have him down to a T."

Burke jumped off the wall, grabbed his umbrella and took off at full tilt. He crossed over the bridge in great haste, not pausing once until he found himself on the docks.

Fenton's was a ships' chandlers so the returned emigrant spent a while staring at the shop trying to figure out what best he might buy in such a place.

In he went.

"Sixpence worth of mackerel hooks?" he asked.

The proprietor himself was standing before him and he served him.

"Odd you don't recognise your old friend. Haven't you an awful bad memory all the same?" said Burke.

The shopkeeper looked at him closely.

"You wouldn't be James Burke – you're very like him?"

"The same man."

Fenton greeted him heartily. They hadn't met in twenty seven years, not since they had worked together in the States.

The returned Yank was brought into a room at the back of the shop. The two old comrades sat down at a table. Two glasses were filled and so began the conversation.

This is some of it:

"How many years is it now since we were together in Panama?" the man of the house asked.

"Twenty seven years next Christmas."

"And you married since, of course?"

"I never married. I hadn't the time."

"I suppose you have a pile of money made so, James!"

"I've a bit ..."

A mariner in the shop was looking for a few yards of rope. The shopkeeper went to the door and told him to make himself comfortable and that he would be with him shortly. He filled another glass for himself and his friend.

"As for you," said the returned stranger, "I don't need to ask ..."

"You don't then. I'm a widower with a house full of children. All daughters except for one son."

"Is that so ...?"

The mariner was growing impatient. The man of the house had to go out and attend to him. While left on his own, Burke began to consider things. Why should he leave again? Hadn't he enough money made? Wouldn't comfort and rest be a great thing after the travails of hard work? And where would he find a nicer place to settle down than the place he was born in? When leaving the States, he had intended merely to visit Ireland for a short while, but as the days and months passed he had little enough desire to go back. The old magic of home! The old ways!

When Fenton returned from the shop his friend said to him:

"I came home to get married, Andrew. I've had enough of the States."

"One of the Blakes is selling a fine farm back in Knockmore, if you know the place. You'd get it for a thousand. He's looking for twelve hundred, and there's as fine a house going with it as ever you've seen."

"Have you a horse and car?"

"I have."

"Harness the horse right now and we'll go and have a look at it."

While the horse was being harnessed, the following conversation took place between the two:

"Your memory and recollection are poor, Andrew," said Burke. "Do you not recall Christmas Eve long ago when we promised each other that neither of us would be without a wife if the other had a daughter?"

"I do recall it and I'll fulfil that promise if what you are saying in regard to the money is true."

"As long as she's happy herself ..."

"Why wouldn't she be?"

"Women these days are strange. Look at them over in England. You couldn't be up to them."

The two men had made the match before the horse trap appeared ...

A couple of nights later, Mary Fenton was with her father. He told her about the match. She wasn't happy about it. She said she would never marry him. He said she would. She said she wouldn't ...

But she did.

It is true to say they had a beautiful house in Knockmore and were well-to-do. The house had been built originally for a nobleman but, over time, he had lost everything and was forced to sell up and leave. Of course, it's no surprise at all that everyone thought it was a fine arrangement for Fenton's daughter. The Fentons had never had much. And even if her husband was getting on a bit, you'd never think he was pushing fifty. Was there a young man in the parish of Knockmore could match him for work? Was there anyone could match his energy? Wasn't he a wonderful sight to see working? And he was so fond of her! The little miserable, weak, unhealthy creature that she was!

It was all true. He had tremendous energy. He loved work and he was very fond of the little woman he had married.

But she wasn't happy. Her dissatisfaction stemmed from the strange affection he held her in. He was a rough sort really. A result of the life he had led abroad, perhaps ... But anyhow, she grew nervous whenever he'd draw near to her for fear he might become too affectionate ... She felt as though lumps of ice formed directly under her skin when he touched her ...

But she would never admit to that. She thought it was an awful sin, yet, in spite of herself, she felt so strange when he would tell her he had to go to some fair or other and that he wouldn't be home for a couple of days. She couldn't help herself. If she were to lose this life and the next one too as a result, she couldn't bring herself to love or give herself to him in the way a woman might love a man; and as soon as he would leave she would set to wondering were there many other women in the same boat as her.

He didn't understand how things were with her. Not that he wasn't an observant and an intelligent man. If he had to strike a bargain with someone, you could be sure he wouldn't come out of it short changed. He was well able to discuss business or political matters, but he didn't understand those who hadn't been moulded in his own rough way. Why? The life he had led in the States, the drudgery and the hard graft, the hungry rush to make money? Or was it some inherited bad trait?

Often, when his wife was unhappy and cantankerous, and might have been appeased with a well-chosen, appropriate word, he would say something bawdy that would disgust her. Often, he might see the disgust, but could never see the why of it. He had never known a woman like her before; nothing would please the women he had known in the big cities in the States more than great praise and gifts.

He thought then he would give her a beautiful gift and maybe then she might relinquish her strange ways. He went into Galway especially to buy her that gift. He went through all the shops and finally bought a fine dress of shimmering silk in the latest style. Not only that but he bought a large gold brooch for her breast. He had always been very generous towards her, and though he spent a bit too much on these items, he didn't mind – wouldn't she be thrilled when she'd see them?

And she was thrilled. She had never before seen such a beautiful dress. And the style of it! As her husband held it for her to see, one would think no woman, no matter how slim, could possibly fit into it, it looked so tight fitting.

She took the dress to try it on.

"I am so grateful to you, James. Thank you so much," she said.

She put on the dress. It was very tight on her and he said as much.

"Better still that it is, James. I'll be the height of fashion ..."

"But in a few months you won't be able to fit into it at all ..."

He said much else that won't be repeated here, things his wife didn't care to hear, and as he wouldn't put a stop to his tongue, she broke into tears and ran off into the bedroom.

He was sorry that he had spoken to her in that way; he knew she didn't like that kind of talk, so he knocked on the door to go in and apologise to her. However, she wouldn't let him in.

"Open the door," he said.

"I will not." She replied.

He was growing angry.

"The longer you keep away from me the better," she said.

She opened the door slightly and threw out the dress.

"And if you ever have another present to give," she said, "give it to somebody else."

He was greatly angered. He spent a couple of minutes at the door wondering what to do; he wanted to put his shoulder to the door and smash it in and take her forcefully. But he didn't; what he did was take the dress and throw it onto the fire.

"To hell with her," he said, "I'll teach her manners," and off he went out the door and rode his white horse all the way into the city.

He was seen returning that night on the road and it was said by those who saw him that no one then or since has heard such a string of expletives from the mouth of a man, or seen a poor horse so abused.

The boy she gave birth to never saw the light of day. There were two doctors from Galway present at the birth and the child was stillborn and both were of the opinion that the woman wouldn't survive if she had another child.

Following her recovery, her husband paid no interest in her. Around this time he started going from fair to fair, buying cattle to fatten on Knockmore, and often his wife mightn't set eyes on him for a week or more, though she cared less. When he was at home, there was little enough said between them. He'd get up in the morning, eat his breakfast and go out to tend to the cattle, and she wouldn't see him again until dinner time; he had company almost every single night: some local man or other in the kitchen and a good portion of the night would be spent playing cards and carousing. He had never gone a day without drinking a decent drop but he had always been strong as a bullock and well able for it. Gradually, however, his bad habits were taking over and it would often be dawn before he'd get to bed and, more often still, not a single word would he utter to his wife except, perhaps, to ask her had she done this or done that or if she needed any money for the upkeep.

She had a fair inkling he had lost all respect for her, and where there is no respect there is no love. She would have preferred it thus, however. She would have been happy, or at least not unhappy, had he only ever dealt with her thus. It would be a poor enough life, she thought, to be tied to a man she hated, but what alternative was there?

He had purchased the land outright and, one night when he came home from the Galway fair drunk, she discovered some of what was gnawing at him.

"Whoever else might get it, it won't be him, anyhow," he said to himself, sitting by the fire as she prepared his supper.

"He won't get it, the bastard, the dirty trickster, the shameless villain ..." he said, oblivious to the presence of his wife.

She soon understood what exactly he meant.

"He knows none of mine are still alive ... but neither him nor anyone belonging to him will get it ... I'd sooner sell the land and throw the money into the sea ..."

He raised his head and saw his wife then. It was the middle of the night and she had gotten up to let him in for fear he'd kill himself on the cobblestones – if he was killed far from home, unbeknownst to her, it wouldn't bother her so much – but anyhow, when he lifted his head and looked at her, she felt she had never seen, nor ever wished to see again, such a horrible expression on any face. She thought to get away from him and go into her room but he made some dirty comment and grabbed her by the shoulder.

She managed to get away from him as he had so much drink taken, but he fell onto the cold flag floor and that's where he stayed until sunrise.

From fair to fair and from town to town he rode his white horse, and both rider and horse could often be seen on the road around midnight, the rider in a drunken stupor with the horse leading the way. His wife would be at home and any night she was expecting him she wouldn't sleep a wink until he arrived. It was not out of love that she stayed up for him. She sat at the window until she heard the sound of the horse on the road, hoping really never to hear it, hoping the rider might drink a drop too many some night causing him to be thrown from the saddle and land smack on his head on the road ...

She imagined various scenes. She saw her husband being brought home at sunrise, stone cold dead. She saw the neighbours gathering in to offer their condolences at having lost such a good man, and then she tried to think what she might say to them in response and wondered if she could mourn her husband ...

She was a devout, religious woman, however, and such thoughts came to her against her will.

Then she'd hear the sound of the horse at a trot in the distance on the hard road and listen hard for her husband's voice in order to ascertain what state he was in; she could tell how drunk he was by the sound of his voice and would fear him accordingly. When he would come in merry and full of endearments, in his own rough way, she would try her best to avoid him, though rarely managed to do so. How she hated him! How he disgusted her, feeling his heavy, drunken breath on her cheek ...

By nature she was a timid person and would never have done anything if it wasn't for something he said to her one morning as they ate breakfast. He let her know plainly he had no regard for her and couldn't respect a woman who had left him without an heir.

He said a lot more besides that hurt her to the core before leaving. She saw him heading off along the road on the white horse and prayed to God he would not return ...

Yet she was at the window again that night, waiting to hear the horse. No sound. Midnight came, then one, then two and then three, but still she didn't hear the horse. She had all the time in the world to think about her life, but it was what he had said to her that morning, and how he had said it, that bothered her most. There was a full moon in the sky and she felt the urge to go outside.

No sooner was she outside the house than she thought never to return.

She pulled her coat around her, walked into Galway and didn't stop until her feet found her father's door, just before sunrise.

Three days later, Burke arrived into Galway to fetch her. Fenton himself was there to greet him and he was brought into the room at the back of the shop.

As always, a glass was filled for him.

"This is an ugly situation we have," said Fenton.

"She's the cause of it," said Burke.

Her father didn't have the full story. Her sense of shame prevented the young woman from telling him the worst of it, and even if she had, he wouldn't have understood, anyhow. He thought he was simply dealing with a young woman's contrariness and silliness and that he'd be able to sort things out easily enough. He had advised her to go back to her husband but she refused: that too was just youthful arrogance, of course. However, he did need to teach her husband a lesson; he needed to frighten him. The man had been drinking and having far too many late nights for far too long.

"You came to fetch her, I suppose?" said Fenton.

"She's here, so?" He was afraid she wasn't.

"Where else would she be? And she says it's here she'll stay too."

"She will not. I'm her husband."

Burke was bold. He had right on his side, he reckoned.

"You've been doing far too much drinking and carousing this past year," said Fenton. "I've nothing against anyone taking a small drop now and again, but every night of the year ... everywhere you go now all one hears is 'Did you hear what Burke from Knockmore was up to recently?' Or 'He's some man for the drink.' It's embarrassing, man! Embarrassing!"

"I don't care what any of them say: my business is my own – now where is Mary?"

"Sure, your business is your own, but you're married to my daughter."

"When people don't know the truth, they invent it."

"The truth is bad enough!"

"Yes," said Burke, awkwardly, trying to ascertain how much of the truth his old friend had actually been told.

"Sort it out now between you, in the name of God," said Fenton, "and let's not have the whole world mocking us. I'll call her in."

He called her. Abruptly, she came in. She bowed to both men and said:

"If you came to fetch me, James, it's been a wasted journey."

"You have to come with me. I'm your husband."

"Won't you take my advice?" said her father. "As wise as you are, you are not being entirely sensible."

"I had no sense at all when I first yielded to you, but I've paid for any sense dearly since. And you both know I had a hard teacher."

She continued with her speech. Both men were astounded at how strongly and boldly she spoke.

"You expect me to go back to that house on Knockmore and remain in the presence of this man who insults me every single day of the year and who is so blind he isn't even aware when he is being insulting! That man who has only ever wanted to satisfy his own uncontrollable desires ..."

Her father thought to stop her. He hadn't realised things were so bad between them; had he known he might not have advised her to go back.

But she was neither ashamed nor afraid now. Now she would say what was on her mind, regardless of the consequences. The two men were sat on each side of the table, she stood at its head and was so completely stirred with emotion she needed to hold onto a chair for fear her legs might go from under her.

"I would sooner waste my life and health begging from door to door than spend even one more night under any roof with you, James Burke ..."

Her father put a timid word in. He seemed afraid of her.

"And I'm none too grateful to you either, for that matter," said she, "all you wanted was to find me a man and you didn't give a damn what sort of a man he was as long as he had some money. You wanted to sell me – nothing more. There are men in this world God shouldn't give daughters to; and there are other men who should never have a woman ..."

"Shut up now, woman. Shut up, I'm saying," Burke threatened. "All I have to say," he continued, "is just this one thing: you are my wife and where I will be you will be, and if you don't come with me voluntarily you'll come another way ..."

He tried to grab her. Fenton got between them. For a moment it seemed fists might fly.

"You'd be as well off to go home tonight, Burke," said the father, "matters won't get sorted this way."

He left.

That night, two men, one in Galway City and the other in Knockmore, contemplated deeply on the nature of woman.

A week later, Burke was quite amazed to receive a letter from his wife saying she would be happy to return if he came in to fetch her.

He did so. Heading back past the White House in the trap, Burke thought to ask her why she had conceded. He was delighted to have put manners on her!

"There was no point in you tormenting yourself," he said. "Didn't you know you'd have to come back? I suppose your father said he couldn't keep you in the house with all the children he has."

"That's not why I am in this car with you now," she said. "If he only had two bites left to eat in this world, he'd give me the first."

"Why did you give in, so?"

"I'll whisper it to you."

She whispered something into his ear.

Night was falling. The old white horse was walking at a slow, steady, uninterrupted pace. The birds were silent.

The only sound the two people in the trap could hear was the noise of their own horse and trap.

Yet they were both consumed with the same fear. Burke looked at his wife. She seemed very down in herself, her hand lying limply across the trap box.

He laid his own hand on that hand and began to rub it gently, terrified she might withdraw her hand. She didn't.

"Oh Mary! Mary!" he said, but he could say no more.

She gave birth to a baby boy, but she herself died ...

Not long after that, a young man was passing along the road by Knockmore when he heard a horse and car coming toward him. Burke was in the trap and, as the young man had known both the deceased and her father, he gave him a lift. Burke was feeling talkative so the young man had no choice but to listen.

"He'll pay for it, dearly," he said, "Saying I killed her! And how I loved her! But there is recourse to the law and I'll show him he can't call me a murderer ..."

They were passing Knockmore cemetery.

"That's where she is buried," said Burke. "See her grave, there."

He stopped the white horse.

"We might as well go in and say a prayer for her soul."

The two men knelt before the grave. When they had prayed for her soul, Burke said:

"I thank you, God, that you didn't lay too heavy a hand on me, and though you took from me the woman I loved since first I laid eyes on her, she has left an heir ..."

The young man who was listening to him burst suddenly in rage.

"You brutish devil!" he cried fiercely. "It's a good thing we are standing over the grave of the woman I've loved my entire life, for were we not –" and he took off for fear he might strangle the uncouth man who had destroyed the life of the woman he held more dearly than any in this world.

IX

PÁIDÍN MHÁIRE

Naoi mbliana ó shin bhí Baile an Churraigh fré chéile ag na hoibreacha a bhí ar bun le fóirthin a thabhairt do bhoicht. Ag déanamh bóthair idir Oileán na Trá agus Caladh Éamoinn is ea a bhíodar, agus ba chumasach an méid oibre a bhí le déanamh acu i ndoimhneacht na farraige sula mbeadh toradh a saothair le feiceáil os cionn uisce féin. Ach dá ndéanfadh na céadta fear le neart agus spreacadh a gcnámh agus a ngéag athrú a chur ar éadan na dúiche, dhéanfaidís siúd é. Bhíodar ag obair go dian dícheallach ansin i ngairbheacht na trá, ag coimhlint leis an rabharta tuile a bhí ag teacht orthu go tapaidh le cosc a chur lena gcuid oibre go mbeadh sé ina dhíthrá arís. Bhí torann agus glór a n-ord agus a gcasúr le cloisint i bhfad agus i ngearr agus iad ag baint splanc tine as an iarann, agus as an gcloch a bhíodar a tholladh le púdar a chur isteach inti agus í a réabadh ó chéile.

Sa gcúlráid ansin b'ait an feic iad ag féachaint an raibh a neart agus a gcumas féin in ann an ceann is fearr a fháil ar fhiántas na trá: na céadta fear idir óg agus aosta ag tolladh agus ag rómhar, gach triúr acu ina ndream iontu féin ag casadh na n-ord, ag méadú agus ag laghdú a gcuisleacha agus a bhféitheacha le gach iarraidh dá dtugaidís ar an gcarraig a tholladh.

"Sách domhain," arsa an fear a bhí ag coinneáil beara do Pháidín Mháire agus Stiofán Pheig, ina sheanbhéic.

Chaith an bheirt sin na hoird uathu go deifreach agus thosaigh ar an bpoll a bhí tollta sa gcloch acu a ghlanadh amach.

"Mh'anam," arsa Páidín Mháire, "is crua an obair í. B'fhearr liom go mór sa bpúcán le Seán Beag amuigh faoi Cheann Gólaim. Is ait an lá a dhéanfadh sé ar an ngaoth seo ar lorg na mballach ann."

"Maise, drochrath orthu mar bhallaigh!" arsa an fear eile, "cé a bheadh ar a dtóir agus na hoibreacha ar bun? Is fada an lá a bheifeá ina ndiaidh go mbeadh seacht agus sé pingine sa tseachtain agat dá mbarr."

"Bheadh sé agat in aon lá amháin, dá bhfaighfeá iad," arsa Páidín agus é ag sá an phúdair sa bpoll go neamhfhoighdeach.

"Bíodh siad ag an dream úd ar chinn orthu obair a fháil anseo ar maidin, ach ní mise a chaithfeadh obair sheasmhach ar leataobh le dul á n-iarraidh," arsa Stiofán agus é ag baint an allais dá bhaithis le muinchille a bháinín.

Ach ní raibh Páidín Mháire sásta leis an méid sin. Iascaire a bhí ann agus is fánach an lá a chaith sé ar an talamh tirim ó bhí sé ina pháiste nó go dtáinig an drochbhliain seo. Nuair a tháinig b'éigean dó dul ar na hoibreacha poiblí, lena athair agus a mháthair, a bhí lag go leor, a chothú. Ba mhíshuaimhneach an duine é nuair nach raibh sé i mbád; den treibh sin Uí Chonaola, a n-abartar leo go bhfuil gaol acu le rónta, ab ea é; agus shílfeá go raibh a rian sin air, mar ní thiocfadh múr báistí aniar thar sáile chuige gan gruamacht éigin teacht airsean freisin. Agus nuair a bhíodh an rabharta mór sa bhfarraige shíl sé go mbíodh rabharta fola ag coipeadh ina chuisleacha nach ligfeadh dó gan a bheith ar an bhfarraige.

"Déanfaidh sin thú," arsa a chomhluadar le Páidín, a bhí ag fáisceadh an chlábair níos teinne sa bpoll, "tá sé i gceart anois. Cuir tine leis an mbuaiceas."

D'imigh an fear eile leis an bpléasc a fhógairt ar na daoine. Chuir Páidín tine leis an mbuaiceas a bhí ag dul síos sa bpoll go dtí an áit ina raibh an púdar. Bhain sé as ansin agus na daoine ina thimpeall freisin go ndeachaigh siad ar foscadh.

D'fhanadar cúpla nóiméad leis an bpléasc. Ach níor phléasc an chloch. Cúpla nóiméad eile ansin dóibh go neamhfhoighdeach. D'fhanadar cúig nóiméad eile agus bhruith a ladhar orthu.

"Is é an chaoi ar loic sé," arsa duine.

"B'fhéidir nár loic. Is fearr foighid a bheith againn."

D'fhanadar gur briseadh ar a bhfoighid.

"Loic atá ann," arsa an stiúrthóir. "Caithfear é a chartadh amach."

D'imigh gach triúr acu ag lúbadh na gcnámh agus ag tolladh arís. Chuaigh Páidín agus an bheirt eile leis an bpolladh a chartadh. Go réidh mall is ea a shiúladar timpeall na cloiche ar dtús, ach nuair nach raibh sí ag pléascadh bhíodar ag glacadh misnigh agus ag drannadh léi.

Pléasc! Chuaigh an chloch ina smidiríní go hard san aer, ag cur gainimh agus spallaí uaithi ar gach taobh agus ag líonadh na háite thart timpeall le deatach agus le boladh púdair.

Chaith na fir oibre a n-oird uathu agus d'imigh faoi dhéin na cloiche chomh luath is a bhí iontu.

Bhí Páidín Mháire leagtha, a aghaidh millte le gaineamh agus a leathshúil glan imithe. Tháinig an dochtúir agus rinne sé a dhícheall le caoi a chur ar na lotanna ach dúirt sé nach raibh a fhios aige an bás nó biseach a bhí i ndán do Pháidín fós.

Cuireadh isteach i mbád an fear bocht agus tugadh go dtí a bhotháinín láibe a bhí in aice Chaladh Éamoinn é, áit a raibh a athair agus a mháthair ag fuireach leis.

"Faraor dóite, a Pháid, nach ag iascaireacht a bhí tú inniu. Is é an áit ba dhual duit ab fhearr dhuit," arsa Stiofán Pheig ag fágáil an tí dó; agus fágadh Páid sínte ar chaol a dhroma ar a leaba shócúlach agus a mháthair le haire a thabhairt dó.

*

Fear láidir bríomhar nach raibh tinneas riamh cheana air ab ea Páidín agus i gceann míosa tháinig sé chuige féin arís, ach bhí radharc a leathshúile caillte gan leigheas go deo uirthi agus an leathshúil eile gan a bheith róláidir. Fuair sé leathchéad punt ó lucht na hoibre agus shíl sé nach mbeadh easpa air féin ná ar a mhuintir an fhad is a mhairfidís arís. Cheannaigh sé bád iomartha agus ghléas sé féin crann agus seolta di. Fuair sé doruithe agus neart duán agus chuaigh ag iascach dó féin – culaith bhreá éadaigh air agus slabhra airgid lena bholg. Agus, ar ndóigh, dá gcastaí fear ar bith ón mbaile air agus é amuigh, ní baol go ligfeadh sé abhaile é gan deoch a ól leis. Ní bheadh aon iontas ann ach an oiread beirt nó triúr eile acu ag bualadh isteach le linn dó a bheith sa teach ósta, agus, tharla go mbíodh seisean istigh rompu, ní dhéanfadh sé cúis dó gan fáilte a chur rompu agus deoch a thabhairt dóibh. Dá bhfanfaidís scaitheamh ansin agus cúpla gloine a ól le chéile, b'fhéidir nach mbeadh na daoine nár íoc fós sásta imeacht gan íoc, agus, dá mbeadh an teach ósta á dhúnadh, céard a d'fhéadfaidís a dhéanamh leis an gceist a chur i gceart ach dul go dtí teach éigin eile ina mbeadh cártaí agus ceol agus damhsa agus uisce beatha nár íoc cáin an rí riamh. Bhí dúil ag Páidín sa bpoitín, bhí dúil aige i gceol agus in imirt chártaí. Bhí bláth na hóige air, agus an fhuil ag coipeadh go teann ann, agus ó bhí caoi aige anois, tar éis a bheith chomh fada sin ag ciapadh leis an saol, níor chuir sé cosc dá laghad leis féin; bhain sé a fhaic amach.

Níor fhéad an obair sin gan a chuid airgid a laghdú. I gceann bliana is beag a bhí aige, agus ar theacht an tsamhraidh arís ní raibh pingin dá bhfuair sé nach raibh imithe le fána uaidh. Bhí sé ag iarraidh greim a bhéil a shaothrú leis an mbád iomartha go mbeadh na fataí le baint aige, agus é ag cinnt air. Bhí sé féin agus a athair agus a mháthair i gcruachás. Bhí radharc na leathshúile eile ag dul i ndonas ionas nár éirigh leis mórán a dhéanamh. "Mo léan géar, is mise an bithiúnach a chuir an droch-chaoi seo ar m'athair agus ar mo mháthair féin i ndeireadh a saoil," a deireadh sé agus é ina shuí ar chloch sa gcladach ag déanamh aithrí leis féin. Ansin d'éiríodh an fhuil the ag preabadh ina chuisleacha. Bhíodh an cathú céanna air dul agus a fhaic a bhaint amach a bhí nuair a bhí airgead aige. Théadh sé amach ag iascach ansin ina aonar ina bhád ach ní fhéadfadh sé dul i bhfad ó bhaile mar gheall ar a radharc a bheith go dona. D'fhanadh sé ar an bhfarraige go dul faoi don ghrian ag fáil sásaimh agus sóláis ó na lonnaí agus ó na tonnta agus ó gach ar bhain leis an bhfarraige. Ach sin a bhfaigheadh níos minice ná eile, agus thosaíodh sé ar aithrí a dhéanamh arís ag dul abhaile dó.

Nuair nach raibh tada le fáil ach mar sin aige, agus easpa agus gá ar a athair is ar a mháthair, b'éigean dó fóirthin a iarraidh dóibh ar oifigeach na mbocht, agus d'inis a scéal dó.

"Bhfuil tada acu a chóthódh iad?" arsa an t-oifigeach.

"Níl," arsa Páidín.

"Cén duine a bhí ag saothrú dóibh go dtí seo?"

"Mise," arsa Páidín, "ach tá sé ag cinnt orm le tamall fada."

"Ós mar sin é," arsa an t-oifigeach, "ní fhéadfaidh siad aon fhóirthin a fháil ach i dTeach na mBocht."

"Tuige sin?" arsa Páidín agus fearg ag teacht air.

"Mar gheall ar thusa a bheith amuigh. Níl agaibh ach ceann den dá rud a dhéanamh – iadsan dul isteach agus gheobhaidh siad fóirthin ann, nó tusa dul isteach agus gheobhaidh siadsan fóirthin taobh amuigh," arsa an t-oifigeach mar a bheadh sé ag léamh as leabhar.

Ghread Páidín leis abhaile agus é le buile. Bhí air dul go Teach na mBocht. Ní fhéadfadh sé na seandaoine a ligint ann, agus ní raibh sé ar a chumas iad a chothú. Shiúil sé abhaile tríd an gcriathrach íseal uaigneach atá idir Caladh Éamoinn agus Coill Mháirtín. Bhí sé ag siúl ar chiumhais na mara ag éisteacht le glór míshuaimhneach na taoille ar an trá agus a ghéaga ar crith le teann aiféala gur chaith sé a chuid airgid. D'airigh sé an leathshúil a bhí slán aige go han-dona. D'fhéach siar uaidh thar Chuan Chasla, ach ní raibh Oileáin Árann le feiceáil cé go mba lá breá grianmhar samhraidh a bhí ann, agus an smólach ag seinm go meidhreach sa tom aitinn lena thaobh. Chuala sé go minic go bhfeicfeadh duine, a raibh a radharc go réasúnta chor ar bith aige, Oileáin Árann aon lá a mbeadh an smólach ar an gcriathrach bog sin. Bhí a fhios aige go raibh sé ag éirí dall ar fad. Dhún sé a leathshúil go bhfeicfeadh sé cén chaoi a mbeadh leis nuair a bheadh sé dall. Shíl sé siúl agus mhothaigh sé é féin ag dul anonn is anall. Rinne sé iarraidh lena bhealach a dhíriú ach theip air agus thit sé i bpoll móna. "A Thiarna Dia," arsa sé os ard, "déan trócaire orm agus ná bain díom mo radharc. Ná bain, a Thiarna! Ná bain!"

Ansin chuaigh sé isteach abhaile. Bhí a mháthair istigh roimhe.

"Cén scéal é?" arsa sise.

"Drochscéal," arsa seisean.

"Go sábhála Dia sinn ó gach uile olc. Ach inis dom é."

"Beidh mé i dTeach na mBocht sula mbeidh an tseachtain caite. Beidh mé dall teacht na Nollag ach gheobhaidh sibhse fóirthin anseo," arsa sé.

"Dia idir sinn agus an donas, ní aon chall duit dul ansin," arsa an tseanbhean.

"Tá, a Mhaim," arsa Páidín, "mar ní bheadh tada le fáil agaibhse anseo dá bhfanfainn amuigh. Sin dlí atá acu agus mo mhallacht air mar dhlí; ach is é is measa liom go bhfuil orm a bheith umhal dóibh ar bhur sonsa."

Thosaigh an tseanbhean ag gol agus ag baothchaint agus ag rá go rachadh sí féin isteach ina leaba.

"Ná bac le caoineadh, a mháthair," arsa Páidín, "mise a chaith an t-airgead agus mise a íocfas as."

Nuair nár éirigh léi é a shárú an lá sin bhíodh sí ag rá leis go mb'fhéidir go bhfaigheadh a leathshúil biseach san ospidéal ann agus go dtiocfadh sé abhaile chucu arís agus a radharc go maith aige.

Ach ní mar sin a tharla. Is ar éigean a bhí sé istigh go raibh sé ina dhall.

*

Lá grianmhar fómhair dá raibh na boicht á ngrianú féin go sásta ar chúl an tí chonaic siad fear ag teacht chucu agus é ag cuartú roimhe lena mhaide láimhe.

"An bádóir fiáin sin as Caladh Éamoinn," arsa duine.

"Is é atá ann," arsa duine eile.

"Tá a radharc caillte aige ó tháinig sé isteach, agus, mura bhfuil mé ag dul amú, ní mórán céille atá aige agus an chaoi a mbíonn sé ag troid leis an Máistir agus gach uile dhuine eile," arsa an chéad fhear a labhair.

"Múinfear ciall dó anseo, mh'anam, sula bheas sé i bhfad ann," arsa sramacháinín d'fhear a bhí istigh le seacht mbliana.

"Bhfuil a fhios agaibh céard a rinne sé ar maidin inniu?" arsa seanfhear i mBéarla, nach raibh aige ach leathlámh.

Dúirt siad uile nár chuala siad aon trácht ar an rud a rinne sé ar maidin.

"Sháigh sé cos scuaibe a bhí aige isteach i bpoll sa mballa agus bhris sé í agus é ag rá 'Bainfidh mé bord eile aisti, a Sheáin. Bainfead.' Cuirfidh siad dlí air. Cuirfidh, mh'anam," arsa an seanfhear arís.

"An fear bocht! An fear bocht! Níor chleacht sé riamh a bheith faoi ghlas mar atá," arsa seanfhear liath cromtha a raibh dealramh na farraige ina éadan.

Cuireadh cosc lena gcuid cainte, mar bhí Páidín féin ag teannadh leo, é ag siúl go réidh cúramach, agus a mhaide amach roimhe.

"Tá tú ceart," arsa an fear liath, "buail fút."

Shuigh Páidín ar chlár adhmaid in aice an fhir léith. Bhí a cheann go hard san aer aige ag iarraidh an ghrian a fheiceáil. D'imigh cuid acu ag iarraidh ruainne tobac ar fhear a raibh cúpla unsa aige. D'fhan an seanfhear liath agus Páidín.

"Tá an ghrian díreach ó dheas," arsa Páidín, "agus, mura bhfuil mé ag dul amú, tá gaoth aniar-aneas ann."

"Tá an ceart agat," arsa an seanfhear, "is deacair bádóir a shárú ar an ngaoth."

"Tús rabharta atá ann," arsa Páidín.

"Tá sé ina lán mhara ag Béal an Chuain," arsa an seanfhear.

"Seanbhádóir thú?" arsa Páidín.

"Tá sé ina lán mhara ag Béal an Chuain agus é ina thús trá faoi Cheann Gólaim," arsa an seanfhear.

"Más mar sin é, ní bhéarfaimid ar chéibh an Rois an taoille seo," arsa Páidín.

"Mura mbéarfaidh, muis, is drochbhád í. Fáisc isteach an seol uirthi agus bainfidh mise cuid de na clocha seo aisti."

Thosaigh Páidín ag tarraingt na téide a bhí lena thaobh chuige, agus ag coinneáil a dhroma lena mhaide draighin a bhí i scailp sa mballa aige. Bhí an seanfhear ag cartadh na gcloch a bhí timpeall air.

"Fan ar an mbord fúithi, a dhuine, agus ná déan chomh corrach sin í. Sin é é. Tá fuadar fúithi anois, má bhí riamh. Féach na blátha bána atá sí a chur uaithi! Bhí a fhios agamsa riamh go raibh sí in ann bord a dhéanamh chomh mhaith le haon bhád acu! An í siúd bád Mharcais Mhóir atá ag iarraidh an ghaoth a bhaint di?" arsa Páidín agus é mar a bheadh sé ag féachaint go géar ar bhád éigin eile.

"Is í atá ann, ach cuirfidh carraig Bhéal an Chuain timpeall í," arsa an fear eile, a bhí ina luí ar a bholg agus na súile leathdhúnta aige ar nós bádóra a bheadh ag faire.

"An rón é sin amach romhainn?" arsa Páidín.

"Rón, dar mh'anam," arsa an fear eile, "agus dá mbeadh gunna agam!"

Cé lena aghaidh?" arsa Páidín.

"Lena chaitheamh, a dhuine, deile?"

Chaith Páidín an téad a bhí ina láimh uaidh. Bhain sé a dhroim ó halmadóir, mar a shíl sé, agus chuir sé comhartha na croise air féin.

"Go sábhála Dia sinn!" arsa sé, "agus dhéanfá é agus fear de mhuintir Chonaola sa mbád leat?"

"Dhéanfainn, cuma cén duine a bheadh ann."

"Dá ndéanfá, bheinn ag gabháil den mhaide seo ort go mbeadh an braon deireanach silte agat," arsa Páidín agus cuma troda air.

"A dhuine mhímhúinte, ná buail an seanfhear liath sin," arsa duine ar a ghualainn.

Bhí na fir eile ina dtimpeall le scaitheamh agus iad ag breathnú orthu le hiontas. Duine acu a labhair le Páidín. Buaileadh clog agus thosaigh na daoine ag filleadh isteach. D'inis Páidín don fhear liath go raibh ar gach duine de mhuintir Chonaola na rónta a chosaint mar bhí gaol acu le chéile. Níor fhéad sé níos mó a rá mar bhí an Stiúrthóir á gcur ina dtost.

I ndiaidh a chéile, gan focal gan gáire ag éinne acu, gan na smaointe féin ag cuid acu, is ea a chuaigh siad isteach an doras mór dubh.

*

D'fhilleadar isteach go mall righin sa seomra a bhí leagtha amach lena n-aghaidh – cuid acu ag dearcadh ar na soithí tae go santach, cuid eile ag baint lán a dhá súl as an arán a bhí ar cheann gach boird agus cuid eile fós ag féachaint leis an sú a bhaint as ruainne tobac a bhíodh ina mbéal acu i ngan fhios don Stiúrthóir.

Is é Páidín an duine deireanach a bhí ina shuí. Gach aon tráthnóna bhíodh sé ina shuí ag an mbord céanna ag ól tae as an gcupán céanna agus na daoine céanna ina thimpeall. B'in é an scéal a bhí aige gach oíche ó tháinig sé ann, ach bhí sé ní ba mhíshásta anocht ná a bhí riamh cheana. Chuir fothram na ndaoine ina thimpeall cantal air. Cheap sé go raibh siad ag breathnú air agus drochintinn acu dó. Gach aon ghreim dár chuir sé ina bhéal bhí fiche duine ag breathnú air, dar leis. D'éist sé tamaillín eile lena nglór. Thosaigh sé ag ceapadh dó féin gur torann iomartha a bhí ann agus níor éirigh leis go maith. Chuala sé an abhainn ghlórach a shleamhnaíos le claí an tí ag dul le fána go dtí an fharraige mhór ag insint scéil éigin dó. Chuir sé cluas ghéar air féin go mbeadh a fhios aige an mbainfeadh sé aon mheabhair as an torann sin a bhí á bhodhrú ar an gcuma sin. Bhain. "Fan fút, a dhuine! Fan!" arsa sé os ard.

Bhris miongháire ar na daoine ina thimpeall. D'éirigh sé de phreab, le teann taighd go raibh siad ag magadh faoi.

"A chneámhairí an domhain, an fúmsa atá sibh ag gáire? Ach ná bíodh aon dearmad oraibh, tá mise i m'fhear do dhuine ar bith agaibh," arsa sé agus é ag bagairt an mhaide orthu.

Tháinig an Stiúrthóir agus chuir iallach air suí. Shuigh sé agus shíl sé beagán tae a ól ach theip air. D'fhan sé go neamh-fhoighdeach ar feadh tamaill bhig agus ansin d'éirigh sé athuair. Rug sé ar a mhaide draighin ina láimh agus amach leis an doras.

"Beithíoch fiáin nár chóir ligint in áit a mbeadh daoine," arsa duine os íseal.

"Fear gan splanc chéille ar bith aige," arsa duine eile.

"Is iad na diabhail úd nach raibh a ndóthain riamh acu go dtáinig siad isteach is deacra a shásamh," arsa an chéad fhear arís.

Chuir an Stiúrthóir ina dtost arís iad agus é ag tabhairt mionnaí faoina fhiacla. Scarachán de dhuine suarach, a fuair a phost ón Máistir mar gheall ar é a bheith ag déanamh spiadóireacht ar na daoine eile, ab ea é. Tháinig a fhear cúnaimh chuige ag fiafraí an rachadh sé i ndiaidh Pháidín.

"Ná bac leis," arsa sé, "ní dhéanfaidh sé aon mhoill ón tae." Agus níor bhac.

Maidir le Páidín, ghread sé leis amach an geata chomh luath sciobtha agus a d'fhéadfadh dall a dhéanamh agus amach leis ar an mbóthar. Oíche bhreá chiúin réaltmhar a bhí ann agus ní mórán achair a bhí sé ag fágáil an tsráidbhaile a raibh Teach na mBocht ann ina dhiaidh. D'airigh sé é féin chomh bríomhar teann is a bhí sé riamh. Thug sé léim ar an mbóthar go bhfeicfeadh sé an raibh sé chomh scolbánta agus a bhí sula ndeachaigh sé isteach. Mhothaigh sé an fhuil ag preabadh go hiontach ina chuisleacha agus an ghaoth aniar aneas ag séideadh ón bhfarraige chuige. Bhí bláth na hóige air arís go raibh sé saor ón gciapáil a baineadh as le scaitheamh aimsire. Bhí an bóthar ag sciorradh uaidh leis an bhfuadar a bhí faoi.

Ach sheas sé ar ardán a bhí sa mbóthar tuairim is míle ón mbaile go ligfeadh sé a scíth. Chuir sé a cheann in airde san aer go bhfaigheadh sé boladh na farraige. Fuair. Níor fhéad sé fanúint gan dul níos gaire don chladach agus ghread sé leis arís mar a bheadh mionnán lá breá earraigh ann. Ach leis an ealaín a bhí aige chuaigh an bóthar amú air. Bhí sé leis féin ar an bportach, agus é ag éirí tuirseach, gan a fhios aige cén bealach ab fhearr dó dul.

Lig sé béic, i gcás dá mbeadh éinne ina ghar, go dtreoródh sé é. Ní raibh. Sheas sé agus mhothaigh sé go raibh sé ar bhruach aibhne, agus go raibh aill nó clochar lena thaobh. Shiúil sé go cúramach nó gur airigh sé scailp lena mhaide faoi bhun na haille. Chuaigh sé isteach ann, agus gabháil raithní aige, go ligfeadh sé an oíche thairis ann.

Chaith sé é féin go trom tuirseach ar an raithneach, agus thosaigh ag machnamh dó féin. Leag sé a cheann isteach ar an gcloch a bhí lena dhroim, agus gan mórán achair bhí an fear bocht ina chodladh. Ina bhrionglóidí chuala sé torann na farraige móire i ngar dó; chuala sé gíoscán adhmaid na mbád agus iad ag dul le scóid. Bhí áthas an domhain air agus é ina chodladh.

*

Fuair maor caorach ar maidin é agus é ionann is a bheith préachta leis an bhfuacht agus leis an tsneachta a bhí go tiubh ann ar feadh na hoíche. Tugadh go teach éigin sa gcomharsanacht é go bhfaighfí tuairisc cárbh as é nó cérbh é féin. Frítheadh an tuairisc sin gan mórán achair. Tugadh abhaile é go dtí a mháthair.

Ghlac eitinn é sula raibh sé ráithe sa mbaile, de bharr na hoíche a bhí sé sa scailp, agus ón am sin thosaigh sé ag dul i ndonas agus i lagar ó ló go ló, ionas go mb'éigean dá athair dul ag iascach arís ina sheanaois le beagán a chur leis an gcúnamh a bhíodar a fháil ó Fhóirthineoirí na mBocht.

Tháinig an samhradh arís agus bhí muintir an Churraigh agus muintir an Chalaidh ag ciapadh leis an saol go fóill agus na fir oibre ag coimhlint leis an rabharta taoille tuile, gur cuireadh iallach orthu scor den obair a bhí ar láimh acu ar na hoibreacha poiblí.

Bhí torann agus gleo a gcasúr agus a n-ord le cloisint i bhfad agus i ngearr. Agus chuala Páidín Mháire iad agus é ina luí ar a leaba shócúlach sa mbaile.

"Oscail an doras go bhfeice mé na daoine ag obair," arsa sé lena mháthair lá.

Rinne a mháthair amhlaidh ag iarraidh é a shásamh.

"Tá Páidín Mhicil agus Seán Fada ann fós, a Mhaim, ag casadh na n-ord, agus, mura bhfuil mé ag dul amú, is é Séamas Mhicil Mhóir atá ag coinneáil beara dóibh."

"Is é atá ann gan amhras, ach níl aon chall duit thú féin a bhodhrú leis na hoibreacha mí-ádhúla céanna," arsa a mháthair.

"Agus tá an rabharta mór ag teacht, díreach mar a bhí an lá deireanach a raibh mise ag obair ann. Féach, a mháthair, nach bhfuil? Meas tú, dá dtiocfadh an rabharta i ngan fhios orthu, an mbeadh siad in ann obair a dhéanamh faoi fharraige? Cuma sa domhan é, bheadh na bádóirí in ann bádóireacht a dhéanamh. Nach aisteach an saol a bheadh ag duine ann, a mháthair, agus na míolta agus na rónta agus muca mara mar bheithígh cheansaithe aige?"

Dúirt an mháthair leis gan a bheith ag caint chomh haisteach sin agus a shuaimhneas a ghlacadh.

"Agus nach bhfuil gaol agamsa le rónta, a mháthair? Agus chuideodh siad liom faoi fharraige, mar is iomaí uair a labhair mise ar a son. Sea, agus d'fhéadfaimis leaba shócúlach nó coirlí a bheith fúinn chomh maith is atá anseo; b'fhéidir nach mbeadh call súile ar bith dom ann nó b'fhéidir go ndéanfadh lia éigin i measc na rónta mé a leigheas? An dtiocfá liom ann, a mháthair?"

"Glac go réidh thú féin, a chuisle, nó tiocfaidh an chasacht ort arís," arsa a mháthair.

"Agus d'fheicfinn na báid os mo chionn agus bheadh comhartha agam ar gach bád acu. D'fheicfinn os mo chionn iad chomh soiléir agus atá an dá ghleoiteog sin amuigh ag Béal an Chuain le feiceáil agam anois."

Chuir an tseanbhean a méar in aice a leathshúile ach níor mhothaigh sé tada.

"Féach iad ag teacht ar an leathbhord céanna ón gCeann agus na fir oibre ag féachaint orthu ag coimhlint ... Sin í gleoiteog Mharcais Bhig, an ghleoiteog dhubh sin atá i dtosach, ach bainfidh an bád eile an charraig di. Á, a Mharcais, dá fheabhas thú níl tú in ann an bairneach a bhaint den chloch! Sin timpeall iad! Dar m'anam is dona a chruthaigh sibh, a chladhairí! Carraig Bhéal an Chuain ag cur báid ón gCeann timpeall ar an ngaoth seo! Mo léan, dá mbeadh mise i mbád acu mhúinfinn bádóireacht dóibh! A Mharcais, a Mharcais! Céard atá ort mar sin ag dul i gcontúirt do bháite? Tugaidh cúnamh dó, a chladhairí! Tugaidh!"

Agus d'éirigh sé ina shuí sa leaba le dul go dtí an áit ar shíl sé na báid a bheith, go dtugadh sé cúnamh don fhear a shíl sé a bheith á bhá. Ach níor fhéad sé éirí as an leaba.

Bhuail casacht arís é. Bhí a mháthair ag iarraidh é chur ina chodladh. Shíl sé labhairt léi ach níor fhéad. Bhí an t-anam imithe as.

Cuireadh sa reilig sin atá thiar-ndeas ó Chaladh Éamoinn ar chiumhais na farraige é, ach de réir bhaothchaint na mbádóirí is míshuaimhneach a bhí sé faoin bhfód. Oíche dhorcha bhaolach ar bith bhíodh sé amuigh ar an bhfarraige ag cuidiú agus ag cúnamh le bádóirí a bheadh i ndainséar crua sa gcuan.

Ach is cosúil nár chreid a mhuintir na scéalta úd, mar bhíodh a mháthair ag cur paidre lena anam gach maidin ag bun an chrainn fuinseoige a bhí os cionn a uaighe, nó go dtáinig an lá a ndeachaigh sí féin agus a fear go Teach na mBocht.

Páidín Mháire[1]

Nine years ago, the entire Ballycorry area was all abustle with the relief works in progress to assist the poor.

They were building a road from Traught Island to Collaymon Harbour and it was quite something to see the amount of work they had to do in the depths of the sea before the fruits of their labour could be seen above water. But if there was any team of men that could change the landscape through strength of bone, muscle and sinew alone, these men could. They were working hard and fast on the rough sea bed, struggling against the tide that was rising quickly to arrest their progress until it would ebb once more. The din of their mallets and hammers could be heard for miles around as they drew sparks from iron and granite, tunnelling holes into boulders in order to fill them with gunpowder and blow them to pieces.

They seemed a strange crew in such a place, pitching their physical strength and power alone against the wild sea – hundreds of men, young and old, digging and tunnelling, three to a gang, alternately striking with the hammers, their veins and sinews pumping and easing with each effort to tunnel the hard stone.

"It's deep enough," shouted the man holding the bar for Páidín Mháire and Stephen Peig.

The two men threw away the hammers in great haste and began to clean out the hole they had tunnelled into the stone.

"Christ," said Páidín Mháire, "it's hard work. I'd much rather be in the *púcán*[2] with John Beag off Golam Head. It'd make a great day for wrasse fishing on this wind."

"Bad luck to the wrasse!" said the other man, "Why bother with them when the public works are going on? You'd be a long time fishing for wrasse before you'd make seven and six pence a week out of them."

"You'd make it in a single day if you got them," said Páidín, shoving the gunpowder into the hole impatiently.

"Leave them to those who didn't manage to get work here this morning, but I wouldn't throw away steady work to go fishing for them," said Stephen, wiping the sweat from his brow with the sleeve of his *báinín*.[3]

But Páidín wasn't content with that. He was a fisherman by birth and hadn't spent too many days on dry land since childhood, that is until the coming of this bad year. When it came, he had no option but to join the public relief works to support his ailing father and mother. When not in a boat, Páidín never seemed very settled. He was of the Conneely clan who, it is said, are related to the seals and it appeared thus too because every shower of rain that came sweeping in from the west over the sea seemed to create a certain despondency in him, while every spring tide seemed to cause a rush of blood through his veins, drawing him, inevitably, towards the sea.

"You've enough done now," said his comrades to Páidín who was packing the hole tightly with mud, "it's grand now. Light the fuse."

The other man went to warn the others of the explosion. Paudeen lit the fuse leading down into the hole to where the powder charge lay. Then he ran, along with those around him, and took shelter.

They waited a couple of minutes for the explosion. But the rock didn't explode. Another few minutes then, growing more impatient. They waited five more minutes, fidgeting in agitation.

"It's failed," said one.

"Maybe it hasn't. Better to be patient."

They waited until finally their patience broke.

"It's a failed charge," said the ganger. "dig it out."

Each gang of three went back to swinging hammers and chiselling again. Páidín and the other two went to clean out the hole. They approached the rock with caution at first but, as it didn't explode, their courage rose and they drew nearer.

Bang! The rock exploded into smithereens, high into the air, sending sand and chips of stone flying in all directions and filling the air with smoke and the smell of powder. The workmen flung down their hammers and ran to the rock as quickly as they could.

Páidín Mháire lay stretched, his face plastered in sand, with one eye blown clean away. The doctor arrived and did his best to patch up the various wounds but said it was too soon to say whether Páidín would recover or die. He was laid in a boat and brought to his mud hut near Collaymon Harbour, where his father and mother were waiting for him.

"What an awful pity you weren't fishing today, Páid. Where you wanted to be is where you should have been," said Stephen Peig as he left the house; and Páid was left stretched on the flat of his back in his comfortable bed, with his mother to attend him.

*

Páidín had been a strong fit man, never sick a day in his life, so he recovered quickly, practically within a month. However, the sight in one eye had been irreversibly lost and the other one had been weakened. He received fifty pounds in compensation from the Board of Works and thought that neither he nor his family would ever want for anything again as long as they lived.

He bought a wooden currach and made, rigged and fitted a mast and sails for it. He bought baits and hooks and went fishing – in a fine suit with a silver chain across his midriff. And, to be sure, if he met any of his neighbours while out, he made sure to bring them for a drink afterwards. It was no surprise then to find two or three calling into the pub when he'd be there and, as he was there first, nothing would do him but to welcome them and give them a drink. If they stayed a while then and had another few glasses together, those who hadn't bought a drink wouldn't be happy to leave without buying a drink themselves and if the pub was closing then the only way the matter could be resolved would be to go to another house where there would be cards and music and dancing and whiskey of the sort never to have seen a customs and excise man. Páidín was fond of *poitín*.[4] He was fond of music and cards too. He was in the prime of his life, blood coursed powerfully through his veins and, having spent so long struggling and striving just to get by, but now possessing the means, he lived it up and didn't hold back.

Such an attitude could only deplete his store. After a year of this he had little enough left and by the following summer every penny he had received had slipped through his hands. He tried to make enough to feed himself and his parents through fishing until the potatoes were ready for harvesting but he wasn't catching enough. Both he and his parents were in a fix. The sight in his other eye had further weakened and he really wasn't able to do much. "Oh, shame on me," he'd say to himself as he sat on a rock by the harbour, seeking his own absolution, "What a complete scoundrel I am to have left my parents in this state at the end of their days." Then the blood would rise in him again. The temptation to live it up was still there, despite being penniless now. He'd go out fishing then on his own but was never able to go out far as his eyesight was failing. He'd remain out on the sea until sunset, the ripples and the waves and everything to do with the sea calming his spirit. More often than not, however, that is as much as he would get for his efforts, as well as a return once more to mournful penitence on the journey back in.

Eventually, he wasn't able to catch a thing, leaving his parents in a pitiful state of want and need; he had no choice then but to seek some form of relief from the poor officer. He told him his story.

"Have they any means to support themselves?" asked the official.

"No," replied Páidín.

"Who was providing for them until now?"

"I was," responded Páidín, "but I haven't been managing to now for a long while."

"If that is the case," said the official, "the only place they will get relief is in the poor house."

"Why's that?" said Páidín, growing angry.

"Because you are not in the poor house. You have only two options – they go in, in which case they will get relief there, or you go in, in which case they will receive relief outside," replied the official, as if reading from a book.

Páidín headed back home in a rage. He would have to sign himself into the poor house. He couldn't put his elderly parents in there, and he simply wasn't able to provide for them. He walked home through the low, lonely, pitted bog that lies between Collaymon and Killmartin. He walked close to the seashore listening to the tide's disgruntled breaking on the beach, his limbs shaking with regret at having spent all his money. His one good eye seemed to have worsened. He looked out over Casla Bay but couldn't see Aran in spite of the fact that it was a fine, sunny, summer day with a thrush singing merrily from the gorse bush at his side. He had often heard it said that any person with even middling eyesight could see Aran from that swampy bog on any day the thrush could be heard. He knew now he was going completely blind. He closed his eye to see how he might fare were he to become totally blind. He tried to walk but felt as if he was swinging back and forth. He tried to make himself walk in a straight line but couldn't and fell into a bog hole.

"Oh, Lord God," he cried aloud, "have mercy on me and don't take away the bit of sight I have left. Don't Lord! Don't!"

He went home then. His mother awaited him.

"Any news?" she asked.

"Bad news," he said.

"God save us and protect us. Tell me what it is."

"I'll be in the poor house before the end of the week. I'll be blind by Christmas but you two will get relief money here."

"God between us and all harm, there is no need for you to go in there," said the old woman.

"There's every need," said Páidín, "because you won't get a single penny here if I don't go in. That's the law as far as they are concerned and damn it for a law; and the worst of all is that I'll have to lower myself and abide by it for your sake."

The old woman began to cry aloud, saying she would go to the poor house in his stead.

"There is no need to cry, mother," said Páidín, "I spent it and I'll pay for it."

She couldn't manage to convince him otherwise but as the week wore on she began to suggest that maybe his eye might improve in the hospital there and that he'd return home to them with his sight restored.

But that's not what happened. He was scarcely in the place before going completely blind.

*

One sunny day in late autumn, as some of the inhabitants of the poor house sat sunning themselves happily at the back of the building, they saw a man coming toward them who was feeling the way before him with a stick.

"It's that mad boatman from Collaymon," said one.

"That's him indeed," said another.

"He's gone blind since he came in here and, unless I'm mistaken, he's gone mad too judging by the way he rows with the Master and everyone else in the place," said the first man who had spoken.

"Mark my word, they'll teach him sense here yet before long," said a rheumy-eyed weed of a man who had been there seven years.

"Guess what he did this morning!" said an old man with one arm, in English.

Nobody had a clue as to what he had done.

"He stuck the handle of a brush into a hole in the wall and broke it, saying 'I'll put her about, Seán. I'll put her about.' They'll fine him. They will, I'm telling you," said the old man again.

"The poor man! The poor man! He has no experience of being cooped up like this," said an old, stooped, grey-haired man, his face weathered by the sea.

No more was said as Páidín was drawing close now, walking slowly and carefully, his stick before him.

"You're grand now," said the grey-haired man, "sit down there for yourself."

Páidín sat on a wooden plank alongside the grey-haired man. He was holding his head high, as if trying to see the sun. Some of them went off to look for tobacco from a man who had a few ounces. The old grey-haired man and Páidín stayed put.

"The sun is due south," said Páidín, "and, if I'm not mistaken, that's a south westerly."

"You're right," said the old man, "it's hard to beat a boatman when it comes to the wind."

"There's a spring tide in it," said Páidín.

"It's high tide at Baylacuan," said the old man.

"You're a boatman?" asked Páidín.

"It's high tide at the mouth of the bay and it's starting to ebb at Golam Head," said the old man.

"If it is, we'll hardly make Ross pier on this tide," said Páidín.

"If we can't, she's not much of a boat. Lash in the mainsail there and I'll get rid of some of the ballast."

Páidín began pulling on a bit of a rope at his side, keeping his back to his blackthorn stick which he had stuck into a crack in the wall. The old man was digging up the stones about him.

"Keep tacking now, man, don't let her roll. That's it now. She's running as fast now as ever she did. Look at the wash she's leaving in her wake! I knew well she could run as fast as any boat! Is that Big Marcus' boat trying to steal the wind from her?" said Páidín as if looking hard at another boat.

"That's her alright but Baylacuan rock will force her about," said the other man who was now lying on his belly, eyes squinting, like a boatman on watch.

"Is that a seal there ahead of us?" said Páidín.

"It's a seal alright," said the other man, "and if only I had a gun!"

"Why?" said Páidín.

"To shoot it, man, what else?"

Páidín threw away the rope he had in his hand. He straightened up from the helm, or so he thought, and blessed himself.

"God save us!" he said, "and you'd do that with a Conneely in the boat with you?"

"I would and I wouldn't care less who'd be in the boat."

"If you did, I'd wear this stick on you until I'd spilled every drop of your blood," said Páidín squaring up to him.

"Don't hit that old man, you bad mannered git," said someone at his shoulder.

The other men had been gathering around them for a while now, watching them in amazement. It was one of these men who had spoken to Páidín.

The bell went and everyone started to move inside. Páidín tried to explain to the grey-haired man that the Conneely clan were obliged to protect the seals because they were related to them. He didn't have an opportunity to say more as the Director was hushing them up now.

One after another, joylessly, and some even mindlessly, they began to file in through the big black door.

*

Slowly, they shuffled into the dining hall – some eyeing the vats of tea greedily, others staring at the mounds of bread at the head of each table, while more still tried to suck the tobacco juice from the plugs they had secreted in their mouths unbeknownst to the Director.

Páidín was the last person to sit down. Every evening he sat at the same table, drinking tea from the same cup with the same people around him. It had been the same way each evening since he had first arrived there but tonight he felt a greater unease than at any time previously. The noise from those around him made him cranky. He thought they were staring at him, full of bad intentions. He imagined twenty pairs of eyes eyeing every bite he put into his mouth. He listened to the multitude of voices a while. He tried to imagine it as the sound of rowing but the sound wouldn't settle in him. He heard the noisy river flowing by the boundary wall on its descent to the sea, as if it were trying to tell him something. He listened closely to see if he could make sense of the noise that was now practically deafening him. He succeeded. "Stay down, man! Stay down!" he cried aloud.

The others around him began to giggle. He stood up all of a sudden, enraged because they were mocking him so.

"You shower of crooks, are you lot laughing at me? I'll have you know that I could take any one of you on," he said, threatening them with his stick.

The Director came over and told him to sit back down. He did so and tried to drink some more tea but couldn't. He sat there in great agitation for a moment before standing up again, grabbing his blackthorn stick and making for the door.

"A wild animal shouldn't be let lie with human beings," whispered one of the men.

"That man hasn't an ounce of sense," said another.

"It's the devils who never had enough in the first instance, ever before they came in here, that are the hardest to please," said the first man again.

The Director silenced them once more, cursing under his breath. He was a crusty old sod who had been given the job by the Governor because of his propensity for spying on others. His assistant came up to him to see if he should go after Páidín.

"Don't bother," siad the Director, "he won't stay away long from his tea." As a result, the assistant didn't bother to follow him.

As for Páidín, he took off out the gate about as quickly as a blind man could and got out onto the road. It was a fine, quiet, starry night and it wasn't long before he had left behind both the poor house and the town itself. He leaped up from the road to see was he as fit as ever. He could feel the blood pumping freely in his veins and on his skin a south westerly blowing in from the sea. He felt in the prime of his youth once more, freed now from all the torments he had suffered this last while. His great haste ate up the road.

He stopped for a while to rest on a height about a mile from the town. He lifted his head high to catch a whiff of the sea. Its scent came to him. He couldn't wait to get nearer to the shoreline and took off again like a kid goat on a spring morning. But in his excitement he lost the path. He was alone on the bog now, tiring and unsure as to which way to go.

He shouted out in the hope there might be someone nearby who could lead him. There was no one. He stood still and got the feeling that he was on the bank of a river with a cliff or a ridge of stone at his side. He kept going, treading very carefully, until he found a hollowed cleft at the base of the cliff with his stick. He gathered an armful of dry bracken and went in to shelter then and pass the night.

He threw himself down onto the bracken, exhausted, and began to settle. He lay his head back on the rock behind him and in no time at all the poor man was asleep.

In his dreams he heard the great sound of the sea close by; he heard the creaking of wood on wave as the boats caught a gust of wind. In his sleep he was a very happy man indeed.

*

A shepherd found him the next morning, almost frozen with the cold, following a heavy snowfall during the night. He was brought to a house in the locality in order to ascertain where he was from and find out who his people were. They got their answer soon enough and he was taken home immediately to his mother.

After only a few months at home it became clear he had contracted T.B.[5] as a result of that night spent in the hollow and from there on in he grew weaker by the day until his father, even in his old age, had to go fishing again in order to add a bit to the meagre handout they were getting from the Relief Office.

Summer came around once more and the people of Ballycorry and Collaymon were still struggling to survive, the workers engaged once more in a battle against the rising spring tide before the waters would force them to arrest their labours.

The din and noise from their hammers and mallets could be heard for miles around. Páidín Mháire heard them as he lay in his warm bed.

"Open the door so I can see the people working," he called out to his mother one day.

His mother did so to keep him happy.

"Páidín Michael and Tall John are still at it, Mam, swinging the hammers, and if I'm not mistaken, that's Jimmy Michael Mór[6] steadying the iron bar for them."

"That's him to be sure but there's no need now for you to go bothering yourself with those misfortunate works," said his mother.

"And there's a big spring tide coming, just as there was on my last day there. Look, mother, there is, isn't there? Do you think now if the spring tide caught them on the hop they'd still be able to work underwater? It'd make no difference to the boatmen, of course, they'd still be able to float a boat. Wouldn't it be a strange life all the same, mother, to have whales and seals and porpoises for domestic livestock?"

His mother told him not to be saying such strange things and to take his ease.

"But sure, am I not related to the seals, mother? And wouldn't they come to my assistance under the sea, for I've always stood by them and spoken on their behalf? They would indeed and we would have a grand comfortable bed there, maybe even a coral bed, as good as any we have here; maybe I wouldn't need any eyes there at all or maybe there might be a healer amongst the seals who would restore my sight? Will you come with me, mother?"

"Relax now, my dear, or you'll get another fit of coughing," his mother replied.

"And I'd be able to see the boats above me and I'd know every one of them. I'd see them above me as clearly as I can see those two *gleoiteogs*[7] out at the mouth of the bay right now."

The old woman placed a finger in front of his eye but he didn't notice a thing.

"Look at them sailing now on the same tack from the head with the labourers watching them race. That's Marcus Beag's *gleoiteog,* the black one in the front, but the other boat will round the rock first. Haha, Marcus, as good and all as you are you can't kick that limpet off the rock!

They're going about now! Ah for God's sake, what sort of sailing is that! Baylacuan Rock forcing boats from the head to go about on this wind! Ah cripes, if I was in one of those boats I'd teach them how to handle her! Marcus! Marcus! What are you doing, putting yourself at risk of drowning now? Help him you cowards! Help him!"

He sat up in the bed to go to where he thought the boats were, to help the man he thought was drowning. But he didn't have the strength to get out of the bed and was racked by a fit of coughing. His mother tried to get him to lay back. He tried to speak then but couldn't.

His soul had left his body.

He was buried in the graveyard that lies southwest of Collaymon, the one by the sea, though according to the local boatmen's superstitious talk he never settled under the sod too well and would go to assist boatmen in trouble on any dark and dangerous night.

However, his mother didn't seem to believe such stories because she could be found praying for him every morning underneath the ash tree that sheltered his grave, right up to the day both she and her husband had to enter the poor house.

NOTES
1 *Páidín Mháire*, pronounced Pawdeen Woira, meaning Little Patrick son of Mary
2 *Púcán*, pronounced Pookawn, an open fishing smack with main sail and jib.
3 *Báinín, pronounced* Bawneen. A white, collarless, long sleeved, homespun woollen jacket.
4 *Poitín*, pronounced putcheen, usually anglicised as 'poteen'. Irish moonshine: an illegal and highly alcoholic spirit.
5 *Tuberculosis*, known as consumption at the time, a deadly respiratory disease.
6 *Mór*, pronounced more, meaning big.
7 *Gleoiteog*, pronounced glowtogue, a small wooden sailing and fishing boat.

X

M'FHILE CAOL DUBH

Leabhráin bheaga filíochta agus dánta iontu a thógfadh do chroí leis an bhfíoráille atá ag baint leo – sin a bhfuil fágtha againn anois de shaol agus de shaothar an Bhúrcaigh Dhuibh, a chleacht ceird an fhile i mBaile Átha Cliath lenár linn féin. Sea, na leabhráin dofhála seo – agus cuimhne chrua i gcroí mná.

Ach bhí súil ag a chairde uile lena mhalairt tráth. Pé áit a rachas tú faoi láthair, má bhíonn daoine ag cur síos ar an Éirí Amach ann, cluinfear an cheist: Céard a tharla don Bhúrcach Dubh? Cén bhaint a bhí aige leis na gníomhartha iontacha a rinneadh le linn na Cásca 1916? Agus nuair a deirtear le lucht na gceist a chur nach ndearna sé faic ach dán molta a cheapadh ar na fir a rinne, bíonn ionadh ar chách; ní cháintear é in aon áit, agus sin cruthú iomlán síoraí go bhfuil comhbhá agus tuiscint ag baint le feara Fáil, mar bhí cáineadh tuillte aige má bhí ag aon fhear riamh nár chabhraigh sé lena shoiscéal le gníomh agus an fhaill aige.

Casfar a lán daoine leat a fhéadfas a inseacht duit cén sórt duine a bhí ann nuair a cuireadh aithne air sa gcathair i dtosach: gur bhíog sé croí na bantrachta lena bhinnbhriathra fileata agus le draíocht a ghlasrosc, agus gur ghríosaigh sé na fir chun gníomhartha móra le teas agus le dílseacht a mheoin, agus dá bharúil is coitianta a chluinfeas tú. Is iomaí bean agus tig luisne ina grua agus loinnir ina súil nuair a bhíos sí ag cur síos air; agus má bhíonn aon aithne mhaith agat uirthi, inseoidh sí duit cén urraim mhór a bhí aici dó tráth; ach má tá léargas ar bith agat ar chroí mná tuigfidh tú go bhfuil an urraim bhanda sin an-ghaolmhar leis an ngrá. Tá cuid eile de na mná agus beidh siad ag gabháil leithscéil leat faoi nach raibh sa bhfile gníomh a dhéanamh in aimsir na ngníomh, agus má chuireann tú i gcéill dóibh seo nach easpa misnigh a bhí aige, beidh siad mór leat go deo na ndeor ...

Casadh mórsheisear ban liom le gairid. Bhí aithne ag an uile bhean díobh ar an bhfile, ar an mBúrcach Dubh – aithne mhaith ag cuid díobh, agus aithne shúl amháin ag an gcuid eile – ach ní raibh bean díobh nár chaith cuid mhaith den aimsir ag cur síos air. Triúr díobh nár labhair ach ar a chuid filíochta – ní raibh acu air ach aithne cháil. Beirt eile agus mholadar é ar dhathúlacht a phearsan ar dhóigh chúthalach bhanda – tús grá an moladh sin, dúras liom féin. Bean eile díobh agus bhí a raibh de dhrochscéalta náireacha a dúradh faoi riamh ar bharr a teangan aici – bean nár thug sé aon aird uirthi riamh ab ea í siúd. Ach an bhean eile, an seachtú bean, bhí nimh ina croí siúd don fhile. Is beag nár réabadh an dlúthchairdeas luachmhar atá eadrainn leis na blianta nuair a shíleas páirt an fhile a ghabháil léi. Bhris sí isteach orm leis an scéal seo.

Scéal na Mná

Cén mhaith duit a bheith ag caint ná ag iarraidh a leithscéal a ghabháil! Nach agamsa atá an aithne mhaith air! A Bhúrcaigh na filíochta a bhfuil an draíocht i do dhá shúil agus an focal beo binn i do bhéal chun mná a mhealladh, tá aithne agamsa ort, an aithne nach mbronntar ach ar bheagán! Ná raibh an aithne choirp agus anama sin ag aon bhean ar aon fhear mar é arís choíche ...

Cúig bliana a bhíos pósta nuair a chonaiceas i dtosach é. Ní raibh aon chlann orm. Bhí m'fhear ... céard is féidir liom a rá ach go raibh an bheirt againn sách tuirseach dá chéile. Tuirseach dá chéile – sea, sin é an focal is feiliúnaí; ní raibh gráin agam air – dá mbeadh d'fhéadfainn na hoícheanta fada a chur isteach maith go leor ag clamhsán agus ag clampar leis. Ach cén chaoi a bhféadfadh bean clampar a thógáil le fear agus gan aon tsuim aici ann? An neamhshuim agus an tuirse croí a bhí ag milleadh an tsaoil orainne beirt ...

Nuair atá bean in aois a deich mbliana fichead gan aon chlann uirthi, fear réchúiseach neamhshuimiúil aici, agus a dóthain mhór de mhaoin an tsaoil seo aici, shílfeá go bhféadfadh sí an aimsir a chur isteach maith go leor i gcathair den tsórt seo. Ach féach thart. Tá na céadta agus na céadta againn de mhná saibhre agus saol suairc suarach á chaitheamh acu: ag siopadóireacht sa tráthnóna, tae agus cáineadh na gcomharsan agus na gcarad ina dhiaidh, an traein abhaile, dinnéar, fear an tí ag srannadh os cionn an pháipéir nuaíochta – uch! Tig múisiam orm nuair a chuimhním air ...

Agus sin é an saol a bhí agamsa gur casadh an Búrcach Dubh liom. An Búrcach Dubh, file agus cladhaire ...

Ní raibh tú i mBaile Átha Cliath an uair sin, ach chuala tú caint faoi na damhsaí a bhíodh in Áras na hÉigse. Chasfaí Baile Átha Cliath ar fad leat ann – nó aon duine go raibh cáil d'aon tsórt air. Filí! Ná bí ag caint, a dhuine! An t-áras mór lán leo! Chaithfeá a bheith ar d'aire nó bhéarfadh duine acu ort agus ní scaoilfeadh sé a ghreim go mbeadh dán fada dá dhéantús ráite aige isteach i do chluais. Minic a chaill mé damhsa maith leo ...

Sílim gurbh í Beití Ní Laoi thug ann i dtosach mé ... Is í ... Caithfidh mé gáire a dhéanamh anois féin nuair a chuimhním ar an ngúna a chaith sí an oíche sin. Bhí ar chuile dhuine ligint air gur duine eile a bhí ann; lig Beití bhocht uirthi gur ghearrchaile scoile a bhí inti. Dá bhfeicteá í! Í cosnocht – nach síleann tú nach ceart d'aon bhean atá fochmach gágach ina cosa dul gan bróga i láthair cuideachta fear? Ach ba chuma le Beití; ní raibh fear uaithi ...

Bhí an bheirt againn inár suí ag ceann sheomra an damhsa agus greas béadáin aoibhinn ar siúl againn nuair a chonaiceamar chugainn é. Bhí culaith air an oíche sin mar a bheadh ar shaighdiúir Gaireabáildeach – léine dhearg agus eile – agus deirimse leat gur maith a théann a leithéid d'fheisteas d'fhear ard dubh dathúil. Baineadh truslóg bheag as i lár an tseomra, ach mar sin féin níor bhain sé sin ná an meangadh a tháinig ar a lán den chuideachta an mhaorgacht de. D'fháisc sé na fiacla, tháinig dath bán ar a cheannacha, agus d'fhéach thart go fíochmhar ar lucht an ghrinn. Thaitin sé liom ar an toirt ... Rugas ar láimh ar Bheití go bhfiafraínn di cérbh é, ach sula raibh sé d'uain aici freagra a thabhairt orm bhí sé le mo thaobh. Bhí ceann air a bhí chomh dea-chumtha is a bhí ar aon fhear riamh, ceann agus aghaidh agus muineál agus guaillí – ach murach gur rugas ar láimh ar Bheití d'fheicfinn a chosa agus a ghlúna ... bhí sé chomh basach le bacach bóthair! Tá aithne mhaith agatsa orm, agus tá a fhios agat nach bhféadfainn aon spéis a chur i mbasachán – ach ar chaoi éigin choinníodh sé duine ó shuntas thabhairt dá chosa basacha ...

Labhair sé le Beití – bhí aithne ag an uile dhuine uirthi – ach má labhair is ormsa a bhí sé ag féachaint. Ghabh sé lena shúile aisteacha mé. Chuadar tríom agus mian drúisiúil a chroí á nochtadh sna súile sin ... Tháinig uafás orm. Tháinig fonn orm éalú uaidh agus dul i bhfolach in áit éigin ar imeall an domhain. Ach níor fhéadas é; bhíos ar nós an bhric a bheadh i bhfastó ar cheann dorú. Imeacht, an ea? Ní raibh goir agam air, agus sula raibh a fhios agam céard a bhí ar siúl bhí an bheirt againn ar an urlár i lár an tseomra, ag damhsa agus ag damhsa agus ag damhsa ...

An damhsa sin! Tig imeagla orm anois féin nuair a chuimhním air; tig creathadh ball orm agus preabadh croí; tig gráin orm ... Ní shílim go ndearnadh an damhsa céanna sin riamh roimhe sin i mBaile Átha Cliath; i dtíortha teo na hAfraice, i measc na bhfear dubh, ceapadh i dtosach é le haltú a thabhairt do dhia na giniúna. Tuige a ndearnas é, an ea? Cuir ceist eile orm. Músclaíodh seandiabhal éigin i mo chroí. An fear seo a bhí ar mo thóir ar an sean-nós págánach a cheansú, sin é a bhí uaim; é a ghríosadh, an ainmhian chorpartha a bhí ann a mhéadú, agus ansin é a chloí, é a bhrú faoi chois ...

Ach baineadh de mo threoir mé; an ceol a ceapadh d'aon úim le hainmhian a bheochaint, an teas, an cneas le cneas, cora an damhsa bharbartha, agus a shúile siúd – sea, a shúile siúd buailte liom beagnach agus faobhar ifrinn ina lár istigh – céard a d'fhéadfadh bean bhocht lagbhríoch mar mise a dhéanamh, bean a tógadh le ceol agus le haoibhneas, le só agus le pléisiúr an tsaoil faoi spéartha cumhra gorma an Oirthir?

Ar ócáid den sórt sin, tá canúint na súl níos beaichte agus níos bríomhaire ná urlabhra béil. Ghéill mo shúile dó, agus nuair a ghéilleas súile mná d'fhear, sin tús agus deireadh an scéil. Thuig an Búrcach Dubh an méid sin go maith. Cuireadh cosc leis an gceol go tobann, cuireadh cosc leis an damhsa, agus bhí an bheirt againn ansin inár seasamh i lár an tseomra agus tuiscint diabhalta againn ar an rún diamhair fadsaolta sin nach gcloífear go brách ... Tháinig scáth ormsa. Sílim go raibh scáth ar an bhfear freisin ...

Bhí tú istigh go minic i nGairdín an tSó atá díreach ar aghaidh Áras na hÉigse. Níl áit níos aoibhne in aice na cathrach. Bhí an Bhealtaine ann – Bealtaine na mbláth agus na mboladh: cumhracht throm a dhallfadh do chéadfaí ag éirí aníos as an ithir agus as na lusraí úra; réaltóga magúla agus réaltóga sollúnta ag dearcadh anuas orainn; tormán imchian na cathrach le cloisint thoir uainn ar nós rabharta earraigh. Tháinig smeámh beag gaoithe a bhí luchtaithe le bolaithe oíche isteach ó na sléibhte agus thosaigh ag déanamh mór le mo ghuaillí agus le mo bhráid – shílfeá go dtáinig éad ar an bhfear leis an smeámh sin gaoithe, mar rug sé ar mo chlóca agus tharraing timpeall ar mo ghuaillí ... Chuaigh a mhéara in aimhréidh i mo chuid gruaige. D'fhan a lámh tamall deas thart ar mo mhuineál agus é ag féachaint isteach i mo shúile go fíochmhar ... ghluais sruth teasa, sruth tintrí trí mo chorp ...

Inis dom anois, agus ná hinis aon bhréag! An dtagann an corraí croí céanna ar an bhfear is a thig ar an mbean, an ngluaiseann tintreach trína chuisleacha ar an nós céanna is a ghluais an sruth trí mo chuisleacha ar an ócáid seo?

Tá loch beag ag ceann an Ghairdín, crann breá fuinseoige ar a bhruach, agus suíochán faoi bhun an chrainn. Ann a shuíomar. Bhí an bheirt againn inár dtost ó d'fhágamar Áras na hÉigse. Eisean ag féachaint amach uaidh ar uisce an locha agus na réaltóga ag lonradh ann, ar an mbruach thall agus dúdhorchadas na sceach agus na dtom a bhí ag fás air. Mise ar m'aire, roinnt eaglach, dhá roinnt dána, súil agam le – ní abród céard leis!

Thóg sé a cheann agus d'fhéach suas sna spéartha. Bhí solas maith ann agus bhí a leathéadan le feiceáil go soiléir agam – chuirfinn geall nár fhéach bean bhanda ar an éadan sin riamh gan spéis a chur sa té ar leis é. Cheapas gach uile nóiméad go raibh sé ar tí labhairt, go raibh sé ar tí draíocht agus diamhracht na hoíche agus na hócáide a nochtadh dom trí bhriathra beoga fileata ... Dá scaoileadh sé uaidh ina gcaise iad, dá mbeireadh sé orm ansin, mar a bhéarfá ar neantóg, bheadh leis. Nach mé a bhí ag súil le filíocht, le briathra molta, le focla mealltacha, le hurlabhra plámásach aoibhinn! Ach bhí an file ina thost ...

Ní rófhada a bhí, áfach. Cor dá dtug sé agus buaileadh póca a chasóige in aghaidh an tsuíocháin. Léim buidéal aníos as; thit ar an talamh; briseadh é.

"A dhiabhail!" arsa an file, ag féachaint i mo threo.

Agus nárbh fhíor dó? Nach mé an diabhal thar barr is a bheith ag caint mar seo leatsa?

An ainmhian, agus an aistíocht a bhí eadrainn ó casadh le chéile sinn, ghlan an focal maith macánta sin as an mbealach iad. Ruaig sé an taom a bhuail sinn agus an damhsa ar siúl. Thuigeamar a chéile ...

Chuireamar aithne níos fearr ar a chéile. D'aithníos ar a iompar agus ar a urlabhra gur file bhí ann ó dhúchas, ach níor léas aon chuid dá dhéantús riamh. Go deimhin is ar éigean a bhí a fhios agam gur scríobh sé aon rud – giotaí filíochta sna páipéir, agus mar sin. Focal éigin dá ndúras agus thosaigh sé ag cur de. A ghlór! Cén mhaith dom a bheith ag iarraidh trácht air? Dán beag a scríobh sé an lá sin; dúirt sé liom é, dán beag faoi naomh; níor thaitin na naoimh go rómhór liom riamh – níor fhéadas a gcúrsaí beatha a thuiscint – ach an naomh seo ar ar thrácht an file bhí le mo thaobh, thuigeas a chroí chomh maith is a thuigim mo chroí féin ...

Chuir áille an dáin bhig aiteas ar mo chroí. Tháinig aoibhneas ar chroí an fhile freisin. Labhair sé liom ar nós a labhrófá le duine a bhí ar aithne agat le blianta fada. D'inis sé dom céard a bhí faoi a dhéanamh sa saol. Grá tíre agus filíocht an dá ní a bhí á ghríosadh an uair sin. Ó, ná habair é! Ná habair go deo é! Ná mná agus an t-ól freisin, an ea? B'fhéidir – b'fhéidir é; thosaigh an Búrcach Dubh ar dhuáilcí agus ar shuáilcí an tsaoil a chleachtadh agus é anóg ...

Thugas cead dó póg a thabhairt dom sular fhágamar an Gairdín, agus d'imigh liom abhaile agus lúcháir ar mo chroí.

*

Tugadh faoi deara gan mórán moille go raibh athrú mór ag teacht orm; go raibh feabhas ag teacht ar mo shláinte; go raibh mé ag éirí breá croíúil aerach thar mar a bhíodh. Ag dul in óige in aghaidh an lae a bhíos, dúradh. Agus b'fhíor é. Bhí lia maith agam: an fhilíocht agus an chontúirt, an íc is cumhachtaí ag mná de mo shórtsa. Agus bhí an domhan brách den íc sin agamsa. Chasfaí an file liom gach uile áit. Roimhe seo níorbh fhearr leis áit a gcaithfeadh sé píosa den tráthnóna ná i dteach óil; ach dá gcloisfeadh sé go raibh mise le bheith ar cuairt ina leithéid seo de theach, ag ól tae nó ag déanamh béadáin, thiocfadh seisean sula mbeadh mo chuairt istigh agam agus sheolfadh sé abhaile mé. Ar ndóigh bhí caint ann – caint agus caint agus caint – ach ba chuma linn. Bhí ár saol suairc suaimhneach féin againne – agus nuair a tháinig an samhradh breá buí, líonamar suas é le filíocht agus le draíocht, le gean agus le greann ...

An aimsir a bhí againn an samhradh sin! An aithne a chuireamar ar a chéile! Sílim nach raibh fríd suáilce ina chroí nár mhéadaigh an uair sin. Léigh tú an leabhar beag filíochta a chuir sé amach an bhliain sin; níl dán ann nár chum sé domsa – domsa agus domsa amháin.

Ní ionadh go raibh bláth na hóige ag teacht orm arís. D'fhill an tsláinte agus an chroíúlacht. Thug gach uile dhuine faoi deara é ach amháin m'fhear céile. Cén chaoi a dtabharfadh seisean faoi deara é agus gan suim aige in aon ní ach ina ghnóthaí agus sa tiomsú féileacán atá bailithe aige – na mílte míle de gach cineál dath agus déanamh. Imíonn an aois uaidh nuair a fhaigheann sé ceann nua neamhchoitianta. Ní ceart d'fhear dá leithéid a bheith pósta ar chor ar bith. Ach fuair sé cúpla féileacán a chuir aoibhneas ar a chroí faoin am seo, agus ní fhaca tú fear riamh a bhí chomh bródúil leis. Cheap na seanbhuachaillí a bhíos ar thraein a naoi leis gach maidin go raibh ríméad air go raibh mise ag teacht chugam féin. Rinneadar comhghairdeachas leis faoi mo shláinte, na hamadáin!

Bhí Beití i gcarráiste i bhfogas dóibh. Is í a d'inis domsa an chaint. Ach cén ghoir atá agamsa leagan Bheití a chur air? An lob bog sin, Tuathach Dhún Laoghaire – ó, tá aithne agat air, nach bhfuil? Bíonn sé ag gabháil thart i gcónaí le Síle Réamonn – ach thosaigh seisean ag fiafraí d'Éamonn (sin é an t-ainm seirce a bhí agam ar m'fhear – bhí sé an-chosúil le seantiománaí a bhíodh ag mo mhuintir fadó; sin é an fáth go dtugas Éamonn air), d'fhiafraigh an lob bog de sa traein cén dochtúir a bhí agamsa, nach raibh sé sásta lena lia féin, agus ó rinne mo dhochtúir maith domsa go ndéanfadh sé maith dósan! Ní raibh duine sa gcarráiste nár thuig an scéal, agus nach acu a bhí an greann agus an caochadh súl ar chúl na bpáipéar nuachta!

An dochtúir a leigheas mise! Nach raibh a fhios ag an saol nach raibh dochtúir agam ach m'fhile caol dubh amháin! Agus cheap siadsan nach raibh a fhios ag m'fhear é; cheapas féin freisin é – an uair sin. Fear ar leith, fear ann féin, fear domhain aimhréiseach – is beag duine a thuig riamh thú, a Éamoinn ...

Ar chaoi ar bith, nuair a tháinig sé abhaile an oíche sin, bhí an bheirt againn inár suí cois tine agus an béile caite againn, d'fhan sé ansin ina thost agus é an-smaointeach ar fad. Dhearcadh sé orm go géar ó am go ham. Ba chosúil le meanaí teo an fhéachaint sin. An rud a bhí ar mo choinsias b'fhéidir ...

I gceann scaithimh dúirt sé:

"Fiafraíodh díom inniu cén t-ainm a bhí ar an dochtúir atá agat, a Eibhlín," ar seisean go bog réidh.

"Ó," arsa mise, agus baineadh geit asam: an focal sin "dochtúir" a rinne é, mar nach minic agus nach rómhinic a dúirt mé le m'fhile dubh nach ndearna aon dochtúir a rugadh an oiread maitheasa dom is a rinne seisean? Shíleas gur insíodh gach uile shórt dó, ach nach aon dea-leagan a cuireadh ar an scéal – bheadh sé ina achrann, ina throid, ina rúille búille, ina mharú b'fhéidir ...

"An dochtúir sin ..." Bhí a dhá shúil sáite ionam agus gan cor á chur dá cheannacha. Stop sé.

Bhí mo cheann ag dul timpeall, mo smaointe in achrann agus in aimhréidh ina chéile. Ach sílim nach n-aithneofaí orm é – nár mhór an gar dom go rabhas scaitheamh beag ar an stáitse in Amharclann na Mainistreach!

"An dochtúir sin, ba cheart ..."

Bhí sé ag teacht, agus nuair a thiocfadh sé, thiocfadh sé trom. Piostal, bhí a fhios agam go raibh piostal aige; bhí lámh leis ina phóca agus bhí leathshúil liom greamaithe sa láimh sin – an san éadan a chuirfeadh sé an t-urchar? Bhí súil agam nárbh ea; mhillfí mé – níor mhaith le bean phéacach mar mise droch-chrot a bheith uirthi san uaigh féin. Arbh fhearr dom an scéal ina iomlán inseacht dó? Céard a tharlódh ansin? An dtuigfeadh sé é? An gcreidfeadh sé é? An éireodh liom an chontúirt a chur thart ar an dóigh sin?

Sháigh sé a leathlámh síos níos doimhne ina phóca. Shíleas go raibh mo ré thart ...

Ná bí ag gáire fúm, a deirim. Leag do lámh ar mo chroí. Nach bhfuil sé ag preabadh ar nós na tubaiste anois féin nuair a chuimhním ar an nóiméad sin?

D'éirigh sé ina sheasamh.

A Thiarna! Rinneas rún croíbhrú – ach ní sceithfinn ar m'fhile dá bhfaighinn m'anam air. An gcloisfinn an pléascadh sula n-imíodh an dé uaim? Thosaíos ag comhaireamh: a haon, a dó, a trí, a ceathair ...

Bí i do thost, a deirim: cén chaoi a mbeadh súil agam lena mhalairt d'oidhe? Nár léigh tú cuid mhaith d'fhinscéalta an lae inniu agus céard eile a d'fhéadfadh fear a dhéanamh le mo leithéidse de chéile de réir na n-údar?

Ansin – éist liom agus creid mé – ansin dúirt sé:

"Tá súil agam nach ndófaidh an cailín aimsire an leite orainn arís anocht."

Ghlanas liom as an seomra. Bhuaileas fúm ar chathaoir sa gcisteanach, rinneas gol agus gáire le chéile agus i ndiaidh a chéile agus trína chéile go dtí nach raibh ionam seasamh.

A leithéid d'fhear ...

Ach ghlaoigh sé orm gan aon achar.

"Suigh," ar seisean.

Shuíos.

"Cá gcaitheann tú an chuid is mó den aimsir faoi láthair?" ar seisean.

Mo chroí bocht arís! Ní raibh an chontúirt thart fós, ach bhíos níos dána ná a bhí i dtosach. An racht a bhuail sa gcisteanach mé b'fhéidir ... Cheapas an scéal ina iomlán agus ina fhírinne inseacht dó. Agus nach orm a bhí an lúcháir nach raibh an fhírinne níos measa ná a bhí! Ní hea ... ní hé sin é; nílim ar an mbarúil sin ar chor ar bith – sílim nach bhfuil sa saol seo ach faic a bhaint as – ach an náire, sea, an náire a bheadh orm ag inseacht na fírinne dó: dá mbeadh orm a rá ...

An dtuigeann tú leat mé? Ach ní raibh orm aon scéal a inseacht dó; thosaigh sé féin ag caint agus seo é a dúirt sé:

"A Eibhlín," ar seisean, "ag dul in óige atá tú. Tá cuma na maitheasa ort le ráithe. Tá tú ag éirí croíúil ceolmhar; suairceas ag sileadh uait; duairceas díbrithe uait; an doilíos agus an seantuirse ar fuaidreamh uait ..."

Bhí sé chomh geanúil chomh báidheach sin ina ghlór agus ina fhéachaint go raibh mé díreach ar tí inseacht dó cén fáth gur athraíodh ar an gcaoi sin mé, nuair a thóg sé a lámh le cosc a chur orm.

"Ní call duit inseacht dom," ar seisean, "cén chúis atá leis an athrú mór. Tá a fhios agam féin é. Bhí a fhios agam ó thús é. Bhí a fhios agam cén dochtúir a leigheas thú gidh gur shíl na hamadáin sa traein ar maidin go raibh mé dall air. Mo léan nach raibh sé ionamsa é a dhéanamh, a Eibhlín, ach ..."

Stop sé. D'éirigh sé an-bhrónach.

"Ní bhacfad leis sin anocht," ar sé, "tuigeann tú féin cé mar atá an scéal eadrainn, cé mar a bhí an scéal eadrainn ó thús – "Ligeas féin osna.

"Sin é é ... maith go leor anois. Tá a fhios agam céard a leigheas thú – rud nach raibh agamsa le tabhairt duit faraor. Tá a fhios agam freisin cé a leigheas thú – ní luaifead a ainm go n-abróidh tú féin i dtosach é. Ach tá a fhios agam a cháil – a cháil, an ea? A sheacht gcáil ba chóra dom a rá: a cháil fhileata, a cháil thírghrá, a cháil áille, a cháil dílseachta."

An moladh a bhí mo chéile a thabhairt do m'fhile an focal ba bhinne a chualas uaidh ó phós mé, an gcreidfeá sin? Dóbair dom póg a thabhairt dó!

"Chualas," ar seisean, "an cháil atá air faoi ól, faoi mhná, faoi ..."

D'fhéach mé le cur isteach air ach níor lig sé dom. Anois féin cuireann sé fearg orm má deirtear go raibh droch-cháil ar m'fhile dubh faoi mhná. Tuige?

"Ach má tá na seacht gcáil sin féin air, táim buíoch de: nár shuaimhnigh sé an saol duitse? Agus má tá droch-cháil air faoi mhná tá muinín agam asatsa – agus beidh go brách ..."

Chuaigh a fhéachaint tríom. Nach aoibhinn nach raibh aon ní le ceilt agam?

"A Eibhlín ..."

Loisc an fhéachaint thruamhéalach a bhí ina shúile m'anam istigh.

Dá mbeadh fríd na seirce féin eadrainn, d'athbheofaí í an uair sin; ní raibh – nach aimhréiseach iad bealaí Dé?

"Tabhair anseo é," ar seisean, "cuirfead fáilte roimhe – ar do shonsa ..."

Chuaigh sé go doras an tseomra. Sheas sé tamall ag féachaint orm.

"Mo chéad léan," ar sé, "nach bhfuil mise in ann an áit atá aige i do chroíse a bhaint de, agus dul isteach ann mé féin, a Eibhlín."

D'imigh sé go tobann. Ach d'fhill i gceann leathnóiméid.

"Tá aon chomhairle amháin agam le tabhairt duit," ar seisean agus é ina sheasamh ag an doras agus athrú mór ar a ghlór, "má tá coinne déanta agat leis anocht, seachain aer na hoíche nó tiocfaidh athluí ort. Tabhair anseo é ..."

D'fhág sé an seomra ar a nós mear féin gan focal eile a rá.

Chuireas orm. Bhí coinne agam le m'fhile dubh. Ag gabháil thar fhuinneog m'fhir dom, d'fhéachas isteach. Bhí sé ina sheasamh ag bord, mionnarcán lena shúil agus é ag déanamh staidéir ar fhéileacán.

Ní raibh a fhios aige go raibh mé ag féachaint air, ar ndóigh. Ach chaitheas póg chuige agus mé ag imeacht ...

A leithéid d'fhear!

*

Thug tú féin taitneamh do bhean uair. Ní call dom inseacht duit cén deifir a bhíos ar dhuine agus scéal mór aige dá leannán. Ní fios dom anois cén gléas iompair a bhí agam – brat draíochta ón Oirthear nó mo scéal iontach féin?

Ach bhí seisean ann romham – ansin ag ceann Shráid Ghrafton. É ina sheasamh faoi lóchrann sráide agus leabhar oscailte ina ghlaic aige. Na daoine a bhí ag gabháil an tslí bhí orthu é a thimpeallú – é ina charraig sheasta ansin i lár srutha dhaonna.

Bheannaíos dó. Bheannaigh sé dom – ní chreidfeá ach an mhaorgacht a bhí ag baint leis ar uaire; d'fhéadfadh sé a bhairéad a bhaint de ar dhóigh faoi leith – béasa na bhFrancach agus dílseacht na nÉireannach measctha ina chéile.

"Ó, tá do leabhar nua ar fáil," arsa mise, "nach toirtiúil é!"

"Ní hé atá agam," ar seisean, agus shín sé an leabhar chugam.

Is beag nár chailleas radharc na súl. Tomhais céard a bhí aige. Ach ní dhéanfá go brách é. Leabhar mór eolaíochta ag cur síos ar shaol na bhféileacán!

Ghluais linn inár dtost. Ag gabháil thar Dhroichead Uí Chonaill dúinn tháinig an chaint chugam.

"Agus an gcuireann tusa spéis sna féileacáin freisin?"

Is ar éigean a bhí ionam an cheist a chur. Mo chéile agus gan spéis aige in aon ní ach sna feithidí bradacha seo, agus m'fhile dubh dílis i gcontúirt imeacht ar an ealaín chéanna! Nach agam a bhí an ghráin orthu mar fhéileacáin!

"Ó, sea, an leabhar sin," – ach ní raibh sé d'uain aige inseacht dom cén fáth dó spéis a chur san ealaín sin. Fear a bhí ag imeacht thart bheannaigh dó agus chuir caint air os íseal, fear nach bhfeicfear ar an saol seo arís choíche ...

Ghluais linn arís.

"Inseod duit faoin leabhar san amharclann," ar seisean.

Ar shiúil tú Sráid Uí Chonaill riamh sna laethe órga sin agus file clúúil nó fear polaitíochta le do chois? Ba gheall le gluaiseacht rí agus banríona trína bpríomhchathair iarna gcorónú ár ngluaiseachtna, mise agus m'fhile caol dubh.

Níor thuigeas riamh go dtí an oíche sin cén meas agus cén cháil a bhí air. Gach uile chúig shlat bheannaíodh duine dó. Na mná is mó a thugas féin faoi deara. Gach bean díobh d'aithnigh é (agus is corrdhuine nár aithnigh) bhíodh ceist faoina súil aici: Cé hí an bhean choimhthíoch seo a bhíos i gcónaí le Búrcach file anois? Meas tú cén greim atá aici air? Dheamhan a gcuireann sé spéis in aon bhean ach í ...

Nó: Agus an í sin í? Nach aisteach agus nach gránna an gúna atá uirthi? Ó, sea, tuigim – scéal aisteach ar fad ...

Nó: Ní fhéadfadh sé a bheith amhlaidh! Í sin! Agus ar scríobh sé riamh de dhánta faoi áille sa mbean!

Ach ba chuma liomsa céard a déarfaidís. Nach raibh m'fhile caol dubh agam féin dom féin, agus má bhí an bhantracht éadmhar, nach raibh cúis mhaith acu?

Baineadh an mhóráil díom gan mórán achair. Bean a bhí ag gabháil thart agus chualas í ag rá:

"Is ar éigean a d'aithneofá go raibh sé basach ar chor ar bith san oíche."

Dá mbeinn liom féin, sílim go mbéarfainn uirthi agus go dtabharfainn leadóg di.

Thosaigh m'fhile caol dubh ag cur de go mear faoi – ní fios dom cén rud. Is eagal liom go gcuala sé focal na mná agus gur ghoill sé air. An fear bocht! Is agam a bhí an trua dó ... ach tuigfidh tú féin cén gean a bhí agam dó sna laethe sin nár chuir sé as dom a bhasaí is a bhí m'fhile caol dubh.

Agus an ghráin agam ar an deamar sin!

*

Ach leabhar na bhféileacán a bhí ag m'fhile caol dubh – fan! Tá irisleabhar a scríobhas faoin am sin sa mbosca anseo agam. Níor léigh duine ná daonnaí riamh é, ach léifead giota as duitse anois, ó ... ó – nach bhfuil a fhios agat féin cén fáth?

Ach éist, agus ná bíodh aon tseafóid mar sin ort, a dhuine:

Oíche Shamhna – dheamhan ar scríobh mé síos an bhliain, ach nach cuma?

> *Oíche Shamhna, in Amharclann na Mainistreach le m'fhile caol dubh, dráma le Synge, an chéad uair dá bhfacas é, níor thugas mórán airde air i dtosach, níor chualas trácht ar an údar roimhe sin, agus bhíos trína chéile roinnt – an chaint bhí agam le m'fhear agus an ealaín nua bhí á foghlaim ag mo leannán: na féileacáin bhradacha ghránna!*
>
> *Ach níorbh fhada gur rugadh ar mo láimh. Fáisceadh í. Chualas an glór bog ceolmhar – m'fhile caol dubh, ar ndóigh.*
>
> *"A Eibhlín ... éist! éist!"*
>
> *Chuireas cluas orm féin. Ag súil le binnbhriathra mealltacha uaidh a bhíos, ag súil le caint aoibhinn phlámásach fhileata a d'fheilfeadh don ócáid agus don bharróg a bhí aige ar mo láimh – ach má bhíos ag súil le filíocht fuaireas an rud a bhí uaim, ach ní ón bhfile a bhí le m'ais é ach ó lucht na stáitse.*
>
> *Fear siúil a bhí ag caint le bean tí a raibh a fear marbh agus é ag iarraidh í a mhealladh leis.*
>
> *"Téanam liomsa," a deireadh sé, "agus beidh muid ag imeacht de shiúl oíche faoi choillte dubha diamhra agus beidh réaltóga neimhe ag dearcadh anuas orainn agus muid inár luí faoi thom ... agus tiocfaidh breacadh an lae agus tosóidh na héanlaith ag ceiliúr ar an gcraobh ..."*
>
> *D'fháisceas lámh m'fhile chaoil dhuibh – ach sciobas mo lámh uaidh ar an toirt ar eagla go sílfeadh sé go mba cuireadh dó an chaint chéanna a rá liomsa an bharróg sin ...*

Bhuail taom aisteach mé. D'aithnigh mo leannán orm a chorraithe is a bhíos: an sruth aibhléise nó comhbhá a bhíos eadrainn. Bhí a fhios agam go raibh sé ag cur na súl tríom sa leath-dhorchadas, go raibh sé ag cur draíochta orm, go raibh contúirt domsa agus dósan sa bhféachaint sin. Bhí a fhios agam go bhfeicfinn dúil a chroí agus a anama ina shúile, gur thnúth sé liom idir chorp agus anam, go raibh gaethe teo uaidh, go raibh na gaethe sin do mo chuimilt agus do mo dhó agus do mo chrá ...

An scáth a bhíos orm roimh na súile sin!

Ach, tráthúil go leor, tháinig an brat anuas, tógadh na soilse, thosaigh an ceol. Shíl mé caint a dhéanamh leis. Theip orm i dtosach. Shíl mé inseacht dó faoin gcaint a bhí agam le m'fhear. Theip orm arís. Thuig sé cén fáth agus bhí a fhios aige go raibh a fhios agamsa gur thuig. Níor chabhraigh sé liom. B'áil leis an chumhacht a bhí aige orm a chleachtadh.

Murach an leabhar féileacán a bhí aige bheinn gan ábhar cainte gidh go raibh mo chroí agus m'anam lán.

"Sea," arsa mise, "tá suim agat sna féileacáin," agus rugas ar an leabhar.

"Tá agus níl."

Chuirfinn ceist air le mo shúile murach go raibh a fhios agam nach raibh an taom thart baileach.

"Murach tusa ní bheadh an leabhar sin agam," ar seisean.

"Mise?"

D'inis sé an scéal dom: go raibh sé le dul ar cuairt chuig teach áirithe; go raibh mo chéile le bheith ann; go raibh sé ag iarraidh eolas a chur ar eolaíocht na bhféileacán le go bhféadfadh sé labhairt leis go cliste ina dtaobh – rud nach bhféadfadh ach fíorbheagán i mBaile Átha Cliath a dhéanamh. Agus ansin – tá náire orm é rá faoi m'fhile caol dubh – ansin bhí sé cinnte go bhfaigheadh sé cuireadh teacht ar cuairt chugainne ...

Ach is cinnte nach n-abród le m'fhile caol dubh go bhfuil cuireadh aige chun an tí cheana féin. Tá contúirt ann, contúirt mhór ... agus tá muinín ag mo chéile asamsa ... má fhiafraítear díom cén fáth nach bhfuil sé ag teacht – nach cráite an scéal ar aon chuma é!

An bheirt fhear sin!

Giota eile as an irisleabhar é seo:

Tháinig Beití isteach chugam tráthnóna. Rinne sí béadán a thaitin liom go mór – ach chaith sí uair fhada an chloig ag cáineadh m'fhile chaoil dhuibh.

Is rídheacair cosc a chur le Beití nuair a thosaíos sí ar dhuine a cháineadh. Bíonn an dá bhrí i gcónaí leis an uile fhocal a scaoileann sí uaithi, agus má chuirtear isteach uirthi déarfaidh sí nach é sin a bhí á rá aici chor ar bith ach a mhalairt. Ach fágann a cuid cainte drochbhlas i do bhéal. Bíonn amhras agat ar an té a cháintear ar an dóigh sin cuma cén meas a bhí agat air roimhe sin.

Insíonn sí scéalta beaga gránna faoin duine nach dtaitníonn léi: cuireann sí cosc léi féin go tobann agus deireann:

"Ó, ní ceart dom an scéal sin a rá agus chomh mór leis is atá tusa."

Ach fágann sí ag machnamh thú, agus ní fearrde do leannán é.

An éad atá uirthi go bhfuil file caol dubh mar leannán agamsa? Ní féidir é, mar is léir go bhfuil gráin aici air. Ní hé sin é ach croí beag agus anam nárbh fhiú trácht air a bheith aici: is fuath léi duine a bheith níos sonasaí ná í féin ...

An madra sa máinséar – níl a fhios agam cé a cheap an fáthscéal sin – ach tá an leabhar agam sa teach agus cuirfead cóip chuici anocht tríd an bpost; agus an chéad uair eile a thiocfas sí ar cuairt ní bheidh mé sa mbaile roimpi, má chaillim béadán na cathrach féin.

Mairg gur inis mé an oiread sin i dtosach di. Ach bhí cara, bhí anamchara uaim, bean go bhféadfainn rúin mo chroí nochtadh di. Ach ní dhéanfad feasta é. Is fearr na fir le haghaidh a leithéide; ach nach orm atá an mí-ádh: cén fáth go mbíonn siad ag síoriarraidh snaidhm níos dlúithe ná cairdeas a cheangal? Agus ag iarraidh póg agus barróg a thabhairt dom nuair a insím scéal truamhéalach dóibh ...

Ach tá liom: déanfad fíorchara de mo chéile – ní fear mar chách é – ach beidh m'fhile caol dubh ina leannán agam go deo na ndeor ...

Go deo na ndeor – nach í Beití a dhéanfadh scige dá bhfeicfeadh sí na focla sin! Go deo na ndeor – agus a raibh agam cheana de leannáin! Fiche? B'fhéidir é – táim róthuirseach anocht lena gcomhaireamh ... ach tá a fhios ag Dia nach raibh aon fhear díobh ar nós m'fhile chaoil dhuibh ...

Ar nós m'fhile chaoil dhuibh – ach cén nós é sin? Sea, cén nós é sin? Táim buartha cráite ó bhí Beití ag caint faoi. Bhfuil sé chomh dona is atá a cháil? Bhfuil gean aige orm chor ar bith? Bhfuil uaidh ach mo chorp?

Agus leabhar na bhféileacán – tig gráin orm gur cheannaigh sé an leabhar sin, go mb'fhéidir go bhfuil sé os a chionn anois féin le heolas a bhaint as in aon turas le mo chéile a mhealladh ... Sea, ní raibh an cuireadh uaidh ach lena aghaidh sin: é a mhealladh ar an sean-nós ... uch!

Tá a phictiúir os mo chomhair agus na focla seo á scríobh agam: cén fáth go bhfuil drúis agus ainmhian chorpartha, leibideacht agus intleacht, suarachas agus uaisleacht san éadan breá sin? Ach is ansa liom é ná aon fhear dár rugadh. Bhéarfad póg duit, a dhiabhail: a haon ... a dó ... a trí ...

A Thiarna!

Anois rachad amach. Casfar liom é. Labhróidh sé liom ar a shean-nós iontach féin. Díbreoidh sé na scamaill. Cuirfidh sé ruaig ar an amhras. Beidh sé agam féinín féin amháin.

A fhile chaoil dhuibh, a rún mo chléibh, a mháistir na háille agus na draíochta, leatsa agus leatsa amháin mise idir chorp agus anam más diabhal nó naomh thú ...

A leithéid d'fhear ní fhaca mé riamh! Tá mé i mo shuí anseo i mo thost le deich nóiméad ag súil le ceist áirithe uait, agus níor chuir tú an cheist sin. Cén cheist, an ea? Níor fhiafraigh tú díom cén gúna a chaith mé aon uair dá raibh mé le m'fhile *caol dubh agus eolas beacht agat ar an uile ghúna dá bhfuil agam ...*

Is beag a bhéarfadh orm gan a thuilleadh den scéal a inseacht duit, ach ní dhéanfad cleas mar sin leat, mar tá tú deas, an-deas, an-deas amach – ar do bhealach féin ...

Sea, bhuail m'fhile caol dubh liom an oíche sin a raibh Beití ar cuairt agam, díreach mar a shíleas. Bhíos i bhfastó aige ar áit na mbonn. Bhíos corraithe, loinne ionam, gan an smacht ceart agam orm féin. Thuig seisean é. Ní fhaca tú riamh ach an léargas a bhí aige i rud den sórt sin, léargas míorúilteach. D'fhéadfadh sé a rogha rud a dhéanamh liom ar ócáid den sórt sin, agus nach maith a bhí a fhios sin aige.

Bhí tram ag gabháil thart. Rug sé ar uillinn orm. Bhíos ar bharr an tram leis sula raibh a fhios agam cá raibh mé.

Tháinig giolla na dticéad.

"*Dhá cheann go Ráth Fearnáin,*" *arsa m'fhile caol dubh.*

"*Ach,*" *arsa mise,* "*níl fúmsa dul chomh fada sin.*"

Fuair sé na ticéid. D'imigh an giolla. Bhíomar linn féin.

Shíleas éirí agus imeacht uaidh. Bhí cineál eagla orm roimhe – nó romham féin.

"*Suigh,*" *ar seisean go húdarásach.*

Shuíos.

Cén chabhair duit a fhiafraí díom cén fáth gur shuíos? Níl a fhios agam féin anois é.

Bhí sé ina mháistir orm go cinnte; agus ná creid aon bhean a deireann leat nach breá léi máistreacht.

Iarraidh eile chun éirí.

"*A Eibhlín,*" *ar seisean, agus d'aithníos ar a ghlór gur thuig sé go raibh sé ina mháistir orm,* "*a Eibhlín,*" *ar seisean,* "*tá muid ag dul amach anocht faoi na coillte ...*"

"*Ach níor shíleas ach ceathrú uaire a chaitheamh leat,*" *arsa mise go lagbhríoch.*

"*Amach faoi na coillte dubha daraí ...*"

"*Ach tá m'fhear ag fanacht liom sa mbaile.*"

Shílfeá nár chuala sé céard a bhí mé a rá. Thosaigh sé ag cur de – a leithéid de chaint fhileata níor chualas riamh roimhe sin fiú amháin uaidh féin. Ní hionadh liom gur mheall sé leis mé.

Is minic a chonaic mé é agus cosúlacht agus mianach beithígh ghránna le tabhairt faoi deara ina éadan; agus ansin, sula n-aithneofá, bheadh sé ina fhear uasal fileata aoibhinn arís. Tháinig an t-athrú sin air ó casadh liom é gur shroicheamar an choill.

Tá doire beag ann – b'fhéidir go bhfuil sé ceathrú míle ón mbóthar – crainn ghiúise ar fad thart ann agus gan le feiceáil ach paiste beag de ghorm na spéire os do chionn.

Ann a shuíomar agus sióga agus taibhsí crann inár dtimpeall dá bhféadfaí a bhfeiceáil.

Thosaigh an ghaoth ag caoineadh na marbh sna géaga.

Bhí cantal ormsa gur tugadh ann mé do mo bhuíochas. Aoibhneas go raibh sé in aice liom agus a sheanchrot álainn féin air.

Bhí sé an-tsocair smaointeach agus gan rian aon drochrud ina ghnúis.

"Tá mo shaol millte orm agatsa, a Eibhlín," ar sé faoi dheoidh.

Rinneas gáire. Tuige? Mé a bheith ag cuimhneamh cé mhéad fear a dúirt an focal céanna sin liom, agus gan aon duine acu dáiríre.

Tháinig fríd na feirge faoina shúil. Smachtaigh sé é féin, rud nár rinne mise.

"B'fhéidir gur fearr a thaitneodh filíocht leat anocht ná fealsúnacht," ar seisean.

Dúirt sé dán beag de ghlór álainn dúthrachtach.

Míthráthúil go leor, is é an dán a dúirt sé ceann a chum sé fadó riamh do bhean a bhí mór leis an uair sin. Beití a d'inis domsa é; an lá sin féin chualas uaithi cén chinniúint a rug ar an mbean bhocht nuair a d'éirigh m'fhile caol dubh tuirseach di ...

"An é an chaoi ar bháigh sí í féin?" arsa mise go leanbach agus fonn orm olc a chur air.

"Cé hí?"

D'inis mé an scéal dó díreach mar a chualas é.

"Níl fonn orm éisteacht le filíocht, ná le haon rud eile anocht," arsa mise, "táim ag dul abhaile."

D'éiríos. Rug sé orm.

"Níl tú ag dul abhaile," ar seisean, agus bhí an beithíoch gránna ar ar thráchtas cheana ina éadan.

Bhí coimhlint ann. Leagadh mise. Tháinig laige orm ... ach tá gráin agam air, gráin nach múchfar ar feadh na síoraíochta ...

Léifidh mé giota eile duit:

> Ní fhacas le mí é, ón oíche sin a bhíomar sa gcoill, agus táim cráite céasta breoite.
>
> Ní bréag a rá go bhfuil mé breoite. Níor fhágas an leaba le seachtain agus ní heol d'aon duine céard atá orm.
>
> Uaireanta bím ag rá liom féin nach labhróidh mé leis arís choíche; uaireanta eile ag tnúth leis. Diabhal é, diabhal é i gcosúlacht duine. Ach más diabhal nó duine é, tá greim doscaoilte aige ar mo chroí ... scríobhfad litir chuige ag rá leis teacht anseo. Déanfad anois díreach é ...
>
> Ach cén mhaith sin? Cé mhéad litir a scríobhas chuige le mí ag rá leis go mb'fhuath liom é, ag rá go mba aoibhinn liom é agus ní fios céard eile – litreacha nár cuireadh chun bealaigh riamh?
>
> Is dócha nach bhfeicfead arís choíche é ...
>
> Céard sin? Sea, an pléascadh sin? Céard a deir tú? Éirí amach? Éirí amach? Cén chaint sin ort? Gunnaí ag pléascadh? Na hÓglaigh?
>
> A Thiarna! Ní fhéadfadh sé a bheith fíor.
>
> Caint! Caint! Caint! Nach minic a dúirt mé é; nach minic a dúirt mé le m'fhile caol dubh féin é, agus é ag cur síos ar an obair a bhí fúthu a dhéanamh; nach minic a dúirt mé nach ndéanfaí aon ghníomh arís go deo in Éirinn ach caint! Caint! Caint!
>
> Agus sin iad na gunnaí do mo bhréagnú!

M'fhile caol dubh – beidh sé i lár an chatha ...

"Tá an scéal fíor. Tá éirí amach ann," arsa mo chéile ar theacht isteach dó. "Éirí amach – cé a cheapfadh go mbeadh an misneach ag an dream sin?"

"M'fhile caol dubh" – sciorr na focla uaim.

"Lia maith eile imithe," arsa mo chéile ag imeacht amach an doras dó.

Tá an fear sin gan croí, cinnte.

Níor chodail mé néal aréir. Nach mé atá mórálach as mo mhuintir! Nach mé atá bródúil gur éiríodar amach in aghaidh a naimhde! An misneach uasal sin – go moltar go deo é.

Dá mbeinn i m'fhear, dá mbeadh an tsláinte féin agam, dá mbeadh sé ionam éirí as an leaba seo, cá mbeinn anois ach mé féin agus m'fhile caol dubh guala le gualainn san áit is treise an comhrac ...

Eisean – i lár an chatha atá sé, a chuid fear ina thimpeall, é á dtreorú agus á mbrostú chun gnímh ...

A Dhia!

Chím anois é fuar marbh ar chaol a dhroma, a aghaidh uasal soineanta tugtha ar na spéartha, meangadh buach ar a bhéal, piléar trína chroí ...

Canfar a ainm go deo na ndeor. Maithfear a lochta. Maithim do chionta – is tú mo laoch, mo chuid, mo thaisce, a fhile chaoil dhuibh ...

Tháinig laige orm de bharr na haislinge sin a chonaiceas.

Nuair a mhúsclaíos bhí mo chéile os mo chionn.

"A Eibhlín," ar seisean i bhfad níos grámhaire ná a dúirt sé riamh cheana é.

Ach chaitheas an lá ar fad ag rámhaillí agus ag baothchaint agus ag cur síos ar m'fhile caol dubh. Ag iarraidh éirí agus a chorp uasal a fháil a bhíos, dúradh liom.

Ar theacht an tráthnóna, tháinig roinnt céille chugam.

Shuigh m'fhear le hais na leapan – bhí sé ann ar feadh an achair dá mbeadh a fhios agam é.

"A Eibhlín," ar seisean, agus leag sé lámh ar mo bhaithis, "a Eibhlín, ná bíodh buairt ort. Tiocfaidh d'fhile ar ais ..."

"Ní thiocfadh! Ní thiocfaidh choíche ná go brách."

Labhair sé arís go réidh socair.

"A Eibhlín," ar seisean, "rachad isteach sa gcathair. Tá a fhios agam cá bhfuil fear go mbíonn an uile shórt nuachta aige. Ní thiocfaidh mé ar ais go mbeidh tuairisc d'fhile agam ..."

Thug sé póg dom, ar an mbaithis, agus bhí sé imithe sular thuig mé céard a bhí faoi a dhéanamh.

Mo chéile imithe i gcontúirt a bháis le tuairisc mo leannáin a chur ar mhaithe liomsa! Ar rugadh a leithéid eile d'fhear iontach ar dhroim an domhain riamh?

*

Ní call dom níos mó a léamh. Tá a fhios agat deireadh an scéil chomh maith liom féin. Baintreach anois mé. Frítheadh mo chéile marbh i gcúlsráid in aice le Portobello agus piléar trína chloigeann ...

Agus m'fhile caol dubh? Cé nár casadh leat i mBaile Átha Cliath le gairid é? Tá sé le feiceáil gach uile áit ann, ag inseacht don té a thabharfas cluas dó cén fáth nach raibh sé féin san Éirí Amach agus an bhaint a bhí aige leis an gcineál sin oibre le blianta fada.

Níor inis sé domsa fós é agus má insíonn ...

Ó, sea, ó tá tú ag imeacht croch leat an dán beag seo a chuir sé chugam ar maidin – dán ag moladh lucht na ngníomh is ea é. Níor léas féin é agus ní léifead. Déan, tabhair leat ar fad iad – na leabhráin bheaga filíochta, agus dánta iontu a thógfadh do chroí leis an bhfíoráille atá ag baint leo; tabhair leat ar fad iad – ach fág agamsa an chuimhne chrua atá agam i mo chroí ar m'fhile caol dubh ...

My Dark, Slender Poet

All that remains now of the life and work of Black Burke who practiced, within recent memory, the poetic arts in Dublin, are a few small poetry booklets full of poems to rouse the heart with their pristine beauty.

Yes, only those scarce little volumes remain – and the bitter memories in a woman's heart.

However, all his friends had expected a great deal more of him. Wherever one goes now and wherever people talk about the Rising, one hears the same questions asked: what became of Black Burke? What was his involvement in the glorious deeds of Easter 1916? When those posing the questions are told his sole involvement was in the composition of a poem in praise of those who did the deed, they are uniformly amazed; he is never ever criticised, mind you, something which goes to prove beyond doubt that the people of Ireland are a sympathetic and an understanding lot as he, more than anyone, deserved to be castigated for not having practiced what he preached when given the opportunity.

Many people can recall what sort of a person he was when first he came to prominence in the city: the two most common opinions proffered are how he could stir the heart of womankind with his elegant, poetic tongue combined with the magic of his green-hued battle cry, and, secondly, how he could stoke the fire in men's bellies with his resounding patriotism. Many women blush and their eyes glaze over when describing him; and should you know such a woman at all well, she will tell you how she admired him greatly once; but should you understand such a woman's heart, you might quickly conclude such feminine admiration is closely related to love. There are other women who will make excuses on his behalf as to why he didn't act when action was needed; should you let these women know it could not have been due to any form of cowardice on his part, they will forever hold you dearly as a friend ...

I met seven women recently and each of these women knew Black Burke the poet – some were well acquainted with him, others only half knew him – yet all spoke about him at length. Three spoke only of his poetry: they were only acquainted with his fame. Two praised his handsome nature shyly: the stirrings of love in such praise, I thought. Another woman had every bad bit of gossip and news ever spoken about him on the tip of her tongue: this was a woman he had never bothered with. But the last woman, the seventh woman – she hated him. An attempt by me to take the side of the poet nearly destroyed our valued, longstanding friendship of many years. She cut across me with this story:

The Woman's Story

How dare you take his side or make excuses for him! I knew him better than anyone! Oh Burke so full of poetry, with your enchanting eyes and words to weave magic and entice women, I know you with a knowledge that is bestowed only on the few! May no woman ever come to know, in body and soul, his like again ...

I had been married for five years when first I saw him. I had no children. My husband was ... what can I say, we were tired of each other. Tired, yes, is the most appropriate description, I think: I didn't hate my husband – had I, it might have been possible to pass the long nights well enough, sniping and carping on at him. But how can a woman cause ructions when she simply no longer has any interest in a man? Plain disinterest and weary heartedness was eating away at our souls ...

One would presume a thirty-year-old childless woman with an easy-going husband and more than enough means to get by on could find ways to pass the time admirably in a city like this. But look around you.

There are hundreds upon hundreds of us wealthy women passing easy, miserable lives here – a bit of shopping, some tea and back-biting gossip, then the train home, dinner, husband snoring over his newspaper – och! The very thought of it makes me nauseous ...

And that's the sort of life I led until I made the acquaintance of Black Burke, poet and rogue ...

Though you weren't in Dublin at the time, I'm sure you must have heard about the dances held in the Assembly Rooms. The whole of Dublin used to attend them – at least anyone worth talking about.

Poets? Don't talk to me! The place was full of them! One needed to be very cautious around them or one of them might corner you and not let go of you until he had recited to you personally, in its entirety, a lengthy epic of his own composition. I often missed a good dance as a result ...

I think it was Betty Lee who took me there first. It was a fancy dress night; poor Betty dressed up as a schoolgirl. If only you had seen her! She went completely barefoot. Don't you think a woman with chilblains and chapped feet should not be allowed to go barefoot in male company? But Betty didn't care; she wasn't looking for a man ...

The two of us were having a grand old gossip amongst ourselves at the far end of the dance hall when we saw him coming towards us. He was dressed like a Garibaldian soldier – complete with red shirt and all. I can assure you, such attire well suits a tall, dark, handsome man. He took a stumble in the centre of the room, yet neither the trip nor the sniggering reaction of many of those present did anything to reduce his noble stature. He clenched his jaw until his temples whitened and shot fierce glances at those who had dared laugh at him.

I knew I liked him there and then ...

I grabbed Betty's hand to enquire after him but before she could reply he was already at my side. His face was as handsome as could be, a shapely head, throat, shoulders – save for the fact I had grasped Betty's hand I would have noticed his legs ... he was as flat-footed as a lame beggar!

You know me well, you know I could never be interested in a flat-footed man – yet somehow he had the ability to distract people from noticing his flat feet ...

He spoke to Betty – all knew her, of course – yet still he seemed to be looking at me all the while. He transfixed me with his strange eyes. They went through me. I could feel the base desire in his stare ...

I grew terrified. I felt an urge to escape and hide from him, far, far away at the edge of the world. Yet I was frozen to the spot. I felt like a fish that had been hooked. Escape? I hadn't a hope and before I knew what was happening the two of us were out on the dance floor, in the centre of the room, dancing and dancing and dancing away ...

That dance! It terrifies me even now to think of it; I get palpitations and shakes. It makes me physically sick ... I can't imagine it was ever danced in Dublin before; it was invented in the deep, hot, dark heart of Africa in honour of the God of Fertility. You are wondering why I danced it then? Ask me something else. Some old devil was awoken deep within. I wanted to overpower this man in pagan pursuit of me; I wanted to entice him, play with his desire, stoke his fire until it was red hot and then conquer him underfoot and subdue him ...

But I became distracted from my goal – perhaps because of the music designed to inflame bodily desire, or the heat, or skin touching skin, or the movements of the barbaric dance and his eyes – yes, his eyes almost on top of me, slicing me to the core like the blades of hell. What could I do, a poor weak-willed woman like me – a woman reared to music and delight, to the pleasures and joys of life under the blue-scented skies of the Orient?

In such circumstances the language of the eyes, not of the mouth, carries greatest meaning. My eyes yielded to his, and when a woman's eyes yield to a man that is all there is to know. Black Burke understood as much. The music ended too abruptly; the dance was stopped and we found ourselves abandoned in the middle of the floor, both of us knowing the irrepressible, infinite mysteries of the other's heart ... I grew fearful. I think he did too ...

You're familiar with the Garden of Ease, across from the Assembly Rooms. It is the loveliest of all the parks near the city centre. It was the month of May – May of the blossoms and the scents; heavy scents to blanket the senses, rising sweetly from the earth along with all the new growth; playful and solemn stars gazing down upon us with the faraway rumbling of the city in the background like the distant roaring of a spring tide.

A gentle wind, loaded with the scents of the night breathing down from the mountains, began to caress my shoulders and braids – it was as though he grew envious of that breath of wind for he immediately drew my shawl around my shoulders ... His fingers snared in my hair, his hand lingering on my neck, staring intensely at me ... a wave of heat, like an electric current, swept through me ...

Tell me this and don't tell me a lie now, do men experience the same stirrings of the heart as women do? Do bolts of lightning flash through your veins as they did through mine that night?

There is a small lake at the top end of the park with a fine ash tree standing on the bank, a bench at its base. That is where we sat. Neither of us had uttered a word since leaving the Assembly Rooms. His eyes drifted out over the lake, the water reflecting the starry sky and on over to the dark bushy banks beyond. I was attentive to all, one part fearful and two parts emboldened, wanting to – I won't say what.

He raised his head then and looked up into the sky. There was light enough and I could see his profile clearly – I could swear now no woman has ever looked on that face and not wanted to know its owner. I thought he was about to speak at any moment, that he was about to describe the magic and mystery of the night, of this special occasion, in living, breathing words of poetry ... Had he exploded words in a torrent and grabbed me then like you'd grab a nettle, he would have had his way with me. How eagerly I anticipated such poetry, such words of admiration, verbs to entice, speeches full of fine and graceful praise! But the poet remained silent ...

Not for long, however. He turned slightly and the pocket of his coat knocked against the bench. A bottle fell from a pocket and landed on the ground; it broke.

"Damn you!" said the poet, looking to me. And wasn't he right? Am I not the "devil-be-damned" to be talking with you here like this?

That single honest word swept aside all the desire and mystery that had passed between us since first laying eyes on each other. The passion that had gripped us on the dance floor dissipated. We could see each other now ...

We got to know each other better. It was clear to me, from both his bearing and his use of words, that he was a poet by nature, though I was yet to read any of his works. Indeed, I barely knew he had written a thing – even little verses in the newspapers and such like. Something I must have said stirred him to speak once more. What a voice! How could I possibly describe it? He recited a short poem he had written that day – a poem about a saint; I had never been too taken with the saints – I find it hard to relate to their lifestyle – but when it came to this saint as described by the poet at my side, I came to understand his heart as well as I understood my own ...

The beauty of the piece caused a strange stirring in my heart. It stirred the heart of the poet too. He began to speak with me as you would with a very old acquaintance. He told me what he wished to do with his life. The two driving forces in his life then were patriotism and poetry. No, don't say it! Don't ever say that! Women and drink too? I suppose – yes, perhaps; Black Burke had been practicing life's joys and vices from a very young age ...

I let him kiss me before we left the park and went home, my heart completely enraptured.

*

It wasn't long before a great change became apparent in me: my health was improving; I had grown gay and full of heart as compared to my previous dour self. People said I was growing younger by the day. And it was all true. I had an excellent doctor, of course, one who prescribed poetry and danger for me, the most potent salve for a woman my like. And the remedy wasn't spared. I met the poet everywhere. Prior to this, his favourite afternoon haunt had been any public house; but now, were he to hear I would be in such and such a person's house, taking tea or making gossip, he would arrive before my visit had ended and accompany me home. Of course, this set tongues to wagging; there was plenty of talk about – but we couldn't care less. We created our own happy and charmed world – and when that fine golden summer arrived we filled it with poetry and magic, love and fun ...

We had such beautiful weather that summer! We got to know each other so well! I think every little joy in his heart seemed to expand at the time. You've read the book of poetry he published that year; every single poem in that volume was composed for me – for me and me alone.

Isn't it little wonder the flower of youth was all a-bloom in me once more? My health and spirit were restored. Positively everyone noticed the change in me, apart from my husband. How could he when all he had ever shown interest in were his business affairs and his butterfly collection – thousands of them, of every shape and size imaginable? All the cares of the world would leave him when he'd get a new, unusual or uncommon one. Such a man should never marry. Anyhow, he had procured a couple of butterflies that gave him great joy at the time and you couldn't imagine a more proud man. The old boys on the nine o'clock train each morning thought he was delighted I was returning to my former self. The fools even congratulated him on the state of my health!

Betty was in the carriage within earshot of them. She told me the whole story. But why should I bother now with Betty's version of events? That soft fool, the Dunleary Chief – oh you know him, don't you? You'd see him often enough with Julia Redmond – well he started asking Éamonn (that's my pet name for him – he was very like an old driver our family had once upon a time, so I called him Éamonn), that pure idiot asked him in the train for the name of my doctor, saying he wasn't happy with his own, and seeing as he had done such wonders for me he might do the same for him! Every blessed person in the carriage knew the real story and, oh, how they laughed and winked behind their newspapers!

The doctor who had cured me! Didn't the world and its mother know the only doctor I knew was my dark, slender poet! They were all full sure my husband wasn't aware of it; so was I – at the time. An exceptional man, his own man, a deep and an unfathomable man – few ever really understood you, Éamonn ...

Anyhow, when he arrived home that night – the two of us were sat near the fire having just eaten – he remained very silent and thoughtful for a long while, darting sharp looks in my direction from time to time. His eyes scorched me like hot pokers. Or was that simply my conscience pricking me?

After a while, he spoke: "Somebody asked me today for the name of your doctor, Evelyn," he said quite calmly.

"Oh," I said. I was taken by surprise; it was the word "doctor" that had done it; how often I had told my dark poet he had done more good for me than any physician. I began to imagine he had been told everything, and that the version of events presented to him was not to my advantage – a row would ensue, a fight, a riot of emotion, perhaps even a murder ...

"That doctor ..." His eyes burned right through me, but his face remained perfectly still. He stopped.

My head was in a tailspin: my mind a mess of conflicting thoughts, though you wouldn't think such to look at me; just as well I had been an actress for a time in the Abbey Theatre!

"That doctor – should ..."

It was going to happen and when it did it would be sudden. A pistol – I knew he had a pistol; he had one hand in his pocket and I kept one eye on that hand – would he shoot me in the face? I was hoping he wouldn't; it would ruin me, and a vain woman like me would want to look her best, even in death. Should I tell him the whole story? What would that achieve? Would he accept it? Would he even believe it? Would it save me from mortal danger?

His hand moved deeper into his pocket. I thought I was done for ...

Don't you laugh at me. Put your hand on my heart. Can't you feel it jumping with fright even now as I recall the moment?

He stood up.

Oh Lord! I swore an oath upon my soul I would never betray my poet. Would I hear the shot before my life expired? I began to count – one, two, three, four ...

Stay quiet, will you? How could I have expected to be treated differently? Aren't you familiar with modern fiction? What else would a man do with a wife like me, according to the modern novelist?

Then ... listen now and believe it – then he said: "I hope the maid won't burn the porridge on us again tonight."

I ran out of the room. I threw myself onto a chair in the kitchen and cried and laughed and laughed and cried until I was too weak to stand.

What a man ...

But it was not long before he called for me.

"Sit down," he said.

I sat.

"Where do you spend most of your time these days?" he asked.

My poor heart once again! The danger hadn't passed, though I felt somewhat bolder now. The episode in the kitchen, perhaps ... I thought to tell him the whole truth from start to finish. I was so glad the truth wasn't any worse than it was! No ... it's not that; I don't think like that at all – I believe life is an end in itself – but the shame, yes, the shame of having to tell him the truth: to have to tell him everything ...

Do you understand what I'm saying? But I didn't have to tell him anything; he started to talk and this is what he said:

"Evelyn," he said, "you are looking younger by the day. You have been improving for the last three months. You have grown bright and gay; you exude happiness; all melancholy banished; your heavy heartedness and depression seem to have melted away ..."

His voice and countenance seemed so loving and sympathetic that I was about to tell him why I had changed so much, when he raised his hand to stop me from speaking.

"You don't need to tell me the reason for the metamorphosis," he said, "I know the reason. I have known it from the beginning. I knew which doctor had cured you, though the fools on the morning train thought

I was blind to it. It is my deepest regret that I wasn't able to cure you, Evelyn; though –"

He stopped. A deep sadness came over him.

"I won't get into that tonight," he said, "you know yourself how it has been between us, how it has been since the beginning –"

I breathed a sigh of relief.

"So that's it ... that's it now so. I know what cured you – something I couldn't give you, unfortunately. I also know who cured you – I won't mention his name until you do so yourself. I am also aware of the reputation that precedes him – reputation? His great notoriety, I should say; his reputation as a poet, his reputation as a patriot, his reputed good looks, his loyalty to the cause."

The praises my husband was heaping on my poet were the kindest words he had uttered since our marriage: can you imagine? I wanted to kiss him!

He went on.

"I have also heard," he said, "of his reputation as a drinker, a womaniser, a ..."

I tried to interrupt him but he wouldn't allow it. Even to this day it upsets me greatly if anyone speaks of my dark poet as a womaniser. Why so?

"But despite such notoriety I am grateful to him because he has eased your life so. And even if he is known to be a womaniser, I still trust you – and always will ..."

His eyes went through me. What a relief I had nothing to hide!

"Evelyn ..." he said, and the pitiful expression in his eyes scorched me to the quick of my soul. If there had been any love left between us it would have been restored in that moment; but there was none – God's path is never a straight one.

"Bring him here," he said then, "I will make him welcome – for your sake ..."

He went to the door of the room. He stood there a while, staring at me.

"It is my deepest regret, Evelyn, that I cannot steal the place he has in your heart from him and fill that gap."

He left suddenly.

He returned in less than a minute.

"I have one piece of advice for you," he said, standing in the doorway, his voice having changed greatly, "if you have arranged to meet him tonight, please keep out of the cold night air to avoid a recurrence of your illness. Bring him here –"

He left the room in his abrupt manner without saying another word.

I dressed to go out immediately. I had a date with my dark poet. As I passed my husband's window, I looked in. He was standing at his desk, a monocle held to his eye, examining a butterfly.

Of course, he was unaware of my presence but I threw him a kiss, nonetheless ...

What a man!

*

You were greatly enamoured with a certain woman once, I recall. I don't need to explain to you the sense of urgency one feels when one has major news for one's lover. I can't recall my mode of transport now – a magic carpet from the East or simply sailing along on my amazing news?

But he was already there before me – at the top of Grafton Street. He was standing beneath a street lamp, a book opened in his hand. The other pedestrians had to walk around him – he was an unmoving rock in the human current.

I greeted him. He greeted me in return – you cannot imagine how gentlemanly he could be at times; he could doff his hat in quite a specific way – mixing both the customs of the French and the true nature of the Irish.

"Oh, your new book is out," I said, "what a tome it is!"

"It's not my new book," he said as he handed it to me.

I practically lost my sight on seeing it. Guess what he was reading. You'd never guess it: a large, scientific volume on the life of butterflies!

We walked in silence. Crossing O'Connell Bridge, my voice came back to me.

"Do you have an interest in butterflies too?"

I was barely able to ask the question. My husband had no interest in anything other than those dreadful creatures, and here now was my own dark poet in danger of being sucked into that awful addiction! How I hated butterflies!

"Oh, yes, that book," he said, but he didn't have time to tell me why he was interested in all that carry-on as a man passing by greeted him and began to speak with him in a low voice, a man who will never again be seen amongst the living ...

We walked on.

"I'll tell you about the book when we get to the theatre," he said.

Did you ever walk Grafton Street during that golden era in the company of a famous poet or political man? Our promenade felt like the coronation procession of some king and queen through their capital, my dark, slender poet and I.

It was only then I realised just how well known and well regarded he was. Every five yards or so, someone would greet him. It was the women I took most notice of. Each woman who recognised him (the vast majority as far as I could see) posed a question with her eyes: Who is this strange woman who is always in the company of Burke the Poet now? How did she manage to get her teeth into him? He seems to have no interest now in any other woman ...

Or: And is that her? What a strange and awful dress she is wearing! Oh, yes, I see – how unusual ...

Or: Say it's not so! That woman! And all the poems he wrote about feminine beauty!

But I couldn't care less what was said. I had my dark, slender poet to myself, and even if all of womankind was jealous, had they not every reason to be?

My pride was forced to take a stumble, shortly. I overheard a woman passing by:

"You'd hardly notice how flat-footed he is at night time."

Had I been on my own, I think I might have grabbed her and slapped her ...

My dark, slender poet began to speak quickly about – I don't know what. I think he may have overheard the comment and been hurt by it. The poor man! I felt so sorry for him ... but you can imagine how much I loved him in those days when his flat feet didn't bother me.

That defect used to disgust me so!

*

Anyhow, to the book on butterflies in my dark, slender poet's possession – wait! I have a diary I kept at the time here in this box. Not another living soul has ever read it, but I will read you some excerpts now ... oh, you know why!

Listen now, and give over such rubbish:

Halloween – I didn't write the year, but what harm?

Halloween: in The Abbey Theatre with my dark, slender poet: a play by Synge: my first time seeing it: I didn't pay much attention to it at first: I hadn't heard of the author before, and I was still somewhat upset – the conversation earlier with my husband and the new hobby now being studied by my lover: those damned and blasted butterflies!

But before long, my dark, slender poet took my hand and held and squeezed it, reassuringly. I heard the soft, musical tones –

"Evelyn ... listen now, listen!"

I pricked up my ears. I was hoping to hear some soft, enchanting words from his mouth – I was hoping to hear a soothing, whispered sweet nothing, suited both to the occasion and the grip he had on my hand – if it was poetry I wanted, it was poetry I got, though not from the poet at my side but, rather, from the company on stage.

A man of the roads was talking to a woman whose husband had died and he was trying to get her to elope with him.

"Come with me," he was saying, "and we will walk in the moonlight through the dark, mysterious woods and have heaven's stars shining down on us as we lie under a sheltering bush ... and then dawn will appear and the birds begin to celebrate on the branches above our heads ..."[1]

I pressed my dark, slender poet's hand in return – then suddenly released it – fearing he might take it as a sign I wished for him to propose the same for us ...

I was gripped by a sudden panic. My lover instantly recognised how moved I was – that electric or sympathetic current that flows between us. I knew he was staring at me in the darkened auditorium, that he was casting a spell on me and that there was danger in that look for both him and I. I knew, had I turned, I would see the deepening desire in his eyes, his want for me in body and soul. There were flames of desire emanating from him, licking me, burning me, tormenting me ...

How I fear those eyes of his!

> As luck would have it, the curtain came down and the lights came up. I thought to speak to him. At first I simply couldn't. I thought to tell him about the conversation I had with my husband. I still couldn't. He knew and he knew that I knew he knew. He did nothing to aid me. He likes to use the power and control he has over me.
>
> If it hadn't been for the book on butterflies, I would have remained speechless, though my heart and soul were so full of things to say.
>
> "So," I said, "you are interested in butterflies," and I took the book from him.
>
> "Yes and no."
>
> I would have questioned him with my eyes but I knew the wave of passion had not passed yet.
>
> "If it hadn't been for you, I would never be in possession of such a book," he said.
>
> "Me?"
>
> He told me the story then: that he was to visit a certain house, that my husband would be there; that he wanted to learn something about the study of butterflies in order to hold an intelligent conversation with him about them – something only a few in Dublin could manage. And then – I am ashamed to say it about my dark, slender poet – then he was sure he would be invited to visit us ...
>
> I will certainly not be telling my dark, slender poet that he already has an invitation. There is danger there, grave danger ... and my husband trusts me ...
>
> What if he asks me why he is not coming? – oh, what a complete mess!
>
> Those two men!

*

Here's another excerpt from the diary:

> Betty called in to me this afternoon. We had a great old chat but then she spent at least an hour making insinuating

comments about my dark, slender poet. It is practically impossible to stop Betty once she starts into somebody. Every word she utters can be interpreted in at least two different ways and if you call her on it she will respond by saying that's not what she meant at all but something entirely different. Unfortunately, what she says leaves its mark. Regardless of what you may have thought of the person beforehand, your mind will now contain a doubt.

She tells ugly, little tales about the person she dislikes, then, suddenly, stops herself by saying:

"Oh, I should never say such a thing when you are so fond of him."

But she leaves you thinking and not to the benefit of your lover.

Could she be jealous because I have a dark, slender poet for a lover? No, because it's obvious she dislikes him so. No, it's simply her awful pettiness and heartlessness: she hates for anybody to be more content than her own self...

"The dog in the manger" – I don't recall who wrote that fable – but I know I have the book in the house. I will send it to her tonight in the post: and the next time she comes to visit I won't be here, even though I might lose out on the gossip of the entire city.

I should never have told her so much at the start. But I needed a confidant, a soul friend – a woman I could reveal my heartfelt secrets to. Never again! Men are better in such a role: yet I am unfortunate there too – why do men always try and create something more than friendship? Trying to kiss me and hug me when I tell them something upsetting ...

But I have a plan: I will make my husband my confidant – he is not like other men – and my dark, slender poet shall be my lover forever and ever ...

Forever and ever – how Betty would laugh if she were to see those words! Forever and ever – and all the lovers I have had! Twenty? Perhaps – I am too tired tonight to count them ... but God knows none can compare to my dark, slender poet ...

Compared to who? Who is he? Yes, who is he? Betty has me rattled. Is he really as bad as they say? Does he love me at all? Is he only after my body?

And as for the book on butterflies – I hate the fact that he bought that book, that even now he may be bent over it, gleaning information from it to dupe my husband ... Yes, the only reason he wanted the invitation: a simple, old fashioned seduction of sorts ... God!

I can see him before me now as I write these words: How can such a fine-featured face contain such debauchery and base desire, such trickery and intellect, such crassness and nobility all at once? Yet, I'd rather him to any man alive. Let me kiss you, my devil: one ... two ... three ...

Oh Lord!

I will go out now. I will meet him. He will talk to me in his casual, brilliant way. He will part the clouds and raze all doubt. He will be mine alone, mine own.

Oh, my dark, slender poet, love of my heart, master of all beauty and magic, I am yours in body and soul, be you a saint or the devil incarnate ...

N.B. – Never let a man read these letters.

*

You are such a peculiar man, you know! Here I am, sitting silently for the last ten minutes, waiting for you to pose a particular question and you have yet to put it to me. What question?

You never asked what dress I wore on any of the occasions I met my dark, slender poet, and how well you know each and every dress I have ...

It would take little now for me to clam up altogether and not tell you the rest of the story, but I wouldn't play such a trick on you, for you are a nice man, very nice, very nice indeed, in your own peculiar way that is ...

So, yes, my dark, slender poet met with me the night Betty visited, just as I thought. He had me hooked immediately. I was on fire. The flame pulsed within me and I was no longer fully in control of myself. He could see as much. He noticed such things with a seemingly miraculous, unerring accuracy. He could do what he wanted with me on such occasions and knew it well.

A tram was passing. He grabbed me by the elbow. I found myself on the upper deck of the tram before I knew where I was. The ticket conductor came to us.

"Two to Rathfarnham," said my dark, slender poet.

"But," I said, "I don't intend going so far."

He got the tickets. The conductor departed. We were on our own. I thought to get up and go. I felt somewhat fearful of him – or of myself.

"Sit," he said authoritatively.

I sat.

What's the point in asking me why I sat? I don't know why, even to this day.

He was my Master, doubtless, and don't believe any woman who tells you she doesn't enjoy having a Master.

Another attempt to go.

"Evelyn," said he, and I understood from his voice that he was aware I was under his control. "Evelyn," he said again, "tonight we are going out into the woods ..."

"But I had only planned on spending fifteen minutes with you," I said weakly.

"Out into the dark, oak woods ..."

"But my husband will be expecting me."

It was as if he hadn't heard what I had said. He began to orate – I have never heard such poetic talk, before or since, even from him. It is little wonder he seduced me.

I had often noticed a base animal instinct apparent in his countenance and then, in an instant, he would transform once more into a fine, gentleman poet.

Thus such a metamorphosis occurred between my meeting him and our reaching the wood. There is a small wood there – about a quarter of a mile in from the road – full of pine trees and with only a small patch of sky peeking above.

There we sat, surrounded by the wood fairies and the tree spirits, if such could be seen.

The wind began to keen the dead in the branches of the trees. I was annoyed at having been brought there against my will, yet happy that he was at my side, his noble self returned.

He was very calm, deep in thought, not a hint of malice in his visage.

"You have destroyed my life, Evelyn," he said at last.

I laughed. Why? I was recalling the number of men that had said the same to me and not a single one of them in earnest.

His eyes flashed angrily. He composed himself. I did not.

"Perhaps you would prefer poetry tonight rather than philosophical discourse," he said.

He recited a poem in a most beautiful and sincere tone.

Unfortunately, the poem he recited was one he had composed for another woman he had been associated with once upon a time. Betty had told me the story; only that same day I had learned what happened to the poor woman when my dark, slender poet had grown tired of her.

"Did she drown herself, then?" I asked childishly, wanting to goad him.

"Who?"

I recounted the story exactly as I had heard it.

"I have no desire to listen to poetry, or anything else tonight," I said. "I am going home."

I got up. He grabbed me.

"You are not going home," he said, and the base animal I mentioned earlier filled his form once more. There was a struggle. I was knocked down. I grew faint ... I hate him with a hatred that will never be extinguished ...

*

Let me read another excerpt for you:

> *I haven't seen him for a month, not since the night we were in the wood; I am sick and tormented within. I have been in bed for a week now and no one knows what the matter is with me. Sometimes I tell myself I will never speak with him again; other times I hope to see him. He is a devil, a devil in the guise of a human being. But be he devil or man, he has an iron grip on my heart ... I will write and ask him to come here.*
>
> *I will do that now ...*
>
> *But what good would it do? How many letters have I written over the last month, telling him how I hate him, how I love him and God only knows what else – letters I never sent? I think I will never see him again ...*
>
> *What's that? Yes, an explosion. What's that you say?*
>
> *A rebellion? A rebellion? What am I being told? Bombs and bullets? The Volunteers? Oh Lord! It can't be true.*
>
> *Talk, talk and more talk! I often said it. How often did I say it, even to my dark, slender poet, when he made their intention known to me? How often did I say that the only deed left in Ireland was talk, talk and more talk?*
>
> *And I can hear the guns even now refuting me. Oh, my dark, slender poet – he will be in the thick of it ...*

"It is true. There is a rebellion," this my husband told me as soon as he came in, "a rebellion – who would have thought that lot would have the courage?"

"My dark, slender poet," the words slipped from my mouth.

"Another good doctor gone," said my husband as he walked out of the room.

That man is completely heartless.

I couldn't sleep a wink last night. I am so proud of my people! I am so proud they have risen up against their old enemy!

Such tremendous courage – may it be forever praised.

Were I a man, had I my health even, if I could leave this bed I would be at my dark, slender poet's side, standing shoulder to shoulder with him in the thick of the fight ...

He is in the heart of the battle now, his men about him, leading them on and inspiring them to great deeds ...

Oh God!

I see him now, lying stone dead, on the flat of his back, his fine, handsome, noble face facing the sun, a hint of victory on his smiling lips and a bullet through his heart ...

They will sing his name forever. All his faults will be forgiven. I forgive you your misdeeds – you are my hero, my love, my treasure, my dark, slender poet ...

I fell faint as a result of this awful vision and on awakening found my husband standing over me.

"Evelyn," he said, more lovingly than ever before.

But I spent the whole day rambling, raving and talking about my dark, slender poet. They told me I wanted to get up and find his body.

By evening, my raving had eased somewhat.

My husband sat on the side of my bed – he had been there all the while, had I known.

"Evelyn," he said as he tried to smooth my brow with his hand. "Evelyn, don't worry. Your poet will return."

"He will not! He will never return."

He spoke again, very calmly and very steadily.

"Evelyn," he said, "I will go into town. I know where to find a man who really knows what's going on. When I get news of your poet I will return ..."

He kissed me on my forehead and was gone before I fully realised what it was he intended doing.

My husband risking his life to ask after my lover, on my behalf!

Is there a more amazing man to ever have graced this planet?

*

I've no reason to read more. You know the rest of the story as well as I do. I'm now a widow. My husband was found dead on a backstreet near Portobello, a bullet through his skull ...

And my dark, slender poet? Did you not manage to bump into him recently in Dublin? You couldn't avoid him if you tried, going about the place telling anyone prepared to listen to him why he wasn't part of the rebellion despite his involvement in the cause down through the years. He hasn't told me why yet and if he tries to ...

Oh, yes, as you are leaving, he sent me this little poem this morning, take it away with you – it's a poem in praise of the men of action.

No, I haven't read it, and I won't. Please, do: take them all – all those slim volumes of poetry, full of poems that might rouse your heart with their pristine beauty; take them all – but leave me the bitter memory in my heart of my dark, slender poet ...

NOTE

1   The play in question is *In The Shadow of the Glen,* by J.M. Synge, first staged in the Molesworth Hall in 1903.

F.R. Higgins

Padraic O'Conaire – Gaelic Story-Teller
Died in the Fall of 1928

They've paid the last respects in sad tobacco
And silent is this wakehouse in its haze;
They've paid the last respects; and now their whiskey
Flings laughing words on mouths of prayer and praise;
And so young couples huddle by the gables,
O let them grope home through the hedgy night –
Alone I'll mourn my old friend, while the cold dawn
Thins out the holy candlelight.

Respects are paid to one loved by the people:
Ah, was he not – among our mighty poor –
The sudden wealth cast on those pools of darkness,
Those bearing, just, a star's faint signature;
And so he was to me, close friend, near brother,
Dear Padraic of the wide and sea-cold eyes –
So loveable, so courteous and noble,
The very West was in his soft replies.

They'll miss his heavy stick and stride in Wicklow –
His story-talking down Winetavern Street,
Where old men sitting in the wizen daylight
Have kept an edge upon his gentle wit;
While women on the grassy streets of Galway,
Who hearken for his passing – but in vain,
Shall hardly tell his step as shadows vanish
Through archways of forgotten Spain.

Ah, they'll say: Padraic's gone again exploring;
But now down glens of brightness, O he'll find
An alehouse overflowing with wise Gaelic
That's braced in vigour by the bardic mind,

And there his thoughts shall find their own forefathers –
In minds to whom our heights of race belong,
In crafty men, who ribbed a ship or turned
The secret joinery of song.

Alas, death mars the parchment of his forehead;
And yet for him, I know, the earth is mild –
The windy fidgets of September grasses
Can never tease a mind that loved the wild;
So drink his peace – this grey juice of the barley
Runs with a light that ever pleased the eye –
While old flames nod and gossip on the hearthstone
And only the young winds cry.

Éamon de Valera (1882–1975) unveiling statue of Ó Conaire in Eyre Square, Galway, 1935